Amy Myers ist eine britische Autorin mehrerer erfolgreicher Krimi-Reihen, darunter die Nell Drury ermittelt-Reihe, die in den 1920er Jahren spielt, und die zeitgenössische Marsh & Daughter ermitteln-Reihe. Sie schreibt auch kurze Kriminalgeschichten für Zeitschriften und Anthologien. Gemeinsam mit ihrem Mann lebt sie in der wunderschönen Gegend von Kent in Südengland, wo viele ihrer Romane angesiedelt sind.

NELL DRURY

und der Mörder von Wychbourne Court

AMY MYERS

Überarbeitete Neuausgabe Oktober 2021

Nell Drury und der Mörder von Wychbourne Court

ISBN 978-3-98637-195-1
E-Book-ISBN 978-3-96817-939-1

Dies ist eine überarbeitete Neuausgabe des bereits August 2020 bei dp Verlag, ein Imprint der dp DIGITAL PUBLISHERS GmbH erschienenen Titels Der Tanz mit dem Tod (ISBN: 978-3-96817-172-2).

Übersetzt von: Evelyn Schneider
Covergestaltung: Buchgewand
Umschlaggestaltung: ARTC.ore Design
Unter Verwendung von Abbildungen von
stock.adobe.com: © lumyaisweet
shutterstock.com: © Darya Komarova, © Fulcanelli
depositphotos.com: © kwanchaidp, © davidschrader, © R-studio
Korrektorat: Stefanie Wenke
Satz: dp DIGITAL PUBLISHERS GmbH
Druck und Bindung: Books on Demand GmbH, Norderstedt

Autorenbemerkung

In Kent, wo Wychbourne Court gelegen ist, gibt es zahlreiche stattliche Herrenhäuser, doch Wychbourne Court ist rein fiktiv – genau wie die Familie Ansley. Ebenso gehören auch Nell Drury und ihr Team der Welt der Fiktion an. Leider, denn es wäre hilfreich, auf ihre Expertise zurückgreifen zu können, wenn es mir in der Küche wieder einmal zu bunt wird.

Dass ich Nell und Wychbourne Court ins Leben gerufen habe, geht auf meine Literaturagentin Sara Keane von der *Keane Kataria Literary Agency* zurück und auf *Severn House*, meinen Verlag. Beiden bin ich zutiefst dankbar. Bei ihrem Vorschlag, mich zur Inspiration gedanklich in die Neunzehnzwanziger zu begeben, habe ich Luftsprünge gemacht vor Freude. Welch ein außerordentliches Zeitalter und so gut nachvollziehbar für uns: Es war eine Zeit der tiefen Hoffnung, die den gerade erst überstandenen Krieg übermalte, ohne ihn jedoch zu verdrängen – denn seine Auswirkungen waren noch überall spürbar.

Außerdem möchte ich auch Steve Finnis vom *Royal West Kent Museum* danken und meinem Ehemann James, der mich auf jedem Schritt dieses Weges begleitet und ermutigt hat. Um es im Stil der Zwanziger zu sagen: Er ist ein wahrer Prachtkerl.

Wychbourne Court

Mitglieder der Ansley-Familie:
Lord (Gerald) Ansley, der 8. Marquess Ansley
Lady (Gertrude) Ansley, die Marchioness Ansley
Lord Richard Ansley, einer der drei Kinder
Lady Helen Ansley, die ältere Tochter
Lady Sophy Ansley, die jüngere Tochter
Dowager Lady Ansley, bekannt als Lady Enid
Lady Clarice Ansley, die Schwester von Lord Ansley
Die höhergestellten Bediensteten:
Nell Drury, Chefköchin
Frederick Peters, Butler
Florence Fielding, Hausdame
Mr Briggs, Lord Ansleys Kammerdiener
Miss Jane Checkam, Lady Ansleys Kammerzofe
Gäste, weitere Bewohner sowie Besucher:
Arthur Fontenoy, der ehemalige Geliebte des 7. Marquess
die Honourable Elise Harlington, Gast
Charles Parkyn-Wright, Gast
Lady Warminster, Gast
Rex Beringer, Gast
Guy Ellimore, Musiker
William Foster, einer der Gärtner von Stalisbrook Place
und
Kriminalinspektor Alexander Melbray vom Scotland Yard

Kapitel 1

„Knallender Kabeljau, Kitty! Was soll das denn sein?", rief Nell Drury, als sie auf die vor Angst zitternde Aprikosen-Mousse sah, die dem hohen Besuch auf Wychbourne Court zum Nachtisch präsentiert werden sollte.

„Ein Desaster, Miss Drury", erwiderte Kitty trist, obgleich sie beide wussten, dass niemand den kleinen Makel je bemerken würde, wo die Mousse nicht rückstandslos aus der Form gekommen war.

Nell lachte. „Garnieren! Das ist die Lösung. Garnitur ist des Kochs Busenfreund."

Denn ihrer Meinung nach war es in einer Küche heiß genug, auch ohne dass der Chefkoch sein Übriges dazu tat. Ihr Vorgänger hatte einen Tonfall an den Tag gelegt wie im Gefängnis – bis er eines Tages davonstürmte, weil die Soufflés eingesunken waren. Doch das würde sich mit ihr als Chefköchin nicht wiederholen, so viel hatte sie sich geschworen. Etwa sechs Monate hatte sie hier bereits die Zügel in der Hand und bisher lief alles recht reibungslos. Die Soufflés waren auferstanden, Pies gut aufgegangen und die Gemüter hatten sich wieder beruhigt.

Da war sie also, auf dem Höhepunkt ihrer Träume, und das bereits mit neunundzwanzig Jahren. Doch die größte Herausforderung stand ihr erst bevor: Dinner für vierzig Gäste um sieben Uhr, gefolgt von Tanz in den Abendstunden, wo für diese wie auch für weitere Besucher, die nur zum Tanz kamen, ein spätes Abendbrot serviert wurde. Das würde sicherlich unterhaltsam werden, insbesondere da viele Gäste im Kostüm kamen.

Doch genau wie die Mousse gab es noch einiges, das nicht ganz perfekt war.

Entschieden schob Nell ihre Bedenken beiseite und konzentrierte sich darauf, das Menü für das Dinner durchzugehen, das momentan in ihrem Kopf einen wirren Tanz veranstaltete. Zuerst stimmten die Musiker zu den *hors d'euvres* an, bis die Drehungen und Figuren des Tango den Fisch vor Nells geistigem Auge hervorriefen. Als nächstes folgte das Herz des Abends, der Walzer der Braten und Zuspeisen. Den künstlerischen Höhepunkt stellte der Nachtisch dar, der zu Foxtrott und Quickstep durch Nells Kopf tänzelte. Zum Abschluss noch ein letzter Walzer mit Früchten und Häppchen. Und dann gab es natürlich noch die exotischen, unerwarteten Gerichte: Salate, Sorbets und Eiscreme. Sie schmeckten wie die neuartigen Tänze aus Amerika, wie dieser Charleston, der sehr aufregend klang.

„Miss Drury, ist Ihnen bewusst, dass es gleich vier ist?“, erklang Mrs Fieldings scharfe Stimme. „Lady Clarice wartet in der Stiefelkammer sicher schon auf Sie.“

Einer Mrs Fielding traute Nell immer zu, ihr ein Haar in die Suppe zu schmuggeln. Sie wusste genau, dass die furchteinflößende Hausdame nur auf einen noch so kleinen Fehler von ihr wartete, um ihre eigene Autorität wieder zurückzugewinnen. Als bloße Köchin stünde Nell unter ihr, doch als Chefköchin hatte sie den gleichen Rang wie sie, hatte in ihrem Bereich das Sagen und eigene Angestellte.

„Die Uhr fünf Minuten vor der Zeit, verhilft dem Koch zur Pünktlichkeit", improvisierte sie mit einer Geste zur Küchenuhr.

Bemerkenswert, dass die starre Hierarchie selbst 1925 noch manche Köpfe regierte, dachte Nell. Nach dem Krieg schien sie zu bröckeln, doch die Mrs Fieldings dieser Welt klammerten sich an die alte Ordnung wie Blutegel. Mrs Fielding war sicher bereits über vierzig und brachte nun nicht mehr die gleiche emsige Tatkraft auf wie früher – wer konnte es ihr da übel nehmen? Sie war, wie Nells Vater sagen würde, „eine prächtige Frau", die mit allem, was sie hatte, und entschlossen wie Boudicca in die Schlacht zog, sofern sich jemand in ihr Revier wagte. Der Weinkeller war ihre Hauptwaffe und bot ihr viele Möglichkeiten zur Beschwerde. Denn nur sie hatte Zugriff auf alle Getränke und Konserven, sie und die Weinkeller-Magd, doch das ließ reichlich Spielraum, den Mrs Fielding bis aufs Letzte auskostete.

Hach ja, wenn man sich etwas wirklich in den Kopf gesetzt hatte, dann schmolzen alle Probleme der Welt dahin wie Butter. Nur nicht unterkriegen lassen, Mädchen, nur nicht unterkriegen lassen, spornte Nell sich selbst an, wenn sich eine Schwierigkeit anbahnte. Keine Zeit darauf verschwenden, jemand anderem unter dir wie Kitty oder den Mrs Fieldings dieser Welt die Schuld zu geben – einfach weitermachen und eine Lösung finden für das Problem, ganz gleich, wie groß oder klein es sein mochte. Die Molke wegkippen und sich auf die guten Überreste konzentrieren – nur so wird ein Käse daraus.

Trotz der tickenden Uhr ging Nell noch ein letztes Mal alles durch. In der Spülküche waren zwei Mägde mit Pfannen und Schüsseln beschäftigt, die zwei Küchenhilfen bereiteten das Gemüse vor und Mrs Squires, Nells Beiköchin, warf ein Auge auf das Essen für die Bediensteten und das andere auf die Melone. Die hübsche kleine Kitty sowie der zweite Vorspeisenkoch, der ängstliche junge Michel, kümmerten sich um die *hors d'euvres, foie gras* und die übrigen Zuspeisen.

„Wie ich sehe, haben Sie wieder Soufflé Helen auf das Menü gesetzt", beschwerte sich Mrs Fielding, während Nell sich die Schürze auszog, um ins Haupthaus zu gehen. „Erwarten Sie keine eingelegten Himbeeren von mir."

„Dank Mr Fairweather haben wir auch frisches Obst", erwiderte Nell, als sie an ihr vorbeieilte. Er war der Gärtner mit dem passenden Namen, zu dem Nell eine gute Beziehung pflegte. Sie liebte die Farben und die aufregende Auswahl an Kräutern, Obst und Gemüse, die er züchtete. Dieser Samstagabend würde ein voller Erfolg werden, für Wychbourne Court und für die Ansley-Familie, das hatte Nell sich geschworen. Dafür gab sie alles, und das auch trotz der schwarzen Wolke am Horizont, die sich nicht auflösen wollte.

Die Geisterjagd.

Genau wie jedes alte Herrenhaus hatte auch Wychbourne Court seine Geheimnisse. Manche stammten aus der lang vergessenen Vergangenheit und waren ziemlich düster. Doch Lady Clarice, die Schwester von Lord Ansley, hatte sich vorgenommen, eben diese Geheimnisse wieder aufleben zu lassen, und zwar einschließlich der vielen Geister, die – ihrer Meinung nach

– in Wychbourne Court umherspukten. Doch selbst wenn dem so wäre, was konnte auf einer Geisterjagd schon schief gehen?

Schon von alters her lebten die Ansleys in Wychbourne Court, tief verborgen im Umland von Kent, zwischen Sevenoaks und Tonbridge. Doch die Ansleys waren nicht wie viele neureiche Siedler hier hergekommen, Wychbourne Court hatte Geschichte. Und das war es, was Nell daran schätzte. Seit ihr Vater sie das erste Mal zum Tower of London mitgenommen hatte, faszinierten sie die Erzählungen über Könige und Königinnen. Dort hatte sie die Beefeater gesehen und gehört, es wären die Soldaten der Königin.

Das Leben auf Wychbourne Court begeisterte sie. Unglaublich, dass der amtierende Marquess, der Achte, im House of Lords ein- und ausging oder wie der neue Prime Minister, Stanley Baldwin, regelmäßig in Wychbourne Court einkehrte. Doch Nell gewann immer mehr den Eindruck, dass es bei diesen Treffen weniger um Staatsangelegenheiten ging als um Billardpartien und gute Unterhaltung. Oftmals sah sie Seine Lordschaft über das Anwesen spazieren – das war, wofür sein Herz wirklich schlug. Die Politik hingegen kam ihm nur beiläufig in den Sinn.

Genau wie seiner Schwester, Lady Clarice. Ihre Lieblingsbeschäftigung waren die Geister. Sie hatte nie geheiratet und jetzt, in ihren Fünfzigern, widmete sie sich ganz der Pflege der Geister. Sie selbst hatte Ähnlichkeit mit ihnen, dachte Nell, so groß und dünn wie sie war und immer machte sie eine finstere Miene. Eine Exzentrikerin, aber Nell mochte sie trotzdem.

Tatsächlich wartete Lady Clarice bereits in der Stiefelkammer in der Nähe des Haupteingangs von Wychbourne Court. Sie sah ein wenig verloren aus inmitten all der Berge von Utensilien. Manches steckte in Kisten, anderes lag bloß übereinander gehäuft da. Einige der Kisten standen im offenen Durchgang zum anliegenden Waffenraum, der für gewöhnlich abgeschlossen war. Die Frage, ob Lady Clarice mit Gewehren auf die Geister schießen wollte, verkniff Nell sich. Stattdessen fragte sie höflich: „Sie wollten mich sehen, Lady Clarice?"

Überrascht sah sie zu Nell. „Natürlich, Sie werden bei der Geisterjagd nachher doch die zweite Gruppe anführen."

„Werde ich?", erwiderte Nell, die nun zum ersten Mal davon hörte.

„Hat Ihnen Lady Ansley das nicht mitgeteilt? Wir müssen uns in zwei Gruppen aufteilen, um unsere geisterhaften Besucher nicht zu erschrecken. Dann können Sie mit ihnen kommunizieren."

Konnte sie? Auch das war Nell neu. Innerlich stöhnte sie auf. So gern sie Lady Clarice hatte, Nell vermutete, dass sie manchmal nicht nur den Bediensteten, sondern auch Lord und Lady Ansley zur Last fiel. „Und was wünschen Sie, dass ich jetzt tue?"

„Überprüfen Sie die Ausrüstung für die Jagd. Und dann möchte ich mit Ihnen noch die Geister durchgehen."

Die Geister durchgehen? Das klang nach einer Herausforderung. Nur mit Mühe gelang es Nell, einen neutralen Gesichtsausdruck zu wahren. Dann fuhr Lady Clarice fort: „Vor allem möchte ich Sie bitten, darauf zu achten, den guten Hubert nicht zu verschrecken."

Nun war Nell verloren. „Ist Hubert einer der Gäste?", fragte sie vorsichtig.

„Seien Sie nicht albern", erwiderte Lady Clarice ungeduldig. „Sicher haben Sie ihn schon einmal getroffen. Hubert ist der Lord, der während des Bürgerkriegs gestorben ist, als man ihn versehentlich im Priesterloch zurückgelassen hat. Wie dem auch sei, Simon – der sich nur sehr selten zeigt – hat mir kürzlich erzählt, dass es eigentlich Huberts Frau war, die ihn erschossen hat. Doch natürlich gibt es keinen Beweis dafür, dass sie es war und, nun ja, Simon ist doch so ein Schwätzer."

„Simon?", fragte Nell zaghaft.

„Also wirklich, Nell", stöhnte Lady Clarice. „Der fünfte Marquess. Aber bitte, passen Sie auf den armen Hubert auf. Er hat wirklich große Angst vor Frauen. Nachvollziehbar, *falls* seine *Frau tatsächlich* seine Mörderin ist."

„Ich werde vorsichtig sein", versprach Nell sanft. „Aber ich brauche eine Liste der Geister und wo sie für gewöhnlich spuken."

„Wenn es sein muss. Aber es sind ja zurzeit nur neunzehn, das Kleinkind und den Hund eingeschlossen."

Es wurde immer schlimmer. „Eine Liste wäre *wirklich* hilfreich", bekräftigte Nell mit fester Stimme. „Soll ich nun die Kisten durchsehen?"

Auf den Knien und dankbar, dass sie noch immer ihren Arbeitsrock und die einfache Bluse anhatte, nicht die Abendkleidung, zog Nell die erste zu sich heran und begann zu zählen.

„Lampen und Laternen, zehn", informierte sie Lady Clarice.

„Ich habe doch um fünfzehn gebeten", beschwerte sie sich.

„Ich könnte Jimmy bitten, unseren Lampenjungen, noch ein paar Kerzen zu besorgen–", doch zu spät hatte Nell ihren Fehler bemerkt.

„Unter gar keinen Umständen. Bei Kerzenlicht verlieren Geister ihre Kraft."

Es lag noch jede Menge Arbeit vor ihr, schloss Nell, und dachte gleichzeitig an die noch zu erledigenden Aufgaben in der Küche. Sie musste sich spurten. „Schreibunterlagen und Stifte", sagte sie schnell, „jeweils zwanzig. Lupen, zehn." Was sollten sie denn damit tun?, fragte sie sich. Wie Sherlock Holmes nach den Geistern kriechen? „Maßband, drei–"

„Viel zu wenig."

„Kreide", fuhr Nell einfach fort und überflog eine Kiste nach der anderen in Höchstgeschwindigkeit. „Zwei Barometer, zwei Thermometer, zwei Phonographen um etwas aufzunehmen, zwei Kameras, zwei schwarze Stoffe, zwei Säcke Mehl." Was zum gurgelnden Geier sollten sie denn damit anstellen? Nicht fragen, einfach weitermachen, riet sie sich selbst. „Vier Spiegel", fuhr sie fort, obgleich diese sie wirklich verwirrten. „Wozu sind die Spiegel gedacht, Lady Clarice? Ich dachte, Geister kann man in Spiegeln nicht sehen."

Lady Clarice strahlte. „Alles, was darin zu sehen ist, kann also automatisch als Geist ausgeschlossen werden. Das ist schließlich ein wissenschaftliches Experiment, Nell. So. Und ich erwarte Sie pünktlich um Viertel vor zwölf im großen Saal. Mein Neffe Richard wird die Ausrüstung dorthin bringen", sagte sie und hielt inne. „Brauchen Sie wirklich eine Liste?“, fragte sie zweifelnd.

„Ja, bitte“, bestätigte Nell ihr ernst. „Ich möchte keinen der Geister beleidigen, indem ich ihn mit dem falschen Namen anspreche.“ Wenngleich das die kleinste ihrer Sorgen war.

Für Nell war die Geschichte von Wychbourne Court einzigartig. Bis William der Eroberer nach England gekommen war, hatte es auf diesem Anwesen nur einen unscheinbaren Gutshof gegeben. Familie und Hof war es durchschnittlich ergangen, bis der damalige Ansley, Sir William, unter Elisabeth der I. zum Baron ernannt worden war. Damit hatte er plötzlich über die nötigen Mittel verfügt, das Gut in viel größerem Stil anzulegen. Jahre später hatte man eine dem siebzehnten Jahrhundert typische Front aus rotem Backstein ergänzt und im achtzehnten Jahrhundert das Haupthaus wiederum um zwei weitläufige Flügel erweitert, die das Gut in das gewaltige Massiv verwandelt hatten, das es heute noch war. Dies hatte man Williams Nachfolger Philip zu verdanken, der während des Siebenjährigen Krieges gedient hatte und dadurch schließlich zum ersten Marquess Ansley geworden war. Von da an war die Zukunft der Familie gesichert gewesen.

Als 1914 der Krieg begann, verzeichneten die Ansleys einen heftigen finanziellen Einbruch, erholten sich aber wieder davon. Nichtsdestotrotz arbeiteten heute weitaus weniger Bedienstete in Wychbourne Court als noch vor zwanzig Jahren, doch dieser Wandel hielt, soweit Nell wusste, überall Einzug. Der größte Verlust der Ansleys glich jedoch einem echten Hammerschlag: Der zweite Sohn der derzeitigen Lord und Lady Ansley, Noel, fiel in der Ersten Flandernschlacht. Nur das älteste ihrer fünf Kinder, Kenneth, war verheiratet und arbeitete im Ausland für den Kolonialdienst, die anderen drei lebten weiterhin in Wychbourne Court. All das wusste Nell, obgleich sie erst seit einem Jahr hier angestellt und seit einem halben Jahr eine Vertraute von Lord und Lady Ansley sowie deren Kindern war – Letzteres nicht immer zu ihrer Freude.

Damals kam sie den weiten Weg aus Spitalfields, wo ihr Vater als Straßenhändler arbeitete. Sie lernte viel von ihm – eine schlechte Orange erkannte sie bereits aus einer Meile Entfernung. Eigentlich wollte ihr Vater, dass Nell ihn im Verkauf unterstützte, doch sie hatte sich längst in die strahlenden Lichter Londons verliebt und alsbald als Kammermädchen im pompösen Carlton Hotel an der Ecke des Haymarkets angefangen. Und in dieser Position arbeitete sie dort, bis eines Tages der Chefkoch, Monsieur Escoffier, ihr Interesse am Kochen entdeckt hatte. Bald entpuppte sich das Interesse als Talent und so kam es, dass er sie unterrichtete – ein unfassbares Privileg, da vor ihr nicht einer von seinen etwa fünfzig Angestellten eine Frau war.

Hart war es, doch Nell hatte viel gesehen, gelernt und gekocht. Und als Monsieur Escoffier vor fünf Jahren schließlich in den Ruhestand ging, war sie bereits zu einer Beiköchin aufgestiegen. Geheiratet hat sie nicht – warum auch heiraten, nur um von jemand anderem bestimmt zu werden? Nell wollte ihre eigenen Entscheidungen treffen. Und nach vier Jahren als Chefköchin eines Gutshofs nördlich von London entschied sie sich für Wychbourne Court und lernte nun die

Unterschiede zu schätzen, die mit der Arbeit auf dem Land einhergingen. Oh, welch Freude es ihr bereitete, einen Obst- und Gemüsegarten zur Verfügung zu haben!

Warum also sollte sie den bevorstehenden Abend fürchten? Geister gehörten zur alten Zeit, das hier jedoch war die neue Zeit. Ein leichtfüßiges Zeitalter für alle, sowohl wortwörtlich als auch im übertragenen Sinn. Die strahlende Zukunft lag vor ihnen und das heutige Dinner markierte einen ersten Meilenstein auf dem Weg dorthin, wenngleich der Krieg und seine Grauen alle tief bestürzt hatte und längst nicht vergessen war. Wie konnte ein Krieg vergessen werden, wenn zahlreiche der Soldaten in eine Welt ohne Arbeit und Hoffnung zurückkehrten? Wie sollte man diese Schrecken während der Wirtschaftskrise von 1921 vergessen? Doch heute Abend traten all diese trüben Gedanken in den Hintergrund. An diesem Abend, das schwor sich Nell, hieß Wychbourne Court die Zukunft willkommen – und blickte nicht auf alte Geister zurück.

Besorgt beobachtete Sophy Ansley ihre Geschwister. Sie hatten große Pläne für diesen Abend gehegt und sie deshalb in den Blauen Salon bestellt, doch Sophy wusste nicht, ob sie überhaupt mitspielen wollte. Es musste aber wenigstens so aussehen. Denn sie selbst hatte zu viel zu verbergen, um sich ihnen nicht anzuschließen. Im Allgemeinen hatte sie sehr wenig gemein mit ihren älteren Geschwistern Helen und Richard. In der Familie verkörperten sie die strahlende Jugend, wohingegen Sophy sich lieber hinter Büchern versteckte. Das war, worum es im Leben wirklich ging, dachte sie.

Auch wenn ihre Einführung in die Gesellschaft mit einem großen Schlamassel geendet hatte: Sie hatte weder einen potenziellen Ehemann noch eine Schar von Verehrern vorzuweisen.

Doch schließlich tröstete Sophy sich damit, dass sie erst neunzehn war und ihr Bruder Richard und ihre Schwester Helen mit fünfundzwanzig und dreiundzwanzig ebenso wenig verheiratet waren. Allerdings war Helen mit ihrem goldenen Haar weithin als Schönheit bekannt und Richard entpuppte sich als zweiter Rudolph Valentino. Alle Frauen schwärmten für ihn, eigenartig.

Nichtsdestoweniger musste Sophy der demütigenden Wahrheit ins Auge blicken, dass auf der heutigen Abendgesellschaft kein inbrünstiger Verehrer auf sie warten würde. Ein Teil von ihr wäre am liebsten als Flapper erschienen, ein anderer erklärte diesen Teil jedoch für verrückt. Auch Mutters Beharren, dass sie das schwarz-rosafarbene Tanzkleid aus Chiffon tragen sollte, war ihr keine Hilfe. Chanel hin oder her, das Kleid war partout nicht für ihren Körper gemacht. Sie war zu klein und zu kurvenreich dafür. Und ihre Brüste weigerten sich, unter dem Mieder zu verschwinden, um dem neumodischen knabenhaften Trend gerecht zu werden. Wie oft hatte sie Helen um ihre schlichte Eleganz und Richard um seinen sportlichen, plumpvertraulichen Charme beneidet, doch das hatte nun ein Ende. Nicht heute Abend. Sie war Sophy Ansley und hatte ihre eigenen Pläne geschmiedet. Dazu gehörte, dass sie heute *mit* Partner erschien – sogar mit einem ganz besonderen. Doch bis es soweit war, musste sie noch ein wenig Interesse an den lächerlichen Streichen ihrer Geschwister vortäuschen.

„Aber Charlie hast du gefragt, oder?", erkundigte sich Helen in vorwurfsvollem Ton bei Richard. Das war Helen, dachte Sophy, in ihrem schicken Schlafkleid aus Seide lag sie auf dem Ruhebett und sah wie eine Göttin aus.

„Natürlich habe ich ihn gefragt, Schwesterlein", erwiderte Richard etwas selbstgefällig und rauchte einen dieser schrecklichen Glimmstängel. Auch wenn Sophy wusste, dass es dieser Tage alle taten, selbst Frauen, fand sie, dass man damit dämlich aussah und sie übel stanken.

„Und, wird er es tun?", wollte Helen wissen.

„Charlie ist einer von den Guten", erwiderte Richard. „Natürlich wird er es tun. Kann es schon kaum erwarten."

Ob Charlie tatsächlich einer von den Guten war, da war sich Sophy nicht sicher. Wenngleich alle Welt ihn zu bewundern schien. Sie aber bildete sich etwas darauf ein, eine gute Beobachterin zu sein. Und so war ihr nicht entgangen, wie Charlies vergnügtes Grinsen hin und wieder einfach verschwand und wie andere in seiner Gegenwart nahezu nervös wirkten. Das wiederum zeigte, dass ihn doch nicht alle mochten. Als Sophy Helen diesen Gedanken offenbart hatte, in einem der seltenen vertrauten Momente mit ihrer Schwester, war Helen regelrecht wütend geworden.

„Charlie ist absolut klasse. Kann es sein, dass du einfach eifersüchtig bist?"

Nein, das konnte nicht sein. Doch diese Frage bestätigte Sophys Verdacht, dass Helen ein Auge auf Charlie geworfen hatte. Ein Gedanke, der Sophy geradezu abstieß, vor allem, da der liebenswerte Rex Beringer wie vernarrt in Helen war.

Die Londoner Ballsaison war in vollem Gange, doch da ihr Haus in London vermietet war – aus finanziellen Gründen, wie Vater erklärte – blieben sie dieses Jahr in Kent und hielten ihre Abendgesellschaften in Wychbourne Court ab. Hinter dem heutigen Ball stand zweifelsohne der Wunsch, einen Ehemann für Helen zu finden. Genau wie für sie, gestand Sophy sich trübselig ein. Nachbarn aus Sevenoaks und aus Ightham waren geladen sowie Bekannte aus Sussex und aus London, darunter auch Charlie Parkyn-Wright. Charmant, wie er war, war er derart gefragt, dass er es sich regelrecht aussuchen konnte, welche der bevorstehenden Bälle er besuchte. Helen und Richard waren hellauf begeistert, als er für Wychbourne Court zusagte, nicht jedoch Sophy. Sie hielt ihn für einen Schuft. Obendrein gehörte er auch dieses Mal wieder zu den Gästen, die immer gleich das ganze Wochenende im Westflügel blieben.

Charlie war Richards bester Freund, weshalb Richard nichts auf ihn kommen ließ. Das konnte allerdings auch daran liegen, dass er die meiste Zeit ohnehin mit Elise liebäugelte. Die Honourable Elise Harlington war der ganze Stolz der Stadt und das ideale Modell für Lanvin's modische Kreativität. Doch Sophy blieb unbeeindruckt. Sobald Elise einen Raum betrat, richteten sich alle Augen auf sie, insbesondere die von Charlie und Richard, und das wusste Elise. Es hatte jedoch auch seine Vorteile, nicht die Schönheit der Stadt zu sein. Denn dadurch hatte Sophy genug Zeit zu erkennen, was sich eigentlich abspielte – auch wenn dies sonst niemand tat. Und darauf setzte Sophy heute Abend, wenngleich es bedeutete, dass sie bei Richards und Helens lächerlichem Streich mitspielen musste. Das machte sie nicht gerade glücklich, doch letztlich hatte Tante Clarice es verdient. Sie und ihre Geister.

„Wir machen den Abend zu einem lang ersehnten Erfolg für Tante Clarice", deklarierte Richard affektiert. „Und Charlie ist einfach der Beste. Das haben sie im Harrow auch alle gesagt. Durch ihn wird der Abend einfach unvergesslich, warte nur ab."

Mit voller Hingabe beharrte Tante Clarice darauf, dass überall auf Wychbourne Court Geister der Ansley-Vergangenheit umherspukten. Diesen Dauerscherz empfand Sophy inzwischen nur noch als nervtötend. Da gab es das Milchmädchen aus dem neunzehnten Jahrhundert, das der vierte Marquess nicht ehelichen wollte; und Lady Henrietta, die in der Blüte ihres Lebens von ihrem unliebsamen Ehemann umgebracht wurde; und Sir Thomas, der auf einem Kreuzzug gekämpft hatte und bei seiner Rückkehr entdecken musste, dass seine geliebte Frau Eleonora einen Priester verführte oder von ihm verführt wurde; und den ersten Marquess, der von Zeit zu Zeit nach Wychbourne Court zurückkehrte, um zu sehen, wie die Bauarbeiten der zwei neuen Flügel vorangingen. All diese waren nur Beispiele der vielen Geister, von denen Tante Clarice behauptete, sich gut mit ihnen zu verstehen.

Nichts bereitete ihr größere Freude, als einen alten Wälzer in der Bibliothek zu finden, der ihre Hoffnungen auf weitere Geister bestätigte. Und nun, da Geisterjagden in Mode waren, fantasierten Helen und Richard von einer mitternächtlichen Jagd mit allen Gästen (oder allen, die bereit waren, Essens- und Tanzsaal zu verlassen), bei der sie unter der Führung von Tante Clarice und den Geistern durch die dunklen Korridore krochen. Voller Enthusiasmus hatte Tante Clarice den Plan weitergesponnen.

„Das wird ein Spaß“, fuhr Richard fort, „vor allem, da zumindest manche von uns verkleidet sein werden.“

Kostüme waren das nächste, das Sophy nicht ausstehen konnte. Aus tiefster Überzeugung hatte sie abgelehnt, an diesem Abend als Jeanne d'Arc teilzunehmen – wenngleich das bedeutete, dass ihr nur der schwarzrosafarbene Chiffon-Fummel blieb, den ihre Mutter ihr aufgedrängt hatte.

***

Eilig und im vollen Bewusstsein der tickenden Uhr huschte Nell von der Stiefelkammer durch den großen Saal zurück in die Küche. Vielleicht war die Geisterjagd doch nicht so ein Albtraum, wie sie befürchtet hatte, dachte Nell zuversichtlich. Durch die offenen Türen zum Speisesaal und zum Salon erblickte Nell den Wintergarten und dahinter die in weiter Ferne leuchtenden Lichter im Garten. An diesem Abend würde ganz Wychbourne Court im Lichterglanz erstrahlen wie eine Phantasiewelt voll glühender Leuchten und Laternen, in der sich die Reichen und Schönen in prächtigen Farben und ausgefallenen Kostümen tummelten, wo Musiker im Ballsaal auf ihren Einsatz warteten und die Luft erfüllt war von aufregenden Gerüchen und Geschmäckern des Banketts.

Das beste Essen – und sie dachte gern daran, dass es *ihr* Essen war – war ein Genuss für alle fünf Sinne: Es weckte den Geschmacks-, Tast-, Geruchs-, Seh- und sogar den Hörsinn: die Vorfreude auf den Gong, der das Buffet eröffnete, das Klirren von Geschirr, das Knistern der Stövchen, das Knallen der Champagnerkorken oder das Rascheln von in Butterpapier eingepackten Sandwiches bei einem Picknick.

Doch der heutige Abend würde etwas ganz Besonderes werden – ein eindrucksvoller Ballabend, mitten in Kent. Im Tanzsaal und vielleicht sogar im Wintergarten, wo jeweils ein Grammophon und einige Platten bereit standen, würde getanzt werden. Vermutlich würde das ein oder andere Paar sogar auf die Terrasse hinauswirbeln oder sich heimlich in den darunter liegenden Garten verirren. Ganz gleich, ob Nell kochte, aus dem Servierraum oder aus dem Dinnersaal zusah: Sie würde jede einzelne Minute genießen. Selbst die Geisterjagd.

Peters, wie er sich selbst während der Arbeit nannte – Freddie war er nur im Privaten und in den Erinnerungen an eine lang vergangene Kindheit –, ging ganz in seiner Aufgabe auf, die Neuankömmlinge am Haupteingang zu begrüßen. Als Butler hörte er nahezu alles und war stets ein Teil von allem, ohne involviert zu sein. Es fühlte sich an wie damals in der Armee, als er noch Offiziersbursche des verstorbenen Lord Noel Ansley oder besser gesagt Major Ansley war, wie seine Lordschaft zu Kriegszeiten hieß. Aufgrund seines Zeugnisses fürchtete Peters, nach dem Krieg nie wieder eine Anstellung zu bekommen, doch dank des armen Lord

Noel war dem nicht so. Obgleich Peters wusste, dass er weder in Größe noch in Statur imponieren konnte, hatte er schnell gelernt, ein guter Butler zu sein und seinen Reiz daran gefunden. Auch wenn er nur einen einzigen Mann unter sich hatte; den jungen Jimmy, der ihm unter anderem mit den Wychbourne Platztellern half und sich um die Lichter kümmerte. Nur das Erdgeschoss, das noch immer mit Öllampen erleuchtet wurde, musste umsorgt werden, sonst gab es überall auf dem Anwesen elektrisches Licht. Fantastisch, solange der Generator nicht aussetzte.

Inzwischen war es bereits nach sechs und seit etwa einer Stunde kamen Gäste an. Manche der Wochenendgäste waren noch nicht eingetroffen und auch diejenigen, die lediglich zum Abendessen und zum Tanz kamen, ließen auf sich warten. Mit Freude dachte Peters an den Ball. Selbst in der Bedienstetenstube würde es Tanz geben, dort gab es auch ein Grammophon. Mrs Fielding – seine Florence – wäre anwesend und er stellte sie sich wie eine Königin vor in ihrem blauen Satinkleid. Voller Vorfreude malte er sich die Wärme ihres kräftigen Körpers aus, ganz dicht an seinem, während sie einen Walzer tanzten. Für sie gab es keinen dieser Ragtime-Hits, auch keine Rumbas oder Congas oder wie sie alle hießen, aber ein Tango konnte womöglich für etwas Stimmung sorgen. Auch die neue Chefköchin war eine Frohnatur, selbst wenn sie nicht so verschmust schien wie Florence. Außerdem hielt Peters grundsätzlich nichts von weiblichen Köchinnen. Frauen waren Küchenhilfen, ganz gleich wie besonders ihr Essen war.

Auf dem Vorhof kam Lady Warminsters Automobil zum Stehen. Sie machte sich nicht die Mühe, vor bis zu den Stallungen zu fahren, wo man die motorisierten Automobile eigentlich abstellte. Da war sie also.

„Guten Abend, Peters", grüßte sie ihn mit einem breiten Lächeln, als sie in ihrem Cape aus Pelz auf ihn zukam und Robert, dem Diener des Hauses, die Schlüssel ihres Delage übergab. Obgleich sie nur für den Abend hier war, hatte sie sich nicht kostümiert, wie er bemerkte. Sicher dachte sie, dass sie mit ihren Diamanten und Saphiren modisch genug war.

Immerhin hatte sie ihn beim Namen genannt, dachte Peters. Manches änderte sich doch noch auf dieser Welt. Bedienstete wurden nicht mehr völlig übersehen, wenngleich der Bedienstetenflügel weiterhin für die meisten Familien, für die jene arbeiteten, unbekanntes Terrain blieb.

Als sie an ihm vorüberging, verbeugte er sich. „Lady Warminster", grüßte er ehrerbietig. Nicht, dass er ihr Ehrerbietung darbrachte. In seinen Augen war sie ein äußerst arroganter Mensch. Ihr Ehemann war ein hohes Tier in der Armee in Persien gewesen, bevor man sie von dort verdrängt hatte, und beriet nun die RAF im anliegenden Mesopotamien. Woher der General seine Ehefrau kannte, darüber mochte Peters besser keine Nachforschungen anstellen. Stalisbrook Place am Tonbridge Way zählte nicht zu Wychbournes Pflaster.

Kurz darauf erschien Mr Rex Beringer in seinem Bentley Tourer – ein weiteres Automobil zum Dahinschmelzen. Und er war ein Gentleman ohnegleichen. Hat ein schwaches Herz, wie man sagte. Aus diesem Grund musterte man ihn damals aus und deshalb sah er bereits etwas gebrechlich aus. Doch er grüßte immer höflich. Wie man hörte, zeigte er Interesse an Lady Helen, obgleich ihre Augen auf jemand anderem ruhten.

„Soll ich zu den Stallungen vorfahren?“, fragte Mr Beringer.

„Es ist uns eine Freude, Sir. Robert wird das für Sie übernehmen und Ihr Gepäck hinaufbringen.“

Zehn Minuten später folgten zwei weitere Wochenendgäste. Charles Parkyn-Wright war ein Gentleman, der immer ein Lächeln auf den Lippen trug. Als alter Schulfreund von Lord Richard kam er schon seit Jahren nach Wychbourne Court. Nun stieg er aus seinem hispanisch-schweizerischen Sportmobil, um seiner Mitfahrerin zu helfen, der Honourable Elise Harlington. Auch sie trug ein modisches Cape in glitzerndem Silber. Doch es verbarg weder ihre große, schlanke Figur noch das schwarze Haar, die dunklen Augen, das schwarze Kostüm einer Ägypterin oder die glänzenden Juwelen um ihren Hals. Kleopatra würde die ganze Versammlung überwältigen.

Mr Parkyn-Wright war noch nicht umgezogen, doch zweifelsohne würde er das gestreifte Jackett aus Flanell alsbald gegen ein Kostüm oder zumindest Abendgarderobe austauschen. Er trug keinen Hut, wie Peters missbilligend feststellte, allerdings war dies ein neuer Trend unter der Jugend, den sie dem Prince of Wales zu verdanken hatten.

Die Honourable Elise schenkte Peters ein gütiges Lächeln, als sie lässig an ihm vorüberschritt. Sie war eine der wilden Sorte, hatte er gehört. In jedem Nachtclub Londons bekannt. Und Lord Richard hatte Augen nur für sie, wenngleich er nicht ihr Kaliber war. Nicht in

Anwesenheit von Mr Parkyn-Wright. Dann signalisierte Peters Robert, der gerade von seiner letzten Aufgabe zurückkehrte, das Gepäck entgegenzunehmen.

In der Zwischenzeit sah Mr Parkyn-Wright zu Peters, als hätte er seinen besten Freund wiedergefunden. „Na, Peters, alles im Lot? Wie ich hörte, hatten Sie Probleme mit dem Bein."

„Vielen Dank, Sir. Ich bin wieder genesen."

„Wunderbar. Das Anwesen wäre nicht das Gleiche ohne Sie."

Peters strahlte. „Haben Sie vielen Dank, Sir. Darf ich Ihnen sagen, dass es uns hoch erfreut, Sie erneut auf Wychbourne Court willkommen zu heißen."

„Das dürfen Sie, alter Freund, das dürfen Sie. Ist ganz wie in den alten Tagen, nicht? Darüber können wir uns noch unterhalten während meines Aufenthalts", sagte Charlie mit einem Grinsen, während er im Gefolge von Kleopatra weiterging.

Doch Peters Strahlen verschwand mit einem Mal. Was meinte Mr Parkyn-Wright bloß? Das hieß doch nicht etwa, dass er von der alten Geschichte gehört hatte?

Kapitel 2

Die letzte halbe Stunde vor dem Dinner war sicher die schlimmste, dachte Nell, doch gleichzeitig war es auch die aufregendste. Das ihr vertraute, sehr verrückte Alice-im-Wunderland-Wettrennen hatte bereits begonnen. Und heute Abend durfte es nur Gewinner geben. Die Gerichte waren auf dem Haupttisch angerichtet, umgeben von einer Reihe von Dienern, die im Halbkreis um den Tisch standen, bis sie reihum wie bei einer Prozession in den Korridor in Richtung Servierraum des Haupthauses verschwanden. Wenige Momente später erschienen sie wieder in der Küche, bereit für das nächste Gericht. Tatsächlich rannte keiner von ihnen, sie bewegten sich nur so schnell, als würden sie rennen.

Die armen Burschen. Viele von ihnen, die für diesen Tag angestellt wurden, waren sicherlich ehemalige Soldaten, die nun keine andere Arbeit fanden. Die Nachwirkungen des Krieges und die folgende Wirtschaftskrise trafen Menschen aller sozialen Klassen. Auf der Straße kaufte Nell nun Streichhölzer von Männern, die sie in früheren Jahren im Carlton dinieren gesehen hatte. Nun kaufte sie Güter von diesen Männern, die entweder körperlich oder seelisch ernstlich verletzt waren, oder von Männern, die vor dem Krieg Arbeiter oder Büroangestellte waren und nun keine Arbeit mehr fanden.

„Nehmen Sie das, Michel."

Nell entdeckte ein kleines Gedeck Eier mit Ringelblumen verziert, das ihr nicht ganz gefiel. Auf dem Menü standen *oeufs d'or*, da Lady Ansley unglücklicherweise entschieden hatte, es französisch zu halten. Doch auch das ein oder andere englische Gericht wie dieses schaffte es unter französischem Namen auf die Karte. Monsieur Escoffier hätte es sicher mit einem Nicken abgesegnet. Er war stets für Einfachheit, genau wie Nell. Dankbarerweise setzte sich diese Art des Kochens allmählich immer mehr durch. Es begeisterte sie, englische Rezepte samt all ihren Farben, Gerüchen und Geschmäckern zuzubereiten. Außerdem konnte sie auf diese Weise reichlich Gebrauch machen von Mr Fairwheathers Auswahl an Kräutern und Obst aus dem eigenen Garten, zusammen mit den Gewürzen, die die Briten einst zelebriert hatten und nach und nach wieder ihren Weg in die Küchen fanden. In der Bibliothek von Wychbourne Court hatte Nell einen wahren Schatz an Rezepten der Ansley-Familie entdeckt, die einige Jahrhunderte zurück reichten, doch heute Abend erwarteten Wychbournes Gäste französisches Essen. Mousses anstelle von Cremes, Frucht-Soufflés statt Fools und Whim-Whams.

Was Mrs Fielding jedoch nicht ausstehen konnte, war, aus alledem herausgelassen zu werden. „Also wenn Sie mich fragen, sehen diese Himbeeren nicht besonders reif aus", sagte sie mit großer Zufriedenheit. Für einen kurzen Augenblick befürchtete Nell, dass sie recht hatte, doch im Gegenteil: Das Soufflé Helen war wunderbar ausgekühlt und das Himbeer-Püree strahlte rubinrot.

„Sie sind perfekt", versicherte Nell ihr.

„Sagen Sie nachher nur nicht, ich hätte Sie nicht gewarnt", gab Mrs Fielding zum Besten. „Besser, Sie hätten meine eingelegten Himbeeren genommen."

Sobald das Dinner begann, würde Nell mit den Lamm *Noissettes* starten. Die Pfannen standen auf ihrem zuverlässigen Golden Eagle bereit, genau wie die Butter. Bei ihm wusste sie, wo sie stand. Die neuen elektrischen Öfen waren hervorragend, insofern es einen nicht störte, dass das Essen entweder noch roh war oder anbrannte, da man die Hitze nicht regulieren konnte. Mrs Fielding hatte einen solchen bei sich stehen und auch Nell verfügte über einen Elektroofen hier in der Hauptküche, doch in puncto Zuverlässigkeit war ihr Golden Eagle unschlagbar.

Nicht mehr lange und der Gong erklang. Wenngleich sie ihn hier unten nicht hören konnten, wusste Nell, dass es gleich soweit sein musste, da Miss Checkam, die Kammerzofe von Lady Helen, bereits herunterkam, gefolgt von ihrem männlichen Pendent, Mr Briggs, dem Kammerdiener von Lord Ansley. Das bedeutete, dass die Ansleys sich bereits im großen Saal unter den Gästen befanden, wo Peters mit seinem Gehilfen Robert dafür sorgte, dass es stets genug Champagnercocktails, Juleps, Corpse Revivers und Horse's Necks gab. Sicher war es nicht einfach, den straffen Zeitplan des Dinners einzuhalten, da sich an diesem milden Juni-Abend gewiss einige der Gäste ihren Weg durch den Salon oder den Wintergarten in den Garten gebahnt hatten.

„Erzählen Sie uns von den größten Tragödien, Miss Checkam", forderte Nell sie gutgelaunt auf. Denn ihr konnte man oftmals ein wenig vom neuesten Tratsch entlocken. Und insofern es den Arbeitsrhythmus nicht störte, war es durchaus vorteilhaft zu wissen, was sich oben hinter der grün gebeizten Tür zwischen dem Bedienstetenflügel und dem Haupthaus zutrug.

„Es ist auf alle Fälle etwas im Gange", begann sie. „Miss Sophy hat irgendeinen Unfug im Sinn."

„Vielleicht haben sie das alle", scherzte Nell. „Diese Geisterjagd schreit doch geradezu nach Ärger. Sie sollten erst einmal die ganze Ausrüstung sehen, die Lady Clarice bereithält."

Mrs Fielding schüttelte den Kopf. „Wie soll man auch nach Geistern jagen? Etwas Derartiges gibt es nicht."

„Lady Clarice sagt, dass es in Wychbourne zahlreiche davon gibt", widersprach Miss Checkam.

Auch Miss Checkam hatte den gleichen Rang wie Mrs Fielding, ebenso wie Mr Peters und Mr Briggs. Und auch sie hatte ihre Schwierigkeiten mit Mrs Fielding. Lediglich Mr Briggs hatte keinerlei Reibereien mit ihr oder sonst irgendwem. Er lächelte nur und lebte in seiner eigenen Welt, die nur aus seiner Arbeit für Lord Ansley, Essen, Schlafen und den regelmäßigen Spaziergängen zu den Eulen im Park bestand – „etwas im Krieg", munkelte man.

„Sie hat nicht mehr alle Sinne beisammen", erklärte Mrs Fielding.

„Ist nur ein wenig verwirrt", erwiderte Nell mild, während sie zur Arbeitsfläche ging und ein paar Minzblätter pflückte, um damit die *pommes de terre* zu garnieren.

Doch Mrs Fieldings Augen kochten vor Wut. „Haben Sie jemals einen Geist gesehen?"

„Viel zu beschäftigt dafür“, antwortete Nell und ignorierte den höhnischen Tonfall. Stattdessen winkte sie Michel herbei und bat ihn, das Fleisch zu bringen.

„Aber ich“, sagte Kitty leise. „Ich habe den singenden Geist aus dem Korridor gehört, Calliope.“

„Auch ich bin schon einem begegnet“, sagte nun Mrs Squires. „Jeremiah, dem Dieb, der in den Kellerräumen spukt.“ Mrs Squires war eine stämmige Frau aus dem Dorf, die sich hingebungsvoll um ihr Gebäck kümmerte und sich nur selten an den Unterhaltungen beteiligte. Das untermalte die Glaubwürdigkeit ihrer Aussage über Jeremiah.

„Ist das der Mörder von–“, begann Michel.

„Nein“, unterbrach Nell ihn. „Das werde ich gleich sein, wenn du dich nicht aufmachst. Die Geister stehen erst um Mitternacht auf dem Plan. Aber das Dinner beginnt in fünf Minuten. Also, Fisch und Gemüse, alle miteinander!“

Nach einem Moment entsetzter Stille sprangen alle an ihre Arbeitsplätze. Eine knusprige Scheibe Artischocke fiel von einem Teller, die *Sauce Normande*, die zur Seezunge gehörte, – oder auch *Sole de la Manche*, wie sie heute Abend hieß – war verschwunden, aber schnell wiedergefunden und eilends in den Servierraum gebracht, und Trüffel, *foie gras* und *pommes de terre*, die als Beilage zum Lamm gehörten, sollten bereits längst nach oben gebracht worden sein, um in vornehmen Geschirr serviert zu werden.

„Nehmen wir mal an, Lady Clarice hat recht, Miss Drury“, flüsterte Kitty, als alle wieder bei Atem waren, „vielleicht treiben hier wirklich überall Geister ihr Unwesen?“

„Und wenn dem so wäre – das ist doch nur des Lebens Würze“, erwiderte Nell trocken. „Außerdem ist der Bedienstetenflügel bei der Geisterjagd außen vor.“

„Warum?“, hakte Michel nach. „Auch das hier sind inzwischen alte Gemäuer.“

„In die die damaligen Ansleys niemals einen Fuß gesetzt haben“, erklärte Nell. „Und unsere Geister verlassen die eigenen vier Wände nicht, zumindest nicht die aristokratischen Geister. Auf dem Land spuken üblicherweise Wegelagerer und dergleichen, aber nicht hier. Die Ansley-Geister halten sich im Warmen auf. Man munkelt, dass es sogar einen Geisterkoch gibt, der sich deshalb in den alten Küchengemäuern umhertreibt.“

„Sie haben uns auch einmal von einem Milchmädchen erzählt, aber die Milchkammer ist kühl.“

„Der Marquess jener Zeit war sehr auf Komfort bedacht“, improvisierte Nell, „und so lockte er die Milchmädchen über den Efeu nach oben, um sie zu verführen. Sie spukt daher nun in der Stiefelkammer.“

„Miss Drury“, begann Michel, nachdem er eine Weile über ihre Worte nachgedacht hatte, „Sie machen sich witzig über uns!“

„Nur ein wenig.“

Denn es war besser, darüber zu lachen. So konnte Nell die Geisterjagd aus ihren Gedanken verdrängen, die ihr später am Abend bevorstand.

Es war an der Zeit, im Servierraum nach dem Rechten zu sehen, bemerkte Nell. Die Lamm *Noissettes* waren bereit, zu ihrem schönsten Rosa-grau angebraten zu werden und auch mit dem Fisch und den *hors d' oeuvres* lief alles nach Plan genau wie mit dem Gemüse. Damit blieben noch die Salate, das Soufflé und zum Abschluss die Fruchtschalen. Wenn das erledigt wäre, wäre alles geschafft und Nell konnte sich zurücklehnen – bis auf die Geisterjagd. Zumindest hatte sie die Geisterliste erhalten, eine höfliche Geste von Jimmy.

Auf dem Weg zum Servierraum begegnete sie den Musikern, für die Mrs Squires ein Abendessen in der Bedienstetenstube angerichtet hatte. Nell stellte sich an die Seite, während sie hineingingen, doch dann erkannte sie, wer ihnen mit einem Klarinettenkasten in der Hand voran ging. Wie eine Flutwelle überwältigte sie der Schrecken. Und dann auch noch gerade heute Abend. Wieso hatte sie nicht einen Gedanken daran verschwendet, dass sie sich eines Tages wiedersehen würden? Schreck hin oder her, als sie seinen entgeisterten Blick entdeckte, musste sie beinahe lachen.

„Wir kennen uns", sagte er und gewann allmählich etwas seiner eigentümlichen Gelassenheit zurück.

„Aus dem Carlton", gab Nell ihm recht.

„Als ob ich das vergessen könnte", erwiderte er mit einem Lächeln. „Ich muss weiter, Nell. Wir sprechen uns später."

Wirklich?, dachte sie widerwillig.

Guy Ellimore hatte im Krieg als Offizier der Royal Flying Corps und schließlich der Royal Air Force gedient; man hatte ihn sogar mit einer Tapferkeitsmedaille ausgezeichnet, doch nach Kriegsende war er aus der Armee ausgetreten. Vielleicht fand er keine Anstellung mehr als Offizier, doch Nell vermutete, dass es andere Gründe dafür gab. Einmal gestand er ihr, wie gern er sich frei im Land bewegte – und als Musiker war das gut möglich. „Musik und Tanz, das ist es, was mich am Leben hält", sagte er immer. „Das, und stets in Bewegung zu bleiben."

Nell verstand das gut, damals wie heute. Diese Rastlosigkeit in ihm kannte sie von sich selbst. Doch sie war inzwischen zur Ruhe gekommen, er nicht. Er würde immer und immer weiterreisen. „Das ist der Jazz in mir", erklärte er ihr damals. Und doch kämpfte er noch immer gegen alte Kriegsschrecken. „Vor meinem Augen tanzen meine toten Freunde", gestand er ihr in einem der seltenen Momente von Offenheit zwischen ihnen. Die Musik half ihm. Er erzählte ihr von einer Dixieland-Jazz-Band, die 1919 in Amerika groß geworden war. „Jazz ist dort der letzte Renner und hier wird es auch bald soweit sein. Man muss nicht einmal mehr Noten lesen können. Du spielst einfach nur. Das ist Freiheit, Nell."

Freiheit. Darum ging es in den 1920ern. Nicht mehr um die immer gleiche Dichtkunst und Musik, die starren Regeln folgte, sondern um neue Denkweisen, neue Rhythmen für die neue Welt, genau wie in Edith Sitwell's Gedichtband *Façade*. Um Spaß und das Unerwartete. Wenngleich es ihr damals schwer gefallen war, sich von Guy zu verabschieden, bereute sie es nicht. Sie hatte das Richtige getan. Ein Mann an ihrer Seite würde sie bloß davon abhalten, das zu tun, wofür sie geboren war. Eines Tages wurde sie auch Wychbourne Court wieder verlassen und weiterziehen, vielleicht nach Paris, wo das Leben sich noch schneller zu drehen schien als in London. Und wie sollte das mit Mann und Kindern möglich sein?

„Ja, später“, sagte sie nun. „Ich leite eine der Gruppen bei der Geisterjagd, also erst im Anschluss.“

Guy grinste. „Gerade erst haben wir von dieser Geisterjagd gehört. Geister der Vergangenheit, Nell. Das werde ich mir auf keinen Fall entgehen lassen.“

***

Mit viel Mühe gelang es ihr, Guy aus ihren Gedanken zu verbannen und noch einmal alles im Servierraum zu überprüfen. Dann huschte sie hoch auf ihr Zimmer im Bedienstetenflügel und suchte etwas, das sie für die Geisterjagd anziehen konnte. Wenn es nach ihr ging, hätte sie Rot oder ein kräftiges Blau oder Rosa ausgewählt, doch das gefiel den Geistern (beziehungsweise ihrem Sprachrohr Lady Clarice) nicht, also entschied Nell sich für ein ärmelloses graues Kleid aus Voile und einen gleichfarbigen Unterrock. Das würde gehen. Die Strümpfe musste sie anbehalten, doch zum Glück wiesen sie heute noch keine Laufmasche auf. Um den Hals eine schwarze Perlenkette – nein, besser rote Perlen. Die passten gut zu ihrem hellbraunen Haar. Nun noch ein wenig Puder und Lippenstift und ja, so konnte sie sich sehen lassen.

„Na dann mal los, Geister, ich bin bereit“, erklärte sie, als sie vor dem Spiegel stand und das Kleid probeweise an sich hielt. (Wenngleich man Geister im Spiegel nicht sehen konnte, konnte sie wenigstens höflich zu ihnen sein, falls doch welche hier waren.)

Nachdem Nell die Kleider auf dem Bett ausgelegt hat, gab sie einen Seufzer der Erleichterung von sich. Nun konnte sie sich voll und ganz auf das Dinner konzentrieren. Und das würde sicher seine Probleme mit sich bringen. Denn bei der letzten Überprüfung des Speisesaals bemerkte Nell, dass Lady Ansley über die Tischordnung wohl in ihrer „Komm, wir amüsieren uns ein wenig“-Stimmung entschieden hatte. Äußerst ungewöhnlich, wenn man an die Fehde zwischen der Dowager Lady Ansley, die im Dower House lebte, und Mr Arthur Fontenoy dachte, der nur einen Steinwurf weit entfernt im Wychbourne Court Cottage lebte. Es herrschte absolute Funkstille zwischen ihnen, mehr noch, sie erkannten die gegenseitige Existenz nicht einmal an – und heute Abend sollten sie nebeneinander sitzen. Bei diesem Rezept war das Desaster vorherzusehen! Denn zusätzlich zu der Familie und den Nachbarn kam auch eine ganze Schar junger Menschen aus London, was eine ohnehin gewagte Mischung an Gästen darstellte. Fügte man nun noch eine Prise von Lady Clarice und ihren Geistern hinzu, waren Unannehmlichkeiten nicht mehr wegzudenken.

„Wir sollten jetzt essen, Gerald“, flüsterte Lady Ansley ihrem Gatten zu. Peters hatte bereits vor einigen Minuten gegongt, doch die Gesellschaft war derart verteilt, dass Gerald sie in den Speisesaal führen musste.

Los geht’s, machte Gertie sich selbst Mut. Die Vorstellung war eröffnet. Innerlich wechselte sie den Gesichtsausdruck von dem kurzen Ausflug in ihre Vergangenheit als Gaiety Girl zu ihrer gegenwärtigen Stellung als vornehme Gastgeberin. Inzwischen beherrschte sie diese Rolle wie keine andere, doch noch immer beschleunigte sich ihr Puls, sobald der Vorhang hochging und die nächste beeindruckende Abendgesellschaft in Wychbourne Court begann.

„Sicher doch, Liebling“, erwiderte Gerald, der achte Marquess Ansley und bot seiner Mutter, der Dowager Lady Ansley oder Lady Enid, wie sie genannt werden mochte, den Arm an. Gertrude hingegen hakte sich dekorativ bei dem Mann mit dem höchsten sozialen Stand ein, der an der Spitze dieser Prozession ging.

Wenngleich diese alten Regeln der Vergangenheit angehörten und die Welt sich rasant weiterentwickelte, schien Gerald dies nicht bemerkt zu haben. Und Gertrude liebte die alten Rituale, auch wenn ihr die vielen Entscheidungen, die man für derlei Veranstaltungen zu treffen hatte, Mühe machten. Nell – beziehungsweise Miss Drury, wie sie sie heute Abend nennen musste – war wie eine sichere Festung für sie. Dabei hatte Gertrude sie nicht von Anfang an gemocht. Zunächst hielt sie sie für eine viel zu bestimmte junge Frau. Dann aber stellte sie fest, dass sie eben dies besonders an ihr schätzte. Miss Drury war modern und tat genau das, was Gertie in ihrem Alter auch gern getan hätte – getan *hatte*, denn Schauspielerinnen waren in den 1890ern weit davon entfernt, in der Gesellschaft hoch angesehen zu sein. Auf diese Weise hatte sie auch Gerald kennengelernt, dem die Unterschiede ihres sozialen Stands nicht einmal aufzufallen schienen.

Nun ließ Gertrude gekonnt den Blick durch den Saal schweifen, während die einzelnen Gäste zu ihren Plätzen geführt wurden. Alles lief nach Plan, bis ...

„Peters!“, zischte sie und winkte ihn eilig zu sich. Sie erstarrte beinahe vor Schreck, als sie sah, dass nun alle Frauen saßen.

Im nächsten Augenblick stand er neben ihr. „Ihre Ladyschaft?“

„Die Dowager – Lady Enid“, brachte sie den Namen kaum heraus. Wie um alles in der Welt konnte das geschehen sein? Wie konnte ihr solch ein Fehler unterlaufen sein? Ihre Schwiegermutter saß zu Geralds Rechten und sah in ihrem langen lilafarbenen Abendkleid nicht weniger königlich aus als Queen Mary. Doch kurz davor, seinen Platz neben ihr einzunehmen, war Mr Arthur Fontenoy, der verständlicherweise äußerst entgeistert dreinblickte. Für den Bruchteil einer Sekunde, in dem Peters treu auf eine Anweisung wartete, befürchtete Gertrude, dass das Undenkbare geschehen würde: Dass Lady Enid aufstand und langsam, aber würdevoll den Saal verließ.

Stattdessen entschied sich ihre Schwiegermutter für eine Kriegserklärung. Mit lauter Stimme, die durch den ganzen Saal schallte, sprach sie: „Guten Abend, Mr Fontenoy. In der Tat beginnt dieser Abend so gut, dass man nur allzu sehnsüchtig auf das ‚Gute Nacht‘ hoffen kann.“

Während die meisten der vierzig Gäste wie gebannt darauf warteten, was als nächstes geschah, verbeugte sich Arthur. „Guten Abend, Lady Enid“, erwiderte er, nahm all seinen Mut zusammen und setzte sich neben sie.

Mit seinen über siebzig Jahren war er kein Gegenüber für ihre Schwiegermutter, dachte Gertrude mitfühlend. Die erste Runde hatte er bereits verloren.

„Was ist da geschehen?“, fauchte sie Peters im Flüsterton an, den seine für gewöhnlich unerschütterliche Kontrolle verlassen zu haben schien.

„Die Tischordnung – jemand muss sie verändert haben“, brabbelte er.

Gertrude glaubte ihm. Dann sah sie zu Sophy, die ebenso entsetzt dreinblickte. Das war sicher nicht ihr Werk. Vielmehr roch dieser Streich nach Richard oder Helen, womöglich sogar nach dem großen Charlie Parkyn-Wright. Auf der einen Seite war er ausgesprochen unterhaltsam und sehr geschätzt, doch auf der anderen Seite kannte man ihn auch für seine kleinen Scherze. Führte er noch mehr im Schilde?, fragte Gertrude sich.

Unberechenbar, die jungen Menschen von heute. Gertrude kam dieser Abend wie ein Bühnenauftritt vor – ein Auftritt, bei dem einer seinen Text vergaß oder über jemandes Unterrock stolperte. Vielleicht hätte sie es dem jungen Volk gleich tun und ebenso in Verkleidung auftreten sollen.

Ihre Kinder blieben ihr dennoch ein Rätsel. Kenneth, der zurzeit im Ausland postiert war, war derart steif und unnachgiebig – obgleich das wohl unumgänglich war mit einer Ehefrau wie Honoria. Und Richard, in diesem Soldatenkostüm aus dem achtzehnten Jahrhundert wirkte er völlig verquer, und das trotz seines guten Aussehens. Vielleicht war er auch bloß so niedergeschlagen wegen Elise? Kleopatra. Trugen diese Jugendlichen *überhaupt* noch Unterkleidung?, fragte sie sich, als sie Elise' außerordentlich schlanke Figur betrachtete. Richard, der darauf bestanden hatte, unbedingt zu ihrer Linken Platz zu nehmen, sah nun alles andere als glücklich aus, während sie sich angeregt mit Charlie Parkyn-Wright zu ihrer Rechten unterhielt. Dieser hingegen wirkte vergnügt und sein Tutanchamun-Kostüm stand ihm gut.

Und dann war da noch Helen, die sich als Helena von Troja verkleidet hatte. Oh weh. Nicht, dass sie dieser Figur nicht gerecht wurde. Ihre blonde Schönheit hatte sie jedenfalls von Geralds Seite der Familie geerbt, nicht von ihrer. Aber auch Helen musste doch irgendein Ziel im Leben verfolgen, bloß welches? Ihre älteste Tochter war ihr das größte Rätsel. In einem Moment himmelhochjauchzend, im nächsten zu Tode betrübt. Irgendetwas stimmte doch nicht mit ihr, aber was?

Und Sophy stellte gleich das nächste Problem dar. Vielleicht hatte sie recht gehabt, das Kleid stand ihr nicht besonders. Dieser Abend war sicher eine Tortur für sie, obgleich sie im Moment recht glücklich schien. Ihre Begleitung für das Dinner kannte Gertrude nicht – ein Hugh Beaumont. Er war nicht kostümiert und sah alles andere als zufrieden aus. Aber wenigstens schien Sophy heiter zu sein.

Alle anderen Gäste sahen tatsächlich auch so aus, selbst ihre Schwiegermutter, die wohl über ihren kleinen Sieg jubilierte. Nein, es waren doch nicht alle gut gelaunt, bemerkte Gertrude nun. Lady Warminster machte ein finsteres Gesicht. Sie warf jemand anderem am Tisch einen überaus genervten Blick zu.

Nichtsdestoweniger spürte Gertrude, wie sie sich nach und nach entspannte. Sobald sie das ausgezeichnete Bankett eröffneten, wären sicher alle guter Dinge. Wie sollte es auch anders kommen?

„Unglaublich!“, gab Nell lachend von sich.

Der Vorfall zwischen der Dowager Lady Enid und Mr Fontenoy hatte dank Diener Robert alsbald auch die Bediensteten in der Küche erreicht. Doch den speziell für diesen Abend Angestellten war das eigentliche Drama dahinter entgangen. Für Erklärungen blieb, während das Dinner in vollem Gange war, keine Zeit. Nun aber, wo die Servierteller und das meiste andere Geschirr bereits wieder in der Spülküche waren und der Gasboiler sein Bestes gab, genügend heißes Wasser bereitzustellen, konnte Nell wieder durchatmen. Preist den Herrn, dass das Silbergeschirr und die Gläser weiterhin in den Aufgabenbereich der Butlerküche fielen. Abgesehen von den paar Himbeeren, die Nell fehlten, um das Soufflé nach ihren Wünschen zu garnieren, war alles einwandfrei gelaufen.

Die meisten der Diener akzeptierten einfach, dass Lady Enid Mr Fontenoy nicht ausstehen konnte, doch Nell kannte von Lady Ansley die ganze amüsante Geschichte. Denn manchmal sehnte sich Ihre Ladyschaft nach einer Schulter, an der sie sich ausweinen oder jemandem, mit dem sie herzlich lachen konnte, und dafür stand Nell ihr gern zur Verfügung. Sie mochte Lady Ansley. Denn, trotz all der Mrs Fieldings und Lady Dowagers dieser Welt, wurde die Trennwand zwischen der Familie und den Bediensteten immer poröser und wies an der ein oder anderen Stelle bereits kleine Risse auf, die als Portale fungierten. Diese wiederum ließen es beispielsweise zu, dass Nell von dem Grund für das Zerwürfnis zwischen Gertrudes Schwiegermutter und dem armen Mr Fontenoy erfuhr.

„Ich fürchte, dass diese schreckliche Fehde allein auf den verstorbenen Vater meines Mannes zurückgeht, Hugo, den siebten Marquess“, lamentierte Lady Ansley. „Wie er das anstellte? Nun, in seinem letzten Willen nannte er nicht nur seine Frau, sondern auch seinen

Freund, mit dem er über viele Jahre sehr *eng* befreundet war", wie sie nachdrücklich betonte.

Nell verstand das Problem sogleich. Das Wort „Freund" wollte selbst die tolerante Lady Ansley in diesem Zusammenhang nicht weiter definieren.

„Also können sich Lady Enid und Mr Fontenoy nicht ausstehen, weil sie sich als Rivalen betrachten?"

„Es ist noch viel schlimmer als das", fuhr sie fort. „Das direkte Erbe, das an die beiden ging, war recht klein. Der größte Teil jedoch gilt demjenigen der beiden, der den oder die andere überlebt. Und unglücklicherweise ist mein Schwiegervater bereits sehr jung gestorben, im Alter von neunundvierzig Jahren."

Da musste Nell lachen. „Ein alter Spaßvogel, wie es scheint?"

„Ich fürchte ja", mutmaßte Lady Ansley. „Ich habe ihn leider nie kennengelernt. Als Gerald und ich uns zum ersten Mal getroffen haben, hatte er gerade seinen Titel übernommen. Aber ich denke, ich wäre gut mit meinem Schwiegervater ausgekommen. Vielleicht besser als mit ...", sagte sie und sprach nicht weiter. Doch bereits der Satzanfang amüsierte Nell köstlich. Und bewies, dass Lady Ansley ihre Schwierigkeiten hatte mit der Dowager Lady Enid und vermutlich auch darunter litt, dass sie und Mr Fontenoy derart verfeindet waren, dass sie nicht nur nicht miteinander sprachen, sondern die Anwesenheit des anderen schlicht verleugneten. Damit war dieses Dinner heute Abend in der Tat zu einem Schlachtfeld geworden, doch sie fragte sich, ob es nicht vielleicht mit einem Friedensschluss oder zumindest einer Waffenruhe enden konnte.

Bis zum späten Abendessen gab es nur noch sehr wenig für Nell zu tun. Zwar hatte sie die Zubereitung des Kalten Buffets überwacht, doch alles Weitere lag nun bei Kitty und Michel, bis sie es kurz vor Ende noch einmal absegnete. Auch Mr Peters wusste sich gern eingebunden in derlei Dinge, da das Buffet nicht im Speisesaal, sondern im Dinnersaal serviert wurde, gleich neben dem Ballsaal.

Es war also soweit, dass Nell sich für den zweiten Teil des Abends umkleidete, dachte sie dankbar. Danach konnte sie sich vielleicht für einen Moment den anderen Bediensteten beim Tanzen anschließen – doch erst, wenn sichergestellt war, dass die Musiker bereits im Tanzsaal waren. Noch war sie nicht bereit, Guy Ellimore erneut zu begegnen.

Sophy ärgerte sich über sich selbst. Hier lag sie nun in den Armen ihres Partners, tanzte einen Foxtrott zu „Toot, Toot, Tootsie" und sollte hoch erfreut darüber sein, selbst wenn sie in diesem Aufzug aussah wie Koko, der Clown. Doch stattdessen tat ihr das Malheur bei der Veränderung der Tischordnung leid, das dazu geführt hatte, dass ihre Großmutter neben ihrem Erzfeind saß. Aber immerhin war es Sophy dadurch gelungen, Hugh Beaumont weit weg von Lady Warminster zu platzieren.

Insgesamt ging ihr Plan glänzend auf (bis auf diesen kleinen Fehler) und niemand wunderte sich, wer ‚Hugh Beaumont' eigentlich war. Damit bestätigte sich, was all diese Regeln für eine Farce waren. In dem Frack sah ‚Hugh' sehr adrett aus und passte hervorragend in die Runde, wenngleich er selbst sich unbeschreiblich große Sorgen machte. Nun, es war durchaus ein Ärgernis, dass Lady Warminster anwesend war und Sophy den Namen Ihrer Ladyschaft erst im letzten Augenblick auf der Gästeliste entdeckt hatte. Während des Dinners sah sie alles andere als vergnügt aus und ‚Hugh' ging davon aus, dass sie ihn erkannt hatte. Letztlich hatte sie aber kein Wort darüber verloren, also schien alles in Ordnung, dachte Sophy. Gern wollte sie nun den Tanz genießen, allerdings ließ ‚Hughs' regelmäßiges Kopfdrehen dies nicht zu.

„Was beunruhigt dich, Hugh?", fragte sie, als seine Armbewegungen nicht mehr zum Takt der Musik passten.

„Ich sollte nicht hier sein, Lady Sophy", flüsterte er ihr leise ins Ohr. „Sie hat gar nicht erwähnt, dass sie kommen würde."

„Nur Sophy", erwiderte sie schnell. „Schon vergessen?"

Als er sich weiterhin wie auf der Flucht nach allen Seiten umsah, kam Sophy schließlich ein Gedanke. „Komm, wir gehen in den Garten", sagte sie. „Dort wirst du sie nicht sehen." Das würde sicher ein Vergnügen. Vielleicht küsste er sie sogar. Nicht, dass sie darauf aus wäre, doch es wäre gewiss eine interessante Erfahrung.

‚Hugh' entspannte sich.

„Kurz vor der Geisterjagd müssen wir aber zurück sein", fügte Sophy streng hinzu.

Auch Helen Ansley war verärgert. Schön und gut, als Helena von Troja verkleidet zu sein, doch selbst in diesem Kostüm schien sie am heutigen Abend keine besondere Anziehungskraft zu haben, zumindest was die männlichen Partner anbelangte. Und das hatte sie alles der prächtigen Elise zu verdanken, die als Kleopatra alle Mark Anthonys dieses Abends anzulocken schien. Allen voran Charlie. Ihr Begleiter Rex Beringer schlug sich nicht schlecht, allerdings war er vergleichsweise glanzlos. Er tanzte gut, sah gut aus und benahm sich gut, und doch mangelte es ihm an Leidenschaft. Ganz im Gegenteil zu Charlie.

Wieder und wieder verrenkte Helen sich den Nacken, um nach ihm Ausschau zu halten – gewiss, Arm in Arm mit Elise. Sein Tutanchamun-Kostüm stand ihm hervorragend, wenngleich sein Kopfschmuck etwas merkwürdig aussah. Elise hingegen sah aus wie eine Dirne. Wann bin ich endlich an der Reihe?, dachte Helen ungeduldig. Sie war die Nächste für Charlies Tanz.

„Liebste", protestierte Rex leise, „sieh mir nicht ständig über die Schulter."

Helen nahm sich zusammen. „Liebling, was denkst du dir da aus?"

„Es geht um Charlie, nicht?", sagte er ganz ungerührt. „Er ist es, dem du nachstarrst."

„Humbug. Warum sollte ich auch?", erwiderte sie mit aller Zuneigung, die sie für ihn aufbringen konnte.

„Vielleicht, weil er bereits den ganzen Abend mit Elise tanzt", antwortete er in einem für ihn recht scharfen Tonfall.

Das musste aufhören. Helen bemerkte, wie sie bereits zu zittern begann. „Und das, liebster Rex, liegt nur daran, weil ich mit dir tanze – was obendrein viel amüsanter ist als mit Charlie", versicherte sie ihm und schaffte es sogar, zu lachen.

Doch Rex erwiderte ihr Lachen nicht. „Da wäre ich mir nicht so sicher, Helen. Er war kürzlich auch im Mrs Meyrick's Forty-Three Club mit ihr."

Das Zittern verschlimmerte sich. Unbedingt musste sie heute noch mit Charlie tanzen, *unbedingt*. „Er war doch bloß mit ihr dort, weil ich nicht in London war. Warum denkst du denn, dass er dieses Wochenende hier ist? Außerdem ist mein Bruder Richard an Elise interessiert, da würde Charlie niemals dazwischenfunken."

„Auch dabei wäre ich mir nicht allzu sicher."

Und das war Helen auch nicht. Denn sie wusste genau, warum Charlie hier war. Charlie *und* Elise. Und viele andere. Sie hielten es nicht länger aus ohne Charlie und seinen Tanz. Also hatte er ihnen versprochen, sich während oder nach der Geisterjagd um sie zu kümmern. Natürlich nach dem Streich für Tante Clarice.

Als die Musiker „It Had To Be You" spielten, gelang es Richard schließlich, Elise für einen Tanz zu gewinnen. Charlie hatte er in die Bibliothek geschickt, um noch einmal zu überprüfen, ob das Du-weißt-schon-was stimmte. Mit etwas Glück war er erst zur Geisterjagd zurück, wenn der Tanz bereits vorüber war. Und dann wäre Charlie wie vereinbart anderweitig beschäftigt.

„Kleopatra und ein Soldat aus dem achtzehnten Jahrhundert – was für eine Mischung, nicht?", scherzte Richard. Wenngleich er ein guter Tänzer war, war Elise noch besser und durchaus fähig, ihre Partner für ihre Fehler bloßzustellen. „Der siebte Himmel", schob er nach.

„Wie schön, dass du das so siehst, Liebster“, erwiderte Elise automatisch. „Noch länger hätte ich es mit Charlie auch nicht ausgehalten. Er ist genauso ermüdend wie die Musik. Frag doch mal nach einem Charleston, Liebling.“

Wenngleich es Richard erfreute, dass Charlie sich wohl nicht von seiner besten Seite gezeigt hatte, war er etwas verdutzt. Richard hatte zwar von diesem Tanz gehört, der nun auch in England ankam und angeblich den Jazz ersetzen sollte, doch bisher konnte er noch nicht darauf tanzen. Und dann noch diese Scherze über Charlies Tanz, die er ebenso wenig verstand. Er hatte sehr viel mit Elise getanzt.

Vergeblich versuchte er, ihn zu umgehen. „Das werden die Musiker sicher nicht kennen. Wie wäre es mit einem King Porter Stomp oder dem Black Bottom?“

„Du steckst wirklich noch in der alten Zeit fest, mein Süßer“, seufzte sie. „Ihr armen Landeier. Charleston ist die Musik schlechthin.“

„Nun, nichts kann besser sein, als mit dir zu tanzen.“

Doch Elise lachte nur. „Ach, mein lieber Richard, und als nächstes bittest du mich um den Kuchentanz.“

Darauf reagierte Richard nicht. Es gefiel ihm nicht, ihr lieber Irgendetwas zu sein. Er wollte der Unschlagbare sein, jemand wie Rudolph Valentino – oder wie Charlie, wenn man so wollte – jemand, der sie große Augen machen ließ. Doch das war gar nicht einfach. Wenn sie erst einmal verheiratet wären, wäre alles anders. Zumindest stünde Charlie ihm dann nicht länger im Weg.

Elise löste sich von ihm und rannte zu den Musikern auf die Bühne. Dort sprach sie kurz mit dem Kopf der

Gruppe und wandte sich erneut und voll Freude wieder an Richard. „Und *ob* sie Charleston spielen können!“, rief sie triumphierend. „Komm, amüsieren wir uns!“

Wenngleich Richard sich große Mühe gab, hatte er nicht den blassesten Schimmer von der Schrittfolge. Und so dauerte es nicht lange, bis die wunderbare, schöne, sinnliche Elise allein tanzte. Die Enden ihres Kleopatra-Rocks hochhaltend und die Überkniestrümpfe zur Schau gestellt, streckte sie die Beine in alle Richtungen weg und nichts und niemand konnte ihr Einhalt gebieten. Richard war von ihren wild umherschwingenden Armen und Beinen ganz in ihren Bann gezogen. Im Dunkel der Geisterjagd konnte er sie sicher küssen – denn Charlie wäre wo anders. Und sobald sie gleich wieder an ihm vorbeiwirbelte, würde er sie zu sich ziehen und gekonnt in eine Umdrehung führen.

Doch just in diesem Moment tauchte Charlie auf. „Habe das Du-weißt-schon-was überprüft und es ist noch Zeit, für einen letzten Tanz. Du hast doch sicher nichts dagegen, alter Knabe, wenn ich mir Kleopatra kurz dafür ausborge?“

Und ob Richard etwas dagegen hatte, sehr viel sogar. Doch schlimmer noch war, dass Elise sich nicht wehrte.

Nun gab es kein Zurück mehr, gab Nell sich geschlagen. Es war elf Uhr fünfundvierzig und sie musste ihrer Aufgabe bei der Geisterjagd nachkommen. Nach eingehendem Geisterstudium war sie bestmöglich vorbereitet. Als sie schließlich im großen Saal ankam, stand Peters bereits an seinem Posten. Wie er entschieden hatte, war dieser in der Nähe einer Tür bei der Ecke des

Korridors, der das große Treppenhaus mit dem Frühstückssalon verband. Ein guter Ort, um alles im Auge zu behalten. Im großen Saal herrschte viel Trubel. Lady Clarice, Lord Richard, Lady Helen und Lady Sophie waren damit beschäftigt, die Ausrüstung an die Teilnehmer auszuteilen, die sich bereits zur Geisterjagd versammelt hatten. Der Phonograph war an Ort und Stelle und auch die Kameras samt Zubehör standen bereit, um Bilder von den Geistern im großen Saal festzuhalten.

Dankbar nahm Nell wahr, dass bloß wenige der Gäste sich für die Geisterjagd entschieden hatten. Die anderen schienen clever genug, Gespräche im Ballsaal oder Spaziergänge durch die Gärten zu bevorzugen, in Begleitung von Champagner anstelle von Geistern. Immerhin waren der Ballsaal sowie die zwei neuen Flügel von Wychbourne Court vollständig beleuchtet. Möge der Tag bald kommen, indem eine bessere Stromversorgung dies auf dem ganzen Anwesen erlaubte. Doch bis dahin gaben in großen Teilen des Haupthauses die treuen Öllampen ihr Bestes. Wegen der Geisterjagd wurden diese auf kleinster Stufe gehalten und das elektrische Licht völlig ausgeschaltet. Der Weg lag größtenteils im Zwielicht, nur durch ihre kleinen Laternen erleuchtet. Nells Meinung nach stellten die Geister viel zu viele Bedingungen, um sich zu zeigen.

„Insgesamt werden wir zwanzig sein", erklärte Lady Clarice mit vor Begeisterung strahlenden Augen. Aus irgendeinem Grund trug sie einen Militärhelm, obgleich sie sonst nicht verkleidet war. Nahm sie etwa an, dass die Geister ihr auf den Kopf schlagen würden?, fragte sich Nell und spürte, wie ihre Zuneigung für

Lady Clarice wuchs. „Ich werde die erste Gruppe anführen und Miss Drury die zweite“, fuhr sie fort. „Haben alle ihre Wegbeschreibungen?“

Wie es schien, waren alle damit ausgestattet, doch welchen Nutzen brachten sie im Halbdunkel? Nell führte ihre Gruppe durch den Westflügel – mit Ausnahme vom Ballsaal und dem Dinnersaal – und kehrte über die Bibliothek zum großen Saal zurück, wo sie auf Lady Clarice’ Gruppe treffen würden, die von der Jagd durch das Haupthaus zurückkämen. An diesem Punkt warteten sie aufeinander und anschließend ging Nell – wie anfangs Lady Clarice – durch den großen Saal zur Kapellengalerie, wo sich insgesamt fünf Geister aufhielten.

„Im östlichen Bedienstetenflügel werden wir nicht jagen“, erklärte Lady Clarice. Vermutlich, da kein anständiger Geist sich derart herabwürdigen würde, um dort umher zu spuken, nahm Nell an. Selbst der Geisterkoch stammte aus der Zeit vor dem Ostflügel. „Um zwölf Uhr dreißig tauschen sich die zwei Gruppen hier im großen Saal aus“, fuhr Lady Clarice fort, „um unsere Geister nicht zu verschrecken. Seien Sie freundlich mit ihnen, bitte. Alles, wonach sie sich sehnen, ist, gehört zu werden. Gerechtigkeit!“, rief sie zum Schluss aus.

„Und was, wenn wir wirklich einen Geist sehen?“, fragte Elise wenig interessiert. „Fordern wir ihn zum Tanz auf?“

Mit einem grimmigen Blick nagelte Lady Clarice sie an Ort und Stelle fest. „Seien Sie einfach freundlich zu ihm, das ist alles. Hören Sie ihm zu, wenn er ihnen etwas mitzuteilen hat.“

„Über das Radio?“, scherzte Elise.

„Natürlich nicht, Sie nehmen es mit dem Phonographen auf."

Sieg für Lady Clarice, dachte Nell erfreut. Auch sie hatte ihre Ausrüstung von Lady Sophy erhalten, erschrak nun aber. Wem war eigentlich die Aufgabe übertragen worden, Geister im großen Saal zu fotografieren? Niemandem, soweit sie wusste. Doch jetzt war es zu spät dafür. Und, nun ja, wenn es dort Geister gäbe, warteten sie sicher nicht darauf, fotografiert zu werden.

Los geht's, dachte sie, und nahm all ihren Mut zusammen. Mit der dürftigen Laterne in der Hand führte sie die Gruppe ins Haupttreppenhaus. In Lady Clarice' Gruppe waren Lord Richard, Lady Helen, Lady Sophy, Miss Harlington, Mr Beringer, Lady Warminster und einige weitere bekannte Gesichter, wohingegen Nell in ihrer Gruppe niemanden kannte. Bloß Mr Fontenoy hatte angekündigt, etwas später zu ihnen dazu zustoßen.

Zum Glück befand sich Lady Enid in keiner der beiden Gruppen. Lady Sophy hatte Nell erzählt, dass ihre Großmutter den Salon nach dem Kaffee verlassen hatte – doch nicht ohne einen zweiten unerwarteten Kommentar ihrem Erzfeind gegenüber. Dieses Mal eine scharfsinnige Anspielung auf den Stein des Anstoßes zwischen ihnen.

„Seien Sie unbesorgt, Mr Fontenoy, ich werde Sie nicht auf diese Erkundungstour begleiten. Ich habe nicht im Sinn, bald schon ein Geist zu werden."

Im Halbdunkel war nichts mehr wie zuvor: Das Vertraute verschwand und die Vorstellungskraft übernahm das Steuer. Unfug, beruhigte Nell sich selbst.

Doch auch ihren Gefährten schien es so zu gehen, denn von Gelächter und Geschäker war keine Spur, als sie die neue Kapelle im ersten Stock des Westflügels erreicht hatten. Calliope war eine Geistersängerin, die in diesem Teil des Anwesens hausierte. Auch Adelaide, eine viktorianische Frau, ließ sich hier (Lady Clarice' Notizen zufolge) von Zeit zu Zeit blicken, genau wie der einstige Butler, der einen Marquess aus dem achtzehnten Jahrhundert verärgert hatte, sodass sein Leben auf der Flucht ein unschönes Ende genommen hatte. Er war laut Lady Clarice manchmal an seiner Todesstelle anzutreffen, manchmal aber auch im großen Saal, wo er wie früher versuchte, Getränke zu servieren und Gäste an der Tür willkommen zu heißen.

Doch an diesem Abend war nichts dergleichen zu spüren – kein Ton, keine besondere Stimmung. Lediglich ein unstetes Atemgeräusch war zu hören, als wäre die vorhergehende Leichtigkeit einem Gefühl von Unbehagen gewichen. Nell gab sich Mühe, die Gruppe mit Lady Clarice' Geschichten zu den einzelnen Geistern aufzuheitern, wenngleich sie wusste, dass jeder hervorgerufene Lacher die Geister womöglich verschreckte. Vielleicht hätten sie in der ursprünglichen Kapelle im Haupthaus mehr Glück, obgleich es die inzwischen nicht mehr gab. Auch auf dem Rückweg zum großen Saal waren weder im Frühstückssalon noch im Billardzimmer Geister aufzuspüren gewesen. In der Bibliothek, die zu einem großen Teil abgehangen war, hatten sie ebenso wenig Erfolg. Für diese Niederlage fühlte Nell sich geradezu verantwortlich, denn Lady Clarice wäre sicher enttäuscht.

Doch das Gegenteil war der Fall. Lady Clarice konnte Nells geisterlosen Bericht kaum abwarten, um ihr von den eigenen aufregenden Neuigkeiten zu berichten.

„Man spürt ihre Präsenz ganz deutlich. Wir haben ein Stöhnen gehört, gleich hier im großen Saal. Nur kurz nachdem Sie aufgebrochen sind. Ich vermute, es kommt aus der Kapellengalerie, was unweigerlich auf Sir Thomas hinweist, der fälschlicherweise von diesem trügerischen Minnesänger ermordet wurde. Leider war der Phonograph noch nicht eingeschaltet, sodass wir diesen bedeutungsvollen Moment nicht aufnehmen konnten. Nichtsdestotrotz haben wir es alle gehört. Was für ein Glück! Wenn Sie nur ähnlich reich gesegnet werden, ist das eine großartige Nacht, wahrlich, eine großartige Nacht!"

Lady Clarice rief ihre Gruppe zusammen und in großer Vorfreude, was sie nun erwartete, brachen sie auf. Nell hatte den Eindruck, dass sie nicht mehr so Viele waren wie zu Beginn, und nachdem sie die drei Ansleys sah, die sich sehr bemühten, nicht zu kichern, wunderte sie sich, ob es wohl Deserteure gegeben hatte. Wer konnte es ihnen übel nehmen? Ihre eigene Gruppe hingegen war weiterhin vollzählig – und das ganz ohne Stöhnen. Auch Mr Fontenoy begleitete sie nun.

Nells Meinung nach bot der beinahe völlig dunkle große Saal bereits ohne geisterhaftes Zutun genug Atmosphäre. Schnell gab sie ihren Teilnehmern eine Einführung zu den dort spukenden Geistern und dachte dabei sehnsüchtig an ihre Küche, wo die Überreste des Banketts und eine Tasse heiße Schokolade auf sie warteten. Und anschließend natürlich ihr einladendes Bett.

Doch noch nicht jetzt. Zuerst musste sie sich für den nächsten Teil der Geisterjagd wappnen.

„Abmarsch, Truppen", ermutigte sie die anderen. „Die Treppen hoch und zur Kapellengalerie. Mit etwas Glück taucht vielleicht der mittelalterliche Minnesänger auf, der Ihrer Ladyschaft im zwölften Jahrhundert immer ein Gute-Nacht-Ständchen geträllert hat, und singt auch uns etwas vor." Dieser Kommentar führte zu allgemeinem Schmunzeln, doch die *joie de vivre* schien für heute Abend verloren gegangen. Im nächsten Moment sprang Nell auf, als sie spürte, wie sie jemand am Arm berührte. Ein Geist? Nein, Guy. Ausgerechnet er.

„Diese Tour, liebe Nell, ist lächerlich", flüsterte er.

Aus welchem Loch kam er denn nun hervorgekrochen? „Natürlich ist sie das", entgegnete sie verteidigend. „Aber das sind die 1920er. Wir *dürfen* lächerlich sein. Und was machst du hier überhaupt?"

„Ich bin gekommen, um dich vor den Geistern zu bewahren. Gibt es welche?"

„Die andere Gruppe hat schon den einen oder anderen stöhnen hören."

„Das meinst du nicht ernst, oder?"

„Das ist, was Lady Clarice mir erzählt hat."

„In diesem Fall sollte ich dicht hinter dir bleiben und du kannst *mich* beschützen."

Erst einmal zuvor war Nell im Kapellengang gewesen, doch sie erinnerte sich daran, wie sie bereits damals jeden Minnesänger (oder seinen Geist) bemitleidet hatte, der hier lebte. Die schmale Wendeltreppe zur Galerie befand sich direkt hinter der offenen Tür, wo Mr Peters stand, und der Korridor vom Treppenhaus lag am gegenüberliegenden Ende der Galerie, das auch über eine zweite Wendeltreppe erreicht werden konnte. Auf der Galerie selbst war es wegen einer halb vertäfelten, halb vergitterten Trennwand, die sich über die ganze Länge erstreckte, recht eng. Der Teil dahinter war besonders schmal, der Gang davor ein klein wenig breiter und ermöglichte den Blick über den großen Saal. Nichtsdestotrotz war es bloß ein schmaler Weg und Nell sowie ihre treue Gruppe drängten sich langsam hintereinander hindurch.

Sie roch das alte Holz, das der Galerie eine unheimliche Stimmung verlieh. Es war fast so, als konnte man das Lied eines alten Minnesängers hören, wenn man nur genau genug hinhorchte. Dem Holzgeruch mischte sich allerdings noch ein anderer unter – der eines Geistes? Wenngleich sie kein Stöhnen oder Jaulen hörte, freute Nell sich darauf, bald wieder unten anzukommen. Womöglich war Sir Thomas doch unter ihnen ...

Langsam schwenkte sie die Laterne vor sich, nur für den Fall der Fälle, und tatsächlich sah sie nun etwas, das sie nicht klar erkennen konnte.

Etwas, das unter der Haupttür der Trennwand heraussickerte.

Was zum frittierten Fischfilet war das? Hinter dieser Wand gab es nichts als einen schmalen Gang. Ohne darüber nachzudenken, griff Nell nach dem Türknauf und sogleich flog ihr die Tür entgegen – doch nicht, weil sie daran gezogen hatte, sondern wegen eines Gegengewichts auf der anderen Seite.

Etwas fiel zu Boden und lag in Nichts als ein wenig Stoff gehüllt noch halb in der Tür. Vor Schreck sprang Nell einen Schritt zurück, als das fahle Licht sie erkennen ließ, was es war. Ein Körper, in einer Verkleidung. Lebendig? Oder tot?

Instinktiv kniete Nell nieder, um es herauszufinden und um sich zu vergewissern, dass ihre Vorstellungskraft ihr keinen Streich spielte. Doch so war es nicht. Vor ihr lag ein regloser Körper und an ihrer Hand klebte Blut. Mit schwingender Laterne kam sie näher, um das Gesicht zu sehen und erstarrte vor Schreck.

Es war Charles Parkyn-Wright.

Kapitel 3

Beweg dich, Mädchen. Während Nell noch an Mr Parkyn-Wrights Seite kniete, schossen ihr Bilder aus der Vergangenheit durch den Kopf: wie ihr Vater sie in den frühen Morgenstunden wachrüttelte, um nach Spitalfields zum Obst- und Gemüsekarren aufzubrechen; wie sie nichtsahnend im Carlton aufwachte, nur um zu erfahren, dass sich das Land im Krieg befand; wie sich ein schrecklicher Schmerz in ihr breit machte, als sie von dem Tod ihrer Mutter hörte. Nell wusste genau, dass sie sich zu einem nächsten Schritt zwingen musste. Doch zu welchem? Wie konnte der Tod in so hässlicher Form an einem Tanzabend Einzug halten? Feststand, dass dies nichts mit Geistern oder der Geisterjagd zu tun hatte. Dazu war das Blut viel zu real und obendrein klebte es an ihrer Hand. Automatisch versuchte sie, einen Puls bei Mr Charles zu ertasten, vergeblich. Und als sie seine Hand wieder losließ, fiel sie einfach zu Boden.

Da rief jemand „Wir brauchen einen Arzt, und die Polizei" und Nell sah, wie Mr Fontenoy sich über die Balustrade lehnte. Im großen Saal gingen nach und nach die Lichter wieder an und sie hörte Mr Peters Stimme von unten.

Die Polizei? Erst in diesem Moment bemerkte Nell den Gegenstand, der aus der Brust des Körpers vor ihr hervorstand. Sollte sie ihn herausziehen? Besser nicht, wenngleich es ein wirklich schrecklicher Anblick war. Es konnte Mr Parkyn-Wright nicht weiter verletzen. War es ein Messer? Nein, dazu war der Griff zu verziert.

Blut klebte an seinen Kleidern sowie auf dem Boden. Wie es schien, – Nell zwang sich, das Tutanchamun-Kostüm noch einmal genauer anzusehen – hatte er mehr als einen Stich erlitten. Und dieses Ding in seiner Brust musste ein Dolch sein. Nun sah sie, wie Mr Fontenoy wieder an ihrer Seite stand und sich ebenfalls über den reglosen Körper beugte. Lange nicht hatte sie sich derart hilflos gefühlt, nicht seit jenem Tag, an dem die Zeppeline ihre Bomben über dem Carlton abwarfen.

Wer würde jemanden auf so schreckliche Art und Weise umbringen wollen? Seit einigen Jahren war Mr Parkyn-Wright ab und an zu Gast in Wychbourne Court. Selbst unter den Bediensteten war er wohl bekannt, weshalb die meisten von ihm als ‚Mr Charles' sprachen. Nur zu gerne wäre Nell heruntergestürmt und hätte die Galerie verlassen, genau wie einige der anderen Gäste, doch irgendjemand musste hier bleiben. Mr Charles war die Seele dieser Feier, doch nun war die Feier vorüber.

Dann spürte Nell eine Hand auf ihrer Schulter. Mr Fontenoy? Nein, Guy Ellimore, der ihr wieder auf die Beine half. Nur noch sie drei befanden sich auf der Galerie.

„Es gibt nichts mehr, das du noch tun könntest, Nell", sagte Guy.

„Aber wer wollte ihn umbringen?", platzte es aus ihr heraus.

„Das wird die Polizei herausfinden. Du gehst besser nach unten. Wir bleiben hier."

„Nein, ich muss bleiben. Das ist meine Aufgabe."

„Als Anführerin der Geisterjagd?", hakte er nach und meinte es vermutlich scherzhaft.

Doch damit konnte Nell im Moment nicht umgehen. „Nein, weil das Ganze *hier* vorgefallen ist", erklärte sie. „In Wychbourne Court."

Gerald, der achte Marquess Ansley, legte den Hörer wieder auf, als seine Frau Gertrude zu ihm ins Büro geeilt kam, das neben dem Frühstückssalon lag. „Gerade habe ich von der schrecklichen Nachricht erfahren, Gerald", begann sie. „Ich war im Ballsaal, bis Peters mich dort gefunden hat. Ist es wirklich wahr?"

„Ich fürchte ja, mein Schatz", erwiderte er ernst. „Die Feier ist beendet. Peters hat bereits nach dem Arzt und der Polizei gerufen. Wir können also mit einem Oberinspektor, mehreren Polizisten und einem Fotografen rechnen. Doch da ist noch mehr", fuhr er sanft fort. „Ich habe auch den Kriminalinspektor benachrichtigt."

„Das Scotland Yard?", fragte Gertrude ungläubig. „Aber das ist doch sicher eine lokale Angelegenheit. Ein Unfall. Das wird sicher bald geklärt–"

„Ich fürchte nicht. Ich habe Mr Peters gebeten, Miss Drury und ihre Begleiter auf der Galerie abzulösen. Das ist kein Anblick für eine Frau, einen Fremden oder einen älteren Herrn wie Arthur. Allem Anschein nach handelt es sich um Mord."

Vor Schreck gab Gertrude einen kurzen Schrei von sich. Morde gehörten in die Welt von diesem Dr Crippen und dem Verrückten, der William Terriss an seinem eigenen Bühneneingang umgebracht hatte. Nicht aber nach Wychbourne Court.

„Dieser Vorfall muss mit äußerster Vorsicht behandelt werden, Gertie", erklärte Gerald ihr. „Die örtliche Polizei hat den Einsatz des Scotland Yard befürwortet, insbesondere da viele unserer Gäste aus London angereist sind. Diese Verantwortung würde die Polizei hier nur ungern übernehmen."

„Aber man wird den Mörder doch sicher schnell finden?", fragte Gertrude alarmiert. „Vielleicht war es ein Stadtstreicher – einer der für heute angestellten Diener", mutmaßte sie und klammerte sich an dieser Theorie fest.

„Und was, wenn nicht? Was, wenn der Schuldige einer unserer Gäste ist?", fragte Gerald und hielt kurz inne. „Oder noch schlimmer? Das ist ein Risiko, das wir nicht eingehen können."

Das verunsicherte Gertrude zunehmend. Worauf spielte Gerald an? „Ein *Risiko*?", wiederholte sie zaghaft.

Sein darauf folgender Blick verschlimmerte alles nur. „Liebes, wer auch immer der Mörder ist, man wird nicht nur unsere Gäste, sondern auch unser Haus und die Familie untersuchen. Wir sind auf die Expertise des Scotland Yard angewiesen."

„Die Familie? Du kannst nicht ernstlich glauben, dass einer von uns diesen Mann ermordet hat?" Und in diesem Moment, in dem sie es aussprach, fiel ihr auf, dass ihr Verdacht, den sie bereits eine Weile hegte, auch von ihrem Mann geteilt wurde und sie deshalb im schlimmsten Fall tatsächlich auf gewisse Weise in diese Geschichte involviert sein könnten. Eigentlich hatte sie versucht, Gerald von diesen vagen Vermutungen zu bewahren, doch womöglich hatte er dasselbe vor.

„Natürlich nicht“, erwiderte er, ohne selbst davon überzeugt zu sein, dachte sie. „Nichtsdestotrotz muss uns bewusst sein, dass die Polizei *alles* hinterfragen wird. Wenngleich der Oberkommissar nicht gerade glücklich schien, mitten in der Nacht geweckt zu werden, hatte er Verständnis für unsere Situation. Er schickt seinen besten Kommissar samt Polizisten und eigenem Fotografen mit dem Automobil, sodass sie noch vor dem Morgengrauen hier eintreffen werden. Dann wird sicher alles seinen Weg gehen, sei unbesorgt.“

Unbesorgt?, dachte Gertrude verzweifelt. Schön und gut, wenn Gerald auf die Arbeit des Scotland Yard vertraute, doch angenommen sie fanden heraus, dass ihre Befürchtungen über Charlies Tanz sich bewahrheiteten? Wenngleich diese wahrscheinlich nicht mit dem Mord zusammenhingen, würden dann Schuldige und Unschuldige gemeinsam *untersucht* und es gäbe sicher einige falsche Fährten, bis der wahre Mörder schließlich gefunden wurde. Und was war mit Charlies Familie? Auch sie mussten informiert werden. Sollte man die Eltern hierher einladen? Nein, es wäre sicher unangebracht, sie an den Todesort ihres Sohnes zu bitten. Wenn sie jedoch keine Einladung aussprachen, hielt man die Ansleys womöglich für gefühllos und nahm an, dass sie etwas zu verbergen hatten. Was vielleicht auch der Fall war. Was sollte sie also tun? Da kam ihr ein Gedanke: Nell. Sie würde Nell fragen. Sie wusste sicher, was zu tun war.

Der Vorhang war weiterhin oben, Gertie, erinnerte sie sich. Doch die heutige Vorstellung war keine Komödie mit Gaiety Girls, sondern eine Tragödie. Und die handelte den Ansleys nicht nur einen Mord ein, sondern bedeutete auch einen schlechten Ruf und im schlimmsten Fall den Ruin.

In ganz Europa werden die Lichter ausgeschaltet, hatte der Außenminister bei Kriegsausbruch verkündet, wie Nell sich erinnerte, doch bei der heutigen Katastrophe gingen alle Lichter an. Ganz Wychbourne Court war hell erleuchtet und die Geister, auf die Lady Clarice hoffte, waren unlängst verschwunden. Der Arzt war gekommen, um Mr Charlies Tod zu bestätigen und Nell wurde von der Galerie entlassen, als zunächst Mr Peters und schließlich ein Wachtmeister aus dem Dorf anrückten, um die Leiche zu bewachen. Doch wohin sollte sie gehen? Bis die Polizei von Sevenoaks nicht mit ihr gesprochen hatte, konnte sie sich nicht in ihr eigenes Zimmer im Ostflügel zurückziehen.

Es war ihr gelungen, das Blut von den Händen zu waschen, doch wie sollte sie es aus ihrem Kopf bekommen? Dann erinnerte sie sich an den Dinnersaal. Was war aus dem Buffet geworden? Ausgesprochen erleichtert, eine – wenn auch unsinnige – Aufgabe gefunden zu haben, verließ sie den großen Saal und eilte dorthin. Und da standen sie – die große Auswahl an Mousses, Wackelpudding, Sandwiches und gebackenen Häppchen, die sie, Kitty und Michel früher am Abend mit viel Stolz erfüllt hatte. Wie es aussah, hatten diejenigen, die nicht an der Geisterjagd teilgenommen hatten, bereits davon gekostet, im Moment allerdings war niemand hier bis auf die Diener, die ihre Posten nicht verlassen durften und sicher gespannt darauf warteten zu erfahren, was vor sich ging.

Aus dem Ballsaal nebenan erklang leises Pianospiel, vielleicht von einem von Guys Männern, vielleicht von ihm selbst. Da man sonst keine Unterhaltungen hörte und mit Pedal gespielt wurde, wirkte die Musik beruhigend. Obgleich der Raum gut gefüllt war, mussten einige Gäste bereits aufgebrochen sein, dachte Nell, mit oder ohne polizeiliche Erlaubnis.

Als sie wieder in den Dinnersaal kam, fand sie zu ihrer Erleichterung Mr Peters vor. Sie hatte ihn gern und er war stets unkompliziert im Umgang. Eigentlich sah er gar nicht aus wie der typische Butler. Er war weder groß noch besonders kräftig – in Wahrheit war er recht schmächtig – nur von mittlerer Größe und hatte ein markantes Gesicht. Seine Rolle spielte er ausgezeichnet, auch wenn er im Moment nach seiner Nachtwache auf der Galerie ebenso erschöpft aussah, wie Nell sich fühlte.

„Das muss ein ordentlicher Schreck für Sie gewesen sein, Miss Drury", sagte er. „Warum essen Sie nicht eine Kleinigkeit? Das wird Ihnen sicher guttun."

„In diesem Augenblick fühle ich mich, als würde ich nie wieder etwas essen wollen", erwiderte sie.

„Dann besser ein Schluck Brandy oder vielleicht ein Kaffee. Der wird sie etwas aufmuntern."

Ein genialer Gedanke. „Das könnte alle etwas aufmuntern", sagte Nell. „Kommen Sie, wir bieten den Gästen beides an." Dank der neuen Mission fühlte sie sich gleich besser. Sie würde Lord und Lady Ansley aufsuchen. Schließlich fand sie die beiden im Salon. Keine Spur von der Dowager, zum Glück, aber Mr Fontenoy war bei ihnen. Überraschenderweise saß auch Miss Checkam an seiner Seite, doch an diesem Abend war keine Zeit für alte Konventionen. Mr Briggs war nicht unter ihnen – der viele Trubel und all die Geräusche haben ihn sicher nach draußen gelockt, wo er den Nachtigallen lauschte oder Eulen beobachtete.

„Kaffee", wieder Lady Ansley, als wäre es des Rätsels Lösung. „Das ist eine wunderbare Idee."

„Für alle", bestätigte ihr Mann.

„Kommen Sie, Mr Peters, wir gehen durch die Gärten", schlug sie vor. Der Weg über die Terrasse und die Gärten zur Küche ermöglichte es ihr, den Bedienstetenkorridor hinter dem großen Saal zu vermeiden, von wo aus die schreckliche Aura der Galerie sicher noch immer zu spüren war.

Draußen hingegen war es ruhig. Die Sterne funkelten wie die Laternen des Himmels, weit entfernt von dem Albtraum, der sich im großen Saal zutrug.

„Genau wie zu Kriegszeiten", begann Mr Peters in derselben trübseligen Stimmung wie Nell. „Es fühlte sich nicht richtig an, dass der Sternenhimmel weiterhin so friedvoll aussah, während sich hier auf Erden die Hölle abspielte. Man dachte darüber nach, wie die gleichen Sterne auch über den Deutschen funkelten, wir aber am nächsten Tag gegen sie in den Kampf ziehen würden. Ich frage Sie, Miss Drury, wer hatte es wohl auf Mr Charles abgesehen? Oder war das alles nur ein Missverständnis?"

„Nein", erwiderte Nell. „Niemand kommt zufällig oder aus Versehen dort oben vorbei, vor allem nicht mit so einem Dolch."

Bis sie am Bedienstetenflügel ankamen, herrschte Stille, dann sprach Peters: „Dieser Dolch, Miss Drury. Lord Ansley hat ihn erkannt. Es ist der Dolch, der für gewöhnlich unterhalb des Portraits vom ersten Marquess hängt. Wenn Sie mich fragen: Ich glaube, da ist ein Streich mächtig danebengegangen. Warum sonst sollte sich Mr Charles hinter der Trennwand aufhalten? Tot konnte er nicht dort hineingezwängt worden sein. Viel zu schwer. Das versichere ich Ihnen, im Krieg habe ich mit genug toten Körpern zu tun gehabt."

Ungläubig starrte Nell ihn an. „Ein Streich? Sie meinen von der Familie? Gäste kämen nicht von selbst auf solch eine Idee." In diesem Moment erkannte sie, dass Mr Peters recht haben musste. Es war allzu wahrscheinlich, dass Lord Richard und seine Schwestern hinter alledem steckten. Zweifelsohne hatte der Streich etwas mit der Geisterjagd zu tun.

Kurz zögerte er, dann sprach Mr Peters mit leiser Stimme weiter. „Das bleibt unter uns, Miss Drury. Auch in der Bibliothek wurde der ein oder andere Streich vorbereitet. Von Lord Ansley habe ich erfahren, dass es Teil des Plans für die Geisterjagd war."

„Sicher wollten sie Lady Clarice verärgern", sagte Nell. „Angeblich konnte man ein Stöhnen hören, als ihre Gruppe aufgebrochen ist. Das kam sicherlich von Mr Charles, der in dem Augenblick bereits hinter der Trennwand gestanden haben muss."

Mr Peters nickte. „Das war sicher, um sie bei der Suche zu ermutigen."

„Es sei denn", fuhr Nell mit schnell schlagendem Herzen fort, „es war ein Schmerzensschrei."

„Nein, Miss Drury", beruhigte Mr Peters sie, „auch ich habe das Stöhnen gehört und es klang nicht wie das, was Sie sich gerade vorstellen."

Da wurde Nells Atmung wieder etwas ruhiger. Es ging also um einen Streich, der jedoch mehr als schief gelaufen war. Die Zeitungen wären gewiss außer Rand und Band. *The Times* bliebe vielleicht noch diskret, doch all die anderen würden sicher Luftsprünge machen vor Begeisterung, wenn sie von einem Toten in der Kapellengalerie in einem der wohlhabendsten Häuser Englands berichten könnten.

„Was ist hier los?", erklang Mrs Fieldings Stimme, als sie noch immer voll bekleidet in die Küche kam, wo Nell gerade Wasser erhitzte. Zum Glück war es noch leicht warm von den Abendessensvorbereitungen. „Was machen Sie beide hier um diese Uhrzeit?", fragte sie streng.

Mr Peters Brust zerbarst beinahe vor Stolz. „Einer der Gäste wurde tot aufgefunden, meine Liebe", erklärte er ihr mit großer Fürsorglichkeit. Die Liebkosung war ein Zeichen dafür, dass er nicht im Dienst war, erkannte Nell. Niemals hätte er es gewagt, Mrs Fielding auf diese Weise während der Arbeitszeit anzusprechen. Doch wie wurden Arbeitstage in Situationen wie diesen definiert? „Ermordet", ergänzte Mr Peters traurig.

Vor Staunen riss Mrs Fielding den Mund auf. „In Wychbourne Court?", kreischte sie. „Du nimmst mich doch auf den Arm, Freddie."

„Miss Drury hat ihn gefunden", fuhr er unbeirrt fort. „Und jetzt kümmern wir uns um eine kleine Erfrischung im Haupthaus."

Mit einem Schritt in ihre Richtung sah Mrs Fielding Nell misstrauisch an, als führte sie etwas im Schilde. Ohne ihr typisches „Verflucht!", forderte sie nur: „In den Weinkeller, alle beide. Von dort aus können wir alles organisieren. Am besten nehmen wir die Tassen aus der Anrichte im Frühstückssalon." Soweit so gut. „Um wen geht es denn?", fragte sie dann, während alle ihrem Geleit folgten. „Sind Sie sicher, dass es nicht einer der Ansleys war?"

„Ja", versicherte Nell ihr, die sich noch immer über das ‚Freddie' wunderte. Solch eine informelle Ansprache wies auf weit mehr als eine Arbeitsbeziehung hin. „Es war Mr Parkyn-Wright."

„Mr Charles?", fragte Mrs Fielding fassungslos. „Er ist ein Freund von Lord Richard und Lady Helen hat ein Auge auf ihn geworfen."

„Das sah heute Abend aber ganz anders aus", erwähnte Mr Peters. „Unser Mr Charles hat den ganzen Abend mit Miss Elise Harlington getanzt. Lord Richard konnte nicht ein Bein dazwischenschieben. Ebenso wenig Lady Helen."

„Ich habe es ja immer schon gesagt, er ist ein übler Geselle", erklärte sie triumphal.

Mr Peters verschwand in der Butlerküche, um Gläser für den Brandy zu organisieren, und wie von Mrs Fielding gewünscht, machte Nell sich auf in den Frühstückssalon, von wo sie Wägen für den Kaffee besorgte. Als sie an der offenen Tür zum großen Saal vorbeikam, erhaschte sie einen Blick auf zwei Wachtmeister im Saal sowie einen auf der Galerie, zusammen mit einem Polizisten mit Kamera. Ihre Gegenwart in Wychbourne Court war sehr ungewöhnlich, genauso ungewöhnlich wie ein Mordfall. Wenngleich sie selbst Mr Charles kaum kannte, da sie erst seit einem Jahr hier arbeitete, war sie sich sicher, dass er das nicht verdient hatte.

Als die Servierwägen bestückt waren, begaben sich Nell und Mrs Fielding, die sie unbedingt begleiten wollte, in den Salon. Mr Peters war bereits dort und schenkte Brandy aus. Lord Richard und seine Schwestern waren inzwischen zu ihren Eltern gestoßen. In ihren Verkleidungen sahen sie schrecklich fehl am Platz aus. Abgesehen davon standen sie unter Schock. Die Dowager gesellte sich auch zu Lord und Lady Ansley und Mr Fontenoy zog sich dankbarerweise auf die andere Seite des Raumes zurück, wo er Lady Clarice tröstete. Die Etikette verlangte es zwar, dass Nell zuerst Lady und Lord Ansley bediente, doch an diesem Abend entschied Nell, dass Lady Clarice den Kaffee weitaus nötiger hatte.

Mr Fontenoy nahm eine Tasse für sie entgegen. „Trinken Sie, Clarice. Danach fühlen Sie sich etwas besser."

„Nein", erwiderte Lady Clarice schluchzend. „Dieser arme Mann. Aber was hatte er auch hinter der Trennwand zu suchen? War ihm denn nicht bewusst, dass er damit die Geister verschrecken würde? Nun haben sie sich gerächt."

Mr Fontenoy räusperte sich. „Er könnte", begann er vorsichtig, „für das Stöhnen verantwortlich sein, das wir gehört haben."

Unverwandt starrte Lady Clarice ihn an. „Was *genau* meinen Sie damit, Arthur? Wir haben Sir Thomas stöhnen gehört."

Als Mr Fontenoy nicht reagiere, schenkte Nell ihm schnell auch eine Tasse ein und reichte sie ihm. „Mr Peters zufolge war es kein Schmerzensschrei", flüsterte sie ihm zu, bevor sie den Wagen weiterschob und hoffte, dass Lady Clarice' Gedanken zu sehr von Sir Thomas eingenommen waren.

Sogleich stand Mr Fontenoy auf und folgte Nell. „Das sehe ich auch so", sagte er ernst. „Das war zweifelsohne das Stöhnen eines jungen Mannes, der versuchte, einen Geist zu imitieren. Er umfasste mehrere Kadenzen und kam einem echten Stöhnen gleich, nicht einem aus Angst und Schmerzen."

Nell schluckte. „Danke, Mr Fontenoy."

Als sie nun bei Lord und Lady Ansley ankam, saßen Lord Richard und seine Schwester auf den Sesseln am Fenster und neben Seiner Lordschaft und Ihrer Ladyschaft stand ein stattlicher, gemütlich aussehender Mann ohne Abendgarderobe.

„Es war Miss Drury, die den Körper entdeckt hat, Herr Kommissar", erklärte Lord Ansley, während sie ihm einen Kaffee reichte.

Natürlich. Als Kommissar der Lokalpolizei trug er keine Uniform, sagte sie sich. In all seiner Gewöhnlichkeit wirkte er nahezu beruhigend auf sie, wenn man das von irgendetwas an diesem Abend sagen konnte.

Er lächelte sie an. „Vielen Dank, Miss Drury. Wir werden später auf Sie zurückkommen."

Wie viel später?, dachte Nell besorgt. „Ist es jemandem von uns erlaubt, sich zu entfernen?", fragte sie frei heraus.

„Im Moment müssen alle hier bleiben", erklärte er. Und sah er auch noch so gelassen aus, seine Worte machten deutlich, dass er nicht zum Vergnügen hier war.

Gerade wollte sie sich abwenden, da regte sich Lady Ansley. „Miss Drury, es gibt da noch ein oder zwei

Kleinigkeiten, die wir besprechen müssen“, sagte sie mit zittriger Stimme. „Begleiten Sie mich kurz in den Wintergarten?“

Gedünstete Datteln, was denn nun noch?, wunderte sich Nell. Und Ihre Ladyschaft blickte ebenso erschöpft drein, wie Nell sich fühlte. „Es geht um die Gäste, Nell“, platzte es aus ihr heraus, kaum dass sie den Salon verlassen hatten. „Sie werden über Nacht bleiben müssen, nicht? Wie können wir das stemmen?“

Sie alle?, schoss es Nell sogleich durch den Kopf. Das war schier unmöglich. Dann meldete sich ihr Verstand zurück. „Gäste aus London, die nicht für das ganze Wochenende eingeplant waren, können entweder zurückreisen, sobald die Polizei mit den Befragungen durch ist, oder hier bleiben, sofern es einen besonderen Anhaltspunkt dafür gibt“, sagte sie und musste schlucken. „Ich werde Mrs Fielding darum bitten“, erklärte sie, obgleich sie sich ihre Antwort bereits vorstellen konnte.

„Oh, das würden Sie tun, Nell? Und dann noch“, sprach sie weiter und sah unendlich verzweifelt aus, „dann gibt es noch Charlies Eltern, an die wir denken müssen.“

„Morgen“, erwiderte Nell mit kräftiger Stimme. „Das kann warten.“

„Ja“, sagte Lady Ansley dankbar. „Außerdem möchten sie sicher nur ungern *hier* untergebracht werden. Aber da ist noch etwas Anderes, Nell. Etwas, das wahrscheinlich Auswirkungen auf die ohnehin schon schreckliche Situation haben könnte. In der Bibliothek.“

Der Vorhang, dachte Nell, als sie Lady Ansley aus dem Wintergarten in den Westflügel folgte. Wie sie sehen konnte, war der Tanzsaal inzwischen wieder vollständig beleuchtet, wohingegen die Bibliothek beinahe in vollkommener Dunkelheit lag. Nur der Mondschein fiel durch die Fenster und ermöglichte es, den geheimnisvoll abgehangenen Teil des Raumes zu erkennen.

„Dahinter steht eine Glasscheibe genau vor dem Balkon sowie ein großer Spiegel. Und auch eine kleine Lichtquelle ist da versteckt“, erklärte ihr Lady Ansley überaus unglücklich und schob den Vorhang etwas zur Seite, sodass Nell zumindest den großen Spiegel sehen konnte, der in einem merkwürdigen Winkel aufgestellt war.

„Wissen Sie denn, wofür es gedacht war?“, fragte Nell und fühlte sich allmählich zu müde, um klar zu denken.

„Ich fürchte, es ist ein Streich meiner Kinder. Es geht um den Pepper's Ghost Illusionstrick. Erinnern Sie sich an diesen Wahn?“

Gehört hatte Nell davon und sie erinnerte sich noch vage, so etwas vor einigen Jahren einmal auf einem Jahrmarkt gesehen zu haben.

„Die Bibliothek wäre kurz vor Ende der Geisterjagd für Lady Clarice und ihre Gruppe dran gewesen“, fuhr Lady Ansley fort und seufzte. „Ich nehme an, der Plan war es, einen Geist auf den Balkon zu projizieren“, sagte sie und zeigte auf den schmalen Balkon, der sich über die gesamte Bücherwand erstreckte und dazu diente, an die Bücher aus den hohen Regalfächern zu gelangen. „Richard wäre in seiner Militäruniform vermutlich der Geist gewesen und sein Spiegelbild wäre dann dort oben erschienen“, schloss sie betrübt.

„Aber so weit ist es nicht gekommen", sagte Nell und hoffte, Ihre Ladyschaft damit aufzumuntern. „Nur meine Gruppe ist durch die Bibliothek gekommen und das eigentliche Ziel, Lady Clarice, hat den Ort gar nicht erst erreicht. Doch ich denke, dass der andere Teil des Streiches, das Stöhnen, von Mr Parkyn-Wright ausgeführt werden sollte. Was auch erklärt, was er hinter der Trennwand vorhatte."

„Oh Nell", schluchzte Lady Ansley und begann zu weinen. „Ist das nicht fürchterlich? Das bedeutet, dass zumindest Richard und vermutlich sogar alle meine Kinder wussten, dass Charlie dort oben war. Verstehen Sie? Nur die drei, sonst niemand."

Sie sprach nicht weiter, doch das war nicht vonnöten. „Nun ja, sie konnten es auch noch anderen Gästen erzählt haben", wollte Nell sie beruhigen. „Machen Sie sich keine Sorgen", sagte sie sanft. „Sagen Sie der Polizei alles, was Sie wissen. Sicher werden sie Lord Richard nicht verdächtigen, da er Charlies bester Freund war, und auch Lady Helen steht außer Frage, schließlich hatte sie ihn sehr gern."

Für einen kurzen Moment erwiderte Lady Ansley nichts, doch dann sagte sie neuen Mutes: „Natürlich. Aber nur für den Fall, Nell, können *Sie* nicht herausfinden, was wirklich vorgefallen ist? Nur damit wir sicher gehen können, dass die Polizei keine Fehler macht."

Da geriet Nell vor Schreck ins Taumeln. „Ich? Aber das ist die Aufgabe der Polizei."

„Ja, aber Sie kennen uns", bettelte Lady Ansley. „Ganz im Gegenteil zur Polizei. Und Sie sind wirklich begabt darin, Probleme zu lösen. Es könnte jeder gewesen sein

– ein Gast, ein Nachbar, vielleicht sogar ein Bediensteter."

Natürlich war es immer leichter, einen Bediensteten zu beschuldigen, sagte sich Nell. Und doch konnte Lady Ansley richtig liegen, wenngleich einige der Bediensteten noch nie einen Fuß ins Haupthaus gesetzt hatten und damit wohl kaum hinter eine Trennwand kamen, von dessen Existenz sie nichts wussten. Nichtsdestoweniger wusste Mr Peters beispielsweise von den Streichen für Lady Clarice und einige der Bediensteten gingen auch im Haupthaus ein und aus.

Genau wie sie selbst, die den Leichnam gefunden hatte.

„Werden Sie uns den Gefallen tun, Nell?", fragte Lady Ansley. „Sie sind sehr aufmerksam, Sie werden die einzelnen Puzzlestücke zusammenfügen können und", nun zögerte sie kurz, „es lässt Sie doch nicht kalt, wie das Ganze für uns ausgeht, oder? Also, werden Sie es tun?"

Nell kapitulierte. „Ich bemühe mich", erwiderte sie und schob die Angst: Was, falls es doch jemand aus der *Familie* war? beiseite.

Die Zeit, die vor einigen Stunden noch wie im Flug an Nell vorbeigerauscht war, schien nun stehen geblieben zu sein. Bevor die Polizei sie nicht befragt hatte, konnte sie jedoch nicht zu Bett gehen – und obgleich es fast drei Uhr morgens war, wies nichts darauf hin, dass es bald soweit wäre. Als sie dachte, im Wintergarten allein zu sein, ließ Nell sich auf einen Sessel fallen. Die verbliebenen Gäste und Familienangehörigen schienen in einem anderen Salon zu dösen. Sie hatte Mrs Fielding vorsichtig darauf vorbereitet, was sie womöglich erwartete, und überraschenderweise hatte sie sich nicht bei Nell beschwert, sondern die Herausforderung angenommen, weitere Zimmer für potenzielle Gäste mitten in der Nacht bezugsbereit zu machen. Ob sie dieser Aufgabe bis zum Schluss nachgekommen oder währenddessen in ihrem Zimmer im Ostflügel eingeschlafen war, wusste Nell nicht. Es interessierte sie aber auch nicht. Mr Peters stand sicher Lord Ansley zur Seite, Mr Briggs war nirgends aufzufinden und Miss Checkam war zuletzt damit beschäftigt gewesen, Mrs Fielding unter die Arme zu greifen.

Nell spürte, wie sie selbst ins Dösen geriet. Sie sah sich in einem weit entfernten Land, hinter den Bergen und noch weiter weg, wo keine der üblichen Regeln aus ihrem Leben oder der Arbeit eine Rolle spielten. Vielleicht begegneten ihr ja ein, zwei Geister, die sie aufmunterten, dachte sie grimmig ... Ausgerechnet Sir Thomas kreuzte ihren Weg und fragte sie bis aufs Kleinste über das Rezept ihres Geranienwackelpuddings aus. Sie erklärte ihm, dass sie das alte Rezept aus der Bibliothek hatte, wo es eine Generation Geister für die nächste aufbewahrte ...

Na herzlichen Dank, jetzt hatte Sir Thomas auch noch den Nerv, sie an der Schulter zu rütteln.

Nein, es *rüttelte* jemand an ihrer Schulter.

„Sind Sie die Köchin?“, wollte dieser jemand wissen, noch bevor Nell sich den Schlaf aus den Augen gerieben hatte.

„Die Chefköchin“, erwiderte sie automatisch.

„Das ist das Gleiche.“

„*Nicht* das Gleiche“, zischte sie zurück.

Mit ihr sprach ein Mann, den sie noch nie zuvor gesehen hatte. Er hatte stahlblaue Augen und blondes Haar, war von mittlerer Größe und etwa Mitte Dreißig, trug Anzug und Weste. Das war jedoch keine Abendgarderobe, also wer zum kleckernden Kuckuck war das?

„Miss Drury?“, sagte er mit freundlicher Stimme, doch sein Blick war nicht besonders aufgeschlossen. Und darin lag nicht der Hauch einer Entschuldigung dafür, sie geweckt zu haben.

„Wer will das wissen?“

„Melbray, mein Name. Kriminalinspektor Alexander Melbray vom Scotland Yard. Wie ich gehört habe, haben Sie den Leichnam gefunden.“

Kapitel 4

Nur mit Mühe gelang es Nell, aufrecht sitzen zu bleiben und sich den Schlaf aus den Augen zu reiben. Während sie es sich auf dem Sessel gemütlich gemacht hatte, waren die Röcke ihres grauen Kleids unschicklich hochgerutscht und auch ihr Haar war ganz durcheinander. Doch es nervte sie, dass sie überhaupt darüber nachdachte. Diesen ausdruckslosen Mann, der auf dem Sessel gegenüber saß und sein braunes Lederschreibheft vor sich liegen hatte, kümmerte es absolut nicht, ob oder wie viel Bein man bei ihr sah.

„Ich muss Sie bitten, mit mir zu kommen", informierte der Kriminalinspektor sie.

Da nahm Nell sich zusammen und begann sich zu verteidigen. „Das ging aber flott. Wollen Sie mich jetzt schon festnehmen?"

Doch diesen Kommentar würdigte er nicht einmal mit einem Lächeln, was Nell noch mehr störte.

„Das hatte ich nicht vor, zumindest noch nicht", erwiderte er. „Wir gehen nur zur Kapellengalerie."

Nell erstarrte. „Ist–"

„Nein", unterbrach der Inspektor sie. „Der Körper liegt nicht mehr dort und auch die Fotografen und Sergeants sind nun fertig."

„Fingerabdrücke", sagte Nell zusammenhangslos, „nun, meine werden Sie dort natürlich finden." Fingerabdrücke waren heutzutage überaus wichtig – doch das fiel ihr viel zu spät wieder ein.

„Natürlich. Haben Sie auch den Dolch berührt?"

Widerwillig zwang sie sich, an den schrecklichen Moment zurückzudenken. „Ich hatte Blut an meinen Händen, es könnte also sein“, sagte sie. Hatte sie? Erfolglos durchkämmte sie ihre Erinnerungen.

Der spekulative Blick des Inspektors lag unausweichlich auf ihr. Sogleich fühlte Nell sich schuldig. Hatte sie den Dolch berührt, damit womöglich tiefer in Charlies Brust gestoßen und ihn umgebracht? Nein, auf keinen Fall. Sie war noch im Halbschlaf. Aber nein, das konnte sie nicht getan haben.

„Ich bin noch etwas schläfrig“, sagte sie leicht verstimmt. „Ich weiß nicht, was ich hier sage.“

Auch darauf reagierte der Inspektor nicht, er wartete nur, dass sie weitersprach. Dadurch fühlte Nell sich noch schuldiger. „Ich habe ihn nicht umgebracht. Und das können einige der Anderen bestätigen.“

„Gut.“

Ungläubig starrte sie ihn an. Was zum Teufel wollte dieser Inspektor von ihr? Und wo war dieser nette, freundliche, gemütlich aussehende Polizist von vorhin? Jedenfalls nicht hier. Nun stand Nell auf. „Bringen wir es hinter uns.“

„Danke, Miss Drury. Bitte folgen Sie mir.“

Folgen? Sie biss die Zähne zusammen. „Halten Sie das Feuer klein“, hätte eine ihrer ehemaligen Chefs nun gesagt. Es brachte nichts, nach den Merrywheathers zu rufen, wenn sie eigentlich nicht vonnöten waren. So nannte man früher die Feuerwehrautos, erinnerte Nell sich. Hinter Inspektor Melbray ging sie durch den inzwischen menschenleeren Salon zum großen Saal. Draußen dämmerte es bereits, doch auch der zarte, trostspendende Schein der Öllampen war noch zu sehen.

Weitere ihr unbekannte Gesichter streunten durch den Saal. Gewiss waren es der Fotograf des Scotland Yard sowie die Sergeants. Auch einige der örtlichen Polizisten waren anwesend, doch von Gästen oder Familienmitgliedern keine Spur.

„Wo sind Lord und Lady Ansley?“, erkundigte sich Nell bei dem Inspektor.

„Sie ruhen sich aus“, sagte er ihr über die Schulter.

„Und alle anderen? Haben Sie schon mit der Befragung der Gäste begonnen?“

Da blieb Inspektor Melbray stehen und sah sie an. „Darum kümmern wir uns, Miss Drury. Das steht nicht auf Ihrer Speisekarte.“

So wie er dies sagte, klang es wie eine Beleidigung, und in Nell wuchs die Wut. Als ob sie das davon abhalten würde, weitere Fragen zu stellen. Sie hatte ein Recht dazu, insbesondere da sie es Lady Ansley versprochen hatte, woran sie sich mit einem schlechten Gefühl in der Magengegend erinnerte. „Und was ist mit den Musikern?“, fragte sie weiter.

Dieses Mal gab der Inspektor nach. „Die sind im Coach and Horses Inn im Dorf untergebracht“, erklärte er ihr. „Wohin meine Kollegen und ich, sobald wir hier alles erledigt haben, auch unbedingt gehen werden. Mein Vorgesetzter ist bereits nach London zurückgekehrt, der Fall liegt nun also in meiner Hand. Wenn ich dann nun mit meiner Arbeit weitermachen könnte …“

„Und was kann ich für Sie tun?“

Als er die Bereitschaft zur Kooperation erkannte, die Nell bei dieser Antwort bewusst hatte mitschwingen lassen, sah er sie überrascht an. „Es wäre sehr hilfreich, wenn Sie noch einmal genau das tun könnten, was Sie zuvor getan haben, als Sie über die Treppe zur Galerie hochgegangen sind."

„Würde ich damit nicht wertvolle Beweise zerstören? Zigarettenstummel, Stofffasern, Bustickets, einen Penny – oder dergleichen?", fragte sie unschuldig.

Nun kam er genau auf sie zu. „Zum Glück haben meine Männer bereits alle dieser hilfreichen Gegenstände aufgesammelt, einschließlich eines schwarzen, blutverschmierten Stoffstückes, das sie im hinteren Teil des Gangs gefunden haben. Der Täter hat es vermutlich genutzt, um sich selbst vor Blutspritzern zu schützen, als er auf Mr Parkyn-Wright losgegangen ist. Essentiell bei so vielen Anwesenden. Lady Clarice hat den Stoff bereits als Teil der fotografischen Ausrüstung identifiziert."

Jetzt zu schweigen war sicher besser, entschied Nell, und sagte nichts weiter. Stattdessen nahm sie allen Mut zusammen, um erneut auf die Galerie zu gehen. „Wenn Sie wünschen, dass ich exakt das Gleiche tue wie vorhin, sollte es dann nicht besser auch wieder dunkel sein? Im Moment leuchten die Öllampen auf höchster Stufe, doch am Abend hat die Dunkelheit meinen Weg und auch die Schnelligkeit unserer Schritte beeinflusst. Ich hatte auch eine kleine Laterne in der Hand."

Das sah Inspektor Melbray ein. „Sie haben recht, Miss Drury", erwiderte er und sah sie mit durchdringendem Blick an. Feindseligkeit lag jedoch nicht darin. Sie betrachtete es als kleinen Sieg, als einer der Männer die Lichter dimmte und ein anderer ihr eine Laterne brachte. Sie war zwar nicht an, aber von draußen fiel bereits ein wenig Tageslicht ins Innere. Jetzt musste sie sich konzentrieren und versuchte, den nervtötenden Inspektor aus ihren Gedanken zu verbannen.

„Hinter mir gingen zehn Leute, nein, zwölf." Guy war auch zu ihnen gestoßen. „Direkt hinter mir war Mr Fontenoy. Er und Mr Ellimore sind erst ab der zweiten Hälfte der Tour dabei gewesen." Während sie das sagte, versuchte sie sich selbst davon zu überzeugen, dass nun Mr Fontenoy ihr folgte und *nicht* der selbstgefällige Inspektor. Auf der obersten Treppenstufe zögerte sie.

„Sind Sie hier beim ersten Aufgang auch stehen geblieben?", fragte die Stimme hinter ihr sofort.

Nell war verwirrt, denn sie wusste nicht genau, weshalb sie überhaupt angehalten hatte. *Hatte* sie das auch beim ersten Mal getan? „Ja", sagte sie nun, als sie sich erinnerte. „Ich glaube nicht, dass es einen bestimmten Grund dafür gab. Oder doch, genau. Es war aber nichts Wichtiges."

„Zu diesem Zeitpunkt ist alles wichtig."

„Ich habe etwas gerochen."

„Zigarettenrauch."

„Das weiß ich nicht. Vielleicht war es auch bloß das Holz oder etwas, das aus dem großen Saal hochgezogen ist."

Hinter ihr ein Seufzen – es sei denn, das hatte sie sich eingebildet. „Möglich. Fahren Sie fort, Miss Drury."

Obgleich sich ihr Magen bei dem Gedanken zusammenzog, musste sie weitergehen. Und sie wollte den Inspektor auch nicht spüren lassen, wie schlecht ihr bei dieser Aufgabe wurde. Es lag schließlich nichts mehr dort, sagte sie sich, während sie weiterging. Gar nichts.

Selbst ohne den Laternenschein war es nun viel heller als um Mitternacht, dadurch fiel es ihr leichter, den Gang entlangzugehen. Nun entdeckte sie das weiße Puder auf dem Holzboden und sie zögerte.

„Weiter“, sagte die Stimme, „wir haben bereits alle Fingerabdrücke von hier. Sie können also auch etwas anfassen, wenn Sie wollen.“

Doch das wollte sie nicht. Es fühlte sich an, als würde eine Berührung den Albtraum noch realer machen, dabei musste sie sich soweit von alledem distanzieren wie möglich. Als Nell an der Tür ankam, hielt sie inne. „Hier“, sagte sie unnötigerweise. Um nichts auf der Welt würde sie diesen Türknauf noch einmal anfassen. „Hier habe ich nach dem Türknauf gegriffen.“

„Und weshalb?“, fragte der Inspektor. „Wie ich hörte, waren Sie auf einer Geisterjagd. Haben Sie einen Geist gesehen?“, sprach er und kam dicht an Nell heran.

„Ich glaube eher, ich habe Blut auf dem Boden gesehen.“ Noch immer konnte sie es erkennen oder zumindest Reste davon, auch wenn es nun eingetrocknet war. Mit äußerster Kraft bemühte Nell sich, ebenso emotionslos zu wirken wie der Inspektor.

„Wie sollten Sie das erkannt haben? Es war dunkel und Ihre Laterne muss dafür zu weit oben gehangen haben.“

Er hatte recht. „Aber ich habe es gesehen“, sagte sie stur. „Vielleicht, weil es noch sickerte.“ Erneut wurde ihr übel, doch sie ließ nicht zu, dass der Inspektor es bemerkte. „Ich hatte die Laterne in meiner linken Hand und mit der rechten habe ich den Knauf berührt. Ich muss leicht daran gezogen haben und dann hat sie sich geöffnet.“

„Warum haben Sie das getan?"

„Um herauszufinden, ob das Blut von hinter der Tür kam, nehme ich an", erklärte sie. Und schon sah die ganze schreckliche Szene erneut vor ihrem inneren Auge. „Und dann habe ich gespürt, wie die Tür sich von allein auf bewegte und–", da musste Nell kurz schlucken, doch er sagte nichts dazu, „habe gesehen, wie dieses Gewicht dagegen gedrückt hat und gefallen ist. Im ersten Moment habe ich es nicht erkannt, doch dann habe ich gesehen, dass es ein Körper war. Er muss an die Tür gelehnt gewesen sein." Sicher hatte sie ihm nun genug erzählt. Doch er fuhr fort.

„Der Dolch und auch der Leichnam sind nicht mehr da", sagte er nüchtern. „Der Butler hat den Dolch erkannt, er gehört wohl zum großen Saal. Genau wie der schwarze Stoff zur Kamera gehört. Bezüglich der Fingerabdrücke auf dem Dolch – wer auch immer der Mörder ist, anscheinend war er vorsichtig genug, Handschuhe zu tragen und noch wahrscheinlicher hat er einfach etwas um den Griff gewickelt. Hatten Sie Handschuhe an?"

„Nein."

„Wenn Sie den Dolch also berührt haben, werden Ihre Fingerabdrücke darauf zu finden sein. Einer meiner Männer wird Ihre abnehmen, wenn wir hier fertig sind", fügte er hinzu. „Würden Sie mir nun zeigen, was als nächstes passiert ist? Ich kann die Tür auch für Sie öffnen, wenn Sie wünschen."

Nein, das würde sie selbst übernehmen. Dicht hinter sich nahm sie den Atem des Inspektors wahr und fühlte sich in die eigentliche Szene zurückversetzt, als sie am Türknauf drehte. Würde auch dieses Mal etwas herausfallen? War der Leichnam tatsächlich nicht mehr da oder war das nur ein Trick von Melbray?

Es kam ihr nichts entgegen, dem Himmel sei Dank. Erleichtert atmete sie hörbar aus, was der Inspektor als ein Zeichen von Angst interpretiert haben musste.

„Es gibt hier oben nichts außer uns beiden, Miss Drury. Ich werde Sie auch nicht mehr lange aufhalten. Was ist als nächstes passiert?"

„Ich habe mich neben ihn gekniet."

„Tun Sie mir bitte den Gefallen und knien Sie noch einmal nieder."

Ohne Widerworte gehorchte sie.

„Können Sie sich jetzt daran erinnern, ob Sie den Dolch berührt haben oder nicht?"

„Ich bin mir immer noch nicht sicher. Ich erinnere mich, dass ich darüber nachgedacht habe. Dass ich ihm damit vielleicht helfen konnte. Und dann habe ich gedacht, dass es vielleicht nur alles schlimmer machte. Eine seiner Wunden blutete–" Nell stockte. Das Gefühl von Übelkeit setzte ihr zu. „Es tut mir leid, ich kann nicht weitermachen."

„Nur noch ein paar wenige Fragen. Sie haben vorhin von ‚wir' gesprochen. Meinen Sie sich und Mr Fontenoy? So schmal wie es hier ist, können Sie nur hintereinander gegangen sein."

„Ja, genau. Er hat nach Hilfe gerufen und dann sind alle anderen verschwunden, bis auf ihn und noch jemanden."

„Wer ist noch geblieben?"

„Mr Ellimore, der Musiker. Er war im letzten Moment noch dazugekommen."

„Warum?"

„Er hat von der Geisterjagd gehört und sich gedacht, dass es amüsant wäre."

„Und, war es das?"

„Es hätte so sein sollen."

„Die Geisterjagd war also keine ernstzunehmende Untersuchung für Harry Price oder die Society for Psychical Research?

„Ernst war das Ganze nur für Lady Clarice, die Schwester von Lord Ansley. Sie glaubt an Geister, mit voller Inbrunst." Sollte Nell ihm nun von den geplanten Streichen und ... dem Stöhnen erzählen? Nein, das stand nicht auf ihrer Speisekarte, wie der Inspektor gesagt hatte. „Das ist wohl auch der Grund, warum Mr Parkyn-Wright hinter der Trennwand war", ergänzte sie, ohne darüber nachzudenken.

Ein Moment der Stille. „Danke sehr. Ich hatte bereits gehofft, dass Sie mich diesbezüglich nicht länger im Dunkeln tappen lassen."

Am liebsten hätte Nell sich selbst getreten. Er musste es wissen, ja, aber warum ausgerechnet von ihr? Und warum jetzt?

„Es ging also um einen Streich, nehme ich an", folgerte er. „*Wussten* Sie davon, Miss Drury?"

Nun wagte sie sich auf dünnes Eis, wie ihr plötzlich klar wurde. „Zu dem Zeitpunkt noch nicht." Und nun bitte, bitte keine weiteren Fragen mehr, flehte Nell ihn stumm an. Sie fühlte sich bereits jetzt wie eine Verräterin. „Warum ist das überhaupt wichtig?", platzte es aus ihr heraus. „Aus meiner Gruppe kann es niemand gewesen sein. Mr Parkyn-Wright war bereits tot, als wir ihn gefunden haben."

„Ich werde morgen mit der Familie reden“, sagte er, als las er ihre Gedanken. Vielleicht konnte er das, dachte sie. Es gab Methoden dafür.

„Der Schlafmangel tut Ihnen nicht gut, Miss Drury. Wir werden noch Ihre Fingerabdrücke nehmen und dann legen Sie sich besser hin“, sagte er mit ruhiger Stimme.

Damit war es um sie geschehen. Ob es als Beleidigung gedacht war oder nicht, sie fasste es als solche auf. „Ich wusste nicht, dass Augenringe bereits einen Beweis darstellen“, zischte sie ihn an.

Doch Inspektor Melbray zeigte sich unbeeindruckt. „Tun sie nicht. Doch etwas Schlaf macht es sowohl für den Befragenden als auch für den Befragten leichter. Und auch ich bin müde.“

Nell fühlte sich noch immer auf die Füße getreten, während der Inspektor sie in den Frühstückssalon führte. Dort erwartete sie nicht nur ein weiterer Kollege, sondern die Hälfte aller Polizisten von Sevenoaks, wie es schien. Alle Augen ruhten auf ihr, als sie ordnungsgemäß einen Finger nach dem anderen auf weißes Papier drückte, wieder wegnahm und zusah, wie der Polizist sie mit schwarzem Puder bestäubte, bis ihre Fingerabdrücke zu sehen waren. Nun waren sie ein polizeiliches Beweismittel. Im Prinzip nur eine Kleinigkeit, und doch brachte es sie mit dem Mord in Verbindung, mehr als alles andere zuvor. Nun gehörte sie dazu. Sie war ein Teil des Ganzen.

Anschließend wurde sie dankbarerweise entlassen und konnte sich endlich auf ihr Zimmer im Bedienstetenflügel zurückziehen, wo sie schlafen, schlafen und noch mehr schlafen würde. Ihr war durchaus klar, wie wenig hilfreich es war, sowohl die Erste gewesen zu sein, die Mr Charles gefunden hatte als auch diejenige, die wusste, dass er sich hinter dieser Trennwand befand. Doch um dieses Problem kümmerte sie sich morgen – nein, nur etwas später, wie sie nun bemerkte. Der nächste Tag auf Wychbourne Court hatte bereits begonnen.

Zu Nells Erleichterung sah die Küche beinahe normal aus, als sie fünf Stunden später herunterkam. Und sie dankte den Göttern, dass das Frühstück nicht in ihren Verantwortungsbereich fiel und das Mittagessen noch einige Stunden entfernt lag. Mrs Squires war wie immer mit dem Gebäck beschäftigt und auch das Gemüse wurde in der Spülküche bereits zubereitet, wie Nell sah. Die Schattenseite all dessen war jedoch Mrs Fielding, die Nell wieder einmal ihre Unentbehrlichkeit in einer Küche ohne Chefkoch unter Beweis stellen wollte.

„Guten Morgen, Miss Drury", proklamierte sie vermessen. „Ich werde nun gleich in die Kirche gehen, aber für das Mittag- und Abendessen ist bereits alles geklärt. Auch alle übrigen Absprachen habe ich mit Lady Ansley getroffen."

Das war zu erwarten, dachte sich Nell, doch heute würde sie sich nicht auf diesen Machtkampf einlassen. „Wie nett von Ihnen", erwiderte sie freundlich. „Wenn Sie mir dann die Menüs geben würden, übernehme ich wieder. Ich nehme an, es gibt mehr Gäste zu versorgen als ursprünglich geplant?"

Mrs Fieldings Brust füllte sich mit Stolz. „Die genaue Zahl ist natürlich noch nicht bekannt – wie ich es geahnt habe. Aber Mrs Squires wird Sie über alles informieren."

Erneut zwang sich Nell ein Lächeln auf die Lippen. „Vielen Dank. Wie geht es Mr Peters heute Morgen?"

„Ganz hervorragend." Und die darin verborgene Nachricht lautete: im Gegenteil zu Ihnen. „Er ist im Meierraum und steht Lord Ansley und der Familie jederzeit zur Verfügung."

Meierraum war eine altertümliche Bezeichnung für den Ort, da es in Wychbourne Court inzwischen keinen Meier mehr gab. Lord Ansley und Lord Richard verwalteten das Anwesen gemeinsam. Der Raum, der direkt neben Lord Ansleys Zimmer lag, diente Mr Peters als Büro, wenn er sich beispielsweise um die Weinlisten oder Ähnliches kümmerte.

„War die Polizei bereits hier unten und hat Sie befragt oder Sie dafür ins Haupthaus gebeten?"

„Noch nicht", erwiderte Mrs Fielding und sah betrübt aus, als sicherte Nell sich damit einen ungerechten Vorteil.

Wenn sie nur wüsste, dachte Nell. „Vielleicht, Mrs Fielding, wäre es geschickt, wenn Sie all diejenigen aus unserem Flügel auflisten würden, die gestern Abend in der Bedienstetenstube gesehen wurden, unabhängig davon, ob sie etwas mit dem Vorfall zu tun haben könnten oder nicht."

„Eine gute Idee, Miss Drury. *Falls* Lady Ansley mich darum bittet, komme ich dem gern nach."

Alles war wieder beim Alten, dachte Nell. „Dann jetzt bitte die Menüs, Mrs Fielding."

„Darüber wird Mrs Squires Sie informieren."

Sieg für Mrs Fielding. Doch das war Nell an diesem Morgen einerlei. Viel eher musste sie sich etwas überlegen, wie sie ihr Versprechen an Lady Ansley erfüllen konnte.

Der Meierraum war wie ein sicherer Hafen und Peters genoss es, hier und nicht im Bedienstetenflügel zu sein, wo man ihn mit Fragen sicher nur so durchlöcherte. Noch hatte die Polizei ihn nicht zu sich nach oben gerufen, so, als riefe man ihn vor den Richter. Kurz dachte er darüber nach, sich in die Kirche zu stehlen, als wäre dies ein ganz gewöhnlicher Sonntag. Doch letztlich entschied er, es wäre nur in seinem Interesse, wenn er bliebe und mitbekäme, wie es hier weiterging. Auf keinen Fall durfte es so aussehen, als hätte er etwas zu verbergen. Also stand er jederzeit zur Verfügung, ganz gleich, was der Inspektor von ihm wissen mochte. Es konnte kaum schlimmer sein als der Versuch, etwa ein Dutzend Gäste davon abzuhalten, das Haus auf den Kopf zu stellen. Der Frühstückssalon war nun Polizei-Terrain, wie Lord Ansley ihm erklärt hatte. Immerhin hatten sie nicht gefordert, über Nacht im Haus zu bleiben. Die Dorfschenke war gut genug für sie. Und da sie nicht vor sechs Uhr in der Frühe dorthin aufgebrochen waren, wären sie noch nicht allzu bald wieder zurück, dachte er.

Doch da irrte sich Peters. Im nächsten Moment klopfte es an der Tür und herein kam Inspektor Melbray, den er gestern Nacht bereits gesehen hatte.

„Mr Peters? Wenn es Sie nicht stört, würde ich Sie gern kurz sprechen."

Es schien jedoch gleich, ob es ihn störte oder nicht, da der Inspektor auch ohne Antwort hereintrat. Keinen Schimmer von Etikette, diese Polizisten. Aber ein gut aussehender, junger Mann. Sein Anzug war wahrscheinlich nicht von der Savile Row, kam dem aber recht nahe.

„Sie sind der Butler, richtig? Und waren auch gestern Abend im Dienst?"

„Korrekt", erwiderte Peters.

„Und zuvor, während des Kriegs, waren sie Lord Noel Ansleys Offiziersbursche?"

Da erstarrte Peters. Worauf spielte er damit an? „Ja, Sir. Er ist für sein Vaterland gefallen, bei der ersten Flandernschlacht."

„Wie so viele. Sind Sie hier auf seine Empfehlung hin als Butler angestellt worden?"

Nun atmete Peters wieder etwas entspannter. „Ja, Sir. Seine Lordschaft war so freundlich, mich einzustellen, nachdem ich meinen Dienst fürs Land erfüllt hatte."

Derweil hatte der Inspektor sich gesetzt und sah sich nun im Raum um, als fände er überall Spuren. Da dies der Meierraum war, gab es hier zum Glück lediglich Bilder und Andenken der Ansley Familie und ihrer berühmten Gäste.

„Ist das etwa unser Prime Minister?", fragte Inspektor Melbray neugierig.

„Vollkommen richtig, Sir. Mr Baldwin weiß Wychbourne Court für seine ruhige und friedvolle Atmosphäre sehr zu schätzen." Zu spät kam ihm der Gedanke, dass diese Worte in Anbetracht der gestrigen Ereignisse womöglich nicht die besten waren, doch der

Inspektor reagierte nicht darauf. Stattdessen betrachtete er ein anderes Foto.

„Genau wie unsere Majestät, wie es scheint."

„Selten, aber ja. Manchmal beehren uns auch King George und Queen Mary mit einem Besuch."

„Kannten Sie auch Mr Parkyn-Wright?", wechselte der Inspektor ungezwungen das Thema.

„Ja, Sir. Beziehungsweise nein", sagte er schnell, „kennen ist nicht das richtige Wort. Doch er war des Öfteren zu Gast in Wychbourne Court sowie auch im Londoner Anwesen."

„Eaton Square, wie ich hörte."

„Genau, Sir." Wieder überkam Peters die Nervosität. Wozu all diese Fragen, die nichts mit einem „Wo waren Sie gestern Abend?" oder ähnlichen, zu erwartenden Fragen gemein hatten.

„Wie oft war er hier zu Gast?"

„Sicher kann ich das nicht sagen, Sir", erwiderte Peters und entschied, je steifer er antwortete, je eher vermittelte dies den Eindruck von Solidarität Wychbourne und der Familie gegenüber. Er war schließlich kein tratschender Bediensteter. Man hört nichts Böses, sieht nichts Böses, spricht nichts Böses – das war, was einen guten Butler ausmachte. Den Klatsch behielt er für sich. „Vielleicht ein halbes Dutzend Mal pro Jahr", sagte er schließlich.

„Nur zu Bällen oder auch ohne Anlass?"

„Beides, Sir."

„Und waren Sie gestern an der Tür, um ihn bei seiner Ankunft willkommen zu heißen?"

„Ja, Sir. Er ist mit seinem Hispano-Suiza aus London angefahren, zusammen mit Miss Elise Harlington."

„Sie ist noch immer hier im Haus, wie ich gehört habe."

„In der Tat", erwiderte er und zögerte nun. Vielleicht wirkte er zu steif – was in seiner Position wiederum gar nicht gut wäre. Damit zöge er womöglich ungewollte Aufmerksamkeit auf sich. Unter diesen Umständen würde er ein klein wenig mehr Informationen preisgeben. „Wenngleich Miss Elise kein allzu beliebter Gast in Wychbourne ist", sagte er und erinnerte sich erst zu spät daran, dass Lord Richard Gefallen an ihr hatte und zur Solidarität auch Verschwiegenheit gehörte. „Genauso wenig wie Mr Parkyn-Wright, auch wenn ich nicht verstehe, warum. In meinen Augen war er ein sehr charmanter junger Mann. Und Lord Richards bester Freund."

„Das habe ich bereits gehört. Und Miss Harlington mögen Sie auch?"

Nun hatte er die Möglichkeit, den Schaden wiedergutzumachen. „Sie ist mir stets sehr höflich begegnet, Sir." Eine etwas hölzerne Ausdrucksweise half sicher.

„Freundlicherweise haben Sie mir eine Liste mit all den Gästenamen für die Abendgesellschaft erstellt sowie eine mit allen Gästen, die länger im Haus bleiben. Auch die örtliche Polizei hat mir eine solche Liste zukommen lassen, die sie gestern Nacht nach ihrer Ankunft hier erstellt haben. Sind alle Gäste von Ihrer Liste angereist?"

„Ja, Sir."

„Auch ein Mr Hugh Beaumont?"

„Ja, Sir. Wie ich hörte ist er einer von Lady Sophys Freunden aus London."

„Er stand jedoch nicht auf der Liste, die die Polizei mir eingereicht hat. Genauso wenig wie ein weiterer Gast, eine Lady Warminster.“

„Auch sie war hier und hat an der Geisterjagd teilgenommen“, sagte er und entschied, dass nun ein wenig Unsicherheit bei der Antwort angebracht war. „Wenn ich mich nicht täusche, gab es ein oder zwei Automobile, die gefahren sind, nachdem die Polizei hier ankam.“

„Wessen?“

„Unglücklicherweise kann ich das nicht sagen. Alle Angelegenheiten außerhalb des Hauses fallen nicht in meinen Verantwortungsbereich. Am besten sprechen Sie mit Mr Ramsay, der sich um die Stallungen und die Garagen kümmert. Sie finden sie gleich hinter dem Ostflügel. Dort werden Sie eine Reihe hochgewachsener Hecken sehen, die den Gemüsegarten abschirmen, und dahinter liegen die Stallungen und die Garagen.“

„Haben alle Automobile dort geparkt?“

„Einige standen auch im Vorgarten, Sir. Gegen Lord Ansleys Wunsch, aber nun ja, die Jugend von heute.“

Nachdem der Inspektor wieder gegangen war, wischte Peters sich sinnbildlich über die Stirn. Alles in allem hatte er sich wacker geschlagen, schloss er. Letztlich ging es um die Gäste bei der Geisterjagd, auf die der Inspektor sich konzentrieren sollte, nicht um die Bediensteten. Zu seiner Erleichterung gehörte er der letzten Gruppe an.

Das Mittagessen verlief überraschend gut, vor allem wenn man bedachte, dass Mrs Fielding ihre Hände im Spiel hatte. Die Braten waren sehr üppig und mithilfe eines Besuchs im Gemüsegarten konnte auch das zusätzliche Dutzend Gäste sowie die Familie zufrieden gestellt werden. Zur Krönung des Mahls gab es noch Eiscreme und Nachtischreste von gestern. Nichts Ausgefallenes, doch im Moment drehten sich niemandes Gedanken um die feine Küche, nicht einmal Nells. Heute konnte ihr sonst so genaues Adlerauge die ein oder andere Kleinigkeit hier und da übersehen. Da auch das Abendessen bereits beschlossene Sache und die Vorbereitungen im Gange waren, entschied Nell, dass sie sich für eine Weile in den Chefkochraum zurückziehen konnte – das war ihr Zufluchtsort.

Sie wollte etwas lesen, um den Kopf frei zu bekommen von den Gedanken über den Mordfall. Allerdings führte der Roman, den sie wählte – Agatha Christies *Mord auf dem Golfplatz* –, sie auf direktem Wege in die Welt der Mörder und Detektive, die nur einen kleinen Schritt entfernt waren von der Aufgabe, die über ihr schwebte: Wie konnte sie den Ansleys eine Hilfe sein? Nell nahm an, dass die Polizei sicher allen Spuren folgte, die sie letztlich zu dem Mörder von Mr Charles führen würden. Aber wie sollte *sie* herausfinden, was geschehen war, wenn sie nicht einmal wusste, wen die Polizei zum jetzigen Zeitpunkt verdächtigte?

Vielleicht musste sie das Ganze aus einer anderen Perspektive betrachten. Was war der *Grund* für Mr Charles Tod? Ging es um Geld? Intime Angelegenheiten? Eifersucht? Oder gar Angst?

Noch bevor sie sich in ihre Gedanken vertiefen konnte, klopfte es an der Tür. Vermutlich Miss Checkam, die sie zu Lady Ansley rief. Oder war es wieder der Inspektor? Einer seiner Männer?

Keiner von ihnen. Vor ihr stand der elegante Mr Fontenoy. Erstaunt über diesen außergewöhnlichen Regelbruch stand Nell auf, um ihn zu begrüßen.

„Bitte, bleiben Sie sitzen, Miss Drury“, sagte er sogleich. „Auch ich werde mich setzen, wenn Sie nichts dagegen haben.“

„Ich habe nicht damit gerechnet, Sie je auf der falschen Seite der grün gebeizten Tür zu sehen“, erwiderte sie entspannt und wunderte sich, was ihn wohl zu ihr führte.

„Auch mit einem Mord in Wychbourne Court habe ich nie gerechnet und doch kommt es manchmal so“, sagte er. „Außerdem schwinden immer mehr Grenzen in diesen modernen Zeiten. Und ich bin mit einem Anliegen hier.“

Das klang verhängnisvoll. „Ein Anliegen?“, hakte Nell vorsichtig nach.

„In einem Gespräch unter vier Augen habe ich von Lady Ansley erfahren, dass Sie sich darum bemühen, die Polizei bei der Suche nach dem wahren Täter zu unterstützen und dafür zu sorgen, dass sie bis dahin nicht allzu vielen Menschen auf die Füße treten.“

Nun war sie besonders vorsichtig. „Ich möchte gern helfen, ja, und werde dabei niemandem zu nahekommen. Noch habe ich vor, Finten zu legen. Ist es das, worum Sie besorgt sind?“

„Keineswegs. Und ich stehe voll und ganz hinter Gertrudes Entscheidung, Sie in diese Rolle zu setzen. Ich dachte nur, jeder Sherlock braucht einen Watson, Miss Drury. Haben Sie diesbezüglich schon über meine Wenigkeit nachgedacht?“

Das hatte sie nicht und ehrlich gesagt, war ihr der Gedanke auch gar nicht in den Sinn gekommen. „Wären Sie denn Sherlock oder Watson?“, hakte sie nach. Schließlich musste sie vermeiden, dass jemand ihre Handlungen überwachte oder ihr gar im Wege stand, weil er seine eigenen Interessen verfolgte. War das Ladys Ansleys Plan – ihr jemanden an die Fersen zu hängen, um auf Nummer sicher zu gehen?

„Watson, Miss Drury. Für Sherlock bin ich viel zu alt und viel zu unbeliebt bei einigen Familienmitgliedern.“

„Dieser Inspektor ist unser Sherlock“, erklärte Nell.

„Nein, nein, *nein*. Er ist Lestrade. Wir Außenstehende sind es, die das Spiel am besten kennen.“

„Da wäre ich mir nicht so sicher“, sagte Nell mit Nachdruck. „Er scheint nichts vorzutäuschen. Wie es aussieht, ist er wirklich ein Ass.“

„Umso wichtiger, dass Sie einen Assistenten zur Seite haben. Ich mache keine Scherze, Miss Drury. Noch hat Lady Ansley mich gebeten, Ihre Schritte zu überbewachen. Ich bin aus freien Stücken hier, weil ich mich der Familie sehr verbunden fühle. Mein Wunsch ist es, dass Gerechtigkeit geschieht, am besten ohne weiteren Schaden. Und ich denke, ich kann Sie dabei unterstützen.“

„Sprechen Sie weiter“, sagte Nell, musterte ihn aber weiterhin sehr genau. Immer schon mochte Sie Mr Fontenoy. Nicht nur, weil er ihr stets höflich begegnete und sich nichts aus der offensichtlich unerhörten Feindseligkeit von Lady Enid machte, sondern vor allem, da er die Familie stets zu unterstützen suchte, und das, ohne sich aufzudrängen.

„Die Gesellschaft“, begann er, „wird immer gleichgestellter, auch wenn das nicht im Sinne des Kommunismus’ gemeint ist. Das ist schließlich immer noch England. Dennoch, einige Grenzen gibt es weiterhin. Sie sind eine äußerst vertrauenswürdige Frau, Miss Drury, weshalb die Familie sich ohne Bedenken an Sie wenden kann. Nichtsdestotrotz wird es einige Familienmitglieder geben, die Ihre Fragen zu persönlichen Anliegen nicht gut aufnehmen werden. Dabei haben Sie eine ganz besondere Stellung inne: Sie haben einen objektiven Blick auf Wychbourne Court und die Angelegenheiten der Familie, wie auch auf die der Bediensteten. Und ich könnte Ihnen bei ersterem als nützlicher Gehilfe zur Seite stehen. Nur zum Beispiel: Haben Sie schon etwas von Charlies Tanz gehört?“

„Nein. Was ist so besonders daran?“

„Das weiß ich nicht. Es ist nur ein Munkeln, das ich am Rande mitbekommen habe. Eines, das Sie nicht erreichen konnte.“

Doch Nell dachte einen Schritt weiter. Konnte Mr Fontenoy eigene Absichten verfolgen, die ihn dazu brachten, ihr seine Dienste anzubieten? Vielleicht um einen Sieg Lady Enid gegenüber zu erzielen. Konnte er einen Zwist mit Mr Charles gehabt haben oder womöglich wissen, wer ihn ermordet hatte? Konnte *er* der Mörder sein?

„Bevor Sie mich verurteilen“, sagte er offensichtlich erheitert, „ich stecke nicht hinter dieser schrecklichen Tat. So sehr ich auch das Gefühl habe, die Familie – selbst Lady Enid – beschützen zu müssen, für einen Mord reicht meine Solidarität nicht aus. Abgesehen davon war ich während des gesamten ersten Teils der

Geisterjagd im Dinnersaal zu Gange, gemeinsam mit einem äußerst netten jungen Mann, der sich genauso wenig für die Tour interessierte. Zudem haben auch einige der Diener mich im Saal gesehen und wahrgenommen, wie entzückt ich von der Gesellschaft dieses Gentlemans war. Wie betrachten Sie das Ganze nun?"

Der Gedanke gefiel ihr zunehmend. Mr Fontenoy hatte recht, wie Nell eingestehen musste. Einige der Anwesenden würden deutlich eher mit ihm sprechen als mit ihr.

„Und wonach würden Sie als erstes Ausschau halten?"

„Sagen Sie mir doch zunächst, wonach *Sie* Ausschau halten."

Nell gefiel sein Gedankengang. „Ich suche nach einem Grund für Mr Charles Tod."

„Würden Sie mir zustimmen, wenn ich Ihnen sagte, dass mehrere Anwesende Grund genug gehabt hätten, ihn umzubringen, auch wenn sie es nicht waren?"

„Ja, und dennoch schien Mr Charles sehr beliebt zu sein. Sowohl unter den Seinen als auch bei den Bediensteten hier. Noch nie habe ich jemanden etwas Schlechtes über ihn sagen hören."

„Zumindest einer konnte seinen Unmut gut verborgen halten."

Diesen Gedanken ließ Nell einen Moment vor sich hin köcheln. „Und wo es ein Geheimnis gibt, gibt es vielleicht auch mehrere, meinen Sie?"

„Genau. Wychbourne Court hat, wie Lady Clarice bezeugen kann, über die letzten Jahrhunderte zahlreiche Geheimnisse verborgen gehalten. Warum sollte da gerade das zwanzigste Jahrhundert eine Ausnahme sein?"

„Wir hatten viele Gäste im Haus“, sagte Nell nun.

„Doch nur einige von ihnen kannten das Haus gut genug, um diesen Mord begangen zu haben.“

„Und“, fügte Nell hinzu, „wussten, dass Charlie hinter der Trennwand stand.“

„Das sehe ich auch so. Sollen wir also von nun an gemeinsam arbeiten und Informationen austauschen? Es wäre mir eine Ehre.“

Nell wagte den Sprung. „Sehr gerne.“

„Dann bin ich nicht mehr Mr Fontenoy für Sie, sondern Arthur, und hoffentlich Ihr Freund. Meine Liebe, auf meine alten Tage habe ich nur wenig Unterhaltung. Auch wenn mein kleiner Beitrag in diesem Fall das Ganze nicht weniger grausam macht, macht es den Weg bis zur Auflösung gleich viel spannender.“

Auch damit hatte er recht. Schon jetzt sah der Weg vor ihr weniger bedrohlich aus als zuvor. „Wir werden uns regelmäßig treffen müssen – Arthur“, sagte sie und kämpfte mit der Formlosigkeit, ihn beim Vornamen zu nennen. „Hier im Haus oder selbst bei Ihnen wäre es zu verdächtig. Was ist mit der alten Milchkammer? Die ist weit genug ab vom Haus, um darin unbemerkt zu bleiben.“

„Vielleicht“, schlug Arthur vor, „brauchen wir auch einen Baker Street Irregular, der Nachrichten überbringen kann. Telefonanrufe sind zu öffentlich. Aber ich frage mich, ob nicht der Lampenjunge für diese Aufgabe geeignet wäre? Er kennt uns beide sowie die beiden Häuser – und soweit ich weiß, muss man sich nicht um seine Zukunft sorgen. Der gute Oscar Wilde hat zwar einen guten Dienst am Theater getan, jedoch einen äußerst schlechten an uns Normalsterblichen.“

Da musste Nell lachen. Aber Jimmy einzuspannen hielt sie für eine gute Idee. „Einverstanden, Arthur", sagte sie und fühlte sich dieses Mal bereits weniger unwohl. „Für den Moment sollten Sie sich auf die Familie und die Gäste konzentrieren und ich bleibe an den Bediensteten dran, die Zugang zum Haupthaus hatten."

„Den sogenannten höhergestellten Bediensteten, wie man sie früher nannte?"

„Genau. Mr Peters, Mrs Fielding, Miss Checkam – und Mr Briggs."

„Der arme Mann", sagte Arthur mit einem Seufzen.

„Und der Diener Robert", ergänzte Nell und dachte weiter nach. „Es wäre nicht richtig, nur mit denen zu sprechen, von denen wir glauben, dass sie ein Motiv und die Möglichkeit hatten, Charlie umzubringen. Es muss jeder befragt werden, der gestern anwesend war. Selbst die Gäste, die nur für den Abend gekommen sind."

„Zum Beispiel auch der Musiker", stellte Arthur fest. „Der mit uns auf der Galerie war, als wir den Leichnam gefunden haben."

Besonders dankbar war Nell in diesem Moment für das ‚wir' in seiner Aussage. „Mr Ellimore", sagte sie. „Ich kenne ich noch von früher. Er wusste sicher nichts von der Trennwand dort oben."

„Es sei denn, man hat ihm davon erzählt. Die Neuigkeiten über den Scherz für Lady Clarice könnten sich während des Tanzes sehr schnell herumgesprochen haben."

„Das erweitert das Bild", sagte Nell. „Im Prinzip konnte sich jeder im Dunkeln einer der beiden Gruppen angeschlossen haben. Und es hätte auch keiner bemerkt, wenn jemand die Gruppe kurzzeitig gewechselt hätte."

„Das ist leider wahr. Welch Erleichterung, dass ich nur Watson bin", sagte er und hielt inne. „Haben Sie einen geheimen Schlachtplan, Nell? Ich hoffe es sehr. Wir scheinen uns hier einer sehr kniffligen Aufgabe anzunehmen."

Nun zog Nell eine Grimasse. „Brutzelnder Backfisch, Arthur! Sie können doch nicht jetzt schon aufgeben, wo wir gerade erst anfangen. Was würde Lady Enid dazu sagen?"

Kapitel 5

Ein Oberkellner sieht das Beste in einem Bankett, wohingegen der Speisende nur Augen hat für das, was offensichtlich vor ihm steht. Das hatte Nell einmal jemand im Carlton vergnügt mit auf den Weg gegeben. Und genau das war nun auch Nells Aufgabe hinsichtlich des Mordfalls – mehr als das Offensichtliche zu sehen. Doch ob sie dazu fähig war, da war sie sich nicht sicher. Oder war das ein Gefühl von Abneigung, ausgelöst durch den Gedanken, dass es einen Mörder gab, der nicht entdeckt werden wollte und vermutlich vor Nichts zurückschrecken würde, um unentdeckt zu bleiben?

Doch selbst wenn sie all das ignorierte, hatte sie mit genügend anderen, ebenso unklaren Fragen zu kämpfen: Wer käme auf die Idee, Mr Charles *hier* in Wychbourne Court umzubringen? Und wer hat ihn umgebracht? Auch, nachdem sie eine Nacht darüber geschlafen hatte, brachte der Montagmorgen keine neuen Erkenntnisse ans Licht. Es war jedoch wahrscheinlich, überlegte Nell, dass der Mörder sich an der Geisterjagd beteiligt hatte. Denn nach elf Uhr fünfundvierzig befanden sich zu viele Menschen im großen Saal, als dass man Mr Charles noch vor Beginn der Geisterjagd unbemerkt hätte umbringen können. Auch das Stöhnen, das man von oben gehört hatte, schloss diese Möglichkeit aus. Mr Charles musste in der Zeit zwischen elf Uhr fünfundvierzig und dem Verteilen der Ausrüstung auf die Galerie gegangen sein – zeitgleich holten Lord

Richard und Lady Helen die Kisten aus der Stiefelkammer.

Nächster Gedanke: Mr Charles' Mörder musste wahrscheinlich der Gruppe von Lady Clarice angehört haben – doch hätte Mr Peters, der sich in diesem Zeitraum im großen Saal aufgehalten hatte, nicht gesehen, wenn jemand anderes die Treppen zur Galerie hinaufgestiegen und anschließend, nach dem Angriff auf Mr Charles, wieder herunter gekommen wäre?Allerdings gab es zwei Wendeltreppen, die zur Galerie führten, eine an jedem Ende des Saals; die eine davon lag genau in Mr Peters Sichtfeld, denn sie begann direkt im Korridor hinter der Tür zum großen Saal, auf dessen Innenseite er stand. Aber was war mit der Wendeltreppe auf der anderen Seite? Vermutlich ging man dort dennoch ein zu großes Risiko ein, von Mr Peters gesehen zu werden.

Und was bedeutete das?

Zuerst bereitet man den Karren vor und dann geht es ans Beladen, ermahnte Nell sich selbst. Dabei erinnerte sie sich an den kratzigen Klang, wenn der Gemüsekarren ihres Vaters über das Kopfsteinpflaster polterte – das einzige Geräusch, das man in der Ruhe der Nacht hörte. Und dann, je näher sie dem Trubel des Marktes kamen, desto höher stieg der Geräuschpegel: Gedränge, Pfiffe, Marktschreier und aufgeregte sowie verärgerte Menschen. Doch sobald sie angekommen waren, gehörten sie dazu und hatten eine Aufgabe. Nur der erste Schritt war einschüchternd. Genau wie jetzt.

Auf ins Gedränge, Nell, ermutigte sie sich. Wie konnte man seine Untersuchungen an einem Montagmorgen besser beginnen als in der Bedienstetenstube? Doch bis es soweit war, galt es, sich um das Mittagessen für Familie und Gäste zu kümmern. Beim letzten Abendessen war es sehr ruhig gewesen, sowohl in der Bedienstetenstube als auch im Speisesaal des Haupthauses. Die Anwesenheit der Polizei war zwar äußerlich nicht sichtbar und doch warf sie einen Schatten über ganz Wychbourne Court.

„Turbot à la Tartare", verkündete Nell. „Kitty, du kümmerst dich um die Soße und Michel, du dich um den Fisch. Sauerampfer und Kartoffel an schwarzer Butter", dann stockte Nell. „Hat die Polizei dich bereits befragt?"

„Der Sergeant, Miss Drury", erwiderte Kitty. „Er wollte wissen, wo sich alle am Samstagabend aufgehalten haben."

„Kanntest du Mr Charles denn vom Sehen?", fragte Nell vorsichtig nach. „Wie es scheint, war er ja sehr beliebt."

Da zögerte Michel. „Manche mochten ihn, andere nicht."

„Er war alles andere als freundlich", sagte Kitty. „Hielt sich selbst für den besten Hengst im Stall und wollte sich über Polly hermachen. Er hat sie in sein Schlafgemach gelockt – und nur, weil jemand ihr Schreien gehört hat, hat er sie gehen lassen. Und sie war nicht sein einziges Opfer."

Das verstörte Nell. Polly war eines der Kammermädchen und absolut nicht die Art von Mädchen, die eine derartige Geschichte erfinden würde. Wenn das eine von Mr Charles' Angewohnheiten war, zeigte es ihn in einem ganz anderen Licht, als Lord Richard und Lady Helen ihn sahen.

In der Butlerküche, wo die höhergestellten Bediensteten manchmal ihr Mittagessen einnahmen, gab es keine Spur von Mr Peters oder Mrs Fielding. Und doch hatte Nell Glück, traf sie dort auf Miss Checkam. Oftmals aß Miss Checkam in Lady Ansleys Ankleideraum, wenn sie noch mit der Wäsche oder Näharbeiten für Ihre Ladyschaft beschäftigt war. Auch Mr Briggs war heute da, aß jedoch seiner Gewohnheit entsprechend stillschweigend. Was immer Nell Miss Checkam zu sagen hatte, würde ungehört an ihm vorbeiziehen.

In all den zwölf Monaten, die Nell bereits in Wychbourne Court arbeitete, hatte sie sich noch nie näher mit Miss Checkam unterhalten. Dabei war sie kaum älter als Nell, vielleicht Anfang Dreißig, doch dank der langen braunen Haare, die sie immer streng nach hinten zu einem Dutt gebunden trug und den halblangen Röcken in einem nichtssagenden Braunton, der ihr absolut nicht stand, schien es, als stammte sie aus einem anderen Zeitalter. Und das obwohl sie ein sehr schönes Gesicht hatte. Wenngleich Miss Checkam sich nie am Klatsch und Tratsch beteiligte, war sie, wie es Nell schien, nur einen kleinen Schritt davon entfernt.

„Das Ganze muss belastend für Sie sein, Sie stehen der Familie schließlich sehr nahe", schmeichelte Nell ihr.

„Danke, Miss Drury", sagte Miss Checkam und zögerte kurz. Doch dann strömten die Worte nur so aus ihr heraus: „Wenn ich ehrlich bin, mache ich mir Sorgen um Ihre Ladyschaft."

Innerlich jubilierte Nell über diese Steilvorlage. „Das ist genau, was ich auch mit Ihnen besprechen wollte. Auch ich mache mir Sorgen um sie", erwiderte Nell zaghaft und hoffte, damit nicht einen Schritt zu weit gegangen zu sein. Für gewöhnlich kam es in der Bedienstetenstube nie zum Austausch von vertraulichen Neuigkeiten. Wie erwartet, errötete Miss Checkam sichtlich, sie kommentierte es jedoch nicht weiter und zog sich auch nicht zurück, wie Nell erleichtert wahrnahm.

„Irgendetwas stimmt da nicht, das weiß ich. Und ich meine damit nicht den Mord. Es hat etwas mit diesem *Tanzen* zu tun", sagte sie.

„Tanzen?", hakte Nell verwirrt nach. „Meinen Sie den neuen Charleston-Tanz?" Sicher war Lady Ansley gescheit genug, sich darüber in Bezug auf ihre Kinder keine Sorgen zu machen. Sie selbst war in ihrer Jugend Tänzerin.

Miss Checkam winkte ungeduldig ab. „Nein. Es geht mir um die Art, wie Lady Helen redet und wie sich manchmal aufführt – nicht nur vor mir, sondern auch den jungen Damen gegenüber, die sie zu Gast hat. Manchmal werde ich gerufen, um ihnen und Lady Helen die Haare zu machen. Und dann sitzen sie alle kichernd beieinander, als führten sie etwas im Schilde. Ich denke, dass auch Lady Ansley beunruhigt darüber ist. Auch sie ist in letzter Zeit nicht dieselbe." Zu spät warf sie einen Blick auf Mr Briggs, doch der arbeitete sich durch Mrs Squires Steak und Bohnen-Pie.

„Und was ist mit Lady Sophy?", fragte Nell.

„Nein, sie gehört nicht dazu, wenn Sie verstehen, was ich meine."

Gut. Nell verstand, worum es ging. „Charlies Tanz", murmelte sie und erinnerte sich daran, dass Arthur diese merkwürdige Sache auch schon erwähnt hatte.

Konnte das in irgendeiner Weise von Bedeutung sein für den Mordfall?

Da sah Miss Checkam sie verwirrt an. „Darüber habe ich Lady Helen und diese Miss Harlington reden hören. Nicht, dass die beiden Freundinnen wären."

„Haben Sie Lady Helen einmal dazu befragt?"

„Ich hatte es vor. Aber sie war alles andere als erfreut. Hat mich zurecht gewiesen, dass mich das nichts anginge, dass ich nur dazu da wäre, ihr schöne Frisuren zu machen. Da war ich wirklich sauer."

„Das hat sie sicher nicht so gemeint", tröstete Nell Miss Checkam. „Lady Helen ist so wankelmütig, springt von einem Hoch zum Tief wie ein Jojo. Aber sie hatte Mr Charles gern – Sie müssen ihn durch seine Besuche sicher ein wenig kennengelernt haben. Mochten Sie ihn?"

Nun versteifte sich Miss Checkam. „Er war immer sehr höflich."

Nell verstand, dass sie zu schnell gewesen und in ein Fettnäpfchen getreten war, doch ihre Antwort wurde verhindert.

„Kein guter Mann", sagte Mr Briggs und irritierte die beiden, als er plötzlich aufstand und schrie: „G/26420 Korporal Briggs, Sir."

Das geschah manchmal, wenn Mr Briggs aufgebracht war und sich in seine Routine aus der Kriegszeit zurückversetzt fühlte. Merkwürdig daran war jedoch, dass er so auf den Namen von Mr Charles reagierte. „Kannten Sie Mr Charles, Mr Briggs?", fragte Nell vorsichtig. „Haben Sie ihn auch am Samstagabend gesehen?"

Da wurde er ganz blass. „Panama", sagte er.

„Hat Mr Charles einen Panama-Hut getragen?“, erkundigte sie sich.

„Nein, das ist Lord Ansleys Hut“, erklärte Miss Checkam. „Sicher haben Sie ihn damit gesehen. Er trägt ihn manchmal bei seinen Spaziergängen auf dem Anwesen, obwohl er heutzutage so schrecklich aus der Mode ist. Aber Mr Briggs gefällt der Hut, nicht?“, fragte sie ihn.

Zurück im vertrauten Metier von Lord Ansleys Garderobe, beruhigte Mr Briggs sich und nickte. Dann legte er Messer und Gabel wieder ab. „Danke“, sagte er bloß und „Auf Wiedersehen.“

Damit stand er auf und verschwand. Nell beobachtete ihn, wie er in Richtung der Gärten marschierte. War es die bloße Erwähnung von Mr Charles’ Namen, die ihn so empört hatte? Oder ging es um die Verbindung zum Tod, die ihn in seine Vergangenheit zurückversetzte? Wer konnte das schon sagen. So war eben Mr Briggs. Sicher hatte er auch einen Vornamen, doch Nell hatte ihn noch nie gehört oder verwendet.

„Wissen Sie, wo Mr Briggs am Samstagabend war, Miss Checkam?“

„Nein, ich habe ihn nicht gesehen. Draußen bei den Vögeln, würde ich denken. Er hat gesagt, dass er vor ein paar Tagen sogar eine Nachtschwalbe gehört hätte, doch das ist ziemlich unwahrscheinlich.“

„Er hat aber eigentlich keinen Grund, Mr Charles nicht zu mögen, oder?“

Miss Checkam blickte zu Nell. „Wer weiß schon, was in seinem Kopf geschieht? Doch, was immer es auch ist, ich sehe nicht, wie er Mr Charles umgebracht haben könnte, Sie etwa?“

„Nein, das nicht. Aber vielleicht hat er ja etwas gesehen?"

„Wie zum Beispiel?", fragte Miss Checkam scharf.

„Wir fünf", begann Nell mit sanfter Stimme, „bewegen uns nicht nur unter den Bediensteten, sondern auch im Haupthaus. Wir kriegen also mit, was vor sich geht. Ein jeder von uns könnte etwas gesehen haben, was darauf hinweist, weshalb jemand Mr Charles umbringen wollte."

„Er war ein überaus netter Mann", betonte Miss Checkam noch einmal.

Einmal zu häufig?, fragte sich Nell.

„Und auch aus der Familie habe ich nie ein schlechtes Wort über ihn gehört", fuhr Miss Checkam fort.

Derweil war sie derart errötet, dass Nell klar wurde, nichts weiter von ihr erfahren zu können. Wenn jedoch Mr Charles es als sein Recht betrachtete, sich Frauen aufzudrängen, die sich nicht wehren konnten, dann fragte sich Nell, ob Miss Checkam wohl auch zu ihnen gehörte?

„Wussten Sie von dem Streich, an dem Mr Charles beteiligt war?", hakte Nell nach und fing sich einen feindseligen Blick von Miss Checkam ein.

„Natürlich wusste ich nichts davon. Wie sollte ich auch?", zischte sie zurück.

Wer A sagt, muss auch B sagen. „Ich dachte nur, vielleicht hat Lady Helen es Ihnen gegenüber ja erwähnt. Oder dass Sie womöglich auch im großen Saal gewesen sind, als Mr Charles von oben ein Stöhnen von sich gegeben hat."

„Das hat sie nicht und das war ich nicht."

„Vielleicht haben Sie Lady Helen ja beim Holen der Ausrüstung geholfen, dachte ich“, versuchte Nell sich eilig herauszureden.

Da beruhigte Miss Checkam sich wieder ein wenig. „Nein. Ich war eine Weile in der Stube und dann auf meinem Zimmer. Das nächste, das ich mitbekommen habe, war der Lärm – und das muss gewesen sein, als die Polizei hier ankam. Genau das ist auch, was ich dem netten Inspektor erzählt habe“, erklärte sie und warf Nell einen herausfordernden Blick zu.

Dem *netten* Inspektor? Falls der Inspektor tatsächlich eine *nette* Seite an sich hatte, musste er sie Nell erst noch zeigen, dachte sie verärgert. Doch jeden Gedanken an ihn schob sie nun beiseite, um sich zu überlegen, wie sie bei Mr Peters vorging. Von allen Bediensteten war er als Butler der, der am ehesten sehen konnte, was sich am Samstag zugetragen hatte, *und* der die interessantesten Informationen über Mr Charles hatte. Zudem war Mr Peters der zuvorkommendste und netteste Butler, den Nell kannte. Verständlich, wenn man bedachte, dass er den Krieg durchgestanden und anschließend selbst miterlebt hatte, wie kompliziert es war, eine Arbeit zu finden. Nell wusste auch, dass er vor dem Krieg kein Butler war, was ihn sicher umso vorsichtiger, aber auch umso dankbarer machte, in Wychbourne Court angestellt worden zu sein. Außerdem hatte er auf ihrer Seite gestanden, als der frühere Chefkoch versucht hatte, sie hinauswerfen zu lassen, und hatte sich sogar bei Mrs Fielding für sie eingesetzt, als diese erklärt hatte, nicht mit einer Frau als Köchin zusammenzuarbeiten. Das rechnete sie Mr Peters besonders hoch an, da sie wusste, wie gern er Mrs Fielding hatte. Er musste über vierzig sein und Mrs Fielding nicht weit darüber, also konnte sie richtig liegen, wenn sie annahm, dass es eine engere Beziehung zwischen den beiden gab, als man es zwischen Bediensteten erwartete.

Da sie ihn im Meierraum vermutete, ging sie durch den großen Saal und übte sich darin, währenddessen an etwas Positives zu denken und nicht an die Geschehnisse des vergangenen Samstags. Also dachte sie an all die Bankette, die hier über die Jahre gehalten worden waren. Zu Königin Elisabeths Tagen gab es hier noch einen eigenen Bankettsaal, wo der Nachtisch serviert wurde, doch dieser lag nun in Trümmern. Der große Saal hingegen leistete den Ansleys auch nach all den Jahren weiterhin gute Dienste. Und die Portraits blickten fröhlich (oder auch nicht so fröhlich) auf ihre Nachfolger herunter. Nur ein einzelner Wachtmeister stand unterhalb der Galerie und nickte Nell freundlich zu, als sie an ihm vorüberging. Auf der anderen Seite des Saals war die Tür zum Frühstückssalon, wo die Polizei sicher gerade beisammensaß, wie Nell annahm – einschließlich des *netten* Inspektors.

Mr Peters befand sich in der Tat im Meierraum und zwar allein. Er blickte ein wenig einsam drein.

„Schön, dass Sie kommen, Miss Drury", begrüßte er sie.

Doch das alarmierte Nell sofort. Es sah ihm gar nicht ähnlich, einen derart informellen Kommentar abzugeben – außer vielleicht nach dem Neujahrsumtrunk in der Stube.

„Sie sind ja so blass wie verkochter Haferbrei", erwiderte Nell und hoffte ihm damit ein Lächeln zu entlocken, wenngleich sie sich wirklich darum sorgte, wie krank er aussah.

„Zu viele kurze Nächte in der letzten Zeit“, sagte er. „Was führt Sie zu mir?“

„Am liebsten wäre ich auch weit hinter den sieben Bergen, aber weil das nicht möglich ist, dachte ich, entfliehe ich wenigstens kurz dem Ostflügel.“

„Vor einem Mord kann man nicht gut fliehen“, sagte er bedrückt.

Und wie antwortete man darauf? „Aber wir können ein Auge auf sie werfen.“

Mr Peters versteifte. „Auf wen?“

„Auf die Familie“, sagte Nell. „All die Gäste. Und dann auch noch die Polizei. Die Familie wird sicher ihr Bestes geben, höflich zu sein, doch sie haben auch ihre eigenen Sorgen. Hat die Polizei bereits mit Ihnen gesprochen?“

„Danach habe ich mich wie eine geröstete Zwiebel gefühlt“, erwiderte er und wirkte dabei erneut ausgesprochen menschlich.

„Und ich erst. Erst klein gehackt und dann stark angebraten haben sie mich.“

Da musste er lachen. „Wie lange werden sie wohl noch hier bleiben?“, fragte er missmutig. „*Alles* steht Kopf und jeder dreht am Rad. Und ich sollte Ordnung in dieses Durcheinander bringen, Miss Drury, doch ich komme meiner Aufgabe nicht nach. Absolut nicht.“

„Wir alle nicht. Hauptsache, es sieht so aus, als täten wir unsere Arbeit. Wir tun so, als wären wir weiterhin bloß der Butler und bloß die Chefköchin, das tun wir“, erklärte Nell und war erfreut, dass es ihn aufzumuntern schien. „Wird es noch weitere Gäste geben? Vielleicht die Familie von Mr Charles?"

„Sie leben in Derbyshire. Aber sie kommen heute für die gerichtliche Anhörung am Mittwoch. Ihr Sohn hat die meiste Zeit über in einer Wohnung in London gelebt."

Die Anhörung! Die war Nell noch gar nicht in den Sinn gekommen. Natürlich würde es eine Anhörung geben und sie würde womöglich sogar als Zeugin aufgerufen werden. „Wo wird die Anhörung stattfinden?", fragte sie. „Etwa hier?" Das wäre eine zu große Bürde.

„Im Coach and Horses Inn unten im Dorf. Dort finden alle Anhörungen hier in der Gegend statt. Früher war es einmal ein Ballsaal, dann hat man dort Musikveranstaltungen abgehalten. Heute immer noch von Zeit zu Zeit."

Und Tanzveranstaltungen, wie Nell wusste. Eine hatte sie selbst einmal besucht. „Und werden die Eltern in Wychbourne Court unterkommen?"

„Nein, drüben in Stalisbrook Place bei Lady Warminster."

Sie war auch bei der Geisterjagd dabei gewesen, erinnerte sich Nell. Stalisbrook Place war eine prächtige Villa im gregorianischen Stil, näher an Ightam und Sevenoaks als Wychbourne Court. „Wenigstens darum müssen sich die Ansleys nicht kümmern."

„Gibt genügend anderes."

„Wie es scheint, gchen die Meinungen über Mr Charles auseinander. Sie konnten ihn gut leiden, oder Mr Peters?"

„Er war ganz annehmlich", sagte er. Wieder eine eher ausweichende Antwort.

„Mindestens einer muss das anders gesehen haben. Unter den Bediensteten war er nicht besonders beliebt."

Da fühlte Mr Peters sich ertappt. „Das ist doch bloß Gerede. Er war ein sehr freundlicher Gentleman. Es muss einer der Gäste gewesen sein, der bei der Geisterjagd ein Stück hinter dem Rest geblieben ist und ihn umgebracht hat. Ich war unten im großen Saal und hätte es auf jeden Fall bemerkt, wenn jemand anderes, der nicht zur Gruppe gehörte, zur Galerie aufgestiegen wäre."

„Sind Sie sicher? Schließlich gibt es zwei Treppen und keine davon führt direkt vom großen Saal aus hoch. Ich kann mir vorstellen, dass jemand die hintere Treppe benutzt und sich leise an die Trennwand herangeschlichen hat."

„Ich wüsste nicht, wie. Das hätte ich entweder gehört oder gesehen", verteidigte sich Mr Peters. „Genau das habe ich auch dem Inspektor gesagt und er hat es eingesehen."

Fragwürdig, wenn das der genaue Wortlaut des *netten* Inspektors war. „Aber auch Mr Charles muss sich vom Tanz verabschiedet haben, bevor sich die Gruppen im großen Saal versammelt haben. Haben Sie ihn hochgehen sehen? Sie wussten sicher über den Streich für Lady Clarice Bescheid."

Allmählich wurde Mr Peters unruhig. „Tatsächlich hat Lord Richard mir früher am Tag davon berichtet. Und Lord Charles muss just in den wenigen Augenblicken auf die Galerie geschlichen sein, in denen ich in der Stiefelkammer mit der Ausrüstung geholfen habe", sagte er und hielt kurz inne, bevor er weitersprach. „Ich habe zahlreiche Detektivgeschichten gelesen, Miss Drury, und ich gehe davon aus, dass all diese wunderbaren Fakten darauf hindeuten, dass jemand ihn während der Geisterjagd ermordet haben muss, nicht davor und auch nicht danach."

„Das Stöhnen, das Sie auch gehört haben, schließt in der Tat aus, dass es davor geschehen ist", gab Nell ihm recht. „Es sei denn, das Stöhnen kam tatsächlich von einem von Lady Clarice' Geistern", sagte sie vergnügt.

Wieder lachte Mr Peters. „Wie froh Lady Clarice wäre, wenn das der Wahrheit entspräche. Aber nein, ich bin sehr gewiss, dass der Mord während der Geisterjagd geschehen ist."

Darauf beharrte er hartnäckig, doch Nell fragte sich noch immer, ob sich im Dunkeln nicht vielleicht doch jemand über die hintere Treppe hochgestohlen hatte.

„Was glauben Sie, warum Mr Charles sterben musste? Sie sagen, er war ein freundlicher Mann. Dabei ist es nicht besonders gentlemanlike, den ganzen Abend mit Miss Harlington zu tanzen, wo er doch wusste, dass Lord Richard sich nichts sehnlicher gewünscht hat. *Und* dass Lady Helen auch nur auf einen Tanz mit ihm gewartet hat."

„Ach, das alles sind nur Albereien, Miss Drury. Sie sind jung. Und ärgern sich nun mal gern", wandte er ein, sah Nell dabei aber nicht in die Augen.

„Wissen Sie, was es mit Charlies Tanz auf sich hat?", fragte sie beiläufig.

Er schüttelte den Kopf, erkundigte sich allerdings auch nicht nach dem Grund ihrer Frage, wie ihr nicht entgangen war. Im Gegenteil, es schien, als wollte er Nell schnellstmöglich loswerden.

Auf Lady Ansleys Wunsch hin hatte Nell ihren üblichen Morgentermin mit ihr verschoben und als sie nun via Haustelefon nachhörte, ob es ihr gerade passte, wenngleich Teezeit war, klang Lady Ansley sehr erleichtert.

„Ja, Miss Drury. Kommen Sie", sagte sie mit lauter Stimme. „Mein Gast ist gerade dabei zu gehen. *Jetzt* passt es ausgesprochen gut."

Diesen Wink mit dem Zaunpfahl hatte Nell ernst genommen und machte sich eilig auf den Weg in den Fliederfarbenen Saal oder auch den Salon, wie Lady Ansley ihn gern nannte. Wenn sie über die große Treppe ging, konnte sie womöglich einen Blick auf ihren Besucher erhaschen, um ihre eigene Neugierde zu stillen. Zweifelsohne war es kein gern gesehener Gast, doch weshalb? Vielleicht, dachte Nell, fand sie immer mehr Gefallen an der Detektivarbeit. War es tatsächlich komplizierter als das Entziffern alter Rezepte? Wenn man diese genauer unter die Lupe nahm, musste man sich mit reichlich kulinarischen Missgeschicken herumschlagen. Da wäre zum Beispiel das Rezept aus dem achtzehnten Jahrhundert, bei dem ihr die Wendung „um ein Stück Kalbshachse zu verkleiden" lange Rätsel aufgegeben hatte. Ganz zu schweigen von dem Rezept aus dem vierzehnten Jahrhundert, das sie in der Bibliothek entdeckt hatte, und in dem von *Brewet of Almony* die Rede war.

Ganz zu ihrer Enttäuschung kam ihr niemand entgegen auf dem Weg zum Fliederfarbenen Saal. Der kleine Salon, ein wenig abseits von den größeren, war der einzige, in dem Ihre Ladyschaft Erinnerungen aus ihrem früheren Leben aufgestellt hatte. Da fand man Fotos und Reklameplakate, auf denen Gaiety Girls in typisch edwardianischen Röcken und Hüten das Tanzbein schwangen. Da hing Gertie Millar, die die Countess von Dudley wurde. Und selbst George Edwarde, der Besitzer und Verwalter. Auch Lady Ansleys Familienbilder hingen da – Gentlemen, Ladies und Kinder mit ernsten viktorianischen Mienen, die bewegungslos darauf warteten, fotografiert zu werden. Und Nells Lieblingsbild, der innig geliebte Hund Napoleon, der zu einem der verstorbenen Marquess' gehörte. Laut Lady Clarice spukte Napoleon noch immer in der Stiefelkammer umher und wartete auf die Rückkehr seines Herrchens.

„Kommen Sie herein, Miss Drury", bat Lady Ansley sie auf ihr Klopfen an der Tür herein.

Dem Tonfall nach war der unerwünschte Besucher noch immer anwesend. Wer mochte es sein? Es verlangte Einiges, um Lady Ansley lästig zu werden.

Die Honourable Elise Harlington, die in ihrem gestreiften Nachmittagskleid mit Ärmeln, das ihren langen, schlanken Körper betonte, halb liegend auf einem der Ruhebetten saß. Sie wirkte ausgesprochen vornehm, sodass Nell gedanklich über die Falten in ihrem eigenen schlichten Kleid strich. Immerhin hatte sie sich der Schürze und der Chefkochmütze entledigt.

Die Honourable Elise Harlington musterte sie von Kopf bis Fuß und schenkte ihr ein Lächeln wie durch Cupidos Bogen, den ihre auffällig rot gefärbten Lippen bildeten. Dabei fiel Nell auf, dass sie nun das Gesprächsthema war. „Solch ein exquisites Essen", schwärmte Miss Harlington. „Wychbourne Court kann sich sehr glücklich schätzen, in derart schrecklichen

Zeiten wenigstens von Ihren Diensten als Köchin zu profitieren. Dafür beneide ich Sie wirklich, Lady Ansley. Das Essen war einfach umwerfend."

„Vielen Dank, Miss Harlington", erwiderte Nell bloß und hoffte, dass Lady Ansley den Sarkasmus in ihrer Stimme nicht erkannte.

Doch es schien ihr nicht aufzufallen. Auf ihrem Gesicht lag ein unerschütterliches Lächeln und doch zeigten ihre Augen ein anderes Gefühl. War es Angst? Falls ja, warum?, fragte sich Nell.

„Liebe Lady Ansley, jetzt muss ich leider wirklich los. Doch bitte, bedenken Sie mein Angebot." Etwas Hartes lag nun in Miss Harlingtons Stimme. Worum ging es hier bloß?

„Sie sehen nicht besonders gut aus, Lady Ansley", merkte Nell besorgt an, sobald die beiden unter sich waren.

„Das ist nur der fehlende Schlaf", erwiderte sie hastig. „Der Stress der letzten zwei Tage. Wirklich schreckliche Tage. Das ist alles."

„Wie kann ich Ihnen helfen?"

„Finden Sie einfach heraus, wer – Sie wissen schon, was ich meine. Und beeilen Sie sich. Wie steht es um die Bediensteten, wie nehmen sie alles auf?"

„Diejenigen, die nicht betroffen sind, finden es durchaus aufregend", gestand Nell frei heraus. „Und wir anderen fühlen uns genau wie Sie – wir alle sind mutmaßliche Täter im Fall von Mr Parkyn-Wright."

Lady Ansley erschauderte. „Aber wie und wieso? Weshalb sollte irgendjemand von uns ihn umgebracht haben? Weshalb hat überhaupt jemand Interesse daran?"

„Er war nicht so beliebt, wie es schien, Lady Ansley – zumindest nicht unter den Bediensteten.“

Als Lady Ansley darauf nicht reagierte, dachte Nell nach, welches andere Thema sie behutsam anschneiden konnte. „Und er hatte Freude daran, Menschen einen Streich zu spielen und sie aus der Ruhe zu bringen.“

Doch Lady Ansley sprach noch immer nicht, sah sie nur unverwandt an.

„Charlies Tanz“, sagte Nell schließlich verzweifelt. „Wissen Sie darüber Bescheid?“

Nun lag tatsächlich Angst in Lady Ansleys Blick. „Das hat nichts zu bedeuten, Nell“, wollte sie sie beschwichtigen. „Es heißt nur, dass Charlie alle an der Nase herum geführt hat, wie ich befürchte. Sie hatten recht. Er hat sowohl den armen Richard als auch Helen damit verstimmt, dass er mit Miss Harlington getanzt hat. Das muss es sein, wenn von Charlies Tanz die Rede ist. Und nun, weshalb wollten Sie mich sprechen, Nell?“

Das war es. Jetzt würde sie nichts weiter erfahren. „Die Menüs, Lady Ansley.“

Jimmy als Baker Street Irregular einzuspannen funktionierte gut, denn als Nell in der alten Milchkammer ankam, war Arthur bereits dort. Zweifelsohne ein verlassener Ort und bei dem Dämmerlicht schien er geradezu verboten. Die Milchkammer war ein typisches Gebäude aus dem achtzehnten Jahrhundert, ein Rundbau mit Säulenhalle. Manches alte Gerät stand noch im Innern und auch der Brunnen war weiterhin intakt. Doch Milchmädchen gab es längst keine mehr und die Keramikfliesen waren verschmutzt und teils gerissen.

Mit einem Seufzen sah Arthur sich um. „Ich bin gewiss, Clarice würde diesen Ort lieben, ist er doch sicher das Zuhause von mindestens einem Milchmädchengeist. Aber über die Jahre ist es sehr vernachlässigt worden. Vielleicht bringe ich uns das nächste Mal eine Flasche Champagner mit, damit alles etwas rosiger scheint. Wie sind Sie vorangekommen, Nell?“

„Nur in kleinen Schritten. Allem Anschein nach hatte Mr Parkyn-Wright eine Vorliebe für Kammermädchen, ganz gleich wie beliebt er unter den Frauen seines eigenen Ranges war.“

„Das ist interessant.“

„Und ‚Charlies Tanz‘ hat durchaus zu Reaktionen, nicht aber zu Erklärungen geführt.“

„Umso interessanter.“

„Miss Checkam und Mr Briggs waren am Samstagabend nicht im Haupthaus zugange, Mr Peters schon. Er sagt allerdings, dass er niemanden gesehen hat. Außerdem habe ich den Eindruck gewonnen, dass er und Miss Checkam ein Geheimnis haben.“

„Diesen Eindruck habe ich durch meine begrenzten Nachforschungen auch gewonnen“, sagte Arthur. „Ich habe mit Richard gesprochen, meinem Neffen, – beziehungsweise das ist, wie ich ihn sehe. Wenngleich das nicht ganz Lord Ansleys Willen entspricht, da er ja Hugos Sohn ist. Nun, Richard ist in seinen Gefühlen hin und hergerissen: Auf der einen Seite ist er über Charlies Tod durchaus betrübt, aber auf der anderen Seite kann er sich nur wundern, dass er ihn so rigoros von seiner geliebten Miss Harlington ferngehalten hat. Das scheint jedoch alles zu sein, das er Charlie übel nimmt – oder alles, wovon er bereit ist mir zu erzählen. Lady

Helen ist noch verschwiegener. Es geht ihr gar nicht gut. Lord und Lady Ansley haben angeordnet, Charlie in ihrer Gegenwart nicht zu erwähnen. Lady Sophy hingegen ist viel mitteilsamer“, fuhr er fort. „Sie war kein Fürsprecher von Charles Parkyn-Wright. Und dennoch möchte sie nicht darüber reden, was sich am Samstagabend zugetragen hat. Rex Beringer spricht offen darüber. Er konnte Charlie nicht besonders ausstehen, genau so wenig wie Miss Harlington. Das beruht auf ihrem Verhalten Lady Helen gegenüber, sagt er. Doch vielleicht steckt da noch mehr dahinter. Die Geisterjagd, Nell. Alles führt zur Geisterjagd. Nicht jeder kennt die Galerie und wusste von der Trennwand. Und auch nicht jeder wusste, dass Charlie sich dort versteckt hatte. Und diejenigen, die davon wussten, waren mit hoher Wahrscheinlichkeit in der ersten Gruppe. Deshalb komme ich zu dem Schluss, dass der Grund für Charlies Tod zweitrangig ist und erst nach der Frage kommt, wer ihn umgebracht hat. Sehen Sie das nicht auch so?“

„Bis zu einem gewissen Grad, ja“, sagte sie. „Doch ohne Braten gibt es auch keine Bratensoße. Im Moment weist keiner der Verdächtigen ein triftiges Motiv auf, um Mr Charles umzubringen. Die Antwort liegt vielleicht wirklich in der ersten Gruppe, doch wir dürfen nicht vergessen, dass dazu auch drei der Ansleys gehören. Vier, wenn Sie Lady Clarice dazu zählen.“

„Das ist richtig, doch ich nehme an, dass wir Lady Clarice außen vor halten?“

„Das sehe ich genauso“, stimmte Nell ihm zu. „Lady Clarice hat die ganze Gruppe angeführt. Und falls sie es tatsächlich auf Mr Charles abgesehen hatte, hätte sie sich eine weniger bedeutende Rolle gegeben."

„Ich muss Ihnen sagen, wie erleichtert ich darüber bin. Mit einem Dolch kann ich mir Lady Clarice partout nicht vorstellen. Selbst wenn sie ihn aufgrund seines ägyptischen Kostüms für einen Geist statt für einen lebendigen Mann gehalten haben sollte, kann ich mir nicht erklären, weshalb sie einen Dolch dabei gehabt haben sollte."

Da musste selbst Nell lächeln. „Nun. Nehmen wir also an – wer immer der Täter war – in seinen Augen hatte er einen guten Grund für sein Handeln. Er musste gewusst haben, wie *lange* die Geisterjagd andauern würde. Meine Gruppe hat knapp eine halbe Stunde für die Tour durch den Westflügel und wieder zurück in den großen Saal gebraucht. Und als wir ankamen, war die andere Gruppe bereits da, das heißt ihre Führung muss etwas kürzer gewesen sein. Denn wir sind gleichzeitig in die verschiedenen Richtungen aufgebrochen."

„War die erste Gruppe lange vor Ihnen zurück?"

„Das weiß ich nicht, doch sie waren alle da. Lady Clarice hätte es bemerkt, wenn jemand verschwunden wäre."

„Nicht unbedingt. Doch derjenige musste gleichzeitig auch über Charlies Versteck Bescheid wissen, was uns wiederum zu Richard, Helen und Sophy führt."

„Und, wem diese es verraten haben."

„Könnte das womöglich auch Kammermädchen einschließen?", fragte Arthur verhalten.

„Nein, Arthur", sagte Nell ausgelaugt. „Wir stehen immer noch am Anfang. Da muss es noch viel mehr geben als Charlies Vorliebe für Kammermädchen, das wir über ihn herausfinden müssen."

Kapitel 6

Im oberen Stockwerk des Coach and Horses Inn, das ganz in der Nähe vom Tor nach Wychbourne Court stand, hatte sich tatsächlich einiges verändert seit Nells letztem Besuch hier. Der Gemeindetanz war ein großartiges Vergnügen gewesen: eine Mischung aus folkloristischen Tänzen, dem ahnungslosen Nachbilden der modernen Tänze und ein wenig Herumgehüpfe zu Ragtime-Musik. Nichts von alledem kam einem Ball gleich, wie Nell ihn aus dem Carlton oder von Wychbourne Court kannte. Im Gegenteil, es hatte mehr Gemeinsamkeiten mit Nells Kindheitserinnerungen an das wilde Umherspringen zu Liedern aus dem Varieté, die laut aus den Pubs im East End schallten.

Doch an diesem Mittwochmorgen war der Gemeindetanz nur noch eine ferne Erinnerung. An der Stelle, wo damals die Musiker standen, gab es heute einen großen Tisch, an dem zweifelsohne bald der Untersuchungsrichter Platz nehmen würde. An seiner Seite stand ein weiterer Stuhl, vermutlich für seinen Assistenten oder einen Protokollanten. Dessen Aufgabe kam bisher der eines Hütehundes gleich, der die Anwesenden wie eine Schafherde zur richtigen Stelle führen sollte. Es gab ein Pult – vermutlich der Zeugenstand – und Stühle, die rechts und links von den Wänden aufgereiht waren. Nell wurde in die Zeugenreihe geführt und die Schöffen nahmen sicher in der gegenüberliegenden Reihe Platz. Der Rest des Saals bot Platz für eifrige Zeitungsreporter und die Öffentlichkeit.

„Ich fühle mich wie eine Kartoffel in einer Schüssel, die nur darauf wartet, geschält zu werden", flüsterte Nell Lady Clarice ins Ohr, die neben ihr saß.

Mit ihr in der Schüssel warteten Miss Harlington, die mit ihrem ausgesprochen breitkrempigen Hut derart aufgetakelt wirkte, als ginge sie zum Pferderennen nach Ascot. Selbst in einem Wald voller Glockenhüte würde sie einen mit Krempe tragen. Ungezwungen unterhielt sie sich mit Lord Richard, der sich offensichtlich freute, an ihrer Seite zu sitzen und viel vergnügter aussah als noch vor Kurzem. Vielleicht hatte Mr Charles' Verhalten ihm die Augen geöffnet für die wahre Seite seines angeblich besten Freundes. Beste Freunde waren ein Geschenk, zweifelsohne, doch genau wie von Schweinefleisch, Knoblauch oder Rosmarin konnte man auch von ihnen genug bekommen.

Inspektor Melbray entdeckte Nell am anderen Ende der Reihe, er saß neben Wychbournes Arzt. Auf der anderen Seite von Lady Clarice saßen Lady Helen und Lady Sophy. In der ersten Reihe der für die Öffentlichkeit bereitstehenden Plätze saßen die Reporter und dahinter gab es eine Reihe, die wie nach einem unausgesprochenen Gesetz für die Ansley Familie – einschließlich der Dowager – reserviert zu sein schien. Nell verrenkte sich beinahe den Hals, als sie nach Arthur Ausschau hielt und ihn schließlich zwei, drei Reihen weiter hinten zwischen Rex Beringer und Guy Ellimore entdeckte. Typisch Guy saß er neben Lady Warminster. Doch war das bloßer Zufall oder Absicht? Und war es letzteres, hatte sie oder er seine Finger da im Spiel? Sicher, Guy war ein wahrer Frauenheld, doch für jemanden wie Lady Warminster hatte er gewiss nichts übrig. Überhaupt nicht sein Geschmack.

„Nell“, flüsterte Lady Clarice, „können Sie ihn auch spüren?“

„Wen spüren?“, fragte Nell verdutzt.

„Charles Parkyn-Wright. Er ist hier unter uns, da bin ich mir sicher. Seine Anwesenheit ist deutlich wahrzunehmen.“

Zum Glück betrat just in diesem Moment der Untersuchungsrichter den Saal. Er war nicht aus Wychbourne, also kam er für diesen prominenten Todesfall vermutlich aus Sevenoaks oder Tonbridge angereist.

„Auf eine gewisse Art und Weise gebe ich Ihnen recht, Lady Clarice“, erwiderte Nell nun, nachdem sie Zeit hatte, über eine möglichst diplomatische Antwort nachzudenken. „Nicht hier und doch in unseren Gedanken.“

„Er wartet nur darauf, unserer Familie beizutreten“, sagte Lady Clarice voller Stolz.

Nell brauchte einen Moment, um zu verstehen, was Lady Clarice damit meinte. „Er wird zu einem der Geister von Wychbourne Court, meinen Sie?“

„Ganz genau“, erwiderte sie ernst. „Er wird sich zu Sir Thomas gesellen, mit dem er sich gut versteht.“

„Und wann wird das sein?“

„Wer weiß? Gewiss bald schon, glaube ich. Doch da haben wir nichts zu sagen. Sobald sein Fall gelöst und ihm Gerechtigkeit widerfahren ist, kann er uns natürlich auch wieder verlassen. Die Entscheidung liegt allein bei ihm.“

„Das tut sie“, antwortete Nell sanft. Doch sobald der Untersuchungsrichter die Anhörungen eröffnete, wuchs die Anspannung in Nell. Zunächst wurden die Beweise und die Identifikation des Opfers abgeglichen, dann die Daten von Charles' Vater. Wäre sie wohl schon als nächste an der Reihe? Nell fühlte sich so gut vorbereitet, dass sie alles andere als vorbereitet darauf war, was der Richter nun verkündete: Wie ein Kuchen sank sie wortwörtlich in sich zusammen, als er bekannt gab, dass die Untersuchung auf Wunsch der Polizei auf Dienstag, den 7. Juli verschoben wurde.

Was zum tanzenden Teelöffel hatte das zu bedeuten? Da hatte sie all ihren Mut zusammengenommen, um Zeugnis ablegen zu können, nur um in zwei Wochen noch einmal vor der gleichen Herausforderung zu stehen.

Sie studierte die Gesichter der Menschen aus ihrer Reihe, aber Inspektor Melbray zeigte sich wie immer ungerührt. Ihr gesunder Menschenverstand sagte Nell, dass er die Verschiebung der Anhörung ihr gegenüber unter keinen Umständen schon vorher hätte andeuten können, und doch war ihre Verwirrung vollkommen. Einfach weil sie diesen Beschluss für völlig irrational hielt. Im nächsten Moment traf sie allerdings ein noch schlimmerer Gedanke: Wenn es eine Verschiebung gab, hieß das nicht auch, dass der Inspektor den wahren Mörder bereits entdeckt hatte? Und wenn dem so wäre, musste sie sich ranhalten, um Lady Ansley auch nur irgendeine Hilfe sein zu können. Wie ging es nun weiter für die Gäste von Wychbourne Court? Würden sie bleiben oder abreisen? Was würde als nächstes geschehen?

Zumindest diese Frage blieb nicht lange unbeantwortet. Sobald der Untersuchungsrichter den Saal wieder verlassen hatte, stieg Miss Harlington auf ihren Stuhl. Ihr hauchdünner Chiffonrock umspielte ihre eleganten Beine.

„Lasst uns feiern!“, rief sie und streckte die Arme ekstatisch in die Höhe.

Feiern? Wo? War sie denn verrückt geworden?, sorgte sich Nell um den guten Ruf von Wychbourne Court. Lady Helen brach in Tränen aus, Lord Richard zeigte sich verblüfft und Lady Ansley stürmte von den öffentlichen Plätzen zu ihrer Tochter. Mit großem Interesse tummelten sich die Reporter um sie und diejenigen, die gerade ihre Mäntel holen und gehen wollten, blieben verdutzt stehen und betrachteten das Spektakel. Bis sich jemand Miss Harlington anschloss. „Ja, lasst uns feiern!“, grölte er.

Weiterhin ungerührt von dieser Show zeigte sich Lady Clarice, die zum Gehen aufbrach. Sollte Nell sie begleiten? Nein, vermutlich würde sie eher hier gebraucht werden. „Warum bleiben Sie nicht noch, Lady Clarice? Mr Parkyn-Wright würde es sicher freuen“, versuchte Nell sie zu überzeugen.

Ungläubig starrte sie Nell an. „Also gut. Aber sie verstehen es einfach nicht, oder?“

Verstand denn in diesem Durcheinander überhaupt irgendwer noch irgendetwas? Einige der Anwesenden bejubelten das Geschehen, andere verkündeten ihren Unmut, wieder andere standen einfach nur mit offenen Mündern da. Der Assistent des Untersuchungsrichters hatte es sich wohl anders überlegt und stürmte eilig davon. Immerhin Inspektor Melbray behielt ein Auge auf das Treiben, denn schon im nächsten

Moment begann die Honourable Elise auf ihrem Stuhl zu tanzen.

„Heute feiere ich mit den einfachen Leuten!“, rief sie aus und klatschte vor Freude in die Hände.

Auf diesen Ausruf hin versammelten sich die einfachen Leute zum Protest.

„Los, tanzen wir Charlies Tanz!“, hörte man Miss Harlingtons Stimme über die übrigen Stimmen hinweg. Sie ignorierte dabei völlig, dass ‚die einfachen Leute‘ bereits aus dem Saal stürmten. „Auf der Dorfwiese“, sagte sie, ohne sich auch nur das kleinste Bisschen besorgt zu zeigen. „Unter dem Kastanienbaum. Wie in dem Gedicht: Under the Spreading Chestnut Tree. Wir brauchen eine Geige – Sie da!“, sagte sie nun und zeigte auf Guy Ellimore. „Sie übernehmen die Geige.“

„Ich spiele Klarinette“, erwiderte er.

„Dann suchen Sie einen Geiger“, befahl sie ihm im großen Stil. „Wir müssen das Ende von Charlies Tanz zelebrieren, so wie er es getan hätte.“

In diesem Moment geriet sie ins Schwanken und Inspektor Melbray half ihr ohne jedes Wort vom Stuhl. Er hatte nichts dagegen, schien es Nell, dass die Honourable Elise Harlington in seinen Armen in Ohnmacht fiel. Oder *vortäuschte*, in Ohnmacht zu fallen.

„Mehlige Miesmuscheln nochmal“, sagte sich Nell. „Was wird diese Frau als nächstes tun?“

Auch diese Frage blieb nicht lange unbeantwortet. Inspektor Melbray legte seine Fracht – etwas unedel, wie Nell gern bemerkte – auf dem nächsten Sitz nieder, wo sie gleich wieder zu Sinnen kam. „Sie!“, sagte sie und zeigte auf Nell. „Bereiten Sie uns ein Picknick zu. Wir wollen es draußen auf der Dorfwiese einnehmen.“

Doch Nell lehnte diese unwillkommene Aufforderung ab und wollte gerade Lady Clarice zu Lord und Lady Ansley bringen, als Lady Sophy auf sie zukam.

„Miss Drury, wie es scheint, sind hier alle wahnsinnig geworden. Doch wenn es wirklich stimmt und Elise Charlies Tanz zu Ende führen will, was auch immer das bedeutet, muss ich hier sein. Wären Sie so nett, meine Tante nach Hause zu begleiten?"

„Sicher nicht", verkündete Lady Clarice ihrer Nichte entschieden, aber ohne sie anzugreifen. „Wenn Charles tanzt, muss auch ich hier sein. Er wird mich hier erwarten."

„Ich bringe Sie gern nach Hause, Clarice", bot nun Arthur an, der aus der Ferne gesehen haben muss, was hier vor sich ging und zu Hilfe kam. „Charlie wird unter vier Augen mit Ihnen sprechen wollen, nicht auf einer Feier. Miss Drury, Sie hingegen haben sicher Freude mit dem Dorfgeiger. Bleiben Sie doch hier."

Ein Wink mit dem Zaunpfahl. Auch Guy Ellimore, der nun auch zu ihnen stieß, beharrte darauf. „Genau. Bleib bitte, Nell", bat er sie dringlich und nahm sie beim Arm.

Doch sie schüttelte ihn ab. „Also gut, das sollte ich wohl. Ich werde mit den Angestellten vom Coach and Horses Inn sprechen und mich um das Picknick kümmern. Sonst wird hier nicht viel passieren."

Immerhin sah es nicht danach aus, dass Inspektor Melbray darauf bestand, sich dieser Feier anzuschließen.

Eigentlich war es recht idyllisch hier. Die Dorfwiese war umgeben von einigen Fachwerkbauten und anderen alten Häusern, deren Fassaden wetterfest bemalt oder verputzt und mit Rosen und Blauregen verziert waren. Auch das ein oder andere Haus im georgianischen Stil stand hier und viele dieser alten Landhäuser fungierten auch als Gemischtwarenläden. Auf der gegenüberliegenden Ecke des Inns lag die St Mary's Church und die dazugehörige Pfarrei. Alles in allem eine sehr hübsche Aussicht und ein guter Ort für ein Picknick – wenn dies ein normaler Tag wäre, nicht heute.

Der Baum, den Miss Harlington im Anhörungssaal als Kastanienbaum bezeichnet hatte, war in Wahrheit eine Eiche mit einer sehr breit gefächerten, königlichen Baumkrone, die es überhaupt nicht kümmerte, was die zahlreichen Eindringlinge darunter anstellten. Es war auch kein Dorfschmied vor Ort, wie in dem Gedicht von Longfellow, obgleich es nicht weit von hier auf der Hildenborough Road eine Schmiede gab. Und selbst wenn Longfellows Schmied hier wäre, mit seiner Einstellung von „Begonnen Dies, vollendet Das, Erkauft ihm die Ruh der Nacht“, wäre er heute nicht weit gekommen. In seinem Sinne hoffte sie, dass seine Nächte nicht durch Geister und Mörder unterbrochen wurden – und seine Tage nicht von solch törichten jungen Dingern wie Miss Harlington.

Das erwünschte Picknick forderte die Frau des Inn-Besitzers mächtig heraus. Gleich aus zweierlei Gründen: Zum einen war sie es grundsätzlich nicht gewohnt, Passanten zu verköstigen, zum anderen überwältigte sie der Gedanke, nicht nur die Gäste von Wychbourne Court, sondern auch deren Chefköchin Miss Drury überzeugen zu müssen. Doch dieses Problem wusste Nell zu lösen. Pip, der Sohn der Inhaber, wurde auf seinem Fahrrad zum Bäcker geschickt, um Brot zu besorgen, seine Schwester schickte Nell zum Händler für Schinken, anschließend zur Molkerei für Sahne und Käse und zu guter Letzt zu Mr Barney, dem Gemüsehändler, von wo sie Gurken, Salat und Erdbeeren mitbringen sollte. Alle Rechnungen auf Wychbourne Court.

Sobald sie wieder da waren, machte Nell sich an die Arbeit. „Also gut“, sagte sie zur Inhaberin des Inns, „sagen Sie mir, was ich tun soll.“ Wenngleich etwas verwirrt, fand sie, dass sie es mit Nells Hilfe doch schaffen konnten.

Als Nell sich wieder unter die Gesellschaft draußen mischte, flossen Cider und Bier. Zu ihrem Vergnügen stellte sie fest, dass man den Dorfgeiger tatsächlich aus einer Bar geschnappt haben musste und seine Geige hat holen lassen, damit er nun für die Honourable Elise Harlington und Lady Helen musizierte, die nur zu zweit den schottischen Kontratanz Dashing White Sergeant tanzten.

Nun kam Guy auf sie zu. „Ist es hier auf dem Dorf üblich, dass eine Anhörung so ausgeht?“

„Das wage ich zu bezweifeln, doch solange es Madam Elise ruhigstellt, ist es mir das wert. Ganz gleich, wie das Dorf dazu steht.“ Lord und Lady Ansley konnte Nell nicht sehen, wenngleich Arthur und Lady Clarice immer noch hier waren, letztere sicher, um dem Geist von Mr Charles zu begegnen. Insgesamt hatten sich hier etwa zwanzig, dreißig Menschen versammelt.

Nun brachten sie die Sandwiches und bis Nell beim Austeilen geholfen hatte, hatte Guy sich zu Nells Erleichterung wieder zu Lady Warminster gesellt. Sie brauchte etwas Ruhe, wollte einmal durchatmen. Doch in dem Moment, in dem sie sich mit einem eigenen Teller Sandwiches setzte, kam Lady Sophy auf sie zu. „Darf ich mich zu Ihnen gesellen?“, fragte sie sehnsüchtig. „Sie sind wenigstens noch bei Verstand“, schob sie hinterher, als Nell sie bereits neben sich auf die Wiese winkte.

„Danke“, bedankte sie sich.

„Richard und Helen sind es jedenfalls nicht“, beschwerte sich ihre Schwester niedergeschlagen.

„Vorsicht, Lady Sophy.“

„Immer muss ich vorsichtig sein. Um Richard und Helen nicht in die Quere zu kommen, um Mutter nicht zu beunruhigen, um Vater nicht mit Anliegen zu stören, von denen er nichts versteht. Menschen zählen nicht zu seinen Stärken. Mit Gebäuden kann er viel besser umgehen.“

„Dass er nichts von Menschen versteht, da wäre ich mir nicht allzu sicher.“

Doch diesen Kommentar ignorierte Sophy. „Seit Charlies Tod haben sich sowohl meine Schwester als auch mein Bruder sehr merkwürdig verhalten. Ich will nur sicher gehen, dass ...“

„Dass sie nichts über Charlies Tod wissen?“, vollendete Nell den Satz für Sophy, als diese inne hielt.

„Nun, sie haben es immerhin geplant – nicht seinen Tod natürlich, aber das Stöhnen und das mit dem Pepper’s Ghost Trick und all das Trara.“

„Das hat aber nichts mit seinem Tod zu tun. Es waren doch nur Streiche – und das weiß die Polizei.“

„Tun sie?“, zeigte Lady Sophy sich nicht überzeugt.

„Haben Sie im Vorhinein mit irgendjemand anderem über den Streich gesprochen?“, fragte Nell. „Oder vielleicht Mr Parkyn-Wright?”

„Oh, ganz gewiss. Auf jeden Fall Königin Elise wusste davon und viele andere haben auch gekichert, als man kurz nach unserem Aufbruch das Stöhnen gehört hat. Sie müssen es also zumindest erraten haben. Letztlich hat Charlie eigentlich den ganzen Abend mit Elise getanzt, bis er wegen des blöden Streichs losmusste.“

„Also bis kurz nach elf Uhr dreißig?“

„Ja“, sagte Sophy und warf Nell einen verwunderten Blick zu. „Sie haben einen sehr wachen Geist, Nell. Liegt das daran, dass Sie bei Ihren Rezepten auch auf die Minute genau sein müssen?“

„Vielleicht“, erwiderte Nell vorsichtig. „Aber schließlich habe ich den toten Körper gefunden. Deshalb vermutlich fühle ich mich in gewisser Weise verantwortlich. Warum wollte man ihn bloß umbringen? Er schien sehr beliebt zu sein.“

„Schien“, wiederholte Lady Sophy finster. „Aber er war definitiv einer von denen, die man besser *gut* leiden konnte, wenn Sie verstehen, was ich meine.“ Als Nell nickte, fuhr Lady Sophy fort. „Da so viele wieder und wieder davon gesprochen haben, was für ein netter Kerl er war, dachten die anderen, dass es bestimmt an ihnen lag, wenn sie es nicht auch so sehen.“

„Würden Sie auch sagen, dass das auf Ihre Schwester zutrifft?“, hakte Nell nach und bemühte sich, sich nicht allzu interessiert zu zeigen, also nahm sie sich ein weiteres Sandwich – nicht schlecht für die Eile.

„Das weiß ich nicht“, sagte sie schlicht. „Richard fährt in letzter Zeit so schnell aus der Haut, dass man sich nicht mehr richtig mit ihm unterhalten kann. Er war aber sehr wütend auf Charlie, dass er den ganzen Abend mit Elise getanzt hat. Und Helen – nun, sie war auch wütend, aber ehrlich gesagt kann ich mir nicht vorstellen, dass sie Charlie wirklich geliebt hat. Er war doch nur ein Vergnügen. Hat ihr anscheinend aber völlig den Kopf verdreht. Und dann musste sie sich auch noch den ganzen Abend mit dem guten, armen Rex Beringer abgeben."

„Warum nennen Sie ihn ‚den guten, armen' Rex? Weil seine Zuneigung nicht erwidert wird?"

„Ja, genau. Und weil ich Rex mag, er ist ein echter Mensch. So wie ich hoffe einer zu sein. Ganz und gar nicht wie einer von diesen Debütanten, Flappern oder diesen immer fröhlichen Männern. Er ist kein Stage-Door-Johnny, wie Mutter sagen würde. Rex lebt nicht in einem Ballon, der ihn durch die Lüfte trägt, bis jemand kommt und ihn zum Platzen bringt. Er liebt Helen aufrichtig und das, obwohl *sie* die meiste Zeit in solch einem Ballon umherschwebt und ihn nicht einmal wirklich wahrnimmt. Früher hat sie sich auch für echte Menschen interessiert, nicht für solche wie Charlie oder Elise oder Lady Warminster. Was ist eigentlich mit ihr, kann Sie nicht hinter Charlies Tod stecken?", sagte Lady Sophy aufgeregt. „Sie war auch auf der Geisterjagd."

„Aber welches Motiv sollte Lady Warminster haben?", fragte Nell.

„Für eine Flapper ist sie schon etwas alt", sagte Sophy eifrig, „aber ... sie könnte ein Auge auf Charlie geworfen haben."

Die Tatsache, dass Lady Warminster etwa genauso alt war wie Nell, ignorierte sie einfach. „Lady Warminster ist verheiratet“, wandte sie ein. Wenngleich das heutzutage nicht mehr allzu viel zu bedeuten hatte.

„Mit irgendeinem alten General, der die meiste Zeit über weit weg in Mesopotamien ist. Sie langweilt sich.“

„Und woher wissen Sie das?“

Das hatte Nell nur so dahingefragt, doch Sophy errötete. „Das weiß doch jeder“, sagte sie beinahe abwehrend. „Wie dem auch sei. Sie könnte es auf jeden Fall gewesen sein. Denn sie war in der ersten Gruppe und sie hat sich schnell davon gemacht, bevor oder gerade als Sie den Leichnam entdeckt haben und das ganze Tohuwabohu begonnen hat. Vielleicht, weil Blut an ihren Händen klebt.“

Nun zeigte Nell sich besonders interessiert. „Ist sie mit dem Automobil gekommen?“

„Ja, und sie ist selbst gefahren. Doch die Warminsters haben nicht nur ein Automobil, sie haben mehrere. Sie hat auch einen Chauffeur und jemanden, der sie sonst immer nach Wychbourne Court bringt. Ihre Ladyschaft sieht sich als die neue Gertrude Jekyll und kommt deshalb regelmäßig nach Wychbourne Court, um Mr Fairwheather und die übrigen Gärtner über ihre Arbeit auszufragen“, erklärte Sophy und zögerte kurz. „Das ist ihr Delage“, sagte sie und zeigte nun auf das Automobil an der Straßenseite. „Manchmal zieht sie es vor, selbst zu fahren, dann weiß nämlich keiner, wo sie ist.“

„*Ihnen* scheint es aber aufgefallen zu sein“, sagte Nell milde.

„Nur, weil sie hier war und die Mörderin von Charlie sein könnte", entgegnete Lady Sophy abwehrend.

„Kannte sie ihn denn? Hat sie Mr Charles in Wychbourne Court getroffen oder besucht sie auch die Londoner Clubs?" Das war mal ein Gedanke. Was, wenn sie eine ehemalige Geliebte von Mr Charles war und ihn aus Rache ermordet hatte?, fragte sich Nell.

„Nein, ich denke nicht. Sicher kann sie ihn in Wychbourne Court schon vorher getroffen haben, aber in die Londoner Clubs wagt sie sich nicht. Aus Angst, ihr Mann könnte es herausfinden. Er ist noch von der alten Schule, wissen Sie. Er würde ihr den Geldhahn zudrehen und sich womöglich sogar von ihr scheiden lassen. Das würde sie nicht riskieren – dafür ist sie klug genug."

„Ist das der allgemeine Klatsch, den man so hört", fragte Nell, „oder Ihre Vermutung?" Frittierter Fliegenpilz – erneut fiel Nell auf, wie rot das Mädchen wurde.

„Ja, ja, das tratscht man so", erwiderte Lady Sophy und stand auf. „Ich muss jetzt gehen. Helen sieht nicht gut aus."

Darin gab Nell ihr recht. Mit ihren kohlschwarz geschminkten Augen hatte Miss Harlington etwas von der Königin der Nacht, doch Helen sah einfach nur aus, als hätte sie die letzten Tage nicht geschlafen. Da konnten die Gefühle schon mal mit einem durchgehen. Manche lachten auf Beerdigungen, andere weinten auf Hochzeiten. Die Frage war nur, ob es der Mordfall war, der Lady Helen derart aufwühlte? Oder gab es da noch etwas anderes?

Als Lady Sophy gerade aufstand, kam Rex Beringer auf sie zu, grüßte sie und wandte sich dann an Nell.

„Miss Drury, ich habe Ihre Speisen wirklich sehr bewundert. Jetzt kann ich mich persönlich bei Ihnen bedanken."

„Das ist sehr freundlich von Ihnen, Rex", erwiderte Lady Sophy für Nell, die sich am Boden in einer sehr unvorteilhaften Position befand. „Wenn Sie Charlie wären, hätten Sie jetzt gewiss etwas Derbes gesagt, sowas wie: ‚Und jetzt kann ich *Sie* bewundern.'"

„Zum Glück", sagte er ernst, „bin ich nicht Charlie."

„Ich wollte gerade nach Helen sehen", sagte Lady Sophy zu Rex. „Aber besser, Sie sehen nach ihr, Rex."

„Das habe ich versucht. Sie will mich nicht in ihrer Nähe haben", sagte er betrübt.

„Aber sie braucht Sie. Versuchen Sie es noch einmal."

Auf diese Weise bekräftigt, machte er sich erneut auf den Weg und Lady Warminster kam an seiner statt zu Lady Sophy. Nell ignorierte sie gekonnt. „Ach liebes Kind", sagte sie.

„Ich bin neunzehn", reagierte Sophy verärgert.

„Noch so jung – die ganze Zukunft liegt vor Ihnen. Ganz im Gegenteil zu Charlie." Und sogleich zog sie ein Taschentuch aus ihrer seidenen Handtasche und tupfte sich damit kurz übers Gesicht. Nicht aber über die sorgsam nachgefahrenen Augenbrauen, wie Nell bemerkte, als sie gerade wieder auf die Füße kam.

„Mein Beileid", sagte sie nun, immer noch ohne Nell zu beachten. Das weiße Kleid aus Georgette zitterte, sobald sie sich bewegte. Endlich war Nell an der Reihe. Lady Warminster musterte sie gründlich. „Und wer sind Sie?"

„Die Chefköchin von Wychbourne Court."

Ein Moment Stille, dann: „Aber Sie haben doch den Leichnam gefunden, nicht?"

„Das ist richtig."

„Und was hatte eine Köchin auf der Geisterjagd zu suchen?"

Nell entschied sich, diese Frage wörtlich zu nehmen. „Ich habe die zweite Gruppe angeführt. Sie waren in der ersten."

„War ich? Merkwürdig, ich kann mich absolut nicht erinnern."

„Auch Tante Clarice sagt, dass Sie zur ersten Gruppe gehört haben."

„Ach ja, jetzt erinnere ich mich doch. Ich musste die Feier etwas früher verlassen. Wie Cinderella", sagte sie und lachte schrill. „Für gewöhnlich verlasse ich jede Feier um Mitternacht, nur für den Fall, dass eine böse Schwester auftaucht und ihre Rache fordert."

Hatte Sie diesen anscheinend flapsigen Kommentar womöglich ernst gemeint? Nell erschrak. Lady Sophy zählte gewiss nicht zu dem Standard der schönen Damen. Für die mit oberflächlichem Blick fiel sie nicht in die Klasse der Nancy Cunards oder Clara Bows. Doch diejenigen, die sich nach Intelligenz und Schönheit sehnten, die vielleicht nicht nach Mayfair passte, sonst aber überall auf der Welt gern gesehen war, war sie die deutlich bessere Wahl. Doch Lady Warminster, entschied Nell, gehorte zu der Art Frau, die zuerst sprach und dann dachte.

„Ihr Chauffeur scheint Sie zu suchen, Cinderella", sagte Lady Sophy unverhohlen.

Da richtete Nell den Blick nach oben und sah, wie er aus dem Delage stieg. Auch Lady Warminster sah zu ihm. Irgendetwas an ihm kam Nell bekannt vor.

„Das ist nicht mein Chauffeur, liebes Kind, nur einer meiner Gärtner. Etwas grob, aber er fährt gut."

Mit diesen Worten zog Lady Warminster von dannen. Und Nell erkannte, wie sehr diese Frau Lady Sophy verärgert hatte, die nun ebenso davon huschte und nur vor sich hin murmelte, dass sie sich um Helen kümmern musste. Also nahm Nell wieder auf der Wiese Platz und widmete sich ihrem Sandwich. Allerdings blieb sie auch dieses Mal nicht lange allein.

„Endlich. Du scheinst ja sehr gefragt zu sein, Nell", sagte Guy, der sich zu ihrem Leidwesen neben sie setzte. „Und sieh nicht immer so auf den Boden oder suchst du etwa nach Kräutern? Immer schon hast du Nesselsuppe geliebt, nicht?"

„Ja, das stimmt, genau wie Ketten aus Gänseblümchen. Doch das habe ich nun hinter mir gelassen."

„Genau wie mich?"

„Unsere Leben haben sich einfach in unterschiedliche Richtungen entwickelt, Guy."

„Und jetzt sind wir uns wieder über den Weg gelaufen."

„Sonst hat sich aber nichts geändert. Du bist noch immer ein Landstreicher, ich bin Chefköchin."

Für einen kurzen Augenblick dachte sie, er sagte, dass Chefköche beides sein konnten, und einmal – für ein oder zwei Tage lang – hatte sie sich nichts sehnlicher gewünscht als das. Aber die Liebe war ein Schwindler: Das, was sie für Guy empfunden hatte, hatte sie einst für echt gehalten, dabei war es bloß eine Täuschung. Zum Glück hatte Guy heute anders reagiert.

„Damit könntest du recht haben“, sagte er. „Aber wenigstens ein Lächeln kannst du mir schenken, oder? Jetzt, wo ich wieder hier bin. Du selbst hast immer gesagt: Ein Koch ohne Lächeln ist wie eine Suppe ohne Einlage.“

Das entlockte Nell tatsächlich ein Lachen. „Kommst du für die Anhörung wieder?“

„Ich werde vermutlich sogar bleiben. Die Polizei hat mich dazu aufgefordert, mich nicht weit von hier zu entfernen.“

„Nur dich?“

„Nein, eine ganze Reihe von uns. Miss Elise wird wie mit der Lupe durchleuchtet, genau wie Rex Beringer. Ganz zu schweigen von den anderen, deren Zuhause noch viel weniger weit entfernt liegt, schätze ich. Eigentlich sind es alle, die an der Geisterjagd teilgenommen haben.“

„Aber das hast du nicht“, sagte sie.

„Nur kurz, aber das genügt schon. Und ich dachte, es wäre ein Vergnügen. Dass zu diesem Vergnügen ein Mord gehört, habe ich natürlich nicht erwartet. Da ich nicht zur Elite gehöre, wusste ich ja nicht einmal etwas von diesem Geisterstreich. Da war ich noch nicht dabei gewesen. Wie du dich vielleicht erinnerst, hab ich nur die zweite Hälfte miterlebt. Als ihr die Routen getauscht habt, habe ich entschieden, mich euch anzuschließen.“

„Einfach nur zum Vergnügen?“

„Nein, auch weil ich dich sehen wollte, Nell. ‚Bis später', habe ich am Samstag gesagt. Ich hätte dich nicht einfach ohne ein weiteres Wort davonkommen lassen."

„Und doch haben wir uns nicht unterhalten."

„Am Samstag nicht. Aber jetzt schon, und hoffentlich folgen noch einige Unterhaltungen mehr."

Da wurde Nells Herz schwer. „Aber es hat sich nichts geändert, Guy."

„Dann bleibe ich einfach so lange, bis es soweit ist", erklärte er galant. „Lady Warminster hat mich und die anderen engagiert, um auf einer ihrer Feiern zu spielen. Und wer weiß? Vielleicht bist du ja wie Eiscreme, die wird mit der Zeit auch immer weicher, meine eisige Lady."

„Wie ich gehört habe, ist das hier der Raum für Küchenchefs, Miss Drury", sagte er freundlich, als er ungebeten durch die offene Tür hereinkam.

Und da war er wieder: In all seiner Unverfrorenheit und seinem grauen Anzug stand Inspektor Alexander Melbray vor ihr. Nell kochte vor Wut. Das war üblicherweise die Zeit am Tag, in der sie sich neuen Rezepten widmete. Heute aber, nach der Anhörung – beziehungsweise dem Nichtstattfinden derer – bemühte sie sich um das Warum von Mr Charles Tod. Wie dem auch war, das war *ihr* Territorium und sie war beschäftigt.

„Sind Sie gekommen, um mich zu befragen?", erkundigte sie sich kühl.

„Dazu hätte ich Sie in den Frühstückssalon gebeten. Dort werden alle offiziellen Befragungen durchgeführt."

„Und was ist das hier dann?"

„Ich weiß nicht, noch nicht. Darf ich?“

„Natürlich, setzen Sie sich.“ Das war immer noch besser, als wenn er ihr über die Schulter linste. Er setzte sich ihr genau gegenüber, wie Nell nicht entging. Was erwartete er, ein Geständnis?

„Wenn das so ist, darf ich dann entscheiden, worüber wir uns unterhalten?“, fragte sie streitlustig, nachdem er keine Anstalten machte, die Stille zu brechen.

„Nur zu“, erwiderte er und lehnte sich zurück, aber nicht ohne ihr Gesicht zu mustern, stellte Nell fest.

Das hielt sie nicht lange aus. „Warum haben Sie die Anhörung verschieben lassen? Was sollen all die Gäste in der Zwischenzeit tun?“, fragte sie und versuchte, dabei etwas weniger aggressiv zu klingen, scheiterte allerdings.

„Was Ihre zweite Frage anbelangt: Das habe ich nicht zu entscheiden. Hoffentlich bereitet es Ihnen nicht zu viel zusätzliche Arbeit, wenn die Gäste weiterhin hier bleiben?“

Ihm traute sie alles zu, um Nell aus der Reserve zu locken. „Und was ist mit meiner ersten Frage?“

„Die ist etwas schwieriger zu beantworten.“

„Aber hat das zu bedeuten, dass jeder der Gäste und wir, die wir hier leben, Verdächtige sind? Ehrlich gesagt haben wir alle erwartet, dass der Untersuchungsrichter einen Mord durch Unbekannt erklärt. Sie glauben doch nicht, dass Mr Parkyn Wrights Tod ein Unfall war, oder? Oder gar, dass er sich selbst umgebracht hat?“

„Nein.“

„Nun, dann scheint es mir, dass eine Urteilsfällung heute die bessere Lösung gewesen wäre, als uns alle die unnötige Last des Wartens aufzubürden. Wozu das alles?“

„Testergebnisse, Miss Drury.“

„Was für Testergebnisse?“

Für eine oder zwei Minuten antwortete er nicht. Eine Hand von ihm lag auf dem Tisch und sein Blick war darauf gerichtet, nicht mehr auf sie, wie sie erleichtert feststellte. Doch dann sah er wieder zu ihr. „Sagt Ihnen der Name Chang irgendetwas? Oder Brillant Chang, genauer gesagt?“

„Nein – oder ja, doch, ich denke schon“, stammelte sie überrascht.

„Ein gelehrter junger Gentleman, der bis zu seiner Verhaftung im letzten Jahr in Limehouse in Londons East End gelebt hat. Er hat mit Drogen gehandelt, Kokain, Heroin und Opium, die er alle bei sich zu Hause aufbewahrt hat. Dennoch ist es ihm gelungen, all unseren Versuchen zu entgehen, die Ware bei ihm zu finden. Über viele Jahre war er der Kopf des blühenden Drogenhandels, der damals in London groß war. Und Besitzer eines Londoner Clubs, bis unsere Razzien ihn dazu gezwungen haben, sich etwas weiter östlich zu bewegen. Außerdem war er selbst häufig zu Gast in verschiedenen Londoner Clubs, vor allem in Mrs Meyrick’s Forty-Three Club.“

Inspektor Melbray hielt kurz inne, vermutlich wegen Nells sehr fragenden Blickes. „Letzten Endes konnten wir doch Kokain in seiner Wohnung auffinden“, fuhr er fort. „Chang kam ins Gefängnis, doch bald schon ist er wieder auf freiem Fuß, woraufhin er deportiert werden wird. Bisher hat niemand seine Rolle als Dealer übernommen, weshalb der Drogenhandel in London deutlich zurückgegangen ist. Doch hin und wieder gibt es ernsthafte Nachahmungsversuche und hier und dort tauchen neue Dealer auf. Das ist auch kürzlich wieder der Fall gewesen und wir waren einem der erfolgreichsten dieser illegalen Drogendealer dicht auf den Fersen, Miss Drury."

„Mr Parkyn-Wright?", flüsterte sie ungläubig. „Und *Dope*?"

„Ganz genau, Miss Drury. Immer wenn von Charlies Tanz die Rede ist, geht es dabei um Drogen."

Kapitel 7

Verbotene Drogen in Wychbourne Court? Für einen kurzen Moment fühlten sich Nells Gedanken so durchgequirlt an wie Rührei, aber dann fing sie sich wieder. Warum erzählte ihr der Inspektor davon? Nahm er an, dass sie etwas damit zu tun hatte? Sogleich wollte sie sich zu einem Abwehrschlag bereit machen, entschied sich dann aber, ruhig zu bleiben.

Zunächst galt es, mehr herauszufinden. „Hat Mr Parkyn-Wright die Samstagsbälle etwa nur fürs Geschäft – wenn man das in dem Metier so nennen kann – missbraucht? Ist das der Grund, warum er hier war?"

„Das nehme ich an, ja."

„Er war einer der Wochenendgäste." Das wiederum konnte bedeuten, dass er sich lediglich einen Tag der Ruhe auf dem Land gönnen wollte oder dass sein Geschäft über die eine Abendgesellschaft hinausging. Nell war sich bewusst, dass der Inspektor sie immer noch genau beobachtete. Womöglich dachte er wirklich, dass sie Mr Charles umgebracht hatte – oder zumindest eine Komplizin war. Nein, sagte sie sich. Wenn dem so wäre, würde er sie oben befragen, wie er zu Beginn des Gesprächs erklärt hatte. Also entspannte sie sich wieder.

„Mit großer Sicherheit können wir sagen, dass er hier am Samstag Kunden hatte", sprach der Inspektor weiter. „Changs Taktik, neue und wohlhabende Kunden zu erreichen, war, sie in Clubs zu treffen – dort hat er seine Köder ausgeworfen: genau ausgeklügelte Liebesbriefe. Denn Changs Kunden waren vordergründig junge

Damen. Diese Briefe hat er den Damen an den Tisch bringen lassen, was ihm in seinem eigenen Club natürlich besonders leicht gefallen ist. So hat sich Chang mit der Zeit einen sehr wohlhabenden Kundenstamm aufgebaut – genau wie wir es von Mr Charles vermuten. Der übrigens ebenso häufig Gast im Forty-Three-Club war."

Noch immer hatte Nell damit zu kämpfen, dass der großartige Ballabend in Wychbourne Court, dem sie lange entgegengefiebert hatte, zumindest zu Teilen zu einem ganz anderen Anlass missbraucht worden war. „Charlies Tanz, sagten Sie. Ist das, wie *er* es nannte?"

„Das kann ich Ihnen nicht sagen, es ist auf jeden Fall das Deckwort, unter dem seine Kunden davon sprechen. Denken Sie doch einmal darüber nach: Ein Tanzabend ist die ideale Gelegenheit, Ware und Geld unauffällig auszutauschen. Ein romantischer Ausflug auf den Balkon oder die Terrasse oder vielleicht auch nur ein kurzes Händeschütteln, bei dem eine kleine Flasche mit Puder ausgetauscht wird. Vielleicht erinnern Sie sich noch an den Fall von Freda Kempton von vor ein paar Jahren. Eine Dame, die häufig Tänze bei sich veranstaltet hat, und letztlich an einer Überdosis Kokain gestorben ist. Auch in diesen Fall war Chang verwickelt."

Da erschauderte Nell. „Wissen Sie, wie viele Kunden Mr Parkyn-Wright am Samstag hier hatte?"

„Im Moment noch nicht."

„Geht es um Gäste oder ..." Da unterbrach Nell sich selbst. Wie konnte sie unauffällig fragen, ob die Ansleys unter Verdacht standen? Also änderte sie schnell die Gedankenrichtung. „Oder Bedienstete? Ist das, warum Sie hier sind? Denken Sie, dass wir etwas damit zu tun haben?"

„Das ist *nicht* der Grund, Miss Drury. Lady Ansley–"

Der Schock zeigte sich zu schnell auf ihrem Gesicht, als dass Nell es verbergen konnte. „Weder Lady Ansley noch Sie stehen momentan unter Verdacht."

Danke. Und doch ärgerte Nell sich über das ‚momentan' in seinem Satz.

„Tatsächlich bin ich auf Lady Ansleys Wunsch hier", fuhr er fort. „Ich sollte dennoch erwähnen, dass, auch wenn Lady Ansley Ihnen vertraut, ich das nicht auch tun muss."

Da errötete Nell. „Natürlich", sagte sie nachsichtig.

„Sie hielt es für richtig, Ihnen mitzuteilen, dass nur Sie sowie Lady und Lord Ansley von der Polizei von Mr Parkyn-Wrights Drogenhandel erfahren haben."

„Und warum haben Sie zugestimmt, mich ebenso zu informieren?", fragte Nell neugierig.

„Weil ich es leid bin, Miss Drury, alles auf eine Karte zu setzen. Wie es mir scheint, ist das in diesem Fall zu riskant. In Wychbourne Court gibt es zwei Seiten zu bedenken und über die zweite weiß ich noch zu wenig."

„Die Bediensteten", sagte sie frei heraus. „Und ich soll ihr Mittler sein."

Da musste der Inspektor lächeln. „Das ist eine Betrachtungsweise. Eine andere wäre, dass Lady Ansley großes Vertrauen in Sie setzt. Und ich deshalb auch. Wenngleich es ein Risiko bedeutet."

„Dann bedanke ich mich dafür", sagte sie und fragte sich, ob Dankbarkeit wirklich angebracht war. „Sollte ich dankbar sein?"

„Das ist fraglich. Und das können nur Sie entscheiden, denn das Ganze birgt auch für Sie Risiken. Je mehr sie wissen, desto gefährlicher wird es." Dann hielt er kurz inne. „Darf ich Ihnen ein Rat geben, Miss Drury?"

„Nur zu, keine falsche Zurückhaltung, Herr Inspektor." Ob sie seinen Rat befolgte, war jedoch eine andere Frage. So ernst diese Unterhaltung auch sein mochte, Nell kam sich vor, als wären sie Teil eines Melodrams im Adelphi Theater. Und dennoch rief das Wort ‚gefährlich' alle Bedenken, die Nell gehabt haben mochte, aus ihrem Unterbewusstsein hervor.

„Ich bin sicher, dass viele hier mit Ihnen über den Fall sprechen", sagte er ruhig. „Doch ich würde Ihnen empfehlen, niemandem zu vertrauen, Miss Drury. Oder besser gesagt, *glauben* Sie nichts, was Sie nicht genau hinterfragt haben. Die einzige Ausnahme wäre vielleicht ich. Mich können Sie als hilfreiche Richtschnur betrachten. Jeder kann Sie auf die falsch Fährte führen, oftmals passiert so etwas sogar unbeabsichtigt."

„Oder ich vertraue einfach auf meinen Instinkt und Sie reden bloß Unsinn", erwiderte Nell verärgert.

„Vielleicht", gab er ihr recht. „Sie dürfen allerdings nicht vergessen, dass es hier einen Mörder unter Ihnen gibt. Vielleicht lautet mein zweiter Rat also, dass Sie meinen ersten besser befolgen sollten."

***

„Die Dinner Menüs, Lady Ansley."

Noch immer betroffen von dem gestrigen Treffen mit dem Inspektor zeigte Nell Lady Ansley die Speisevorschläge für den Donnerstag. Das war üblicherweise eine sehr angespannte Situation: Würde Ihre

Ladyschaft den gefüllten Zucchini zustimmen? Was mochten die Gäste und was nicht? Lord Richard zum Beispiel konnte Currys nicht ausstehen, aber galt das auch für Curry-Butter? Lady Sophy hatte dem Vegetarismus inzwischen wieder den Rücken zugekehrt, konnte sich aber noch immer nicht mit Kidneybohnen anfreunden. Es schien beinahe unmöglich, ein Mahl zuzubereiten, das alle gleichermaßen erfreute – und doch war es sonst immer eine spannende Herausforderung, sich einen Weg durch das vor ihr liegende Labyrinth zu bahnen. Nur heute nicht.

„Wie ich gehört habe, werden es zehn Gäste sein, Lady Ansley“, fuhr Nell fort. „Zählt Miss Harlington auch dazu?“

Da gab Lady Ansley einen Seufzer von sich. „Unglücklicherweise ja. Vielleicht ist Elise in ihrem eigenen Zuhause nicht sehr willkommen. Ihre Eltern leben in Hampshire, glaube ich – das ist nicht gerade eine weite Strecke von hier. Genauso wenig wie ihre Unterkunft in London. Und doch behauptet sie, sie müsse in der Nähe von Charlies Todesstelle sein.“

Da wandte Nell vorsichtig ein: „Vielleicht begrüßen die Eltern ihre Begeisterung für Charlies Tanz nicht.“

„Ah. Wie ich sehe, hat Inspektor Melbray bereits mit Ihnen gesprochen.“

„Das hat er“, sagte sie und sah ein, wie unangebracht es von ihr war, ihn gestern Abend so angegangen zu sein. Das sah ihr gar nicht ähnlich. Sie fragte sich auch, warum es ihm stets gelang, sie derart zu provozieren. Letztlich suchten sie beide nach Mr Charles’ Mörder, wenn auch aus unterschiedlichen Gründen. Warum aber ließ sie sich von ihm so leicht aus der Ruhe bringen?

„Das sind schreckliche Zeiten, Nell, und ich bin sehr froh, dass wenigstens wir offen miteinander sprechen können“, erklärte Lady Ansley. „Der Mordfall war bereits schlimm genug. Und wenngleich ich bereits vermutet habe, dass etwas nicht stimmte: Die anschließende Verkündung, dass man unser Wychbourne Court für seine ganz eigenen Zwecke nutzte, lässt mich glauben, ich kenne mein eigenes Heim nicht. Ich habe Rex Beringer gebeten, noch eine Weile zu bleiben und zu meiner Erleichterung hat er eingewilligt. Er bietet Helen bessere Gesellschaft als–“

„Miss Harlington?“

„In der Tat. Auch wenn ich befürchte, dass Richard das anders sieht. Oh, Nell“, kam es aus ihr heraus, „wie kann ich ihm nur davon erzählen? Die Polizei möchte nicht, dass diese Nachricht die Runde macht, doch höchstwahrscheinlich ist Elise eine von Charlies Kundinnen. Ich weiß nicht, was ich tun soll. Ich kann das Mädchen doch nicht einfach vor die Tür setzen – das würde Richard mir niemals verzeihen. Er ist so schrecklich vernarrt in sie, dass er ihr sicher mit einem Diamantenring hinterhereilen würde. Und gleichzeitig kann ich ihm auch nichts davon sagen – falls sich die Vermutungen doch als unwahr herausstellen.“

Wie konnte Nell das Gespräch nur auf Lady Helen lenken? „Aus meiner Zeit im Carlton“, begann Nell zaghaft, „weiß ich, dass es durchaus einen Unterschied gibt zwischen Menschen, die gut gelaunt sind, und Menschen unter Drogeneinfluss. Das ist wie bei

Soufflés, wissen Sie: In einem Moment stehen sie aufrecht, im nächsten sinken sie in sich zusammen."

Mit scharfem Blick sah Lady Ansley Nell an. „Genau wie Helen. Und das ist meine größte Sorge, Nell. Denn ihrem Gemüt zufolge ist sie am Samstag nicht zu ihrem Tanz mit Charlie gekommen", sprach Lady Ansley weiter.

„Hat Lord Richard eine Ahnung, was mit seiner Schwester vor sich geht?"

„Das glaube ich nicht. Er hat nur Augen für Elise. Dabei hat er nicht die geringste Ahnung, wer diese Frau wirklich ist. Von wegen wahre Schönheit, eine Tyrannin ist sie."

„Er hat sich auch sehr gut mit Mr Parkyn-Wright verstanden. Wie gut, dass er nicht selbst ein Kunde von ihm geworden ist", sagte Nell taktvoll.

„Ja ... und das ist nur noch so eine Sache, die ich nicht verstehen kann. Richard denkt, er wäre ein Mann von Welt, dabei bekommt er nicht einmal mit, was sich vor seinen eigenen Augen abspielt. Sophy ist weitaus aufmerksamer. Doch ich glaube, nicht einmal sie hat eine Idee davon, was mit Helen los ist. Das Mädchen braucht medizinische Unterstützung, Nell. Ich habe auch schon mit Gerald darüber gesprochen und wir haben alles in die Wege geleitet. In einer Zeit wie der diesen können wir Wychbourne Court nicht beide verlassen, deshalb habe ich Arthur Fontenoy gebeten, mich und Helen anstelle von Gerald zu begleiten. Er hat uns einen Arzt in London empfohlen. Dort werden wir dann eine oder zwei Nächte in einem vertrauenswürdigen Hotel unterkommen. Gott sei Dank bleibt Rex noch etwas länger hier. Er sagt, er kann jederzeit mit dem

Zug zurückfahren, wenn er in London gebraucht werden sollte."

„Das klingt nach einem guten Plan."

„Ja, aber der Mord, Nell, macht mir noch viel mehr Sorgen. Der Inspektor ist uns zwar wohlgesonnen, aber Helen, Richard und Sophy waren alle drei in der ersten Gruppe der Geisterjagd, was bedeutet ..."

„Dass Mr Melbray vielleicht davon ausgeht, dass auch Mr Parkyn-Wrights Tod etwas mit den Drogen zu tun hat. Und das wiederum bedeutet, dass womöglich einer seiner Kunden ihn umgebracht hat."

Mit anderen Worten: Vielleicht war es Lady Helen, um es aus der Sicht der Polizei zu betrachten. Womöglich auch Lord Richard, sofern er davon erfahren und entschieden haben sollte, dass Charlie Elises Leben ruiniert. Lord Richard war in der Tat jemand, mit dem manchmal das Temperament durchging – falls er also *wirklich* von den Drogen erfahren haben sollte und Miss Harlington genau wie seine Schwester für traurige Märtyrerinnen von Mr Charles' teuflischem Plan hielt, konnte auch er nach dem Dolch gegriffen und damit seinen besten Freund umgebracht haben.

Kein Wunder, dass Lady Ansley von Sorgen erfüllt war. Denn letztlich, wer konnte besser von diesem Dolch wissen als die, die tagein, tagaus daran vorbeigingen? Und dann war da noch Arthur. Er musste auch von der Drogengeschichte gewusst haben – und doch hatte er vor Nell noch nichts darüber erwähnt. Es hatte sich aber auch noch keine Gelegenheit ergeben, dachte sie. Und dennoch, *traue niemandem*, hatte der Inspektor ihr geraten.

Nun kam ihr ein etwas tröstlicherer Gedanke. Es musste an jenem Abend noch weitere Kunden in Wychbourne Court gegeben haben und das wusste auch Mr Melbray. Auch sie konnten einen Grund gehabt haben, Mr Parkyn-Wright umbringen zu wollen. Genauso konnten sie von seinem Aufenthalt auf der Galerie erfahren haben und sich hinter der ersten Gruppe über die andere Wendeltreppe hochgeschlichen haben. Ganz gleich, was Mr Peters sagte, die Liste der Verdächtigen musste auf dieser Annahme erstellt werden – es sei denn, und nun zwang Nell sich, diesen Gedanken in Betracht zu ziehen, Mr Peters selbst hatte den Dolch gezückt. Doch das brachte sie wieder zu ihrer Anfangsfrage: Aus welchem Grund?

***

„Was denkst du, Richard, wo sie hingehen?", fragte Sophy beunruhigt. Richard sah bei Weitem nicht so besorgt aus wie sie, dabei sollte er.

„Ma sagt, dass sie alte Freunde in London besuchen gehen", antwortete er spontan, schien sich allerdings mehr für die Zeitschrift *Country Life* zu interessieren, die er sich beim Frühstück mitgenommen hatte.

„Das hat sie mir auch gesagt." Dann kam ihr ein Gedanke: „Denkst du, Helen fühlt sich vielleicht auf die Bühne gezogen? Will in Mutters Fußstapfen treten? Das ist genau die Art dummer Ideen, die ihr in den Sinn kommen konnten, um Charlies Tod zu verarbeiten. Und das würde auch erklären, warum Pa sie nicht begleitet."

„Nein. Dafür müsste sie viel zu hart arbeiten“, sagte er weiterhin ungerührt. „Ich glaube eher, dass sie zu irgendeinem Arzt gehen – Frauenkram.“

„Und warum dann nicht unser üblicher Arzt? Er entspricht vielleicht nicht unbedingt dem Hofarzt-Standard, aber er ist nicht schlecht.“

Nun war Richard an der Reihe. „Denkst du, Helen ist in anderen Umständen?“

„Helen? Nein, so töricht wäre sie nicht. Außerdem passt das überhaupt nicht zu Rex.“

„Aber zu Charlie. Vergiss nicht, dass sie ein Auge auf ihn geworfen hatte“, sagte er finster.

Dann rügte Sophy ihn mit einem verachtenden Blick. „Er war dein Freund, Richard. Es wäre mehr als verrückt, wenn er deine Schwester verführen würde. Selbst wenn Helen offen dafür gewesen wäre.“

„Er *war* mein Freund“, sagte Richard verbittert, „bis er mir Elise vor der Nase weggeschnappt hat.“

Sophy wägte ab, ob sie auf diesen Kommentar eingehen sollte oder nicht. Hach, nun gut. Irgendwann musste man ihn ja aus dem Dunkel holen. „Ich denke nicht, dass Elise die Art Frau ist, die sich *wegschnappen* lässt. Sie ist eher diejenige, die sich jemanden schnappt.“

„Du kennst sie überhaupt nicht“, erwiderte Richard verärgert.

„Genauso wenig wie du“, konterte Sophy. „Sie braucht nur ihr Ich-bin-eine-geheimnisvolle-Flapper-Lächeln aufzusetzen und du bist Feuer und Flamme für sie.“

„*Ich* kenne sie. Ich habe das arme Ding auch eingeladen, noch etwas länger hier zu bleiben. Seit Charlies

Tod steht sie nämlich unter Schock. Und ich kümmere mich um sie."

Dieses Mal entschied Sophy nichts zu sagen. ‚Das arme Ding' war in Wahrheit ein Tiger im Schmusekatzenkostüm, doch das konnte Richard nicht erkennen. Sophy hatte ihre eigenen Gedanken über Elise und Charlie, doch auch ihre Schwester Helen konnte nicht weiter sehen als bis zu ihren etepetete Tanzschuhen von Chanel. Wenn Arthur sie nicht nach London begleiten würde, wäre Sophy sicher, dass es nur um eine Passprobe bei Jays auf der Regent Street ging.

Doch in der Zwischenzeit stellte Elise das Problem dar. Sie war tatsächlich ein armes Ding. Bisher hatte sie zwar noch nicht für viel Ärger gesorgt – abgesehen von dem Picknick-Fiasko gestern. Während sie nun auf ihrem Zimmer schmollte, fuhr Vater durch das ganze Dorf, um sich bei Gott und der Welt dafür zu entschuldigen. So gesehen war Sophy glücklich darüber, dass Helen und Mutter fortgingen, denn selbst eine Elise würde Vater oder der Polizei keinen Streich spielen. Dafür hatte sie selbst zu viel zu verbergen. Es würde Sophy auch nicht überraschen, wenn Elise Drogen nähme.

Nun hielt sie besorgt inne. Drogen? Was war mit Helen? War das womöglich eine Erklärung für ihre Hochs und Tiefs? Und war das vielleicht auch der Grund, warum man sie nun zu einem Arzt in London brachte? Je länger sie darüber nachdachte, desto plausibler erschien ihr diese Möglichkeit. Arme Helen. Sophy mochte ihre Schwester und der Gedanke, dass einer diesen miesen Drogenhändler sie da hineingezogen hatte, traf sie sehr. Aber vielleicht war auch Elise auf

Drogen. Und Charlie. Ist er deshalb ermordet worden? Falls es stimmte, stand Helen womöglich unter Verdacht. Erschreckt stellte Sophy fest, wo dieses Gedankenspiel hinführte. Helen hatte Charlie doch nicht umgebracht? Nein, und Richard natürlich auch nicht, aber *Elise* war es zuzutrauen.

Sophy hielt an dieser Idee fest und spielte ein wenig damit. Falls Elise noch einmal auf sie zukam und weitere Andeutungen bezüglich ‚Hugh Beaumont' machte, bloß, weil er beim Dinner am Samstag neben Sophy gesessen hatte, konnte sie sie nun wie Pingpongbälle zurückschmettern. Für Sophy war ‚Hugh' nur ein Scherz gewesen, doch er hat sich an jenem Abend schreckliche Sorgen gemacht. Nur für ihn hatte Sophy die Sitzordnung verändert und ihn soweit wie möglich weggesetzt von Lady Warminster – doch was für ein Desaster daraus nur geworden war. Sie hatte die Gästeliste nicht richtig überprüft und ihren Namen erst in letzter Sekunde entdeckt. Deshalb musste sie die Ordnung in größter Eile verändern, um auf jeden Fall zu verhindern, dass ‚Hugh' nicht in Lady Warminsters Nähe kam. Und dennoch hatte sie ein- oder zweimal verdächtig zu ihm hinübergeschielt. Aus diesem Grund hatte ‚Hugh' auch nicht an der Geisterjagd teilgenommen, er fürchtete, von Ihrer Ladyschaft enttarnt zu werden. Er hatte nur vorgegeben, mitzukommen, war indes aber nach Hause geeilt. Sie, diese dämliche Frau, *hatte* an der Geisterjagd teilgenommen und ist erst anschließend nach Stalisbrook gefahren, um zu überprüfen, ob ihr Gärtner in seinem Cottage war.

Es hatte alles als harmloser, aber witziger Scherz für ihre steifen Eltern begonnen. Um herauszufinden, ob sie oder irgendjemand anderes der Gäste bemerken würden, dass ihr sogenannter Hugh Beaumont eigentlich ein Bediensteter war. Sophy war überzeugt davon, dass niemand dahinter käme, wenn er nur gut gekleidet wäre und sich angemessen unterhielt. Und ihr Plan wäre auch aufgegangen, hätte er nicht Lady Warminster gesehen. Ihre Ladyschaft wäre sicher davon ausgegangen, dass William bei sich zu Hause war. Sophy hatte schon zahlreiche Gespräche mit ihm geführt – immer, wenn Ihre Ladyschaft sich von ihm nach Wychbourne Court fahren ließ, um sich mit Mr Fairwheather über die Gärten und Landschaftsgärtnerei auszutauschen. Doch an jenem Samstag kam Lady Warminster nicht, um sich über Pflanzen zu unterhalten, und Madam hatte entschieden, selbst in ihrem Delage zu fahren. Vielleicht wollte sie ihre Besuche nach Wychbourne Court vor jemandem in Stalisbrook geheim halten? Womöglich, weil sie ein Auge auf Charlie geworfen hatte, überlegte Sophy ins Blaue hinein. Oder vielleicht nahm auch sie Drogen?

***

„Elise, wissen Sie, wohin Helen aufgebrochen ist?"

Rex Beringer zeigte sich besorgt. Lady Ansley hatte ihn gebeten, noch ein paar Tage länger zu bleiben – und das, obwohl Helen und sie nicht anwesend waren. Das kam ihm etwas rätselhaft vor. Und doch konnte er sie nicht weiter ausfragen, schließlich war er bloß ein Gast. Doch seiner Meinung nach gab es neben dem Todesfall noch etwas anderes, das hier vor sich ging. Helen hatte sich den ganzen letzten und vorletzten Tag nur auf ihrem Zimmer aufgehalten, mit Ausnahme von der Anhörung gestern. Er hatte versucht, mit ihr ins Gespräch zu kommen, und zuweilen schien es auch so, als wollte sie mit ihm reden, dann wiederum hatte sie ihre Meinung geändert. Dabei war er absichtlich geblieben, um ihr über den Schock hinwegzuhelfen. Dass sie nun verreist war, wo die Polizei noch mitten in den Untersuchungen zu Charlies Tod steckte und Wychbourne Court weiterhin belagerte, war umso merkwürdiger. Was diesen Kerl anbelangte, dachte Rex bloß, gut, dass wir ihn los waren.

„Sollte ich das wissen?", erwiderte Elise und lehnte sich in einem der Sessel im Wintergarten zurück.

„Sie sind befreundet", sagte Rex daraufhin.

„Ah", gab Elise nur von sich und lächelte, woraufhin Rex etwas in sich zusammenfiel. Er hatte sich in ihre Macht begeben. „Ich würde meinen, dass sie einen kleinen Denkzettel erhalten hat. Vielleicht auch einen etwas größeren. Und jetzt ist man schnell nach London geeilt, um ein Heilmittel zu besorgen."

„Was für ein Heilmittel?", fragte Rex scharf. „Geht es ihr nicht gut?"

„Nicht schlechter als sonst, wenn man sein Briefchen nicht bekommen hat."

„Ein Briefchen?"

„Ihr Tütchen, Rex. Wussten Sie das etwa nicht? Helen hat am Samstag wohl nicht schnupfen können."

Rex verstand immer noch kein Wort – außer, dass Elise sich hämisch freute. Aber er musste wissen, was es hiermit auf sich hatte. „Was denn schnupfen?"

„Na Kokain. Das wussten Sie doch sicher von Helen, nicht?"

„Nein“, entgegnete er langsam. „Das wusste ich nicht.“ Doch allmählich dämmerte es ihm. Arme, arme Helen. „Ich nehme an, das Zeug hatte sie von Charlie?“

„Na, na, machen Sie jetzt nicht den Übermittler der Botschaft dafür verantwortlich. Der gute Charlie hat sich damit nur seinen Lebensunterhalt verdient.“

„Wenn ich das gewusst hätte, hätte ich–“, doch er stockte. Diese Frau war nicht weniger gefährlich als Charlie, der ihr sicher alles über seine Vergangenheit erzählt hatte. Sie *wusste* es also, ging ihm nun auf.

„Ihn ermordet, Rex?“, beendete Elise seinen Satz. „Was für ein Draufgänger Sie doch sind. Vielleicht haben Sie ihn ja umgebracht? Sie erinnern sich doch noch an unser kurzes Gespräch gestern, auf dem Rückweg vom Picknick. Sie waren derart aufgebracht und das, obwohl ich Ihnen versichert habe, dass es Charlies und mein kleines Geheimnis war, das wir niemals verraten würden. Warum auch?“

„Ja“, sagte er niedergeschlagen. „Ich erinnere mich.“

„Am besten setzen wir uns bald schon wieder zusammen. Zu schade, dass Charlie umgebracht wurde. Es lief gerade alles wie am Schnürchen. Und ich mag es, wenn alles rund läuft. Sie nicht auch, Rex?“

***

Warum musste Arthur just in diesen Tagen nach London fahren? Da die Wychbourne Geister sich gerade in einer aktiven Phase befanden, war Clarice Ansley alles andere als begeistert von seiner Abwesenheit. Arthur war schließlich ein erfreulicher Geselle und vor allem ein gutes Schutzschild gegen ihre Mutter. Doch nun käme Mutter und würde ihr großes Projekt unterbrechen. Denn Clarice war überzeugt davon, dass es an der Zeit war, endlich etwas zur Familiengeschichte beizutragen. Ihr Werk würde sie in Leder einbinden lassen, eines für die Bibliothek von Wychbourne und ein paar weitere Exemplare für die Öffentlichkeit. Bei dem gegenwärtigen Interesse an Geistern fände es sicher ein breites Publikum. Selbst Mr Harry Price hatte sein Interesse geäußert, sowie auch die Society for Physical Research.

Nach Jaspers Tod im Zweiten Burenkrieg hatte Clarice jeden Gedanken an Ehe oder Mutterschaft aus ihrem Kopf verbannt. Ein Buch über die Familiengeschichte hatte sich als weitaus interessanteres Thema entpuppt, es könnte *Ein Handbuch über die Geister von Wychbourne Court* heißen. Mit den einzelnen Geschichten kam sie sehr gut voran. Manche hatte sie ohne größeren Aufwand in der Bibliothek gefunden, sodass man beinahe annehmen konnte, die Geister wollten entdeckt werden. Hin und wieder machte ihr Bruder Gerald Wychbourne Court für die Öffentlichkeit zugänglich. Der erste Mai war eine dieser Gelegenheiten, doch Clarice hatte ihm bereits Halloween als weitere Möglichkeit ans Herz gelegt. Das unterband Gerald allerdings. Das Haus würde nur am Tage geöffnet, nicht in der Nacht.

„Aber wann erwartest du denn, dass die Geister sich sehen lassen?“, fragte sie ihn fordernd.

„Meine liebe Clarice“, erwiderte er ruhig, „ich erwarte sie überhaupt nicht.“

Im Gegensatz zu Clarice fand Arthur diese Antwort sehr amüsant, genau wie leider auch Mutter, obwohl Mutter sich verständnisvoller zeigte, sobald sie davon hörte, dass Arthur auch nicht an die Geister glaubte. Völlig umsonst hatte Clarice Gerald bewiesen, dass schon der Name Wychbourne aus dem altenglischen Wort *wicca* abgeleitet werden konnte, das weise, kundige Frau bedeutete. Und zudem war es nicht zu verleugnen, dass in Wychbournes Atmosphäre etwas Mystisches lag – das machte es zu einem perfekten Heim für Geister. Doch ihr Bruder war der Überzeugung, dass Wychbourne genauso gut von dem angelsächsischen Wort für Gutshof abgeleitet werden konnte. Zudem war Wychbourne im Domesday Book, dem Grundbuch Englands, einst als Gutshof gelistet. Damit war die Sache für ihn erledigt.

Doch bisher reichte das *Handbuch* nur bis ins sechzehnte Jahrhundert zurück. Die nette Miss Drury hatte ihr bereits mit so mancher Kleinigkeit gut weitergeholfen und so dachte Clarice nun, dass sie sie sicher davon überzeugen konnte, während Arthurs Abwesenheit an seiner statt einige Kapitel gegen zu lesen. Insbesondere das letzte, an dem sie gerade gearbeitet hatte. Also überarbeitete sie noch einmal die tragische Geschichte des Sir Thomas und suchte Miss Drury auf. Sicher war sie irgendwo in der Nähe und gewiss würde sie ihr helfen. Schließlich zeichnete sie sich dadurch aus, Charlie Parkyn-Wrights Leiche gefunden zu haben – auf dessen Geist Clarice schon voller Vorfreude wartete. Überdies konnte sie seine Geschichte mit Informationen aus erster Hand verfassen.

Was wollte Lady Clarice denn jetzt von ihr?, fragte sich Nell. Zum Glück fand sie es nicht merkwürdig, dass sie sich zum zweiten Mal in der Nähe der alten

Milchkammer begegneten. Nell hatte gehofft, dort auf Arthur zu treffen, doch wie es schien, war er bereits auf dem Weg nach London. Vielleicht aber kam ihr das gerade gelegen und schenkte ihr Zeit, über das nachzusinnen, was der *nette* Inspektor ihr erzählt hatte – und leider auch über das, was sie erwidert hatte.

„Miss Drury, ich habe mich gerade gefragt, ob ich Sie wohl um einen Gefallen bitten könnte?"

„Natürlich", antwortete Nell vorsichtig, doch Lady Clarice schien gar nicht erst auf ihre Antwort zu warten. Bereits im nächsten Moment fand Nell einen riesigen Stapel Papier in ihren Armen.

„Bitte lesen Sie es doch einmal durch, für mich. Das ist mein Handbuch über die Geister hier in Wychbourne. Und es ist mir ein großes Anliegen, die richtige Atmosphäre zu vermitteln – und damit meine ich zweierlei, sowohl die Geister aus den Geschichten als auch meine Wenigkeit, die das Schreiben natürlich geprägt hat. Unbedingt muss ich ihnen gerecht werden."

Da nahm Nell all ihren Mut zusammen. „Unmöglich kann ich all diese Seiten annehmen", sagte sie so taktvoll wie möglich. „Das Risiko, dass nur eine davon verloren geht, ist viel zu hoch." Zu ihrer Erleichterung machte Lady Clarice daraufhin ein sehr erschrockenes Gesicht. „Soll ich vielleicht einen Geist nach dem anderen lesen?", schlug Nell vor.

„Sie haben ja recht, Miss Drury. Hach, es ist so schade, dass ich Mr Parkyn-Wright noch nicht hinzufügen kann – schließlich sind er und Sir Thomas Seelenverwandte."

„Aber Mr Parkyn-Wright ist kein Geist", wandte Nell ein.

„Bald schon“, erklärte Lady Clarice ihr. „Und da ich keinem auf die Füße treten möchte, freue ich mich auf Ihre Kritik.“

„Also gut. Dann lassen Sie mich mit Sir Thomas beginnen“, entschied sich Nell zu Lady Clarice' Enttäuschung.

Sir Thomas war ein hingebungsvoller, aber häufig abwesender Ehemann, erinnerte sie sich auf dem Weg in ihr Zimmer und entschied, sich im Anschluss an das Abendessen in der Bedienstetenstube um den guten Mann zu kümmern. Im Zeitalter der Kreuzzüge war er ein Kavalier und ein namhafter Soldat gewesen. Selbst wenn die beiden am gleichen Ort gestorben sein mochten, war Mr Charles weit davon entfernt, ein Kavalier oder ein Soldat mit gutem Ruf gewesen zu sein – er war Drogenhändler gewesen. Was also sollte die beiden oder ihre Seelen miteinander verbinden?, fragte sich Nell.

Die Überschrift lautete:

‚Sir Thomas Ansley, Menschliches Leben: 1157 - 1192. Momentanes Leben: 1192 -‘

Oh, welch eine Geschichte hier verborgen liegt. Für den Dritten Kreuzzug verließ Sir Thomas Wychbourne Court an der Seite Seiner Majestät König Richard dem I., um für seinen König, sein Volk und das Heilige Land zu kämpfen. Sein liebenswertes Weib Eleanora blieb voller Trauer allein zurück. In Einsamkeit gehüllt schluchzte sie tagein, tagaus und war von Tränen gezeichnet, so sehr vermisste sie ihren Gatten. Um sich zu trösten, lauschte sie dem Gesang eines Minnesängers, einem Lied geschrieben für eine Magd aus dem Dorf, seine heimliche Liebe. Und wenngleich der Barde

Lobeslieder anstimmte, Sir Thomas zur Ehre, dachte er immerzu an seine Verehrteste, nicht an Mistress Eleanora. Doch der Ruf der Leidenschaft war unüberwindbar. Wer vermag zu sagen, wann die Sünde Einkehr fand im Herz der Menschen? Und es geschah eines einsamen Tages, da lockte Mistress Eleanora den Minnesänger in ihr Gemach und er folgte ihr.
Oh, Sir Thomas, welch Ärger mochte dein Herz erfüllt haben, als du siegreich aus dem Kampf zurückkehrtest, um den Minnesänger an deiner statt im ehelichen Bette vorzufinden, dem sich deine Gattin fälschlicherweise hingegeben hatte. Welche Angst musste den Barden überkommen haben, als du, Sir Thomas, heldenhaft ins Gemach schrittest und er davon eilte. Einen Dolch trug er bei sich und rannte damit zur Galerie, wo er sich in Sicherheit wähnte – dies war der Ort, an dem die verbotene Liebe einst ihren Anfang genommen hatte. Doch als du ihn dort erreichtest, zückte er den Dolch und stieß ihn in dein nobles Herz. Der Barde entkam und sein Gesang ward nie mehr gehört. Aber du, Sir Thomas, fluchst noch immer über dein grausames Schicksal und wartest, dass dir Gerechtigkeit widerfährt.

Blanchierter Blumenkohl! Sir Walter Scott ist wieder auferstanden. Der Ritter in glänzender Rüstung war nichts im Vergleich zu diesem Helden.Und doch war es etwas anderes, das Nell an dieser Geschichte nicht losließ. Irgendetwas daran kam ihr verdächtig bekannt vor – wenngleich Sir Thomas sich darüber sicher nie beklagen würde. Die Erzählung erinnerte sie an einen alten General in Mesopotamien und Lady Warminster, die die Geisterjagd so plötzlich verlassen hatte. Ihre Ladyschaft neigte allerdings eher dazu, sich anzupassen, als alle vor den Kopf zu stoßen – es war demnach äußerst unwahrscheinlich, dass sie Drogen konsumierte. Wenngleich sie mit ihrem Leben sehr glücklich schien, blieb die Frage, ob es darin nicht vielleicht auch einen Minnesänger gab? Doch selbst wenn dem so wäre, warum sollte sie das dazu veranlassen, so abrupt von der Geisterjagd zu verschwinden? In Wychbourne Court gab es allerdings keine Minnesänger (abgesehen von Guy und seinen Männern) und Nell konnte sich auch nicht vorstellen, dass Lady Warminster Gefallen an Mr Peters fand. Natürlich hatte Ihre Ladyschaft auch eigene Bedienstete. Beispielsweise einen Chauffeur und diesen Gärtner, der auch manchmal Fahrerdienste übernahm, doch an jenem Samstag sollte sie keiner der beiden nach Wychbourne bringen. Womöglich gab es also noch jemanden ...

Nell, mahnte sie sich selbst, du läufst Gefahr, die Suppe zu versalzen.

Die Welt war voller verheirateter junger Frauen, die sich selbst zu Opfern von Erpressung machten, genau wie noch jüngerer Frauen, die Drogen nahmen. Und doch steckte hinter Mr Charles' Tod wohl eher ein Missverständnis bei der Verteilung, wie Mr Melbray vermutete. Aber ... gab es nicht noch eine andere Möglichkeit? Was, wenn die Drogen nur ein Mittel zum Zweck waren, beispielsweise der Erpressung dienten? Wenn Mr Charles also ein Drogenhändler und Erpresser war, war er dann nicht vielleicht auch noch einen Schritt weiter gegangen? Ein Flüstern hier, eine kleine beiläufige Bedrohung da – vielleicht brauchte er all das, um seinem Machtstreben gerecht zu werden? Und was böte ihm dazu einen besseren Rahmen als ein Ball wie der in Wychbourne Court?

Kapitel 8

Mr Charles, ein Erpresser? Diesen Gedanken ließ Nell über Nacht ziehen wie einen Salat, der das Dressing dadurch besser aufnahm, und fragte sich schließlich, ob es gelang. Je länger sie darüber nachdachte, für umso wahrscheinlicher hielt sie es, da das Erpressen womöglich mit seinen Drogenhändlertätigkeiten zusammenhing. Einmal Kunde, immer Kunde. Die Frage war allerdings, ob die Erpressungen auch über seinen Kundenstamm hinaus gingen? Warum nicht, wenn auch anderswo interessante Geschichten im Verborgenen lagen? In den Clubs, die er regelmäßig besuchte, hätte er jederzeit etwas Tratsch aufschnappen und je nach Fall daran festgehalten können oder nicht. Vielleicht erhielt er auch von Miss Harlington Informationen im Austausch gegen ihre eigene Ration Drogen. Denn sie würde sicher sowohl die Geheimnisse der Frauen ausplaudern als auch die Heimlichkeiten der Männer und konnte diese entweder auf ganz unschuldige oder auch weniger unschuldige Weise bis zu Mr Charles durchsickern lassen.

Doch das brachte Nell wiederum zu einem anderen Gedanken zurück: den zwei Seiten, das Haupthaus und die Bediensteten. Es war durchaus denkbar, dass Mr Charles überall, wohin er eingeladen wurde, Menschen aus beiden Gruppen in der Hand hatte, genauso auch in Wychbourne. Womöglich waren seine Besuche bei den Kammermädchen nicht seine einzigen Ausflüge in den Flügel der Bediensteten. Tratsch von Angestellten konnte genauso wertvoll sein wie das, was man in seinem Stand munkelte.

Da Arthur nun fort war, hatte Nell keine Möglichkeit zu überprüfen, wie stichfest ihre Theorie in Hinblick auf die Ansleys oder deren Gäste war. Was sie jedoch tun konnte, war sich langsam an die Frage heranzutasten, ob es weitere Verbindungen zwischen Mr Charles und den Bediensteten in Wychbourne gab. So gern sie Miss Checkam und Mr Peters auch hatte, beim letzten Gespräch waren die beiden alles andere als mitteilsam gewesen.

Die Mittagspause in der Bedienstetenstube genoss Nell immer sehr. Es war eine sehr gemütliche, komfortable Stube, die nur wenig Ähnlichkeit hatte mit dem finsteren Essensraum von Nells vorheriger Stelle. Das offizielle Sagen hatte hier Mrs Squires, doch Mrs Fielding hatte auch hier gern die Finger Spiel. Die Teppiche an den Wänden waren nicht mehr neu, aber in gutem Zustand und das Mobiliar wurde vor langer Zeit hier auf dem Anwesen hergestellt. Nell empfand es als genauso großes Privileg, sich in dieser Stube aufhalten zu dürfen wie im großen Salon im Haupthaus. Bedienstete genau wie die Ansleys kamen und gingen, doch dieser Raum blieb.

Heute aßen hier rund zwanzig Angestellte, einschließlich Michel und Kitty. Von Mr Peters und Miss Checkam keine Spur, doch Mrs Fielding war leider sehr präsent. Auch Mr Briggs war nicht hier, wenngleich er nur selten in der Bedienstetenstube aß. So viele Menschen um ihn herum ertrug er nicht. Da die meisten mit Mrs Squires Hammelragout beschäftigt waren, ließ auch Nell es vorerst gut sein und genoss das Mahl, bis sie gut gesättigt war.

„Also ich weiß nicht, wie es Ihnen geht, aber ich habe ehrlich gesagt genug davon, dass die Polizei mir schon eine ganze Woche lang über die Schulter schaut“, sagte sie nun, um das Gespräch in Gang zu bringen, als sie den Moment für richtig erachtete. „Immer noch wollen sie wissen, was wir von Mr Charles halten.“

Mit diesen Worten fing sie die Aufmerksamkeit aller, doch keiner sagte etwas. „Irgendjemand wollte ihn aus dem Weg wissen – das ist doch offensichtlich, oder? Und doch musste die Polizei die Anhörung verschieben. Ich sage es Ihnen – er hatte einen Dolch in sich stecken und sie tun gerade so, als wüssten sie nicht, woran er gestorben ist.“

Stille, doch alle hörten ihr gebannt zu.

„Was mich jedoch interessiert, ist, *warum* man ihn umgebracht hat“, fuhr Nell fort. „Wir wissen alle, was für ein Schmarotzer er war – aber ihn umzubringen, das ist etwas ganz Anderes. Hat irgendjemand von Ihnen eine Idee?“

Dem war nicht so.

„Hat ihn denn noch jemand nach dem Dinner gesehen?“, fragte Nell verzweifelt.

Stille, doch dann: „Als ich ihn das letzte Mal gesehen habe, hat er noch gelacht, Miss Drury.“

Gut, dass Jimmy das Schweigen gebrochen hatte, dachte Nell. Er hatte sicher nichts zu verbergen – bis auf ihre Übereinkunft bezüglich Arthur. „Und wann war das?“

„Als ich im großen Saal die Lampen vorbereitet habe. Mr Peters war in dem Moment dabei, Lord Richard mit der Ausrüstung für die Geisterjagd zu helfen. Ich habe mich um das Licht an der Tür zum Korridor gekümmert, wo er am Ende des Treppenabsatzes zur Galerie stand. Er hat gelacht und er muss sich mit einer Frau unterhalten haben, denn ich habe auch eine weibliche Stimme gehört. Aber ich musste mit den Lampen weitermachen und als ich mich das nächste Mal umgedreht habe, war er schon verschwunden."

Das musste etwa gegen elf Uhr fünfundvierzig gewesen sein, rechnete Nell nach. „Das könnte eine entscheidende Beobachtung sein, Jimmy. Hast du das der Polizei erzählt?"

Nun sah er verschreckt aus. „Nein, Miss Drury. Ich habe ihn nicht umgebracht."

„Natürlich nicht, aber was du gesehen hast, könnte womöglich ein wichtiger Hinweis sein. Genau wie alles andere, was ein jeder von Ihnen gesehen hat", fügte sie hoffnungsvoll hinzu.

„Ich habe ihn im Dinnersaal gesehen", rückte nun Robert mit der Sprache heraus. „Als ich Kaffee dorthin gebracht habe, hat er sich mit Miss Harlington unterhalten. Sie machte ein so trauriges Gesicht, als ob ihre Mannschaft das Derby verloren hätte, woraufhin Mr Charles zu den Musikern gegangen ist und mit ihrem Kopf gesprochen hat. Ich weiß nicht, worüber, aber dem Musiker gefiel das überhaupt nicht. War alles andere als glücklich. Das muss so gegen zehn Uhr gewesen sein, denn kurz darauf ging die Musik los. Aber das war ja noch ein paar Stunden bevor der arme Charlie erledigt wurde."

Guy?, fragte sich Nell beunruhigt. Was hatte er damit zu tun? „Hat noch jemand Mr Charles gesehen?"

„Ich“, kam nun Mrs Fieldings ruhige Weinkellermagd zu Wort. „Kurz vor neun bin ich mit der Kaffeekanne in den Salon gegangen. Da habe ich Mr Charles gesehen. Er wirkte sehr zufrieden und hat sich mit Mr Peters unterhalten. Aber Mr Peters hatte kein Lächeln für ihn übrig.“

„Es ist nicht seine Aufgabe, zu lächeln“, verteidigte ihn Mrs Fielding sogleich. „Und woher weißt du überhaupt, wer Mr Charles war?“

Da machte das Mädchen ein verängstigtes Gesicht. „Polly hat ihn mir gezeigt, Mrs Fielding.“

Nun sah die Hausdame zu Polly. „Und woher kennst du ihn, Miss?“

Hier war eine schnelle Unterbrechung nötig. „Ich nehme an, du hast ihn manchmal aus seinem Zimmer kommen sehen, nicht, Polly?“, schlug Nell vor.

„Ja, Miss“, erwiderte Polly dankbar.

Über diesen Moment konnten sie auch später noch sprechen. Und wie es schien, würde Mrs Fielding damit auf jeden Fall auf Nell zukommen – doch den Kampf nahm sie zum rechten Zeitpunkt gern auf. Obgleich es zu Mrs Fieldings Aufgaben gehörte, sich um die Sicherheit ihrer Mädchen zu sorgen.

Wie sie nun wusste, war Mr Charles sowohl gegen neun und gegen zehn Uhr in Gespräche verwickelt gewesen. Waren das wichtige Unterhaltungen oder führte er bloß etwas Konversation? Wie dem auch sei, nur zwei oder drei Stunden später war er tot.

„Hast du sonst noch jemanden außer Mr Charles die Treppe zur Galerie hochgehen sehen, als du dich um die Lampen gekümmert hast, Jimmy?“, fragte Nell weiter.

„Nein, Miss Drury. Ich habe nur die Lichter gelöscht und bin weiter."

„Sie waren doch auch da, Miss Drury", verkündete Mrs Fielding mit Engelsstimme.

„Ab viertel vor zwölf, genau, da Lady Clarice mich gebeten hat, eine der zwei Gruppen anzuführen. Oder denken Sie, dass ich freiwillig durchs Dunkel ziehe, wenn mich womöglich ein Geist mit einer Axt erwartet?", scherzte Nell.

„Gibt es wirklich Geister hier in Wychbourne?", erkundigte sich Kitty besorgt.

„Das kommt darauf an, ob du einen triffst oder nicht", erwiderte Nell völlig ernst.

Woraufhin sogleich das Lachen losging. „Vielleicht hat ja einer der Geister den Gentleman umgebracht", sagte Michel.

„Tod durch einen Geist?", wiederholte Nell und musste selbst lachte. „Ich glaube nicht."

„Nein, die Polizisten werden uns das irgendwie anhängen, auf die eine oder andere Weise. Das ist auch der Grund, warum sie nun alle hier sind – der Inspektor und auch sein Sergeant", sagte Robert verärgert und sofort brachen die Diskussionen unter ihnen los.

Und Nell wurde klar, dass sie ihre Aufmerksamkeit verlor. „Frittierte Flussbarbe! Denkt ihr denn wirklich, die Polizei ist so töricht zu glauben, dass einer von uns sich im Dunkeln einfach mir nichts, dir nichts ins Haupthaus schleicht und einen der Gäste umlegt? Das würde ein wenig auffallen, oder? Keiner von uns sähe aus wie der Duke von Wellington oder wie Kleopatra, noch würde einer von uns irgendwelche Diamanten oder Kleider von Patou tragen."

Anschließend nahm die Anspannung etwas ab. „Die Polizei hat uns sehr genau über die Musiker ausgefragt", sagte Mrs Squires. „Sieben an der Zahl, aber gegessen haben sie für zehn. Vielleicht war es ja einer von ihnen."

Die Musiker ..., dachte Nell und stöhnte. Selbst Charlie Chaplin gäbe einen besseren Detektiv ab als sie. Sie hatte ganz vergessen, dass nicht nur Guy, sondern alle Musiker während der Geisterjagd nicht gespielt hatten. Aber warum sollte einer von ihnen Mr Charles umbringen wollen? Zählten sie vielleicht auch zu seinen Kunden? Möglich war es. Auch wenn Nell nicht annahm, dass Guy so leichtsinnig war, musste das nicht auch für seine Kollegen gelten. War das der Grund, warum Inspektor Melbray und der Sergeant in die Bedienstetenstube kamen? Weil sie sich für die Musiker interessierten? Sicher aber nicht für Guy, oder? Obwohl ... nur kurz vor dem Tanz war er noch mit Mr Charles im Gespräch gewesen.

Alle höhergestellten Bediensteten in eine Diskussion zu verwickeln, stellte jedoch ein weiteres Problem dar. Nell war ganz hin und her gerissen zwischen dem Gefühl, tiefer zu graben bei zweien von ihnen, die vermutlich etwas geheim hielten, und dem Gefühl, eine Verräterin zu sein, weil sie es in Betracht zog, dass die beiden eventuell etwas mit Mr Charles' Tod zu tun hatten. Als sie sich am nächsten Tag in der Küche der Butler zu den beiden gesellte, entging Nells schlechtem Gewissen nicht, mit welch verdächtigen Blicken die beiden sie ansahen. Vielleicht war der Besuch des Inspektors nach dem Verhör doch nicht unbemerkt geblieben.

Doch immerhin waren sie heute alle anwesend, nicht nur Mr Peters, Miss Checkam und Mrs Fielding, selbst Mr Briggs. Ob das ein Vorteil war, blieb fragwürdig, denn er sah ausgesprochen unglücklich aus.

Da nahm Nell all ihren Mut zusammen. „Es freut mich, dass wir gerade alle beisammen sitzen", sagte sie. „Nach dem Fiasko bei der Anhörung am letzten Mittwoch hat man uns wie einen Eintopf einfach köcheln lassen und keiner weiß, was ist."

„Ich sehe nicht, wie irgendwer von uns vor sich hin köchelt", wandte Mrs Fielding ein. „Das alles ist nicht unsere Aufgabe."

„Alles, was in Wychbourne Court geschieht, hat auch etwas mit uns zu tun", konterte Nell. „Wir leben und arbeiten hier", fuhr sie fort und bewegte sich damit auf Treibsand. Vor allem, dass die Drogengeschichte bisher noch nicht öffentlich bekannt gegeben wurde, erschwerte ihr das Ganze. „Dieser Mord muss etwas damit zu tun haben, was für ein Mensch Mr Charles war. Und auch wenn es nicht richtig ist, schlecht über ihn zu denken–"

„Ein schlechter Mensch", unterbrach Mr Briggs sie, während er sein Besteck sorgfältig am Tellerrand ablegte.

„Das glauben Einige, womöglich aus gutem Grund", sagte Nell.

„Ich hoffe sehr, dass Sie ihn nicht nur auf das Wort eines Kammermädchens hin schlechtheißen", warnte Mrs Fielding sie.

„Mir gegenüber war er stets sehr freundlich", unterstützte sie Miss Checkam.

Und auch Mr Peters stimmte in die Schmeicheleien ein. „Ein sehr geselliger Gentleman."

„Dann halten Sie es also nicht für möglich, dass er jemanden aus der Familie oder einen der Gäste erpresst hat?", warf Nell beiläufig in die Runde.

Entsetzte Stille. Mrs Fielding fand als erste die Sprache wieder. „Eine unerhörte Unterstellung."

„Mag sein", erwiderte Nell energetisch. „Aber fest steht, er wurde ermordet. Und es besteht zumindest die Möglichkeit, dass sein Leben in London ihn womöglich dazu geführt hat, sich seinen Lebensunterhalt durch Erpressungen zu finanzieren."

„Durchaus vorstellbar", räumte nun Mr Peters nach einem erneuten Moment der Stille ein. „Bei all diesen oberflächlichen jungen Leuten, die mit ihm aus London hier her gekommen sind. Doch die Familie hat nichts damit zu tun."

„Natürlich nicht", unterstützte ihn Miss Checkam. „Erpressung, also wirklich."

„Wir können uns nicht sicher sein, aber wir hören Einiges von dem, worüber sich die Ansleys und ihre Gäste unterhalten, als wären wir gar nicht anwesend", beharrte Nell.

„Das sind vertrauliche Gespräche", zeigte sich Miss Checkam empört.

„Sicher, wenn sich aber der Mörder nicht finden lässt, bloß weil wir *alles* für vertraulich halten, ist das auch nicht richtig."

Es schien, als dachten sie über Nells Worte nach. „*Wir* können es jedenfalls nicht gewesen sein", folgerte Mr Peters.

„Auf keinen Fall“, stimmte ihm Mrs Fielding zu. „Ich war den ganzen Abend im Weinkeller, bis ich draußen die Aufregung und das Geschrei gehört habe, Miss Drury. Das können Sie doch bestätigen, Mr Peters, nicht?“

„In der Tat, Mrs Fielding.”

Was für eine merkwürdige Wendung diese Unterhaltung nahm, dachte Nell.

„Ich kann mich daran erinnern“, fuhr Mrs Fielding fort, „dass ich kurz aus meinem Zimmer gekommen bin. In dem Moment haben sich alle für die Geisterjagd bereit gemacht und Sie standen an Ihrem Posten, Mr Peters.“

„Wo ich dann auch geblieben bin“, sagte er mit einem breiten Lächeln, „bis ich Mr Arthurs Rufen gehört habe, Miss Drury.“

„Und ich“, eilte Miss Checkam zu erklären, „war beim Tanz in der Bedienstetenstube und bin anschließend auf meinem Zimmer gewesen, bis ich gemerkt habe, dass etwas nicht stimmt.“

Nun war sie an der Reihe. „Ich bin in den großen Saal gegangen“, begann Nell, „um etwa viertel vor zwölf, pünktlich für meine Aufgabe. Davor war ich auch beim Tanz in der Bedienstetenstube und kurz im Dinnersaal, um dort vor der Geisterjagd noch einmal nach dem Rechten zu sehen. Als ich dann im großen Saal angekommen bin, waren die Öllampen bereits auf niedrigster Flamme und die Gäste fanden sich ein, um sich auszurüsten.“

„Haben Sie Mr Charles unter ihnen gesehen?“, fragte Miss Checkam plötzlich.

„Nein, er muss sich bereits auf der Galerie versteckt haben."

„Sie hätten ihn auf jeden Fall gehört, wenn er sich unter den Gästen im großen Saal aufgehalten hätte. Er war nicht gerade ein ruhiger Geselle", führte Mr Peters trocken an. „Im Gegenteil, er ist immer gern aufgefallen. So, Miss Drury. Wie Sie hören, sind wir alle unserer Arbeit nachgegangen."

„Und Sie kommen der Ihren ausgesprochen gut nach", bekräftigte Mrs Fielding ihn. „Wirklich schön, dass wir uns alle einmal unterhalten, Miss Drury."

In diesem Moment sahen alle drei so schuldig aus wie Kitty und Michel, wenn sie versuchten, eine kleine Schandtat zu verheimlichen. Nur Mr Briggs sah aus wie immer, ein wenig verwirrt. Welche Schandtaten Mrs Fielding zu verbergen hatte, blieb Nell jedoch ein Rätsel. Vielleicht eine kleine Gute-Nacht-Umarmung?

„Nein!", rief Mr Briggs plötzlich aus. „G/25420 Korporal Briggs, *Sir*", sagte er und stand auf. Eigentlich waren sie an derartige Ausbrüche von ihm gewohnt, doch in diesem Moment der Stille kam er sehr unerwartet.

„Haben Sie nicht vielleicht Nachtigallen singen hören an jenem Abend, Mr Briggs?", fragte Nell sanft.

„Nein!", brüllte er erneut.

Dann stiegen ihm Tränen in die Augen und er verließ eilig den Raum.

„Nun", sagte Mr Peters einen Augenblick später. „Was hat ihn denn so aus der Ruhe gebracht? Also wenn Sie mich fragen: Je früher wir diesen Mordfall hinter uns lassen, desto besser."

„Da gebe ich Ihnen recht, Mr Peters", strömte es nur so aus Mrs Fielding heraus. „Gewiss war es dieser Musiker, da bin ich mir sicher."

„Und warum um Himmels Willen genau er?", hakte Nell verstimmt nach.

„Hält sich selbst für etwas Besseres", erklärte Mrs Fielding eingeschnappt. „Viel zu gut für das schlichte Essen der Bediensteten. Hat sich lieber nach Resten vom Dinner erkundigt."

„Das macht noch lange keinen Mörder aus ihm", wies Nell sie zurecht.

„Stimmt. Und das wüssten Sie sicher. Sie kennen sich ja gut."

Da erstarrte Nell. „Ich habe ihn vorher schon einmal getroffen, ja."

„Wie ich sagte", erwiderte Mrs Fielding triumphierend.

„Jeder der Musiker kann es gewesen sein", sagte Nell zufrieden.

„Sind das etwa *alles* alte Freunde von Ihnen?", erkundigte sich Mrs Fielding.

Daraufhin setzte Miss Checkam sich aufrecht und selbst Mr Peters errötete bei diesem Unterton.

„Jeder Einzelne von ihnen, alles sehr enge Freunde", versicherte Nell ihr. „Genau wie *alle* Soldaten des Königs und *alle* Wachen der Königin. Allesamt, in jeder Nacht."

Mit Mrs Fielding wurde Nell fertig, doch Mr Briggs Ausbruch verwunderte sie. Was hatte ihn so aufgeregt? Dachte er vielleicht, dass einer von ihnen nicht die Wahrheit sagte? Doch ob diese Unwahrheit letztlich zum Mord an Mr Charles führte oder nicht, blieb so trüb wie die Londoner Particular-Suppe. Und dann gab es da noch Guy und Mrs Fieldings heftige Anschuldigungen. *Glauben Sie niemandem, vertrauen Sie niemandem.* Das war einfacher gesagt als getan. Doch Nells nächster Schritt zeichnete sich bereits ab. Die Polizei hatte den Frühstückssalon heute Morgen wieder geräumt und käme bis zur nächsten Anhörung vermutlich nicht mehr nach Wychbourne Court zurück. Das wiederum bedeutete, wenn Nell den erhabenen Inspektor sprechen wollte, musste sie sich in die Höhle des Löwen wagen.

***

Als Nell am Montagmorgen am Charing Cross aus dem Zug stieg, fühlte sie sich wie eine Fremde. Und das obwohl sie eine Urlondonerin war – geboren und groß geworden war sie im East End und gearbeitet hatte sie nur ein kurzes Stück von hier entfernt, im Carlton Hotel an der Ecke Hay Market und Pall Mall. Doch inzwischen kam sie sich nicht mehr wie eine Londonerin vor. Manchmal vermisste sie zum Beispiel den Covent Garden, der nur ein kleines Stück in die andere Richtung lag und den sie nur zu gut kannte. Oder die frühen Morgen in London, wenn die Stadt noch schlief und alles still war. Die Arbeiter schlichen kaum hörbar durch die Straßen, genau wie die ab und an vorbeifahrenden Busse oder ganz früher, als sie noch klein war, die Kutschen, die damals zumeist von Pferden gezogen wurden. Noch immer konnte sie die Gerüche und auch die Farben von damals riechen, von dem Obst und Gemüse auf dem Markt – wenngleich der Gemüsegarten in Wychbourne Court einen würdigen Ersatz darstellte.

Im Garten unterschied Mr Fairwheather nicht zwischen Blumen und Lebensmitteln, und so kam es, dass Sonnenblumen Seite an Seite mit Kohl und Kapuzinerkresse wuchsen, neben Erbsen, die sich die Wände hochschlängelten und Osterglocken, die zwischen dem ersten Frühjahrsgemüse blühten.

Doch was brachte London ihr heute ein? Es war keine einfache Entscheidung gewesen, hierher zu fahren. Womöglich wies Inspektor Melbray sie einfach ab oder warf sie hinaus, sobald er hörte, was Nell zu sagen hatte – falls er ihr überhaupt Gehör schenkte. Allein der Gedanke, dass sie vielleicht doch eine hilfreiche Information bereithielt, schob die grauen Wolken über Wychbourne Court etwas weiter und spornte sie an. Dafür lohnte es sich zu kämpfen.

Und dennoch: Wer war sie, dass sie glaubte, dem Scotland Yard einen Schritt voraus zu sein? Ein tröstlicher Gedanke war, dass selbst das Scotland Yard mal Fehler machte, wie die Geschichte bewies. Davon zeugte beispielsweise Jack the Ripper, der ungeschoren davon gekommen war. Oder die schrecklichen Fehleinschätzungen im Fall von Constanze Kent.

Schmorender Stockfisch, Nell! Du gibst jetzt dein Bestes, forderte sie sich auf, während sie den Bahndamm entlang ging in Richtung Westminster Pier. Auch auf die Gefahr hin, dass man sie wie einen Beutel voll abgegessener Knochen hinaus warf, konnte sie erhobenen Hauptes eintreten. Als sie allerdings am Haupteingang des New Scotland Yard ankam, schreckte die beträchtliche Anzahl an Menschen, die sich am Eingang tummelten und von denen viele Uniformen trugen, sie beinahe ab. Dann wieder erinnerte sie sich daran, dass sie einen Auftrag hatte und es zumindest versuchen musste.

Die erste Schlacht begann sogleich: Man wollte sie nicht ernst nehmen. Nicht nur zwei uniformierte Polizisten wollten sie davon abhalten, Inspektor Melbray zu sehen, sondern obendrein auch noch eine weibliche Polizistin. „Er ist ein Inspektor der ersten Klasse", wies sie Nell voller Ehrfurcht zurecht. Da überlegte sie, ob sie versuchen sollte, sich wie die Suffragetten ans Geländer fesseln zu lassen, um ernst genommen zu werden? Nein, einen Versuch startete sie noch.

„Sagen Sie ihm", erklärte sie dem nächsten Sergeant, der an ihr vorbeikam, „dass ich Nell Drury bin und wegen des Mordfalls in Wychbourne Court komme." Das zeigte Wirkung, denn sogleich schickte man einen Ergebenen auf den Weg.

Also wartete sie, bis man ihr endlich mitteilte, dass sich der Inspektor mit dem stellvertretenden Oberkommissar im Gespräch befand, sie aber bitte warten sollte. Wenngleich Nell nicht wusste, wer dieser Oberkommissar sein mochte, klang er wichtig, was sie wiederum annehmen ließ, dass es noch eine ganze Weile dauern würde. Aber immerhin hatte man sie gebeten zu warten – genau wie all die anderen Menschen hier, die geduldig dasaßen. Die Zeit schlug Nell tot, indem sie darüber fantasierte, was die Anderen hier wollten, während sie auf den Aufruf von der Abteilung für Phantombilder, der Flying Squad, der Sonderabteilung, des Fingerabdrucks-Büros oder ähnlich spannenden Arbeitsbereichen warteten, um hineingebeten und anschließend vielleicht nie wieder gesehen zu werden.

Und dann stand er plötzlich vor ihr. Der *nette* Inspektor Melbray.

„Bitte entschuldigen Sie, Miss Drury“, sagte er ohne jedes Lächeln und sah sie einfach nur an. Offensichtlich versuchte er abzuschätzen, warum sie hier war und ob es sich lohnte, sie zu sich zu beten.

„Folgen Sie mir“, forderte er sie auf und führte sie zum Fahrstuhl und in das dritte Stockwerk. Dort ging es in einen kleinen Raum, in dem nichts weiter als ein Tisch und zwei Stühle standen. Nicht in sein Büro, dachte sie. Diese Ehre widerfuhr ihr nicht. Vermutlich war das einer der Räume, in die man sonst die Kriminellen und Verräter brachte, um sie auszufragen.

Nell setzte sich und der Inspektor setzte sich ihr gegenüber, wartete, dass sie etwas sagte. Doch Nell sprach nicht.

„Der Mord, Miss Drury“, begann er schließlich. „Sind Sie für ein Geständnis hier?“

Womöglich meinte er es als Scherz, doch es fuchste sie.

„Nein, ich bin gekommen, um zu helfen.“ Heiliger Hering, was brachte sie dazu, so etwas Kindisches von sich zu geben?

„Danke“, erwiderte er ernst, wenngleich sie entdeckte, wie ein winziges Lächeln in seinen Mundwinkeln zuckte.

„Ich weiß natürlich, dass Sie Ihre eigenen Ermittlungsansätze verfolgen“, begann sie etwas missmutig, „und deshalb nicht offen vor mir sprechen können. Also vielleicht sollte ich einfach reden.“

„Danke“, erwiderte er, dieses Mal ohne jedes Zucken.

„Die Drogen, von denen sie mir erzählt haben. Charlies Tanz. Was, wenn es mehr als das war?“

Inspektor Melbray runzelte die Stirn. „Was meinen Sie?“

„Mr Parkyn-Wright schien ein sehr machtliebender Mensch zu sein. Macht über andere, meine ich. Nur nicht auf politische Weise oder Derartiges.“

„Fahren Sie fort“, sagte er mit ausdrucksloser Stimme.

„Was ich meine, ist, dass er sehr wahrscheinlich allerlei heikle Informationen über Menschen gesammelt hat, um sie damit zu erpressen. Vielleicht ging es dabei nur um seine Kunden, vielleicht aber auch um mehr. Vielleicht reden alle von Charlies Tanz, weil es wirklich einem Tanz glich – weil er sie an der Nase herumführte und bedrohte.“

„Erpressung?“, sagte der Inspektor und fragte dann: „Warum sind Sie wirklich hier, Miss Drury?“

Das verdutzte Nell. „Das habe ich doch gesagt. Ich möchte helfen. Damit Wychbourne Court schnellstmöglich wieder zur Normalität zurückkehren kann.“

Das klang eher dürftig und der *nette* Inspektor reagierte nicht darauf.

„Haben Sie denn jemanden im Sinn, der womöglich von Mr Charles erpresst wurde?“

„Nein – ja, ich meine ja, aber ich habe keine Beweise. Es sind nur Möglichkeiten.“

„Und an wen denken Sie da?“

„An alle diejenigen, die ihn umgebracht haben könnten, aber gewiss keine Drogen nehmen.“

„Wäre einer von diesen vielleicht Guy Ellimore?“, hakte er unverfroren nach.

Bei diesem unerwarteten Angriff sog Nell erschrocken die Luft ein. „Er könnte einer von ihnen sein, aber–"

„Und er ist ein Freund von Ihnen."

Das war keine Frage, sondern eine Behauptung. Daraufhin errötete sie. „Er war ein Freund, damals. Jetzt nicht mehr."

„Und dennoch sind Sie jetzt hier, Miss Drury. Wegen ihm?"

Wut machte sich in Nell breit, doch sie versuchte sie zu unterdrücken. „Es ist mehr als unwahrscheinlich, dass Sie aufhören, ihn zu verdächtigen, nur weil ich hier auftauche."

„Es ist genauso wahrscheinlich wie Ihr Bemühen um das Wohlergehen von Wychbourne Court."

Das wars, damit war er zu weit gegangen. Nell holte tief Luft. „Das allerdings *ist* der Grund, warum ich hier bin. Für die Ansleys und für Wychbourne. Ich lebe dort, ich gehöre dazu und ich liebe es. Und ich dachte, vielleicht haben Sie den Aspekt der Erpressung noch nicht in Betracht gezogen. Ich bin also gekommen, weil ich Einige der Betroffenen kenne, Guy Ellimore ist jedoch nur einer von ihnen. Ich bin nicht speziell seinetwegen hier. Es gibt auch Andere, die Geheimnisse haben, Mr Melbray. Sogar sehr viele Menschen haben Geheimnisse. Aber das macht sie noch lange nicht zu Mördern."

Ruckartig stand Inspektor Melbray auf, ging zum Fenster und winkte sie heran. „Würden Sie mal hier her kommen, Miss Drury?"

Widerwillig gehorchte sie ihm. Was nun?

„Sehen Sie mal nach da unten", sagte er.

Unter ihr sah Nell die Themse, Menschen, die sich am Westminster Pier trafen, und viele andere, die eilig oder im Schlenderschritt am Bahndamm entlang gingen, ganz ungerührt von dem, was hier oben vor sich ging.

„Londoner. Sie allen leben und arbeiten hier", fuhr er fort. „Heute scheint die Sonne. Gleich werden sie vermutlich Sandwiches auf der Wiese essen oder sich im Lyons Teegeschäft verabreden oder in anderen Restaurants der Stadt. Es ist Mittagszeit, aber ich kann nicht einfach tun, wonach mir beliebt. Wenn ich das könnte, würde ich der großen Chefköchin ein Sandwich besorgen, um ihr langes Warten wiedergutzumachen. Aber das kann ich nicht. Das ist nicht meine Aufgabe. Genauso wenig wie das Recherchieren dieses Falls die Ihre ist."

„Ich verstehe", sagte sie steif.

„Sagen Sie mir, Miss Drury, welche Zutaten gehören in Ihre Gemüsesuppe?"

Unverwandt sah sie ihn an. Was um alles in der Welt sagte er da? Nell fühlte sich geneigt, „Arsen" zu antworten, ließ es aber bleiben. „Was immer gerade da ist. Alles."

„Und wie definieren Sie ‚alles'?"

Nun wappnete sie sich. Vermutlich war er auf irgendetwas aus, das sie übersah. „Alles, das in meinen Augen gut dazu passt."

„Genauso gehe ich auch in meinen Fällen vor. In Fällen wie diesem."

Nun erstarrte sie. „Und ‚passt' Guy Ellimore in ihren Augen dazu?"

„Ja, unter anderem."

Nell zitterte, doch sie konnte nicht sagen, ob aus Angst, Wut oder Anspannung. Dachte sie wirklich, Guy konnte etwas mit dem Mord zu tun haben? Es war töricht von ihr, hier her gekommen zu sein. Nichtsdestoweniger musste sie einräumen, dass er auf der Geisterjagd dabei war und sie einfach angenommen hatte, dass er aus dem Dinnersaal gekommen war. Wenn nicht, konnte er davor theoretisch Mr Charles umgebracht haben. *Glauben Sie niemandem.* Nicht einmal Guy. Oder Arthur.

Was hatte sie sich nur von diesem Morgen erhofft? Tatsächlich hatte Nell die vage Hoffnung gehegt, dass der Inspektor sich anhören würde, was sie zu sagen hatte, und daraufhin vielleicht antwortete: „Vielen Dank, Miss Drury. Das war sehr hilfreich. Ich werde diesem Hinweis nachgehen." Aber dem war nicht so.

Nun ging sie über die Straße in Richtung Ufer, um bei einem Spaziergang ihre Gedanken zu ordnen, bevor sie wieder nach Wychbourne zurückkehrte. Und als sie sich noch einmal zum Scotland Yard Gebäude umdrehte, sah sie ihn herauskommen: Mit seinem Hut auf dem Kopf marschierte er zielsicher in Richtung eines der Teegeschäfte, von denen er eben gesprochen hatte, oder vielleicht zu Savoy. Auf jeden Fall holte er kein Sandwich für Nell.

Es war bereits gegen Nachmittag, als Nell wieder am Bahnhof von Tonbridge ankam. Inzwischen sehnte sie sich sehr nach ihrem vertrauten kleinen Chefkochraum. Doch wen sah sie da wie aus dem Nichts auf sich zukommen? Guy.

„Ich dachte, vielleicht möchtest du, dass ich dich nach Hause fahre“, sprach er.

„Woher wusstest du, in welchem Zug ich sein würde?“

„Das wusste ich nicht. Warte hier schon seit Stunden.“

Da musste sie lachen. „Du bist ein Idiot, Guy. Aber wie dem auch sei, dort vorne steht mein Automobil.“

„Wunderbar. Dann folge ich dir unauffällig nach Wychbourne und wir trinken noch etwas zusammen im Coach and Horses. Es hat zwar noch nicht geöffnet, aber wenn wir nur höflich bitten, bekommen wir vielleicht eine Tasse Tee.“

Und als Nell ihren Austin Seven neben dem Pub parkte, fuhr Guy direkt dahinter ein. Doch inzwischen hatte sie sich wenigstens ein paar Worte zurecht gelegt. „Ich muss noch vor dem Abendessen wieder zurück sein“, erklärte sie. „Ich habe also nicht viel Zeit.“

„Wie immer.“

Dann herrschte eine merkwürdige Stille zwischen ihnen, die Guy überspielte. „Wie läuft es in Wychbourne?“, erkundigte er sich lässig. „Noch immer keine Festnahme?“

„Nein, wie es aussieht, müssen wir die nächste Anhörung abwarten.“

„Womöglich wird sie wieder verschoben. Und dann werde ich hier den Rest meines Lebens verbringen, ich sehe es schon kommen. Und doch hoffe ich, dass sie in der Zwischenzeit endlich die Drogentests ausgewertet haben.“

„Du weißt davon?“, fragte Nell ungläubig.

Guy lachte nur. „Ich dachte, das wäre dir nicht neu. Ich habe mich in London ein bisschen nach Mr Parkyn-

Wright umgehört. Gerüchten zufolge war er Drogenhändler."

„Nun, offiziell weiß ich nichts davon. Niemand hier", erwiderte Nell und dachte, bloß vorsichtig sein. „Wurdest du in den Zeugenstand gerufen?"

„Noch nicht. Aber was sollte ich sagen, außer deine Geschichte zu bestätigen?"

„Und warum hat die Polizei dich dann gebeten, zu bleiben?"

Er zuckte mit den Schultern. „Vielleicht, weil ich bezeugen kann, dass du die Tür geöffnet hast und überrascht warst, als dir der Körper entgegenkam."

„Warum warst du überhaupt dort oben auf der Galerie?"

„Willst du mich mit deinem Verhör auf die Anhörung oder für eine Befragung bei der Polizei vorbereiten?", hakte er nach, ohne sich dabei aus der Ruhe bringen zu lassen.

Doch das hielt Nell nicht auf. „Weder noch."

„Also gut, Madam Inquisitorin. Bevor ich mich Ihrer Gruppe bei der Geisterjagd angeschlossen habe, war ich im Ballsaal und habe gespielt. Das kann Gott und die Welt bestätigen. Und dann, etwa gegen zwölf Uhr, bin ich in den Dinnersaal gegangen."

„Gibt es dafür auch Zeugen?"

Nun sah er sie mit einem neugierigen Blick an. „In der Tat, ja. Ich habe mich recht lange mit einem Herrn unterhalten. Und als er gegangen ist, dachte ich, geselle ich mich zu dir."

„Und wer war dieser Herr?" Mist, damit war sie zu weit gegangen.

„Du überraschst mich, Nell. Glaubst du wirklich, ich habe Charlie erdolcht? Warum sollte ich? In London habe ich ihn ständig in irgendwelchen Clubs gesehen. Und dennoch: Sehe ich so aus, als nähme ich Drogen? Wenn, dann könnte ich meine Band doch gar nicht am Laufen halten."

„Es tut mir leid, Guy", sagte sie reuig. „Nein, ich halte dich nicht für den Mörder. Aber genau aus diesem Grund muss ich das doch fragen. Ergibt das Sinn für dich?"

„Nichts von dem, was du tust, hat je Sinn für mich ergeben, Nell. Auch nicht, dass du mich abgewiesen hast."

„Ich bin einfach keine Landstreicherin, Guy."

„Ich schon. Genau wie du sagst, die Dinge haben sich nicht verändert. Aber nur, weil wir sie nicht verändert haben."

„Dazu ist es jetzt zu spät, Guy."

„Ich habe gelogen."

Sofort überkam sie Angst. „Wegen der Geisterjagd?"

„Und schon wieder verdächtigst du mich. Nein, Nell. Heute Nachmittag. Ich habe nicht auf dich gewartet. Ich war im gleichen Zug wie du und habe dich auf dem Gleis gesehen. Geht es dir damit besser?"

In der Tat. Er war wieder der Alte. Der, der ihr Herz einst ausgewrungen und zum Trocknen über eine Leine gehängt hatte. Der Guy, den sie fälschlicherweise geglaubt hatte zu lieben. Aber das war vorbei. Jetzt fragte sie sich, wem sie trauen sollte. Guy? Oder dem Rat des Inspektors? *Vertrauen Sie niemandem.*

Kapitel 9

Die Milchkammer fühlte sich für Nell an diesem Morgen wie ein Zufluchtsort an und Arthur würde ihr gewiss helfen, Ordnung in ihre chaotischen Gedanken zu bringen. Zu ihrer Erleichterung war Arthur gestern Abend nach Wychbourne Court zurückgekehrt. Heute war sie die Erste, die zu ihrer Verabredung erschien, doch nur wenige Momente später erblickte sie seine vertraute, leicht untersetzte Silhouette.

„Meine liebe Nell, als unser Baker Street Irregular kam und mir die Nachricht überbrachte, Sie in unserem heimlichen Unterredungsort zu treffen, wollte ich ihn gerade mit der gleichen Aufgabe zu Ihnen schicken“, sagte Arthur, als er Nell begrüßte. „Gut treffen wir uns im Mondlicht, um es mit Shakespeares Worten zu sagen. Obgleich leicht abgewandelt, aber wir treffen uns auch nicht bei Mondschein, sondern bei Tageslicht und die baufällige Milchkammer hat nicht viel gemein mit dem Wald aus seinem *Sommernachtstraum.*“

Wie gewöhnlich trug Arthur ein kleines Blumengesteck in seinem Knopfloch an der Brusttasche und überreichte ihr regelkonform eine Rose, für die Nell sich mit einem aufrichtigen Knicksen bedankte. Sein unsinniger Kommentar dazu bereitete ihr jedoch große Freude.

„Ich bin allerdings ganz allein zurück“, fuhr er nun fort. „Helen und Gertrude sind noch für ein paar Tage bei alten Freunden. Diese Aussage werden Sie sicher richtig verstehen.“

Das tat sie. Vielleicht waren sie in einer Art Pflegeheim? „Werden diese alten Freunde es ihnen denn erlauben, für die Anhörung am Dienstag zurückzukommen?“

„Zumindest Gertrude wird kommen. Die gleiche Frage hat mir jedoch auch die Polizei gestellt, was mich etwas beunruhigt.“

„Aber sicher werden sie nur als Zeugen verlangt, nicht?“, erkundigte sich Nell ebenso beunruhigt.

„Zum Glück glaube ich auch, dass es darum geht. Und dennoch wissen wir nichts darüber, welche Spur die Polizei verfolgt. Wir dürfen den Teufel nicht an die Wand malen. Gefasst sein, das ist alles. Das ist aus Hamlet, glaube ich. Kein gutes Stück, um es nun zu zitieren, wenn man bedenkt, dass beinahe alle Charaktere umkommen.“

Da erschauderte Nell und Arthur schien es nicht entgangen zu sein, denn sofort erwiderte er: „Ich scherze doch nur, Nell. Ehrlich. War die Polizei in meiner Abwesenheit noch einmal hier in Wychbourne Court?“

Nun zögerte sie und fragte sich, ob sie Arthur von ihrem Besuch beim Scotland Yard erzählen sollte. Nein, mit diesem Thema hatte sie noch immer nicht abgeschlossen. Und Sherlock verheimlichte auch immer jede Menge Informationen vor Watson.

„Nein, aber sie werden zur Anhörung kommen.“

„Wie es scheint, sind sie Gerald noch nicht zur Last gefallen. Dabei halten sie uns im Dunkeln wie Pilze – aber zur rechten Zeit werden wir sprießen und eine herrliche Suppe abgeben. Erzählen Sie mir, Nell, was Sie in meiner Abwesenheit herausgefunden haben.“

Erleichtert und erfreut über seine Gesellschaft lachte sie. „Ich verfolge inzwischen eine ganz andere Theorie“, begann sie.

„Nur zu, ich bin ganz Ohr.“

Aufmerksam lauschte er ihr, während Nell ihm von ihrer Vermutung erzählte, dass Charlies Tanz mit weit mehr zu tun hatte als mit Drogen. „Er erpresste die Menschen. Entweder wegen der Drogen oder wegen anderer Geheimnisse.“

Arthur sah fassungslos aus. „Sie haben sich selbst übertroffen, Nell“, murmelte er. „Das erklärt so Vieles. Es passt so gut wie ein Anzug von *Lus und Befue.* Nun müssen wir uns also fragen, wer wohl zu seinen Opfern gehört und in welchen Interessenbereich sie fallen. In meinen Augen ist Helen bloß ein armes Ding, das den Drogen zum Opfer gefallen ist und kann entschuldigt werden. Und die schöne Helena von Troja war nicht mit Blut beschmutzt – obendrein war sie viel zu aufgebracht, als dass sie solch ein Detail wie den Dolch oder das Stofftuch, wovon der Inspektor gesprochen hat, bedacht haben konnte. Nichtsdestotrotz hat er einen Blick auf meine Garderobe angefordert und sicher auch auf die der anderen Teilnehmer der Geisterjagd. Das wiederum bringt mich zu den verborgenen Geheimnissen. Wie sind Ihre Gedanken hierzu gereift, junge Dame?“

Wieder lachte Nell. „Wie abgesprochen habe ich die Bediensteten ausgehorcht.“

„Ah, die Quelle allen Wissens. Sie zu ignorieren wäre ein Risiko. Zwischen Töpfen und Pfannen ist immer mehr versteckt als unter dem eleganten Marmite oder dem Tafelaufsatz derjenigen, in dessen Dienst sie stehen."

„Die Abteilung der Töpfe und Pfannen war jedenfalls bereit, ein wenig zu plaudern", erklärte sie und berichtete Arthur von den Ergebnissen. „Und dann sind da noch die höhergestellten Bediensteten – Mrs Fielding, Miss Checkam, Mr Peters, Mr Briggs – und ich selbst."

„Setzen Sie nicht so einen zweifelnden Blick auf, Nell. Ich zähle Sie nicht zu den Verdächtigen. Genauso wenig wie Mr Briggs."

„Ich auch nicht", sagte Nell langsam und erinnerte sich an seinen Gefühlsausbruch. „Aber dennoch hat er irgendetwas mitbekommen bezüglich des Mordfalls."

„Können Sie das genauer herausfinden?"

„Ich werde es versuchen. Vielleicht ist es aber auch nur die allgemeine Anspannung, die er wahrnimmt – und die ihm nicht gefällt. Mr Peters und Miss Checkam allerdings erscheinen mir viel zu angespannt, dafür dass es ihnen bloß um die Familie geht."

„Ich bin zwar kein Arzt, auch nicht, wenn ich mich mit der Maske von Doktor Watson tarne", erklärte er, „aber ich habe nicht den Eindruck, dass Peters oder Miss Checkam Drogen konsumieren. Wie dem auch sei, ich möchte Sie aber daran erinnern, dass wir womöglich eher an eine Dose mit ekligen Würmern geraten als eine mit leckeren Sardellen, wenn wir noch tiefer nach den Geheimnissen der Anderen graben. Bei einem Mörder steht nichts auf dem Spiel, wenn ein zweiter Mord notwendig wird. Wir sollten also sehr vorsichtig vorgehen, Nell."

Vertrauen Sie niemandem, erinnerte sie sich. Niemandem.

„Gestatten Sie mir, dass ich Ihnen ein Beispiel aufzeige: Miss Checkam. Sie hat Charlie für solch einen freundlichen jungen Mann gehalten und, wie sie sagt, sich gut mit ihm verstanden. Es scheint jedoch, dass nur sie die Beziehung so betrachtet. Was Charlie anbelangt, ist mir zu Ohren gekommen, dass er in eine Wette verwickelt war, bei der es darum ging, dass er die unglückliche Frau niemals verführen könnte oder würde."

Vor Schreck begann Nell zu wanken. „Und wie weit ist er gegangen?"

„Den ganzen Weg, Nell. Ich spreche frei heraus, er ist mit ihr zu Bett gewesen. Und wie es schien, ist sie davon ausgegangen, dass diese Liebesgeschichte nur geheim gehalten wurde, um dem Missmut seiner Eltern zu entgehen, Mr Charles sie schlussendlich aber in die Ehe führen würde."

„Sie sind sich doch quasi nie begegnet", platzte es vor Erstaunen aus Nell heraus. Sollte dies wahr sein, war es eine Tragödie.

„Nun, sie haben sich hier gesehen genau wie in London, immer wenn Miss Checkam Lady Helen oder Lady Ansley dorthin begleitet hat. Ich glaube jedoch, dass er die Wette bereits nach einem Mal gewonnen hatte."

„Und mit wem hat er gewettet?", fragte sie und spürte, wie ihr für die arme Miss Checkam beinahe schlecht wurde.

„Das habe ich nicht in Erfahrung bringen können. Vielleicht mit der Honourable Elise Harlington."

„Und hat Miss Checkam je davon erfahren?"

„Ich glaube ja, allerdings nur kurze Zeit vor seinem Tod. Das wiederum bedeutet, sie hat es erst hier in

Wychbourne Court erfahren. Verstehen Sie, was ich damit sagen will?“

„Dass auch Miss Checkam ein Motiv hat, Mr Charles umgebracht zu haben.“ Über diesen Schock zog sich Nells Magen zusammen. Nun, sie hatte herausfinden wollen, warum jemand Mr Charles umbringen wollte. Jetzt musste sie mit den Konsequenzen leben.

„Es tut mir leid, Nell. Aber das ist die düstere Seite der Bright Young Things. Meine Quelle hierfür ist Helen, also ist es vielleicht nicht die ganze Wahrheit. Obgleich ich es dafür halte. Und dann ist da noch etwas.“

Nell riss sich zusammen. „Sie haben herausgefunden, dass Peters hinter Jack the Ripper steckt?“

Da musste Arthur lachen. „Da haben wir, glaube ich, nichts zu befürchten, Nell. Lady Ansley hat mich gebeten, Ihnen diese Nachricht zu überbringen. Aber mit Peters hat sie nichts zu tun. Sie glaubt, dass auch Rex Beringer, der aussichtslose Verehrer von Lady Helen, etwas Rätselhaftes zu verbergen hat.“

„Der noch immer ein Gast auf Wychbourne Court ist“, ergänzte Nell. „Lady Ansley hat ihn gebeten, länger zu bleiben, um Lady Helen beizustehen. Sie hält ihn für einen guten Umgang für sie. Ist das weiterhin der Fall?“

„Warum nicht? Ich habe jedoch keine Idee – noch nicht –, was er für ein Geheimnis haben könnte. Wer von den anderen Gästen ist noch hier?“

„Natürlich Miss Harlington und Guy Ellimore, obwohl er mit seinen Leuten im Coach and Horses Inn ist. Bei ihm finde ich jedoch partout keinen Grund, warum er Charles Parkyn-Wright hätte umbringen sollen.“

„Dann wird er sich keine Sorgen machen müssen. Viele Menschen haben Geheimnisse, die sie vor sich und vor allem auch vor Anderen verbergen wollen, aber jemanden umzubringen führt einen für gewöhnlich nicht in die Freiheit. Lediglich die Entscheidung, ob und wenn ja welche Umstände womöglich eine Ausnahme für diese Regel darstellten, ist gefährlich."

Normalerweise hatte Nell bei einem Besuch in Lord Ansleys Büro nichts zu befürchten, insbesondere nicht in Lady Ansleys Abwesenheit, doch in der momentanen Situation konnte das nichts Gutes heißen. „Mir wurde die Ehre zu teil – falls Ehre hier das richtige Wort ist –", erklärte er, „Ihnen eine Bitte von Lady Warminster weiterzuleiten. Am Samstag, den 18. Juli, wird sie bei sich eine Feier abhalten und möchte Sie um Hilfe mit dem Buffet bitten. Ich bin mir sicher, das ist wahrscheinlich das Letzte, was Sie tun wollen, und ehrlich gesagt ist diese Frau eine schreckliche Nervensäge, aber ... nun ja, ich fühle mich General Warminster gegenüber verpflichtet. Es wäre der Samstag in zwei Wochen – geht das für Sie in Ordnung? Ich nehme allerdings an, dass Sie vorab einen Besuch von Ihnen erwartet, um alle Details klären zu können."

„Ich nehme an, *alle Details* reduzieren sich darauf, dass ich ihr alle Arbeit abnehmen soll", erwiderte Nell geradeheraus.

Lord Ansley lachte. „Oh, wenn Sie nur wüssten. Seine erste Frau war so völlig anders als seine zweite. Nun ja ... Sie werden sich also darum kümmern, Nell?"

Natürlich würde sie das. So konnte sie außerdem mehr über Lady Warminster erfahren, die die letzte Feier am Samstag so abrupt verlassen hatte.

Zwei Tage später fuhr Nell in den Vorhof von Stalisbrook Place ein. Es war ein Steingebäude, das im Vergleich zu Wychbourne Court nur wenig kunstvoll aussah. *Ich bin hier, um davon zu zeugen, wie groß und mächtig ich bin* – schien das Haus auszusagen. Und auch die große Lobby, in der man sie bat zu warten, tat nichts, um diese Aussage zu revidieren. Von allen Wänden blickten Männer in Militäruniformen auf sie herab und ihren leidenden Ehefrauen hatten die Künstler nur ein schwaches Lächeln geschenkt. Nell fragte sich, ob sie jemals mit den Geistern von Wychbourne Court zusammen gewesen waren.

Es dauerte eine Weile, bis Lady Warminster mit auffallend glitzernden Diamanten um den Hals erschien. Tragen Sie *niemals* Diamanten vor dem Dinner, hörte sie Lady Enid bestimmt sagen. Mit den kurzen blonden Haaren, den blauen Augen und beladen mit Juwelen musste Lady Warminster meinen, sie sah aus wie eine unschuldige Schauspielerin aus Hollywood – doch wie unschuldig konnte man dabei sein? Tatsächlich fiel Nell auf, wie das schöne Rot auf ihren Lippen bereits ein wenig ermattet war und ihr Mund mehr gemein hatte mit dem von Lady Macbeth als mit einem Amorbogen.

„Es ist so gut von Ihnen, dass Sie für unsere kleine Abendgesellschaft kochen werden“, begrüßte Lady Warminster sie voller Enthusiasmus. „Sie können mit etwa sechzig Anwesenden rechnen.“

„Wird Ihr Ehemann auch darunter sein?“

„Aber natürlich“, erwiderte sie und zeigte sich verletzt von Nells Annahme, dass er womöglich nicht teilnahm. „Das ist seine Willkommensfeier.“

Da kam Nell der Gedanke, dass sie anstelle einer Feier mit sechzig Mann lieber ein gemütliches Dinner *à deux* bevorzugt hätte, wenn sie an General Warminsters Stelle gewesen wäre und nun nach einigen Monaten, vielleicht sogar Jahren aus Mesopotamien oder Persien zurückkehrte.

„In Kürze wird mein Butler Sie in die Küche bringen. Was das Menü anbelangt–", nun stockte sie. „Haben wir uns nicht schon einmal gesehen?"

„Ja, einmal nach der Anhörung zu Mr Parkyn-Wrights Tod und einmal in Wychbourne Court, kurz vor der Geisterjagd", erklärte Nell geduldig. „Ich habe die zweite Gruppe geleitet."

„Als Köchin? Wie merkwürdig."

„Köche", erklärte Nell, „sind bekannt dafür, die Gegenwart von Geistern gut spüren zu können, da, wie es heißt, die Geister durch sie das Essen riechen, nach dem sie sich in der anderen Welt sehnen."

„Oh", erwiderte Lady Warminster ausdruckslos. „Das wusste ich nicht. Hervorragend. Ich habe allerdings keine Geister gesehen. Wir sind dort entlanggeirrt und ich habe einmal ein Stöhnen und dergleichen gehört, aber nichts daran war gruselig. Ich habe mich nur gelangweilt. Aber verschwinden konnte ich nicht, weil es ja überall stockduster war. Ich wusste gar nicht, wo genau wir waren, bis wir endlich wieder im großen Saal angekommen sind. Außerdem haben meine neuen Schuhe gedrückt. Als ich dann wieder in den Ballsaal ging, war das Tanzen schon vorüber. Also bin ich weitergegangen."

„Das war dann wohl, als man den Leichnam von Mr Parkyn-Wright gefunden hat?"

„Vermutlich. Ich habe Menschen schreien hören und alle sind plötzlich zurück in den großen Saal gestürmt. Und dann bin ich einfach nach Hause gefahren.“

„Das muss schrecklich für Sie gewesen sein“, sagte Nell ironisch einfühlsam. „Und noch schlimmer, als die Polizei Sie dann ausgefragt hat, weil Sie ja auch in der ersten Gruppe waren.“

„Oh, ja. Dieser süße Inspektor Melbray. Er folgt mir auf Schritt und Tritt. Mein Mann würde sein Verhalten sicher nicht begrüßen, aber wie es scheint, hat der Inspektor Gefallen an mir gefunden“, sagte sie und berührte dabei mit einer Hand die Diamanten am Hals, als wollte sie damit ihre Anwesenheit unterstreichen.

Gefallen an ihr? Stimmte das?, fragte sich Nell irritiert. Der ‚süße‘ Inspektor war also die Art Mann, die sich von einer kindlichen, allesanderealsunschuldigen Frau wie Ihrer Ladyschaft angezogen fühlten.

Die Menüs waren in Kürze besprochen, da sich Lady Warminster immer für die jeweils teuerste Option entschied und anschließend nach dem Butler klingeln ließ. Dieser sah ebenso gelangweilt von seinem Leben auf Stalisbrook Place aus, wie Lady Warminster es sein musste – doch vermutlich zeigte er sich damit nur, wie ein Mensch sich seiner Meinung nach zeigen sollte, wollte er als würdig genug erachtet werden, in solch einer pompösen Villa zu leben.

In der Bedienstetenstube, in die er sie nun führte, wurde gerade das Mittagessen serviert. Mehrere Gesichter starrten Nell unverwandt an. Das war kein fröhliches Beisammensein – zumindest nicht auf den ersten Blick. Eines der Gesichter kam Nell allerdings sehr bekannt vor. Aussehen und Größe zufolge hätte er der Fahrer von Lady Warminster sein können, der sie zur Anhörung gebracht hatte, doch da hatte sie ihn nicht aus der Nähe gesehen. Merkwürdig. Er sah ein wenig so aus wie jemand, den man vielleicht aus dem Kino kannte – wie ein Douglas Fairbanks aus Hollywood.

Nun stellte Nell sich vor, wie Douglas unbeirrbar am Tisch saß und sich ungestüm an das köstliche Essen vor ihm machte. Keine Zweifel – das Mittagessen war auch das Einzige, woran dieser junge Mann interessiert zu sein schien. Doch dass er seinen Teller so akribisch genau untersuchte, war merkwürdig, es befand sich nur noch eine einzige Karotte darauf. Und die sah auch noch völlig verkocht aus.

„Wir sind uns schon einmal begegnet, oder?“, fragte Nell höflich und blieb dafür einen Moment lang stehen. „In Wychbourne Court?“

Daraufhin verließ ihn all seine Gesichtsfarbe, wie es Douglas Fairbanks niemals passiert wäre. „Nein“, stotterte er gerade so. Und als er bemerkte, wie seine Kollegen zu ihm sahen, fügte er verzweifelt hinzu: „In den Gärten, nicht im Haus.“

„Ja, das muss es sein, wo ich Sie schon einmal gesehen habe“, stimmte Nell ihm zu. Obgleich es nicht dort war. Dessen war sie sich sicher. Verquerer und verquerer, wie Alice aus dem Wunderland sagen würde.

In der Abwesenheit von Lady Ansley und Lady Helen fiel in Wychbourne Court die Aufgabe der Menüabstimmung Lady Sophy zu, die sich jedoch kaum für die Speisen interessierte. Obendrein war sie nirgends auffindbar, als Nell von Stalisbrook Place zurückkam. Mr

Peters verriet Nell, dass sie sich in den Gärten aufhielt. Auch dort entdeckte Nell sie nicht auf Anhieb, doch schließlich erkannte Nell sie auf einer abgelegenen Bank am See, wo sie lesend unter einem Baum saß.

„Die Menüs“, rief Nell ihr heiter zu.

Mit einem Seufzen legte Lady Sophy das Buch zur Seite, um einen Blick auf die Essensvorschläge zu werfen. „Alles ganz wunderbar“, erklärte sie sogleich.

„Hervorragend. Genau das bereitet Kitty gerade vor, Lady Sophy.“

„Ich fürchte, auf das ‚Lady Sophy‘ muss ich leider weiterhin bestehen, wenn ich nicht möchte, dass Helen bei ihrer Rückkehr etwas zu nörgeln hat“, erklärte sie mit einem weiteren Seufzen. „Ich hoffe so sehr, dass sie geheilt wieder kommt. Ich hasse es, wenn es ihr nicht gut geht.“

„Vermutlich dauert das noch eine Weile an“, warnte Nell sie. „Es kommt wohl darauf an, wie lange sie die Drogen bereits genommen hat.“ Zu spät erinnerte sie sich, dass Lady Sophy womöglich noch nichts von dem Grund der Krankheit ihrer Schwester wusste. Auch wenn sogleich offensichtlich wurde, dass sie es doch wusste.

„Ich glaube, dass es um einen überschaubaren Zeitraum geht. Erst in den letzten Monaten ist sie Charlie verfallen. Lange Zeit war er nur einer von vielen, bis er plötzlich zu Mr Wundervoll wurde.“ Dann nahm sie das Buch wieder in die Hand und fragte Nell: „Haben Sie das schon einmal gelesen? Ich habe es aus der Bibliothek. Rezepte von einem römischen Koch.“

„Ja, Apicius ist mir bekannt. Er hat sich selbst vergiftet, weil er eines Tages nicht mehr genug Geld hatte, um gute Mahlzeiten zuzubereiten."

„Dann werde ich besser niemals arm. Aber kochen lernen möchte ich auf jeden Fall", erklärte Lady Sophy entschieden. „Das sollte ich doch, oder? Von Mr Fairwheather habe ich schon gelernt, wie man Gemüse und Obst pflanzt."

Wie eigenartig, dass Lady Sophy so wenig Begeisterung übrig hatte für die Endprodukte, sich aber umso mehr für ihre Geschichte und Zubereitung interessierte. „Es wäre mir eine Ehre, Sie zu unterrichten", versicherte ihr Nell.

„Das würden Sie tun? Oh, Nell. Niemand der anderen spießigen Chefköche hatte sich je dazu bereit erklärt. Sie mochten es alle nicht, wenn ich mich im Bedienstetenflügel aufhielt. Man konnte glauben, er gehörte ihnen allein. Dabei ist das doch Unfug heutzutage. Ich meine, es gibt mich und Sie. Warum sollten wir eine Mauer zwischen uns aufbauen, bloß weil meine Eltern Ihnen das Gehalt auszahlen?"

„Es gibt keinen Grund. Außer der fest verankerten Tradition."

„Nicht so fest verankert. Ich denke, diese Sozialisten in Russland sind auf dem richtigen Weg. Werfen Sie doch einen Blick in die Geschichte: Wir wissen alles Mögliche von Sirs und Madams von Welt, aber wann haben Sie mal von einer Geschichte einer furchtlosen Küchengehilfin gelesen? Und nicht eine, die einen Lord geheiratet hat, sondern einen Drechsler aus dem Dorf? Da gibt es natürlich den zahmen Geist von Tante Clarice. Die war eine Köchin. Aus dem achtzehnten

Jahrhundert, in dem Frauen noch in ihre eigenen Küchen gehen konnten, ohne von irgendwelchen Chefköchen hinausgeworfen zu werden."

„Ich verspreche Ihnen, das niemals zu tun", versicherte ihr Nell mit ernster Stimme.

„Gut. All diese Regeln gehen auf die pedantischen Viktorianer zurück, die nicht wollten, dass Bedienstete nach dem Mittagessen noch im Haupthaus zu sehen waren. Einfach lächerlich. Sie können jedem einen Frack und Hut anziehen und er ist nicht von einem Duke zu unterscheiden."

„Jetzt hab ichs!", rief Nell aus. Nun erinnerte sie sich wieder, wo sie diesem ihr vertrauten Gesicht von Stalisbrook Place vorher schon einmal begegnet war. „Er wars, oder?", fragte sie. „Er war Ihr Gast am letzten Samstag. Dabei arbeitet er eigentlich für Lady Warminster."

Sofort errötete Lady Sophy. „Nein, das war Hugh Beaumont, nicht William Foster."

Da musste Nell nur lachen. „Beim Pokern würden Sie niemals gewinnen. Woher wollten Sie denn wissen, von welchem ihrer Bediensteten ich sprach?"

Nun musste auch Sophy kichern. „Aber bitte erzählen Sie es niemandem, Nell, in Ordnung? Das war nur ein Scherz, um herauszufinden, ob es jemandem auffallen würde. Und dann ging alles schief."

„Weil Mr Parkyn-Wright ermordet wurde?"

„Nein, es ist viel schlimmer. Zumindest für William. Lady Warminster war anwesend und wir wussten bis zur letzten Minute nicht, dass sie kommen würde. Die Gästeliste habe ich erst viel zu spät überprüft. William ist einer ihrer Gärtner und sein Vater der hauptverantwortliche Gärtner von Stalisbrook Place. William hatte an jenem Abend frei und wusste nicht, dass Lady Warminster kommen würde. Sie ist selbst hierher gefahren und William kam mit dem Van seines Vaters. Ich kenne William, weil ich Mr Fairwheather einen Tag lang bei der Arbeit begleitet habe. William ist öfter hier, um sich mit ihm über die Gärten und die Gartenarbeit auszutauschen, denn er möchte mehr wissen als bloß wie man Rasen mäht und all diese langweiligen Dinge. Also habe ich ihn im Mai zur Chelsea Blumenschau in London mitgenommen. Natürlich war er zu Beginn sehr besorgt, da ich ja eine Lady bin und so weiter, aber auch ihm habe ich erklärt, was das doch für ein Unfug ist. Wir leben in einem neuen Zeitalter – allen der gleiche Rang, genau wie in Russland. Nur unsere Berufe und die Kleidung lassen uns unterschiedlich aussehen."

„Und wie kam es dazu, dass William Foster letztlich am Dinner teilgenommen hat?", fragte Nell mit grimmiger Miene.

„Das war meine Idee", räumte sie ein. „Meine Eltern sind so unglaublich engstirnig und absolut nicht offen für meine Gedanken. Also wollte ich ihnen einen Streich spielen, weil ich davon ausgegangen bin, dass sie William sicher nicht erkennen würden, wenn er nur elegant genug gekleidet wäre und so spricht wie einer von uns. Und tatsächlich wäre das Ganze auch sehr lustig geworden, wäre da nicht das ganze Drumherum gewesen. Er hatte sich wegen Lady Warminster solche Sorgen gemacht und befürchtet, dass sie etwas ahnt. Dann haben wir also getanzt, damit sie nicht in seine Nähe kam. Und später sind wir in die Gärten geflohen.

Und ich dachte, vielleicht würde er mich dort ja küssen und hätte gern herausgefunden, wie sich das anfühlt – doch daran hat er keinen Gedanken verloren. Er war derart verängstigt, dass Lady Warminster alles herausfindet und hat entschieden, sobald wie möglich zu gehen. Und da ich wusste, dass sie ihm nachgehen und nach seinem Van Ausschau halten würde, bin ich zu Tante Clarice gegangen und habe ihr in Anwesenheit der Frau laut und deutlich erklärt, dass mein Gast an der Geisterjagd teilnehmen würde. Als schließlich die Lichter im großen Saal ausgingen und wir sicher waren, dass Ihre Ladyschaft bei den Anderen ihrer Gruppe war, habe ich William Bescheid gegeben. Und als wir uns alle zum Austausch im großen Saal wiedergetroffen haben, war er bereits verschwunden."

„Warum hatte er solche Angst, von ihr entdeckt zu werden?"

„Wenn er sicher entkommen konnte, hätte er im Anschluss sagen können, dass sie sich geirrt haben muss und er den ganzen Abend zu Hause war. Und Lady Warminster hätte nichts beweisen können, also hätte sie ihn auch nicht entlassen können. Das hätte nämlich zur Folge gehabt, dass er nicht nur ohne Arbeit, sondern auch ohne Zuhause dagestanden hätte. Und vielleicht hätte sie auch seinen Vater entlassen."

Doch Nell schien noch immer verwundert. „Aber warum sollte sie ihn denn *entlassen* wollen? Eine ordentliche Standpauke vielleicht oder eine Beschwerde vor Lord Ansley, das wäre doch Strafe genug."

„General Warminster wäre alles andere als vergnügt darüber, wissen Sie", erklärte Sophy schlicht. „Er nimmt die Etikette sehr ernst."

Nell grübelte weiter. Schließlich hatte der General Lady Warminster geheiratet und das, obgleich sie wohl kaum seine erste Wahl war. Während sie über diesen Gedanken weiter nachsann, tauchte Richard neben ihr auf und sah etwas verstimmt aus. Das untergrub allerdings seinen ungezwungenen Stil, den seine Oxford-Hosen zum Ausdruck brachten.

„Da bist du ja, Sophy. Ich habe dich schon überall gesucht. Guten Tag, Miss Drury“, schob er steif hinterher.

„Nun starr Nell nicht so an, Richard“, rügte sie ihn. „Sie ist auf unserer Seite. Das sind Sie doch, Nell, nicht?“

„Natürlich“, erwiderte Nell. „Gesetzt den Fall, ich weiß, worum es beiden Seiten geht.“

„Na, den schrecklichen Mord aufzudecken, oder Richard?“

„Ich sehe allerdings nicht, wie Nell uns dabei helfen soll“, murrte er. „Es sei denn, einer der Bediensteten ist involviert.“

„Möglich wäre es“, sagte Nell schnell, bevor Lady Sophy erneut ihre kommunistische Veranlagung proklamierte. „Wir Bediensteten wollen diesen Fall, genau wie Sie, so schnell wie möglich gelöst wissen. Wir betrachten uns selbst als einen kleinen Teil der Hausgemeinschaft in Wychbourne Court.“ Kaum hatte sie die Worte ausgesprochen, dachte Nell, zu weit gegangen zu sein – doch Lord Richard schien dies nicht so zu empfinden, wenngleich Lady Sophy sich das Kichern verkneifen musste.

„Eigentlich muss es jemand der Gäste gewesen sein“, erklärte Richard gütig. „Natürlich verdächtige ich niemanden unserer Bediensteten, den Mord begangen zu haben."

„Lady Clarice zufolge gab es viele Mörder hier in Wychbourne Court", wandte Nell ein.

„Das war einmal. Der arme Charlie", schob Lord Richard nach. „Er hat all die Gäste aus London eingeladen – und der Mörder ist wahrscheinlich einer von ihnen."

„Ist es das, was die Polizei denkt?", hakte Nell nach.

„Das sollte es sein. Sie müssen die Beweise ja haben. Die Fingerabdrücke auf dem Dolch. Es sei denn, sie wurden abgewischt."

„Unwahrscheinlich", räumte Nell ein. „Dafür wäre an solch einem Ort keine Zeit. Der Mörder muss sich schnell davon gemacht haben."

„Der gute, arme Charlie", wiederholte Lord Richard. „Das hat er nicht verdient."

Doch in Nells Ohren klang das ein wenig zu distanziert; so sprach man nicht von seinem gerade ermordeten besten Freund.

„All das Gerede über Drogen ist Humbug", fuhr Lord Richard nun fort. „Das hat er mir selbst gesagt. Schon vor Monaten habe ich von diesen Gerüchten gehört und ihn darauf angesprochen."

„Und das glaubst du ihm?", hakte Lady Sophy nach.

„Meine liebe Schwester, wir sind gemeinsam zur Schule gegangen. Das ist eine Frage des Respekts."

Also gut, wenn Lord Richard es unbedingt so wollte, entschied Nell. „Er schien sich jedoch keine Gedanken über Respekt zu machen, als er den ganzen Abend mit Miss Harlington getanzt hat, obwohl sie eigentlich Ihnen den Tanz versprochen hatte."

„Damit hat Sie recht, Richard“, stimmte Sophy ein.

„Was weißt du denn schon darüber, Sophy?“, gab er missmutig zurück.

„Ich bin eben nicht blind“, erwiderte sie schnippisch. „Ich habe genau gesehen, dass Helen ebenso wütend war wie du. Sie hat nämlich nur Augen für Charlie.“

„Oh ja. Aber nicht, weil er mit Drogen dealt“, warf er zurück. „Wo auch immer Helen das Dope herhatte, sicher nicht von Charlie.“

„Doch, es *kam* von Charlie. Das ist Charlies Tanz, Richard. Nicht irgendjemandes Tanz. Und, ach ja, wo ist denn deine vielgeliebte Elise an diesem sonnigen Tag? Steckt sie wohl in einem Tief? Keine neuen Drogen bekommen?“

Von der Überraschung überwältigt, blickte Richard plötzlich wie ein kleiner Junge drein. „Elise?“, sagte er. „Willst du damit etwa sagen, dass sie auch auf Dope ist? Das ist vollkommener Schwachsinn, Sophy! Spiel dich nicht so auf. Du glaubst doch nicht wirklich, dass jemand so Anmutiges, Begabtes, Wunderschönes wie Elise Drogen braucht, um sich aufzumuntern?“

„Warum denn nicht? Sieh dir doch mal an, wie sie sich benimmt. Und überhaupt – auch Helen ist wunderschön und auf Dope.“

„Sie hat nur einmal etwas genommen, hat sie mir gesagt“, erwiderte Lord Richard nun. „Und überhaupt, Sophy – so etwas sollten wir nicht vor *ihr* diskutieren“, fügte er hinzu und zeigte mit dem Kopf auf Nell.

„Nell weiß mehr vom Leben, als du jemals davon wissen wirst, Richard“, wies Lady Sophy ihn verächtlich zurecht.

„Es tut mir leid, Nell", sagte er nun verlegen. „Es ist bloß dieser schreckliche Umstand. Ich kann mir absolut nicht vorstellen, wer Grund hätte, Charlie umbringen zu wollen. Natürlich gibt es den ein oder anderen, der einen Zwist mit ihm hatte. Aber ihn umbringen? Niemals. Selbst der alte Peters hat eine kleine Auseinandersetzung mit ihm gehabt – aber deshalb würde er ja nicht direkt auf ihn losgehen und ihn ermorden, oder? Und der Kopf der Band hatte nur kurz darauf auch eine Meinungsverschiedenheit mit ihm."

Genau wie Robert gesagt hatte. Doch nun war klar, dass es um mehr als bloß ein paar Worte über die Musik oder den Kaffee ging. „Haben Sie zufällig gehört, worum es dabei ging?", erkundigte sich Nell und versuchte die Frage möglichst beiläufig zu stellen.

„Nein. Später am Abend habe ich Charlie darauf angesprochen, aber er hat nur gesagt, dass die Band vorgeschlagen hat, den ganzen Abend über Ragtime und diesen neuen Charleston zu spielen. Das passte ihm aber nicht, er wollte lieber was zum Schmusen, für –" dann hielt Lord Richard abrupt inne.

„Für Elise", sagte Lady Sophy mit süßer Stimme. „Dann nämlich wollte er ihr die Drogen übergeben. Du bist wirklich ein Idiot, Richard, dass du das nicht glauben wolltest."

„Ich glaube es immer noch nicht!", schrie er den Tränen nahe.

„Das ist überaus loyal von Ihnen", sagte Nell sanft. „Aber seien Sie bitte nicht zu überrascht, wenn es sich bei der Anhörung bewahrheiten sollte."

„Werden Sie als Zeugin aussagen?", fragte er nun, nachdem er sich mit großer Mühe wieder etwas gefangen hatte. „Muss schrecklich für Sie gewesen sein, ihn so entdeckt zu haben. Ich vermisse ihn, den guten alten Charlie."

„Ich nicht", erwiderte Lady Sophy. „Er war durch und durch gemein. Nicht nur dir gegenüber, sondern auch zu Helen und dem lieben Rex. Ja, selbst zu Mr Fontenoy."

„Warum er?", fragte Nell scharf nach. „Was hat Mr Fontenoy getan, um Mr Parkyn-Wright aufzubringen?"

„Woher sollte ich das wissen?", gab Lord Richard zurück. „Irgendein alter Skandal, nehme ich an. Mutter hat da mal etwas erwähnt."

Da musste Nell schlucken. Sprach Arthur deshalb von einem Haus voller Geheimnisse? Sobald man Mr Charles' Mörder gefunden hatte, konnten alte Geheimnisse wieder ungestört ruhen – und vielleicht war es besser so.

„Wie dem auch sei. Fontenoy hat nicht an der Geisterjagd teilgenommen. Nicht bis zur zweiten Hälfte", erklärte Lord Richard. „Und Sophy und ich waren selbst in der ersten Gruppe, Nell. Es war zwar dunkel, aber wenn jemand versucht hätte, abzuhauen oder einfach zurückgeblieben wäre – wir hätten es bemerkt."

„Nicht, wenn dieser jemand ganz am Ende der Gruppe war", wandte Lady Sophy ein. „Sag ihr, Richard, wer den Abschluss gebildet hat."

Ein Moment der Stille. Dann sagte er beleidigt: „Helen und ich waren die letzten. Absichtlich, weil wir uns so unbemerkt hätten davonmachen können, um den Pepper's Ghost Illusionstrick in der Bibliothek durchzuführen. Und beinahe hätten wir das auch. Wir haben darüber diskutiert, aber Helen meinte, es wäre noch zu früh, also haben wir bis zum Austausch nach der ersten Hälfte gewartet. Aber keiner von uns Dreien hat Charlie umgebracht, Nell", betonte Lord Richard beunruhigt.

„Wir hätten es tun können", betonte Lady Sophy. „Aber das haben wir nicht. Helen hätte ihn ohnehin nicht umgebracht. Sie war völlig verrückt nach ihm, ganz gleich, welchen Unsinn er getrieben hat."

Erleichtert sah Lord Richard wieder zu Nell. „Das wiederum heißt aber, dass sowohl die Bediensteten als auch die Gäste in Frage kommen. Wie ich schon gesagt habe, hatte der gute Peters eine Meinungsverschiedenheit mit Charlie und auch dieser Musiker. Und wenn Sie mich fragen, hat Peters definitiv das eine oder andere zu verbergen."

„Nun, ich frage Sie."

„Meine Lippen sind versiegelt", sagte er geheimnistuerisch.

„Oh, Richard. Nun komm schon", forderte Lady Sophy ihn missmutig auf. „Bei einem Mord kannst du nicht einfach schweigen."

„Aber Nell ist nicht das Scotland Yard", erklärte er.

„Nein, sie ist besser als das Scotland Yard. Sie wird einschätzen können, ob deine Information für den Fall wichtig ist oder nicht. Sie kann uns *helfen*."

Da gab er sich geschlagen. „Ich kenne nicht die ganze Geschichte, aber soweit ich weiß, gab es im Krieg einen Vorfall. Noel wusste darüber Bescheid. Du warst noch ein kleines Kind, Sophy, aber mir und Kenelm hat er es bei seinem letzten Besuch hier erzählt."

„Wusste Ihr Vater davon?", hakte Nell nach.

„Ich habe ihn darauf angesprochen, als er Peters eingestellt hat. Aber er meinte nur, dass er die Geschichte sehr wohl kennt. Also ist wohl nichts dabei, wie Sie sehen.“

„Und ob“, wandte Lady Sophy ein. „Denn Peters hat vielleicht nicht geahnt, dass die anderen über ihn Bescheid wissen. Und doch wusste selbst Charlie es. Aber wie, Richard?“

Da errötete er. „Vielleicht habe ich es irgendwann einmal vor ihm erwähnt – nur zum Spaß. Er hatte Freude daran, den alten Peters zu necken.“

Kapitel 10

Am Dienstag, den 7. Juli fanden sich die gleichen Leute am gleichen Ort ein, im ersten Stock des Coach and Horses, und doch war etwas anders: Dieses Mal lag eine gewisse Dringlichkeit in der Luft, die bei der letzten Anhörung vor etwa zwei Wochen noch nicht zu spüren war.

Nun legten die Geschworenen den Eid ab. Auch Mrs Brown zählte zu ihnen, die Besitzerin des Süßigkeiten- und Tabakgeschäfts im Dorf, und sie war offensichtlich stolz über den neuen Status. Bis auf einen freien Stuhl hatten alle Zeugen im Zeugenstand Platz genommen, unter ihnen natürlich Inspektor Melbray. Im vorderen Teil des Saals tummelten sich in zwei Reihen die Zeitungsreporter und dahinter, auf den Plätzen für die Öffentlichkeit, saßen die Ansleys mit Ausnahme von Helen, die anscheinend keine Zeugin war. Auch Lady Warminster konnte Nell sehen, zweifelsohne aus der Ferne bewundert vom Inspektor (oder ‚dem süßen Inspektor', wie sie ihn nannte). Was war das doch für ein aufgeblasener Kerl. Ihre Ladyschaft gab ihr Bestes, wie eine *femme fatale* auszusehen und Guy saß direkt neben ihr. War es möglich, dass *er* vielleicht ein heimlicher Verehrer von ihr war?, fragte sich Nell. Nein, dafür war er viel zu vernünftig.

Die fehlende Zeugin musste die Honourable Elise Harlington sein. In den letzten Tagen war sie alles andere als ein vorbildlicher Gast: unvorhersehbar in Stimmung, Pünktlichkeit und Anspruch. Es stimmte zwar, dass das bloß die Sicht der Bediensteten war, und doch nahm Nell an, dass Miss Harlington auch bei Lord und Lady Ansley kein gern gesehener Gast war. Manchmal war sie süß wie Zucker, manchmal genau das Gegenteil. Mr Beringer hingegen hat sich durchweg als beispielhafter Gast verhalten.

Sobald der Untersuchungsrichter sich gesetzt und erklärt hatte, dass die Personenidentifikation aufgrund des vorherigen Termins nicht mehr nötig wäre, spürte Nell, wie die Anspannung in ihr stieg. Nun waren die Zeugen an der Reihe. Als Erstes rief man den örtlichen Polizeiinspektor nach vorn und bat ihn, den Eid abzulegen. Wäre sie wohl die Nächste? Nervös wandte sich Nell auf dem Stuhl, während er von seiner Ankunft und den folgenden Handlungen berichtete. Nein, als nächstes rief man den *süßen* Inspektor auf.

„Den Leichnam habe ich zum ersten Mal um vier Uhr zwölf am Morgen gesehen“, ließ er den Untersuchungsrichter wissen. „Zu diesem Zeitpunkt lag er noch immer auf der Galerie, wo er zuvor gefallen war, wie mir berichtet wurde.“

Zum ersten Mal nahm Nell das Profil des Inspektors wahr: die steife Art, wie er seinen Kopf hielt, die gebogene Nase und das Kinn und der Mund, der achsokorrekte Worte formte. „Wie es schien“, fuhr er fort, „war er an der Verletzung gestorben, aus der die Tatwaffe herausragte. Allerdings war auch eine zweite Wunde zu sehen, im Abdomen, aus der ebenfalls viel Blut ausgetreten war.“

„Könnten die Wunden Ihrer Erfahrung nach eine Folge von Selbstverletzungen oder eines Unfalls sein?“, fragte der Untersuchungsrichter.

„Meiner Meinung nach ist das ausgeschlossen", erklärte er und fuhr mit mehr Details fort. Obgleich Nell sich bemühte, sich von den Erinnerungen zu distanzieren, die seine Worte hervorriefen, fiel es ihr äußerst schwer. Selbst der Bericht des Gerichtsmediziners, der auf Inspektor Melbrays Aussage folgte, war besser zu verkraften gewesen. Wie von Nell erwartet kamen darin Kokain und Opium zur Sprache.

Als der Assistent schließlich Miss Eleanor Drury in den Zeugenstand rief, sprang Nell so ruckartig auf die Beine, dass ihr dabei Tasche und Handschuhe herunterfielen und gerettet werden mussten. Etwas durcheinander legte sie den Eid ab, aber die erste Frage konnte sie leicht beantworten.

„Sie sind die Chefköchin in Wychbourne Court?"

„Ja, Sir", erwiderte Nell und suchte Halt für die nächsten Fragen. Ja, sie hatte die Tür zur Trennwand auf der Galerie geöffnet.

„Warum haben Sie die Tür geöffnet?"

„Es war dunkel und ich dachte, ich hätte etwas Flüssiges aus der Tür fließen sehen. Also habe ich die Leuchte in die andere Hand genommen, um mit der rechten Hand nach dem Türknauf zu greifen. Ich habe nur sachte daran gezogen, doch das Gewicht des Körpers, der von der anderen Seite gegen die Tür gelehnt haben musste, ließ die Tür schwungvoll auffliegen." Soweit, so gut. Der schlimmste Teil war überstanden.

Dann nahm Nell Unruhe wahr. Im hinteren Teil des Raumes kamen Menschen herein und aus den Reihen hörte man ein Stöhnen. Entweder war jemand in Ohnmacht gefallen oder es war jemand sehr geräuschvoll zu ihnen gestoßen.

Zu ihrem Entsetzen sah sie nun eine schlanke Dame, von Kopf bis Fuß in Schwarz gekleidet, mit einem Schleier vor dem Gesicht. Erst, als sie den Schleier auf dramatische Weise nach hinten schlug und sich mit ihrem seidenen Taschentuch die Augen tupfte, erkannte Nell sie. Miss Elise Harlington. Zunächst dachte Nell, es war unmöglich, dass sie dieses Outfit dabei gehabt haben konnte. Dafür musste sie extra zurück nach London gereist sein.

„Ich bin zu spät, es tut mir leid, My Lord."

Sicher gefiel dem Untersuchungsrichter, dass Miss Elise ihn mit einem ranghöheren Titel ansprach, als ihm zustand, dachte Nell hinterhältig.

„Aber ich war einfach zu aufgewühlt. Wo soll ich Platz nehmen?", fragte sie in klagendem Tonfall und sah sich im Saal um, als wäre es der erste Rang im Königlichen Theater.

Der Assistent huschte zu ihr, um sie die übrigen knapp zwei Meter zu ihrem Stuhl im Zeugenstand zu begleiten, wo sie sich mit einem pathetischen Blick zu ihrem Sitznachbarn, Inspektor Melbray, weiterhin die Augen mit dem Taschentuch abtupfte.

„Soll ich fortfahren?", fragte Nell den Richter mit lauter Stimme.

„Bitte", erwiderte er eisig, als hätte Nell nicht das Recht, so gefasst zu bleiben bei diesen tragischen und kummervollen Emotionen der Dame in Schwarz.

Es gelang Nell, den Rest ihrer Aussage zu machen, doch es war offensichtlich, dass die Geschworenen mehr Interesse an Miss Harlington hatten als an den Details, ob Nell den Verstorbenen kannte oder nicht und ob sie den Körper bewegt hatte. Selbst die

Information über den geplanten Streich, der auf die Geisterjagd folgen sollte, beeindruckte niemanden.

Als man Miss Harlington jedoch aufrief, nahm die Begeisterung der Geschworenen zu. Insbesondere, da sie den Eid mit solch klangvollen Tremolos wiederholte, dass er ihre Qualen allen eindrücklich vor Augen führte.

„Sind Sie die Witwe des verstorbenen Mr Parkyn-Wright?", fragte schließlich der Untersuchungsrichter.

„Oh, nein, Ihre Lordschaft. Wir waren uns versprochen, aber ..." Und das nächste Taschentuch kam zum Vorschein, während der ganze Saal sich ausmalen konnte, welch glücklichen Ehelebens mit unschuldigen Kindern diese unglückselige Frau beraubt worden war.

„Wasser, bitte, Sir", bat sie den Assistenten, der eilte, ihrem Wunsch zu folgen.

„Bitte, erzählen Sie dem Gericht – wenn Sie dazu bereit sind –, was an jenem Tag geschehen ist. Lag Mr Parkyn-Wright etwas auf dem Herzen? Kam er Ihnen auf irgendeine Weise besorgt vor?", fragte der Untersuchungsrichter beharrlich.

„Oh, auf keinen Fall. An jenem Nachmittag kamen wir mit seinem Automobil nach Wychbourne. Es war so ein perfekter Tag. Wir waren einfach *glücklich*. So voller Pläne für unsere gemeinsame Zukunft. Es wäre alles *so* wunderbar geworden."

„Wussten Sie von dem sogenannten Streich, in den Mr Parkyn-Wright involviert war und der dazu geführt hat, dass er sich hinter jener Tür in der Trennwand aufgehalten hat?"

„Natürlich nicht. Er muss dem Ganzen nach unserer Ankunft widerwillig zugestimmt haben."

„Sie hatten zu dem gegebenen Zeitpunkt also keine Ahnung, warum er sich auf der Galerie aufgehalten hat?“

„Nein“, sagte sie mit einem Schluchzen. „Wenn ich das gewusst hätte, hätte ich diesen schrecklichen Mord vielleicht verhindern können.“

„Auf welche Weise?“, hakte der Untersuchungsrichter bestimmt, aber sanft nach und ignorierte die Tatsache, dass das Ganze bisher noch nicht als Mord deklariert wurde.

„Ich hätte ihn vor den Gefahren gewarnt.“

Unruhig wandte sich Nell. Das klang verdächtig.

„Charlie war so ein wunderbarer Mensch“, schwärmte sie von ihm. „So wunderbar, dass es Einige gab, die einen Groll gegen ihn hegten. Er war sehr angesehen, sodass sich ihm viele anvertrauten und es später bereuten. Aber da er so ein ehrlicher Mensch war, hatte er stets das Gefühl, diese Beichten an seine Informanden weiterleiten zu müssen. Ich könnte ihnen auch aufzählen, um wen es dabei geht–“

„Nein, Miss Harlington“, unterbrach der Untersuchungsrichter sie beinahe mit Bedauern, wie Nell fand. Offensichtlich zog die heisere Stimme, die die Zeugin plötzlich bekam, ihn völlig in ihren Bann. „Diese Anhörung hat zum Ziel, herauszustellen, wie der Verstorbene zu Tode gekommen ist, und nicht, wer sich vielleicht mit ihm angelegt haben mochte.“

„Aber geht es denn nicht um Gerechtigkeit?“, fragte sie mit herzzerreißender Stimme. „Soll der Mörder meines geliebten Charlies etwa auf freiem Fuß bleiben?“, schob sie nach, bevor sie in Tränen ausbrach und andeutete, zu ihrem Platz zurückgeführt werden zu wollen. Vielleicht, spekulierte Nell, hoffte sie auf die tröstende Schulter des süßen Inspektors.

Doch noch bevor sie dort ankam, erhob sich der Inspektor. „Nur einen Moment, bitte. Als Vertreter der Metropolitan Police habe ich eine Frage an Miss Harlington. Und wenn es Sie beruhigt, kein Mörder wird auf freiem Fuß gelassen, Miss Harlington."

Mit flatternden Wimpern sah sie zu ihm auf. „Danke, Sir."

„Nun, bevor Sie hier angekommen sind", begann er, „ist unter Eid bestätigt worden, dass die medizinischen Untersuchungen Spuren von Kokain im Körper des Verstorbenen nachgewiesen haben. Darüber hinaus liegen der Metropolitan Police Beweise vor, dass Mr Parkyn-Wright mit Drogen gehandelt hat. Wussten Sie darüber Bescheid? Sie wollten ihn schließlich heiraten."

Nun kniff Miss Harlington die Augen zusammen. „Das kann ich nicht glauben, Sir", gelang es ihr überrascht von sich zu geben. „Nicht mein lieber Charlie."

Und dann fiel sie in Ohnmacht. Nicht allerdings, bis sie sehr nah neben dem Assistenten des Untersuchungsrichters stand, wie Nell bemerkte. Vielleicht aufgrund der unglücklichen Erinnerungen, wie grob der Inspektor das letzte Mal mit ihr umgegangen war.

Erleichtert trat Nell in die Sonne. Die Anhörung war noch nicht vorüber, aber wenigstens während dieser Pause konnte sie sich wieder normal fühlen – selbst, wenn Guy Ellimore neben ihr stand und Inspektor Melbray sie aus der Ferne beobachtete. Doch als plötzlich Lady Warminster wie aus dem Nichts erschien, wurde ihr klar, dass das sicher der Grund für seine Aufmerksamkeit war.

„Mr Ellimore“, krähte Ihre Ladyschaft, „endlich können wir miteinander reden. Wirklich schwierig im Gerichtssaal. Müssen Sie noch aussagen?“

„Ich werde nicht in den Zeugenstand gerufen“, erklärte er ihr und lächelte dabei in ihr zu perfektes, puppenähnliches Gesicht. „Die Polizei weiß bereits alles über die Details während der Zeit, in der ich mit meinen Männern im Ballsaal musiziert habe.“

„Und so herrlich musiziert“, lobte sie. „Wir müssen reden, sobald diese unglückliche Angelegenheit hinter uns liegt. Über die Musik für meine kleine Feier.“

„Es ist mir eine Freude“, erwiderte er.

Lady Warminster war nicht weniger geübt darin, die Männer um ihren Finger zu wickeln als Miss Harlington. Das amüsierte Nell sehr. Guy war durchaus ein gutaussehender Mann und bei seinem Beruf lief er jungen Frauen mit zu viel Zeit, Geld und Energie sicher regelmäßig in die Arme.

„Warum begleiten Sie mich nicht das Stück zu meinem Automobil?“, fragte Lady Warminster ihn. „Ich bin gerade zu erschöpft, um mit Ihnen zu sprechen, Miss Drury. All diese Gefühle. Und allein der Gedanke, dass ich dabei war, als er ermordet wurde.“

Da musste Nell blinzeln. „Sie haben es gesehen?“

„Natürlich nicht“, reagierte Lady Warminster eilig. „Aber, nun ja, Sie wissen schon. Ich war bei der Geisterjagd und damit so nah an dem Geschehen, dass ich mir das alles sehr lebhaft vorstellen kann. Sollen wir, Mr Ellimore?“

Für einen kurzen Augenblick beobachtete Nell die beiden, dann dachte sie über das Mittagessen nach. Für alle, die wollten, war im Coach and Horses etwas angerichtet worden, doch sie verspürte nur wenig Appetit. Ein letztes Mal sah sie zu Guy und Lady Warminster, die nun am hinteren Ende der Wiese angekommen waren. Dort wartete vermutlich William Foster auf sie, der sie chauffiert hatte. Wusste der Inspektor wohl von Sophys Streich?, fragte Nell sich. Sie konnte sich nicht vorstellen, dass es irgendwelche Auswirkungen auf die Ermittlungen hatte, da Foster schließlich nicht an der Geisterjagd teilgenommen hatte, doch wer war sie, das zu beurteilen? Nichtsdestotrotz fühlte sie sich unwohl mit diesem Wissen, als sie sich an die mögliche Zeitlücke erinnerte, in der theoretisch jeder die Treppe zur Galerie hochgestiegen sein konnte. Das galt auch für Guy. Wenngleich Mr Peters die ganze Zeit über dort gestanden und ihr versichert hatte, dass er etwas gehört oder gesehen hätte, konnte er sich auch irren.

Der Gedanke, auch die Pause in einem geschlossenen Raum zu verbringen, gefiel Nell nicht, also besorgte sie sich ein Sandwich und eine Limonade und setzte sich damit hinter der Eiche in die Nachmittagssonne. Dieser Ort war trotz des fleckigen Schattens von den Blättern über ihr viel einladender als das Coach and Horses. Während sie allein die Stille genoss, schloss sie Augen.

Doch nicht für lange.

„Darf ich mich zu Ihnen setzen, Miss Drury?“, fragte der Inspektor neben ihr, der ebenfalls ein Sandwich in der Hand hatte.

Das war zwar das Letzte, was Nell jetzt wollte, aber wie sollte sie ihn abweisen? Er hatte schließlich die Ermittlungen in der Hand.

„Bitte sehr“, sagte sie und klang dabei mit etwas Mühe höflich. Er setzte sich zu ihr, begann jedoch nicht, sie auszufragen, wofür sie dankbar war.

„Nun kommen wir endlich doch zu unserem gemeinsamen Mittags-Sandwich“, sagte er, „auch wenn ich mich dafür entschuldigen muss, dass Sie sich Ihres selbst kaufen mussten.“

„Sie hätten mir ohnehin keines anbieten können“, erwiderte Nell. „Das wäre, als würden Sie einen Zeugen bestechen.“

„Stimmt. Sie haben sich eben noch mit Lady Warminster unterhalten.“

Bei diesen Worten erstarrte sie, als sie erkannte, dass sie nur seine zweite Wahl war. „Sie ist gleich da vorn“, zeigte Nell ihm. „Wenn Sie sich beeilen, erwischen Sie sie noch. Tut mir leid, dass ich Sie davon abgehalten habe, Ihr Sandwich mit ihr zu teilen.“

Verwirrt sah er sie an. „Warum sollte ich das wollen?“

„Nun“, sagte sie verdutzt, „ich dachte nur. Nach all ihren Besuchen und persönlichen Aufmerksamkeiten ihr gegenüber.“

„Besuche und Aufmerksamkeiten?“ Er musste tatsächlich lachen und verlor dabei den ernsten Gesichtsausdruck. „Miss Drury. Ich habe Ihnen doch gesagt: Glauben Sie niemandem.“

Liebend gern hätte sie ihn weiter über Ihre Ladyschaft ausgefragt, doch das ließe das Ganze vielleicht zu wichtig erscheinen, wo es in Wahrheit doch eigentlich nichts weiter war.

„Aber“, fuhr er nun fort, „tatsächlich kann ich Lady Warminster dort nicht sehen. Nur Ihren Freund Mr Ellimore, der in unsere Richtung schaut. Er sieht verärgert aus.“

Das stimmte, also stand Nell alarmiert auf, als er auf sie zukam. Der Inspektor hingegen blieb am Boden sitzen.

„Ich habe ihn gesehen, Nell“, sprach Guy ohne jede Einführung darauf los. „Und Inspektor Melbray ... Dieser Mann, mit dem ich mich bei der Feier im Dinnersaal unterhalten habe. Mein Alibi, wie Sie sagen würden. Es hat sich herausgestellt, es war einer von Lady Warminsters Gärtnern.“

„William Foster?“, rief Nell. Zu spät bemerkte sie, dass sie damit einen Schritt zu weit gegangen war.

Das blieb nicht unbemerkt. Sofort stand auch der Inspektor auf und seine ernste Miene war zurück. „Mehr Details, bitte, Miss Drury.“

„Er *war* es“, fuhr Guy fort, „aber er leugnet alles. An jenem Abend wäre er nicht in der Nähe von Wychbourne Court gewesen, behauptet er. Sondern zu Hause, in seinem Cottage auf Stalisbrook Place. Aber ich schwöre Ihnen, er war es. Mit ihm habe ich mich bis elf Uhr dreißig unterhalten, bis er irgendwohin verschwunden ist und ich in den großen Saal gekommen bin.“

„Sie kennen William Foster?“, hakte der Inspektor bei Nell unverbindlich nach.

Innerlich unterdrückte sie ein Stöhnen. „Ich *kenne* ihn nicht, nein. Aber ich habe ihn an jenem Abend in Wychbourne Court gesehen, genau wie Guy. Und dann wieder in Stalisbrook Place. Ich werde dort das Dinner am kommenden Samstag zubereiten."

„Aber Sie sind sich sicher, dass Sie ihn am Abend des Mordes in Wychbourne gesehen haben?"

„Ja, ich habe ihn beim Dinner gesehen. Aber da wusste ich nicht, wer er war."

„Beim Dinner?", fragte er mit gerunzelter Stirn. „In der Bedienstetenstube?"

„Nein, beim Dinner der Ansleys."

„Das ist aber ungewöhnlich für Wychbourne Court."

Wie sollte sie ihm nur sagen, dass er darüber besser mit Lady Sophy sprach? Unverhohlen sah der Inspektor sie an. Noch nie wäre sie lieber in ihrer Küche gewesen als jetzt. Sie kannte die Zutaten und wusste genau, was Foster an jenem Abend in Wychbourne getan hatte und doch stand sie hier und ruinierte die Suppe.

„Ich werde mit Foster reden", sagte Inspektor Melbray schließlich. Doch Nells Gesicht verfärbte sich so rot wie ein Radieschen. „Und ich werde mit Lady Warminster sprechen – erneut. Mit wem noch, Miss Drury?"

Nun gab es kein Zurück mehr. „Mit Lady Sophy."

Etwa zwei Stunden später gaben die Geschworenen das Urteil bekannt, Mord durch Unbekannt, mithilfe eines scharfen Instruments. Dieses Urteil wirkte nach dem Auftritt von Miss Harlington nahezu wie eine Antiklimax. Außerdem wurde nichts bekannt, das auch nur einen Hinweis auf den potenziellen Mörder von Mr Charles gegeben hätte, fand Nell. Seine Beerdigung hatte bereits in der Nähe von Derby stattgefunden, wo er geboren wurde und seine Familie noch immer lebte, allerdings war sie nur im Kreis der Familie abgehalten worden. Miss Harlington war die Einzige aus Wychbourne Court, die daran teilgenommen hatte, und bauchpinselte nun die trauernden Eltern.

„Ist es wahr, dass die beiden verlobt waren?“, fragte Nell Lord Richard, was vielleicht etwas taktlos war, da er sich äußerst erschrocken zeigte über das öffentliche Verlassenwerden durch seine Geliebte.

„Nicht nach dem, was Charlie mir gesagt hat und er vorhatte“, erklärte er missmutig. „Helen wird kein Wort davon glauben. Sicher opfert Elise sich nur für seine Eltern.“

Der einzig ausschlaggebende Moment der Anhörung war jedoch, als Inspektor Melbray nach Absprache mit Lord Ansley alle Anwesenden, die auch in der Nacht des Mordfalls in Wychbourne Court gewesen waren, dazu aufgefordert hatte, sofort dorthin zurückzukehren.

Das überwältigte Nell. Warum wurde das nicht frühzeitiger bekannt gegeben? Wegen Miss Harlingtons Beweis?, fragte sich Nell, wenn man da überhaupt von einem Beweis sprechen konnte. Sie hatte offen davon gesprochen, dass sie wusste, wer Mr Charles' Opfer waren, wenngleich sie diese natürlich nicht so bezeichnete. Das allerdings bestätigte in Nells Augen ihre Erpressertheorie. Mr Charles hat womöglich ihren Ruf und ihre Partnerschaften und Ehen zerstört, entweder für Geld oder für Macht. Schloss der Inspektor ihre Theorie von vornherein aus oder würde er ihr folgen, nun da Miss Harlington sich als seine Vertraute entpuppt hatte? Doch, warum brauchte der Inspektor dafür die Anwesenheit aller in Wychbourne Court? Und mit *alle* war auch sie selbst gemeint – das wiederum bedeutete nur einen hastigen Abstecher in die Küche, um das Essensarrangement zu überprüfen. Mrs Fieldings Weinkeller würde dem Ansturm eines Tees für alle zwar standhalten, aber dennoch musste sie in Reichweite bleiben.

Als Nell im Westflügel ankam, waren sowohl die Küche als auch der Weinkeller voll verführerischem Gebäck, Scones und Kuchen, die wie auf wundersame Weise durch viele fliegende Hände transportiert wurden.

„Lady Ansley wünscht Sie sofort im Salon zu sprechen, Miss Drury“, keuchte Kitty, als sie mit einem Tablett Steinküchlein an ihr vorbeihuschte. „Was ist denn los?“

„Ich wünschte, das wüsste ich“, erwiderte Nell mitleidig, während sie automatisch ein unperfektes Küchlein vom Tablett entfernte. Störrischer Steinbutt, was denn nun? Mit gequältem Blick in die Küche machte Nell sich auf zur Ostflügel-Treppe zum Salon. In dem ihr wohlbekannten Raum traf sie nicht nur auf Lady Ansley, sondern auch auf Lady Helen, die ein schwaches Lächeln aufsetzte.

„Die verlorene Tochter kehrt heim, Nell.“

„Zum Glück haben wir ein paar gemästete Kälber, die bereits darauf warten, gebraten zu werden“, erwiderte sie mit einem Lachen.

„Ich muss hier bei Helen bleiben“, sagte Lady Ansley nun, „und Sie werden im Saal benötigt. Wären Sie so gut und sind meine Augen und Ohren, um herauszufinden, was um Himmels Willen hier vor sich geht?“

„Natürlich. Insofern es mir gelingt“, ergänzte Nell. Denn im Moment stand sie tiefer im Wasser als die Flying Dutchman.

„Der Inspektor wünscht auch Mrs Fieldings Anwesenheit. Und selbst Miss Checkam und Mr Peters sollen kommen“, erklärte Lady Ansley verzweifelt. „Und das heutige Dinner soll erst um acht Uhr dreißig serviert werden, damit der Inspektor durchführen kann, was immer er im Sinn hat.“

Das bedeutete, dass Nell ihr Neun-Uhr-Treffen mit Arthur absagen musste, fiel ihr auf. Sie hatte Jimmy vorher eine Notiz mitgegeben, in der sie Arthur darüber informiert hat. Aber mit etwas Glück konnte sie ihn gleich abfangen und das Treffen persönlich absagen.

Als sie im Saal ankam, schien es, als hätte der Egalitarismus mit großen Schritten in Wychbourne Court Einzug gehalten. Lord Ansley und Lady Enid waren anwesend, genau wie die Eltern von Mr Charles, der Inspektor, Lady Sophy und Lord Richard sowie Mr Beringer. Arthur saß neben Lady Clarice, auf dessen anderer Seite Mrs Fielding und Mr Peters Platz genommen hatten. Robert, der Diener, und Jimmy, der Lampenjunge, denen beiden das Unbehagen ins Gesicht geschrieben stand, saßen Seite an Seite auf einem Sofa. Auch Lady Warminster war da und selbst William Foster, wenngleich er nicht neben Ihrer Ladyschaft stand, sondern bei Lady Sophy. Die Honourable Elise Harlington ruhte auf einer anderen Récamiere und überraschenderweise war nun Guy der erwählte Tröster an ihrer Seite, wenngleich er nicht sehr glücklich über diese Rolle zu sein schien. Ob er sich wohl lieber zurück zu Lady Warminster wünschte?

Sobald Nell den Raum betrat, ruhten die Augen des Inspektors auf ihr, und sie wusste genau, dass er das Treffen gleich eröffnen würde. Unabhängig davon, dass der Tee noch nicht bereitet war. Wenig spektakulär stand er auf und dankte allen, dass sie gekommen waren. Ein sicheres Zeichen dafür, dass ihnen Böses bevorstand, dachte Nell.

„Wie Sie sicher inzwischen alle wissen", begann er, „hat der Untersuchungsrichter die Spekulationen über diejenigen, die ein Motiv gehabt hätten, Mr Parkyn-Wright umzubringen, abgelehnt. Dennoch lautete das Urteil der Geschworenen Mord. Nun liegt es also an mir, herauszufinden, wer der Mörder ist. Und dafür brauche ich Ihre Unterstützung."

Sie hatte also recht, dachte Nell. Aber was hatte das genau zu bedeuten?

„So aufwühlend wie es sein mag, jene Nacht gedanklich noch einmal zu durchleben", fuhr der Inspektor fort, „muss ich Sie dennoch bitten, noch einmal all ihre Bewegungen nachzustellen. Unabhängig davon, ob Sie Teil der ersten Gruppe bei der Geisterjagd waren oder nicht. Beginnen Sie bitte ab zwölf Uhr und bewegen Sie sich mit der gleichen Geschwindigkeit wie am Samstagabend, auch wenn es nicht so dunkel sein wird. Es mag sein, dass Ihnen dabei vielleicht etwas einfällt, was Sie vergessen haben. Jedes Detail, jedes noch so kleine Geräusch oder etwas, das Sie gesehen haben, möchte ich wissen. Ich warte im großen Saal auf Sie."

All diejenigen, die nicht an der Geisterjagd teilgenommen hatten, wurden gebeten, sich dort aufzuhalten, wo sie in jener Nacht waren, oder an der nächsten Tür zum großen Saal, wenn sie sich im Dinnersaal oder in einem der anderen Salons aufgehalten hatten.

„Ich habe eine Frage“, sagte Lady Clarice mit ängstlicher Stimme. „Wie sollen wir die Nacht erneut durchleben? Es wird keine Geister geben, dabei sind sie ein ausschlaggebender Faktor.“

„Nur für die Geister selbst“, erwiderte der Inspektor ernst, „und keiner davon ist hier zur Teezeit zu erwarten. Aber ich muss sehr wohl von allen Sichtungen und Geräuschen erfahren, die mit den Geistern zu tun hatten.“

Mit Unmut begriff Nell, dass Sie allein durch das Haus gehen würde, als sie sich alle im großen Saal versammelten, denn niemand sonst aus der zweiten Gruppe war noch in Wychbourne Court, außer Guy und Arthur. Die waren allerdings erst später zu ihr gestoßen. Wenigstens saßen die Eltern von Mr Charles und Lord Ansley weiterhin im Salon. Nell war froh, dass ihnen das hier erspart blieb.

„Und was soll ich tun, wenn ich an der Zwischentür ankomme?“, fragte Nell.

„Das Gleiche, was Sie zuvor getan haben“, erwiderte der Inspektor ruhig. Mit einem Blick durch den Raum sah Nell, dass keiner von ihnen sich über die bevorstehende Aufgabe freute und alle nur darauf warteten, dass der Inspektor das Signal zum Start gab. Alle waren erleichtert, als er schließlich auf seine Uhr sah und ihnen bedeutete zu beginnen. Guy setzte sich in Bewegung in Richtung der Tür, die dem Dinnersaal am nächsten war, widerwillig gefolgt von William Foster, der eine ernste Miene machte. Miss Checkam und Mrs

Fielding verschwanden in Richtung der Tür zum Bedienstetenflügel und Mr Peters blieb im großen Saal an der Tür stehen, die zum Treppenaufgang zur Galerie führte.

„Dann gehe ich nun allein durch den Westflügel“, sagte Nell und versuchte dabei so zu klingen, als brauchte sie Hilfe.

„Ich werde Sie begleiten“, bot Arthur an.

Da sah der Inspektor von ihm zu ihr. „Ich würde es bevorzugen, wenn Sie das unterließen. Mein Sergeant wird Miss Drury begleiten.“

„Warum?“, zischte Nell zurück. Wenngleich sie Arthur bereits informiert hatte, dass sie das abendliche Treffen verschieben mussten, und es damit keinen logischen Grund für ihren Einspruch gab, war sie dagegen.

Doch der Inspektor reagierte nicht darauf. „Wenn Sie jetzt bitte gehen würden, Miss Drury“, sagte er stattdessen. „Mr Fontenoy, Sie können sich ihr an dem Punkt anschließen, an dem Sie es auch letzten Samstag getan haben.“

Und so marschierte Nell davon in Richtung des großen Treppenhauses zum Westflügel und kam sich etwas lächerlich vor mit der Laterne in der Hand und dem Sergeant im Schlepptau. Dann zwang sie sich dazu, jeweils dort stehen zu bleiben, wo sie auch am Samstag einen Halt eingelegt hatte. Der Sergeant entschied allerdings, dass sie dabei nichts zu den Geistern sagen sollte, die sie laut Lady Clarice in den kühlen Eckchen finden sollten. Als sie zur Bibliothek kam, zögerte Nell. Vorhang, Glas und Spiegel waren derweil natürlich verschwunden, doch der Sergeant beobachtete unkommentiert, wie Nell vorgab, etwa auf mittlerer Höhe einen Vorhang beiseite zu schieben.

Als sie diese Tortur und den Austausch im großen Saal hinter sich gebracht hatte, holte sie einmal tief Luft. Nun war es an der Zeit, wieder auf die Galerie zu gehen. Immerhin wären nun Guy und Arthur wieder bei ihr. Allmählich verstand sie, wonach der Inspektor suchte: zum einen die Zeitlücken, in denen der Mord stattgefunden haben konnte, und zum anderen wo genau Mr Peters gestanden hatte und wie viel er von dort aus entlang der Galerie gesehen haben mochte.

Nun war sie allein, denn der Sergeant, den der Inspektor zu ihrer Begleitung abkommandiert hatte, war nicht länger von Nöten. Aber Nell hatte gar nicht mitbekommen, dass Arthur und Guy nun hinter ihr gingen, bis sie ihre Anwesenheit spürte. Erneut konzentrierte sie sich auf die Tür in der Trennwand und ihr Herz pochte heftig in der Brust. Angenommen, der Inspektor hätte eine Puppe hinter die Tür gestellt, um diese Rekonstruktion noch realer zu gestalten? Ihre Hand zitterte, doch sie forderte sich auf, nicht so ein Angsthase zu sein, und zog am Türknauf. Zu ihrem Glück kam ihr nichts entgegen, wenngleich es Nell viel Überwindung kostete, sich hier oben wie letztes Mal hinzuknien. Arthur und Guy drängten sie von hinten. Dann schließlich erklang die Pfeife – das war das Signal, das alle zurück in den großen Saal bringen sollte, wie letzten Samstag das Geschrei.

„Vielen Dank, Miss Drury", rief der Inspektor ihr zu. „Sie können nun wieder zu uns kommen."

Erleichtert gesellte sie sich zu der Gruppe der Anderen, die im großen Saal stand, als Lady Clarice dem

Inspektor gebieterisch erklärte: „Irgendetwas stimmt hier nicht. Ich hatte mindestens eine Person weniger dabei, als Lady Dorcas uns gerade begrüßen wollte. Jemand ist verschwunden."

„Muss wohl ein Geist gewesen sein", scherzte der Inspektor.

„Lady Dorcas *ist* ein Geist. Aber es war kein Geist, der verschwunden ist", wies Lady Clarice ihn zurecht.

Lord Richard sah zu Lady Sophy. „Helen, Sophy und ich sind gegangen, als wir zum Austausch im großen Saal angekommen waren. Wir hatten noch etwas zu erledigen", fügte er beiläufig hinzu.

Zum Glück wies Lady Clarice dies ungeduldig ab. Mr Charles' Nachahmung von Sir Thomas hätte sie vielleicht noch einigermaßen gut aufgenommen, doch ein durch die Bibliothek schwebender Pepper's Ghost wäre eine ganz andere Angelegenheit, befürchtete Nell.

„Nein, schon früher", beharrte Lady Clarice.

„Das könnte ich gewesen sein", sagte Lady Warminster in möglichst beiläufigem Ton. „Ich bin sehr schreckhaft, wissen Sie, und die gruseligen Geschichten über Morde fingen an, mich aufzuwühlen. Also bin ich gegangen, etwa als wir am Austauschpunkt ankamen oder vielleicht kurz davor."

„Sie haben es ihm verraten, Nell", sagte Lady Sophy vorwurfsvoll, nachdem auch der letzte der eben noch Anwesenden – und dankbarerweise auch die Polizei – Wychbourne Court wieder verlassen hatten. Das hoffte Nell zumindest.

„Ich hatte keine Wahl."

Lady Sophy seufzte. „Es tut mir leid, ich hätte es dem Inspektor selbst erklären sollen, nehme ich an. Aber es hätte William in die Bredouille gebracht, dabei hat er mit alledem gar nichts zu tun. Ich kann mir aber gut vorstellen, dass Lady Warminster ihre Finger im Spiel hatte."

„Weil sie ein Auge auf die Männer geworfen hat?", hakte Nell nach.

„Beide Augen, wenn Sie mich fragen", erwiderte Sophy mit einem Lachen. „Sie hat in der Tat den Ruf, eine wahre *femme fatale* zu sein, und wenn Charlie das herausgefunden hat, wäre sie vor lauter Schreck sicher aus den Chanel-Sandalen gekippt. Vor allem bei dem Ehemann, der nun bald nach Hause kommen soll. Ich wette, Charlie wusste es."

Nun hatte Nell beinahe Mitgefühl mit Inspektor Melbray, falls er ihrem Charme auch verfallen sein sollte – was auch immer ihren Charme ausmachte. Doch was hatte es mit William Foster auf sich? Was, wenn er von ihr verführt wurde und der Versuchung erlag? Das konnte ein Grund dafür sein, weshalb er solche Angst hatte, Lady Warminster an jenem Abend zu begegnen. Dann wäre nicht nur seine Anwesenheit der Stein des Anstoßes gewesen, sondern auch, dass sie sein Rendezvous mit Lady Sophy bemerkt hätte. Er wäre ihr also untreu. Das wiederum stellte garantiert einen Grund für eine Kündigung dar, insbesondere, da General Warminster bald heimkäme.Da kam der Inspektor kam auf sie zu, um sie davon abzuhalten, sich in den Bedienstetenflügel zurückzuziehen.

„Es tut mir leid, dass ich Ihnen diese Qualen auferlegen musste, Miss Drury."

„Sie tun nur Ihre Arbeit“, erwiderte sie. Überrascht von seinen Worten, die eindeutig eine Entschuldigung waren, klangen die ihren steifer als geplant.

„Außerdem möchte ich Ihnen danken.“

Ihr *danken*? Das war etwas ganz Neues. „Wofür?“, wollte Nell vorsichtig wissen.

„Für Ihre Theorie, was hinter diesem Fall stecken könnte. Es war außerordentlich hilfreich. Mehr kann ich Ihnen im Moment nicht sagen, aber auch diese Scharade – für die Sie das Ganze eben sicher halten – war sehr aufschlussreich. Wegen der neuesten Erkenntnisse ist sie notwendig geworden.“ Dann zögerte er. „Aber eine Sache–“

„Ja?“, fragte sie ermutigend, als er nicht weiter sprach.

„Vergessen Sie’s.“

Da das Dinner bis zehn Uhr andauerte und die Küche damit völlig aus dem Zeitplan geworfen wurde, half Nell ausnahmsweise zur Freude von Mrs Fielding in der Spülküche aus. Lady Helen hatte zweimal verneint, etwas in ihrem Zimmer zu sich nehmen zu wollen, ihre Meinung aber schließlich um zehn Uhr dreißig geändert. Auch Mr Peters war außergewöhnlich bissig gestimmt und zum ersten Mal fiel Nell müde ins Bett, ohne sich darum zu sorgen, was sie für morgen auf die Speisekarten setzen sollte.

Kurz vor Sonnenaufgang erwachte sie, wie so oft. Nicht aber, weil sie es wollte, sondern weil die Hähne krähten. Nie nahmen sie Rücksicht darauf, wie spät Nell ins Bett kam, dachte sie verärgert. Dieses Mal gelang es ihr wenigstens, noch einmal einzudösen, bevor sie schließlich schweren Herzens aufstehen musste und sich anzog.

Noch in Unterwäsche bemerkte sie ungewöhnliche Laute von draußen und blickte kurz aus dem Fenster, nur um dort mehrere Menschen kreischend durch den Garten rennen zu sehen. Die einen flohen in Richtung der Stallungen, andere in die Küche und wieder andere zum Vorhof des Haupthauses. Was zur filetierten Flunder ging da unten vor sich?

Schnell zog sie sich die übrige Kleidung über, fingerte mit den Händen an Augen und Ohren herum, kämmte sich eifrig das Haar und eilte hinunter in den Garten. Dort fand sie Mr Peters, der Mrs Fielding im Arm hielt – die noch immer Lockenwickler im Haar hatte – und sie offensichtlich zu trösten versuchte. Auch Lord Ansley war da.

„Was ist passiert?“, rief sie.

Mit weißem Gesicht wandte Lord Ansley sich an sie. „Elise Harlington ist tot, Nell.“

Die Drogen, dachte Nell als erstes, nachdem sie sich kurz sortiert hatte. Das allerdings erklärte noch nicht diesen Auflauf.

„Wie es scheint, wurde sie erwürgt“, sagte Lord Ansley ohne Umschweife.

„Wo?“, platzte es aus Nell heraus. Ein Mord? *Schon wieder?*

„Nicht im Haus. Aber hier auf dem Anwesen, in der alten Milchkammer.“

Kapitel 11

Verzweifelt klammerte Nell sich an ihre Routine, während sie sich bemühte, diese neue Katastrophe für Wychbourne Court zu verdauen. Die elegante, hochnäsige Miss Harlington ermordet? Das klang beinahe wie eine Geschichte aus Fu Manchu oder Sherlock Holmes. Verständlicherweise ging es in der Küche bereits heiß her, als Nell dort ankam. Das Leben in einem Haus wie Wychbourne Court erwachte jeden Morgen in Etappen und viele der Bediensteten waren schon eifrig am Arbeiten, als der Alarm ausgelöst wurde. Doch im Moment blieb die Arbeit stehen und Nell wurde von unruhigen und ängstlichen Bediensteten belagert. Das Wenige, was Nell von Lord Ansley erfahren hatte, gab sie weiter, und dennoch war ihr klar, dass die Routine hier heute nicht mehr einkehren würde.

Folgenden Tatsachen musste Nell ins Auge blicken: Bis zu dem Zeitpunkt, an dem sie und Arthur die alte Milchkammer zu ihrem heimlichen Treffpunkt gewählt hatten, war sie unbenutzt; gestern Abend hatte sie ihr Treffen mit ihm verschoben, doch noch in der gleichen Nacht wurde Miss Harlington dort ermordet. Das waren zu viele Zufälle auf einmal, um zu glauben, dass sie nicht miteinander verknüpft waren. Wusste Miss Harlington etwa, dass sie sich in der Milchkammer verabredet hatten oder war es tatsächlich das Schicksal gewesen, das sie dort hinführte? Bei ersterem bestand die Wahrscheinlichkeit, dass sie – genau wie ihr Mörder – mit Nells und Arthurs Anwesenheit gerechnet hatte und nur nicht von der Planänderung erfahren hatte.

Eines allerdings war offensichtlich: Nell musste mit der Polizei sprechen. Genauer gesagt mit Inspektor Melbray. Doch je näher sie der Milchkammer kam, umso respekteinflößender wurde diese Aufgabe. In dem Moment, in dem Nell vom Gemüsegarten durch das Tor zu den Stallungen ging, erblickte sie mehrere Polizeiwagen und den Inspektor. Konzentriert bei der Arbeit sprach er gerade mit einem örtlichen Polizisten. Es kam noch schlimmer: Soeben wurde eine bedeckte Trage in einen Leichenwagen der Polizei gehoben. Da erschauderte Nell. Wenn sie wie geplant letzte Nacht in die Milchkammer gegangen wäre, wäre sie dann das Opfer geworden? Nein, darüber würde sie jetzt nicht nachdenken. Falls Miss Harlington jedoch von ihrer Verabredung mit Arthur gewusst haben sollte, dann entweder durch ihn selbst oder durch Jimmy. Und dass es auf letzteren zurückging, war wesentlich wahrscheinlicher.

Ihr nächster Schritt lag auf der Hand: Sie musste Jimmy finden, der schon eine Weile wach und mit den Lichtern beschäftigt sein sollte. Dennoch dauerte es recht lange, bis Nell ihn fand. Schließlich entdeckte sie ihn durch die Bibliothek schleichend und sein Gesicht färbte sich purpurrot, als ihre Blicke sich trafen. Er sah sich um, auf der Suche nach einem Fluchtweg, doch es gelang Nell, ihm den Weg an der Tür abzuschneiden.

„Guten Morgen, Miss Drury“, begrüßte er sie zaghaft.

„Du bist ja ein feiner Baker Street Irregular“, erwiderte sie ernst.

Er gab sein Bestes, um möglichst unschuldig auszusehen. „Wieso, Miss Drury?“

„Du hast meine Nachricht gestern an Mr Fontenoy überbracht, oder?“, fragte sie.

Nun sah er erleichtert aus. „Ja, Miss.“

Doch damit käme er nicht davon. „Und du hast sie ihm selbst überbracht, richtig? *Du* hast sie in seinen Briefkasten im Wychbourne Cottage gesteckt?“

Mit einem Mal erschienen ihm seine Füße sehr interessant.

„*Hast* du, Jimmy?“, hakte Nell nach.

Die Schuld stand ihm ins Gesicht geschrieben. „Die Dame hat mir gesagt, dass sie auf dem Weg dorthin sei und dass sie sie ihm geben würde“, nuschelte er. „Und das hat sie auch, Miss. Ich habe Mr Fontenoy später getroffen und er hat mir bestätigt, dass er die Notiz erhalten hat. War das die Frau, die gestern Nacht ermordet wurde?“, fragte er mit einem Zittern in der Stimme.

Nun überlegte Nell. Hatte sie die Nachricht versiegelt? Nein, da der Inhalt so unschuldig und unauffällig war, hatte sie es nicht für nötig gehalten. „Ich fürchte, ja. Und dennoch: Was letzte Nacht passiert ist, ist nicht deine Schuld“, beruhigte sie ihn, als sie Jimmys bangen Blick erkannte.

Auch das musste sie der Polizei mitteilen, doch als Nächstes überzeugte sie sich selbst davon, dass sie zuerst ihren Arbeitsalltag organisieren musste. Der Inspektor war ohnehin nicht mehr zu sehen.

Gemeinsam mit Kitty stellte sie passende Menüs zusammen, doch dann musste Nell diese natürlich noch mit dem Gärtner absprechen und auch den Metzger anrufen, der Wychbourne Court nur allzu gern zu beliefern schien. Es war offensichtlich, dass die Neuigkeiten sich verbreitet hatten. Die Zeitungsreporter scharrten sicher schon mit den Hufen. Und doch musste es ja etwas zu essen geben allen Umständen zum Trotz. Die Speisen waren nicht besonders ausgefallen, aber es würde genügen.

Lady Ansley fiel nicht einmal auf, ob es schlichte oder ausgefallene Mahlzeiten waren. Sie starrte die Karten bloß mit ausdruckslosem Gesicht an.

„Es ist nun ein Gast weniger", sagte sie und brach dabei in Tränen aus. Erschrocken kniete Nell sich neben sie und hielt ihre Hand.

„Was ist hier nur los?", fragte Lady Ansley. „Was hatte Miss Harlington mitten in der Nacht in der alten Milchkammer zu suchen? Beim Dinner gestern Abend war sie nur sehr kurz gewesen, bis sie sich ins Bett verabschiedete. Ich nehme an, in der Milchkammer hatte sich ein Landstreicher eingenistet." Dann nahm sie Nells Stille wahr. „Es *war* doch ein Landstreicher, oder?"

„Vermutlich", beschwichtigte Nell sie. Vorsichtig musste sie den Weg für das Offensichtliche ebnen. „Auch wenn die Polizei womöglich denkt, dass sie umgebracht wurde, weil sie von dem Mörder von Mr Parkyn-Wright wusste." Oder, dachte Nell, weil sie einfach zu viel über Mr Charles und seine Kunden wusste.

„Dieses törichte Ding. Helen ist ganz außer sich, Nell. Könnten Sie sich etwas um sie kümmern? Ich weiß nicht, was mit Miss Checkam ist. Heute haben wir sie noch nicht zu Gesicht bekommen, äußerst ungewöhnlich. Richard spielt den bekümmerten Liebhaber und weigert sich, sein Zimmer zu verlassen und Sophy ist plötzlich allzu schweigsam geworden und hat sich auch in ihr Zimmer eingeschlossen. Demnach ist die arme Helen ganz allein, weil ich bei Gerald und der Polizei sein muss – und ach, oh Nell!"

„Machen Sie sich keine Sorgen, Lady Ansley. Ich kümmere mich um Lady Helen." Das Mittagessen würde sich dadurch sicher nach hinten verschieben, dachte Nell, doch vielleicht hätte sie Glück und Mrs Squires hatte in ihrer Abwesenheit bereits damit begonnen.

Nell redete sich allerdings nicht ein, dass Lady Helen sich über ihre Anwesenheit freuen würde. Auf ihre eigene Art und Weise war sie noch immer in Trauer um Mr Charles. Und sogleich bestätigte sich Nells Annahme, denn Helens Begrüßung war alles andere als warmherzig.

„Was wollen *Sie* denn hier?", warf sie Nell an den Kopf.

„Ihre Mutter möchte vermeiden, dass Sie allein sind. In ihren Augen bin ich immer noch bessere Gesellschaft für Sie als keine."

Lady Helen sah sehr blass aus, offensichtlich ging es ihr nicht gut, dachte Nell, aber immerhin schimmerte nun ein wenig ihrer wahren Persönlichkeit durch und sie war nicht mehr bloß irgendeine dieser Bright Young Things.

Mehrere Momente lang reagierte sie nicht, dann aber sagte Lady Helen: „Die Polizei will mich sicher sehen, oder?"

„Das ist nur eine Formsache. Wo Sie sich zum Zeitpunkt des Mordes aufgehalten haben und so weiter."

„Aber wann wurde Elise denn umgebracht?", fragte Lady Helen traurig.

„Irgendwann letzte Nacht. Ihre Leiche wurde heute Morgen von den Gärtnern gefunden."

„Eigentlich habe ich sie gehasst", sagte Lady Helen nun wie aus dem Nichts. „Aber der Gedanke, dass sie ermordet wurde, ist furchtbar. Und dann auch noch bei uns Zuhause. Das ertrage ich einfach nicht. Sieht ja beinahe so aus, als hätte einer von uns sie umgebracht. Aber dann gibt es ja auch noch diesen Musiker – der ist doch auch noch hier. Und Rex–", dann stockte sie. „Nein, nicht Rex."

„Warum um Himmels Willen sollte er sie umbringen wollen?", fragte Nell ganz pragmatisch.

„Eben, er hat keinen Grund", erwiderte sie im nächsten Moment. „Es muss ein Landstreicher gewesen sein oder ein Wilderer."

Die zweite Stimme für den gelegen kommenden Landstreicher. Über Rex Beringer schwieg Lady Helen sich aus. „Möglich", stimmte Nell ihr zu. Dann aber kam ihr eine Idee. Sie würde Lady Helen davon überzeugen, dass sie gebraucht wurde. Das würde ihr schmeicheln und entspräche obendrein der Wahrheit. Denn Lord Richard *brauchte* dringend Hilfe.

Sogleich gab sie Nell recht. „Natürlich, ich werde nach ihm sehen. Richard war ja völlig vernarrt in Elise. Oh, Nell, nehmen Sie doch einmal an, er ... er konnte doch nicht, oder? Wenn sie wirklich grausam zu ihm war?"

„Nein, unmöglich", widersprach Nell ihr mit fester Stimme und hoffte, dass sie recht behielt. Aber es stimmte. Es sah Lord Richard ähnlich, aus einem Impuls heraus zu handeln, aber jemanden erwürgen, den er eigentlich liebte? Nein, dazu war er nicht fähig. Wenn aber auch Lady Helen recht hatte und Rex

Beringer ebenso ausgeschlossen war, reduzierte das die Verdächtigen wieder auf die Bediensteten und weiter gefasst auch auf Guy. Lächerlich, er hatte keinen Grund, Miss Harlington umzubringen. Es sei denn natürlich, er war auch der Mörder von Mr Charles. Auf einmal rasten Nells Gedanken und sie erinnerte sich, dass William Foster Guys Alibi nicht bestätigt hatte. Und doch, wie sollte sie nur glauben, dass Guy ein Mörder war? Das konnte sie sich schier nicht vorstellen, genauso wenig wie Lady Helen Mr Beringer als Täter in Betracht zog.

Was Nell sich jedoch vorstellen konnte, war, dass bald das Mittagessen und später auch das Abendessen serviert werden mussten. Erleichtert stellte sie bei ihrer Rückkehr in die Küche fest, dass Mrs Squires tatsächlich bereits mit den Vorbereitungen begonnen hatte. Ein gutes Zeichen. Wie sollte Nell es sonst schaffen, wo doch all ihre Gedanken um die Polizei, den Mord und die Frage kreisten, wo Miss Checkam abgeblieben war? Es sah ihr überhaupt nicht ähnlich, nicht zur Arbeit zu erscheinen.

In der Zwischenzeit erinnerte Nell sich daran, dass ihre eigentliche Arbeit die in der Küche war – und die dringendste Aufgabe ein Himbeer-Nachtisch, der all ihre Aufmerksamkeit verlangte. Denn das Kochen war eine Kunst, nicht bloß eine Fertigkeit. Stimmungen und Gefühle spielten sehr wohl eine Rolle. Warum sonst, sagte Nell immer, ging ein und dasselbe Rezept an einem Tag wunderbar auf und am nächsten gar nicht? Die rationale Antwort darauf war, dass man zu selbstbewusst oder zu blasiert an die Sache heranging und folglich nicht auf jedes Detail achtete, wie zum

Beispiel, dass die Zutaten sich von einem zum nächsten Mal in Quantität oder Qualität unterschieden. Doch ihrer Meinung nach steckte viel mehr dahinter. An einem guten Tag war das Glück dein Souschef. Aber an einem schlechten Tag schaute Mr Plod dir akribisch genau auf die Finger. Den Unterschied zwischen einem guten und einem exzellenten Ergebnis bemerkte kaum jemand, doch der Koch kannte ihn genau und wusste immer zu sagen, ob es ein guter oder ein schlechter Tag war. Genau wie Schauspieler. Jeden Abend wiederholten sie dieselben Worte und doch vermochten sie eine jede Aufführung voneinander zu unterscheiden. Am einen Abend begegnete ihnen tosender Applaus, am anderen stand das Publikum bloß enttäuscht auf und verließ den Saal.

Heute allerdings war ein Tag, an dem Nell nicht die kleinste Kleinigkeit entgehen durfte. Also legte sie bei der Nachtischzubereitung eine kurze Pause ein, um herauszufinden, was sich derweil bei der alten Milchkammer zutrug. Unbedingt musste sie dem Inspektor von ihrem Treffen mit Arthur erzählen. Mr Peters berichtete, dass die Polizei den Frühstückssalon wieder eingenommen hatte. Damit war Nells Hoffnung dahin, dass man den von Lady Ansley vermuteten Landstreicher bereits gefunden und festgenommen hatte. Und als sie am Tor des Gemüsegartens ankam, sah Nell mit eigenen Augen, dass die Ermittlungen noch in vollem Gange waren. Überall schwirrten Menschen umher – auf dem Weg, der zum Hinterausgang des Anwesens führte, auf dem schmalen Pfad zur Milchkammer sowie in den anliegenden Hecken und Gebüschen.

Im neunzehnten Jahrhundert hatte man die Milchkammer in die kühlste Ecke des Gartens gebaut. Dort war sie so abgeschottet, dass sie von Nells Standort aus kaum zu sehen war. Zufällig kam dort nie jemand vorbei, weshalb es Nell umso plausibler vorkam, dass Miss Harlington von ihrem Rendezvous mit Arthur gewusst haben musste, nicht aber von dessen Absage. Doch weshalb sollte Miss Harlington sie ausspionieren? Hoffte sie auf Informationen, mit denen sie sie erpressen konnte? Und hatte sie vielleicht einen Komplizen, der zu ihrem Mörder wurde oder war ihr jemand anderes gefolgt?

Schluss mit den Spekulationen, ermahnte Nell sich, mach lieber weiter. Sag es ihm jetzt. Am Straßenrand sah sie den Inspektor, wie er sich mit einigen Polizisten unterhielt. Immerhin würde er nicht glauben, dass sie und Arthur Liebhaber wären. Und dennoch blieb sie wie angewurzelt stehen. Nun geh, forderte sie sich selbst auf, doch dann sah sie Arthur auf sich zukommen.

„Meine liebe Nell", sagte er, „was für ein herrlicher Zufall. Ich wollte mit Ihnen reden und zur Stillung meiner Neugierde nachsehen, was hier vor sich geht, und da treffe ich auf Sie. Was für schreckliche Nachrichten das doch sind, Nell. Es ist ziemlich ernst. Ich habe der Polizei eine Notiz hinterlassen, wo sie mich finden können. Haben Sie schon mit ihnen gesprochen?"

„Nein, ich wollte zuerst mit Ihnen reden. Jimmy hat mir gesagt, dass Elise Ihnen meine Nachricht gestern gebracht hat."

„Das hat sie? Sie wurde wie immer durch den Türschlitz geschoben."

„Ist es möglich, dass die Notiz vorher geöffnet und gelesen wurde?"

„Wenn ich mich recht entsinne, war sie nicht versiegelt. Wie bedauerlich. Dann nehme ich an, hat Miss Harlington bloß nicht erfahren, dass wir unser Treffen verschoben haben. Die Frage bleibt jedoch, was mochte sie daran interessiert haben? Gerade habe ich gesehen, wie die Polizei alle möglichen Hinweise in kleinen Gläschen und Flaschen sammelt. Außerdem haben sie Gipsabdrücke genommen, vermutlich von Fußabdrücken. Unsere vielleicht?"

„Vielleicht, aber das halte ich für unwahrscheinlich. Als wir uns letzte Woche hier getroffen haben, war alles trocken. Aber sicher haben sie unsere Fingerabdrücke."

„Ah. Ja. Die werden sie sicher noch haben. Dieses fiese schwarze Puder. Und wie ich sehe, ist auch der gute Inspektor Melbray mit dem Poker-Gesicht noch hier."

Tatsächlich war seinem Gesichtsausdruck nie auch nur irgendetwas zu entnehmen, fand Nell, wo sie so darüber nachdachte. „Ja. Also nimmt er wohl an, dass die beiden Mordfälle miteinander zu tun haben."

„So sieht es aus. Wurde der Leichnam in der Milchkammer gefunden?"

„Das weiß ich nicht. Aber wie es scheint, untersuchen sie das Innere."

„Vielleicht hat Miss Harlington die Milchkammer auch bloß für einen idealen, wenn auch unkomfortablen Ort für ein verbotenes Liebesspiel gehalten und ihr Besuch dort hat gar nichts mit unseren Treffen zu tun? Das setzt allerdings voraus, dass ihr Mörder ein Mann war – obwohl es natürlich auch genauso gut eine Frau sein könnte. Allerdings sehe ich nicht, weshalb Lady Enid mitten in der Nacht hier entlangschleichen sollte", sagte sie und musste kichern.

„Das ist auch besser so, Nell", fuhr Arthur fort. „Nebenbei bemerkt, ich glaube durchaus, dass der alte Drachen jeden Moment wieder aufwachen und brüllen könnte. Gerade ist Miss Checkam bei ihr – das kann ich aus meinem Cottage sehen – und ich komme nicht umhin mich zu fragen, was die beiden zu besprechen haben."

Genau wie Nell. Doch im Moment gab es Dringlicheres zu erledigen, beispielsweise das Gespräch mit Inspektor Melbray, der entschieden auf die beiden zulief.

„Wie ich hörte, Mr Fontenoy, wünschen Sie mich zu sprechen. Sollen wir das verschieben?", bot er fragend an, nachdem er Nell wortlos zugenickt hatte.

Das war eine Einladung zu gehen, verstand sie und störte sich unerklärlicherweise daran.

„Miss Drury hat auch etwas damit zu tun", erklärte Arthur ihm milde. „Denn Ihre unermüdlichen Männer werden ziemlich sicher sowohl ihre als auch meine Finger- und Fußabdrücke in der Milchkammer finden. Diese stammen jedoch, wie ich hiermit klarstellen möchte, von vorhergehenden Verabredungen. Nicht von letzter Nacht."

„Und es ging dabei nicht um Treffen leidenschaftlicher Natur", schob Nell kurzerhand nach.

„Das ist mir klar."

Sie war bereits mitten dabei, das ganze falsch anzugehen, doch jetzt konnte sie auch keinen Rückzieher mehr machen. „Wir wollen doch nur helfen", purzelte ein Satz nach dem nächsten aus ihr heraus, obgleich sie in ihren eigenen Ohren mit jedem Wort kindischer klang.

„Zusammengefasst“, sagte der Inspektor, nachdem Nell ihre Erklärungen beendet hatte, „haben Sie sich selbst zu Agatha Christies Hercule Poirot und zu Lady Molly vom Scotland Yard ernannt.“

Mit brennenden Wangen stand sie da, teils aus Scham, teils aus Ärger. „Wir haben es auf Details abgesehen, die Sie vielleicht niemals erfahren hätten und die einen Hinweis darauf geben, *warum* Mr Charles umgebracht wurde.“

„Vielleicht“, gab der Inspektor ihr recht. „Aber auf der anderen Seite könnte es auch sein, dass sie damit die polizeilichen Ermittlungen behindern. Ich erwarte von Ihnen nun Tag und Uhrzeit all ihrer Treffen sowie jegliche Information, die für den Fall dienlich sein könnte. Und ich erwarte, dass Sie diese Recherchen von nun an unterlassen.“

Nun gewann der Ärger endgültig über die Scham. „Dienlich für den Mord an Miss Harlington oder an Mr Parkyn-Wright?“, hakte sie nach.

„Für beide“, erwiderte er barsch.

„Da ist noch mehr, was wir Ihnen mitteilen müssen“, sagte nun Arthur. „Wir hatten auch eine Verabredung für gestern Abend neun Uhr geplant, die wir aber abgesagt haben.“

Nun wurde der Inspektor wütend. „Und das sagen Sie mir erst *jetzt*?“

Halt dich zurück, warnte Nell sich selbst, scheiterte allerdings. „Sie waren nun mal nicht früher hier und außerdem wusste Miss Harlington nichts von der Terminverschiebung.“

Mit finsterer Miene, aber ohne weiteren Kommentar lauschte der Inspektor, wie Nell ihm von der Nachricht erzählte, und Arthur bestätigte ihre Aussage. Als die beiden fertig waren, schien der Inspektor ihrer überdrüssig zu sein. „Miss Drury, würden Sie bitte mit mir kommen. Und Mr Fontenoy, ich werde später noch auf Sie zurückkommen, wenn das in Ordnung ist. Ich brauche noch eine Aussage von Ihnen."

Wenngleich es nur ein kurzer Weg zurück ins Haus war, fühlte er sich für Nell wie eine ganze Meile an, während sie wie ein kleines, ungehorsames Kind neben dem Inspektor in Richtung Vorhof ging. An den Mauern des Gemüsegartens und an den vorderen Hauswänden kletterten Rosen empor.

„Miss Drury", sagte er, als sie am Hauseingang ankamen. „Haben Sie je den Körper eines Menschen gesehen, der erwürgt wurde?"

War das eine Art Test? „Nein. Aber Leichen schon."

„Im Krankenhaus?"

„Nein", sagte sie barsch. „Während der Zeppelin-Angriffe im Krieg. Wie Sie sich vielleicht erinnern können, gab es einen schrecklichen Bombeneinschlag auf der Strand in London. Ich habe unweit davon gearbeitet und bin zu Hilfe geeilt – viele Menschen sind damals ums Leben gekommen", sagte sie und schluckte. „Müssen wir das jetzt besprechen?"

„Nein. Wir könnten natürlich auch über Blumen und die Schönheit dieses Anwesens auf dem Land reden – und wie wenig es passt, einen toten Körper an solch einem luxuriösen Ort aufzufinden. Vor allem nicht den Körper von Elise Harlington."

Das brachte in etwa auf den Punkt, wie sie auch selbst die Sache betrachtete. „Warum ‚vor allem'?", hakte Nell nach und klang dabei aggressiver als geplant.

„Würden Sie nicht sagen, dass Elise Harlington eher einer seltenen Pflanze aus einem exotischen Londoner Gewächshaus glich, als dass sie hierhin gehörte – zwischen die Rosen, grünen Wiesen und Felder voller Wildblumen und Schafe? Genauso wenig wie Charles Parkyn-Wright."

Während Nell über seine Worte nachdachte, führte er sie in den Frühstückssalon, der nun wieder polizeiliches Terrain war und nicht länger der gemütliche Aufenthaltsraum, den sie kannte. „Ja, da gebe ich Ihnen recht", sagte sie schließlich, „und doch schien Miss Harlington hier gern zu Gast zu sein. Und außerdem war sie nicht einmal wirklich seine Verlobte, wissen Sie."

„Das weiß ich. Wir haben ihr Zimmer heute Morgen durchsucht. Sie hatte Kokain dabei. Eine sehr große Menge. Was sagt Ihnen das?"

Wieder überlegte Nell, obgleich sie ein wenig verwirrt war. Sie dachte, sie wäre hier, um sich eine Standpauke über ihr Verhalten anzuhören oder vielleicht sogar um festgenommen zu werden. Stattdessen sprach er mit ihr wie mit einem ganz normalen Menschen.

„Nur, dass Mr Parkyn-Wright es ihr verkauft haben muss", antwortete sie. „Obwohl, nein. Das geht nicht auf. Er würde viel eher wollen, dass seine Kunden immer wieder auf ihn zurückkommen und ihnen deshalb nur sehr kleine Mengen verkaufen."

„Vollkommen richtig. Was also ergibt mehr Sinn?", fragte er und musterte sie genaustens, wie sie unwohl feststellte. Vielleicht würde er sie doch noch festnehmen.

„Dass Sie vielleicht einen Teil seiner Arbeit übernommen hat?", schlug sie vor und ließ diese Idee noch etwas weiter köcheln. „Sie könnte ja seine rechte Hand gewesen sein und sich beispielsweise um die männlichen Kunden gekümmert haben, während er sich den Frauen zuwandte."

„Ein guter Gedanke, aber Sie denken noch nicht weit genug."

„Danke. Ich gebe mir Mühe", murmelte sie demütig.

Dann der Anflug eines Lächelns. „Verspotten Sie mich nicht, ganz gleich, wie gern Sie das würden. Ich verdiene es sicher nicht. Und heute brauche ich das auch nicht. Es ist nicht so, als gefiele es mir, tote Körper zu finden. Noch weniger, wenn es tote Frauen sind."

„Tut mir leid", sagte sie aufrichtig. Dann zögerte sie. „Und wie weit hätte ich denken müssen, um Ihre Frage beantworten zu können?"

„Ich bin sicher, das finden Sie noch allein heraus. Aber wirklich *allein*, bitte. Und wegen Ihrer Verabredungen in der Milchkammer: Ich fürchte, ich muss noch einmal mit Jimmy sprechen. Einmal ist er schon bei mir gewesen. Ein cleveres Kerlchen."

„Er wusste nicht, was in dem Brief stand, den er für uns weitergeleitet hat. Sicher hat es ihn auch nicht interessiert. Und als er die Notiz an Miss Harlington gegeben hat, hatte er nichts Böses im Sinn."

„Das haben die wenigsten. Nichtsdestotrotz geht es auf sein Handeln zurück, dass Miss Harlington die Notiz gelesen hat und dann, in der Hoffnung, Sie dort – nun, wer weiß das schon? – vielleicht bei einer heimlichen Umarmung mit Mr Fontenoy zu erwischen, in die Milchkammer gegangen ist."

„Papperlapapp", sagte sie ungehalten. „Warum sollten wir uns dafür in eine alte, feuchte Milchkammer zurückziehen, wenn Arthur ein Cottage hat, das nicht weit entfernt liegt?"

Da musste der Inspektor tatsächlich lachen. „Sie vergessen wohl, dass Sie selbst angenommen haben, ich würde sofort von einer romantischen Verabredung ausgehen. Dabei wissen wahrscheinlich sowohl Sie als auch Miss Harlington, dass Mr Fontenoy keine Vorliebe für Frauen hegt, nicht einmal für Sie, Miss Drury."

Sie beruhigte sich, obgleich Nell nicht wusste, ob das gerade eine Beleidigung oder ein Kompliment war. „Sicher ist Miss Harlington einfach nur neugierig gewesen und wollte wissen, was wir dort treiben."

„Dabei muss ihr aber jemand gefolgt sein. Wie ich gehört habe, war sie nur kurz beim Abendessen mit der Familie. Unseren Einschätzungen nach ist sie zwischen neun und elf Uhr abends gestorben. Vielleicht dachte sie, dass Sie oder Mr Fontenoy wissen, wer Mr Parkyn-Wright umgebracht hat. Bestenfalls wusste sie, dass sie die Dowager Lady Ansley blamieren konnte, in dem sie ihr von Ihrem Rendezvous mit Arthur erzählte, den sie wohl partout nicht ausstehen kann."

„Das ist noch eine Untertreibung."

„Oder vielleicht hoffte Miss Harlington darauf, Sie vor den anderen Bediensteten in Verruf zu bringen."

„Möglich", sagte Nell mit einem Stirnrunzeln. „Doch selbst wenn ihr jemand gefolgt wäre, wer würde sie umbringen wollen? Arthur und ich waren es nicht."

Daraufhin schwieg der Inspektor.

„Das glauben Sie doch nicht wirklich?“, fragte sie beunruhigt.

„Ich muss. Das ist Teil meines Berufs. Aber die Fakten, die wir aus den Spuren in der Milchkammer gewonnen haben, werden uns die Wahrheit darlegen. In der Zwischenzeit müssen wir allerdings alle Möglichkeiten in Betracht ziehen. Meiner Meinung nach liegt die Antwort tiefer verborgen als in dem Treffen zwischen Ihnen und Mr Fontenoy.“ Dann hielt er kurz inne, bevor er weitersprach: „Miss Drury, ich habe Ihnen bereits mehr verraten als mir zusteht, schließlich bin ich der ermittelnde Inspektor und Sie nur eine Zeugin. Ich habe dennoch vor, Ihnen noch mehr mitzuteilen. Dazu kehre ich zurück zu dem Mord an Mr Parkyn-Wright und Ihrem Freund, Mr Ellimore.“

Da erstarrte Nell. „Er kann ihn nicht umgebracht haben. Darüber habe ich auch schon nachgedacht. Mr Peters hätte ihn gesehen, er hätte Mr Charles’ Schrei gehört und Guy auf der Galerie gesehen.“

Diesen Kommentar ignorierte der Inspektor. „Ich dachte mir, vielleicht wollen Sie davon wissen. Trotz seiner vorhergehenden Leugnung hat William Foster nun zugegeben, dass er sich mit Mr Ellimore im Dinnersaal unterhalten hat, bis etwa zwölf Uhr fünfundzwanzig. Dann ist er, genau wie Sie vermutet hatten, gegangen. Mr Ellimores Geschichte, dass er sich rund fünf Minuten später Ihrer Gruppe angeschlossen hat, ist damit bestätigt. Und bevor Sie mich jetzt fragen, ob ich glaube, dass einer der beiden lügt: Nein, das tue ich nicht. Lord Ansleys Chauffeur hat Foster in einem Van wegfahren sehen und wir haben auch einen Zeugen, der sich daran erinnert, wie Mr Ellimore und Foster den Dinnersaal zur gleichen Zeit verlassen haben. Trotzdem wäre ich Ihnen dankbar, wenn Sie diese Informationen vorerst für sich behalten würden."

„Aber Guy darf das doch sicher wissen", reagierte Nell abrupt. „Das sind doch gute Nachrichten. Sie können ihn unmöglich noch länger hinhalten."

„*Ich* werde ihm erzählen, dass sein Alibi bestätigt ist, wenn *ich* es für richtig halte."

Stille. Da Nell wusste, dass sie im Unrecht war, versuchte sie, die Stille zu durchbrechen. „Sie haben mir gesagt, wie Miss Harlington umgebracht wurde. Könnte es auch eine Frau gewesen sein? Arthur denkt, es wäre möglich."

„Damit hat er recht."

Und just in diesem Moment flog die Tür auf, Inspektor Melbray sprang auf die Füße und Nell drehte sich ruckartig um. Es war Lady Clarice, doch sie sah ganz und gar nicht aus wie sonst. Heute war sie rot im Gesicht und äußerst verärgert, ihr ganzer Körper zitterte vor Wut.

„Das", verkündete sie dem Inspektor und ignorierte Nells Anwesenheit dabei völlig, „ist einfach nicht gut genug."

„Was beunruhigt Sie, Lady Clarice?", fragte er.

„Was mich beunruhigt, braucht Sie nicht zu stören. Es geht um meine Geister. Wann werden Sie diesen Morden endlich Einhalt gebieten und für Gerechtigkeit sorgen? Erst einer und dann, wie ich gerade höre, gab es auch noch einen zweiten Toten! Und was macht die Polizei? Nichts, aber auch gar nichts!"

„Vielleicht können wir das später besprechen–"

„Nein, das können wir nicht. Ich bin gekommen, um Ihnen mitzuteilen, dass meine Geister Ihnen mit Rat zur Seite stehen werden – da Sie ja offensichtlich nicht Herr der Lage sind. Wann und wo werde ich Sie noch wissen lassen."

Zeit, einzuschreiten, dachte Nell. „Lady Clarice", begann sie mit fester Stimme, „das ist überaus nett von Ihnen und den Geistern, aber der Inspektor muss weiterkommen. Auf die Geister kann er nicht warten."

„Sie meinen es nur gut", erklärte Lady Clarice, „und keine Sorge. Die Geister werden nicht lange auf sich warten lassen."

„Und wozu?", hakte der Inspektor erstaunlich freundlich nach, wie Nell angesichts der Provokation fand.

„Junger Mann", wies Lady Clarice ihn mit kühler Stimme zurecht, „ein Mord in diesem Haus mag ja vielleicht noch toleriert werden von den Geistern, aber zwei sind definitiv zu viel. Merken Sie überhaupt, welche Stille uns umgibt? Nichts lassen sie von sich hören. Das ist ausgesprochen eigenartig. Ich nehme stark an, dass es bedeutet, dass sie etwas Furchtbares planen. Sie haben Parkyn-Wrights Mord hingenommen und ihn in ihrer Runde akzeptiert, aber mit diesem neuen Mord ist es etwas ganz Anderes."

Erneut versuchte Nell ihr Glück. „Miss Harlington ist erst vor wenigen Stunden gestorben. Vielleicht wird sie sich ja nach der Beerdigung beruhigen."

„So einfach ist das nicht. Ich wiederhole noch einmal, da geht etwas Merkwürdiges vor sich. Die Geister versammeln sich. Und wir werden sehen, was wir sehen werden, Inspektor. Die Geister werden diesen Fall ganz von allein klären."

„Und wie werden wir von dem Ergebnis erfahren?", fragte er, als wäre das ein völlig normales Routineprozedere bei einem Mordfall.

„Sie werden davon erfahren, weil *ich* es Sie wissen lasse. Ich denke, dass es nur noch eine Frage von ein paar Tagen ist. Und bitte, sagen Sie später nicht, ich hätte Sie nicht gewarnt."

Kapitel 12

„Mein Schicksal ruft“, sagte Inspektor Melbray trocken, als die Tür hinter Lady Clarice wieder ins Schloss ins fiel. „Obwohl Hamlet es nur mit einem Geist aufnehmen musste, habe ich es gleich mit einer ganzen Armee zu tun. Unglücklicherweise fällt das Übernatürliche nicht in den Ausbildungsbereich eines Scotland Yard Detektivs. Uns wird beigebracht, sich auf greifbarere Beweise zu verlassen. Glauben Sie an Geister, Miss Drury?“

„Keiner glaubt an Geister, bis er welche sieht“, antwortete Nell wie immer auf diese Frage.

„Oder sie spürt?“

„Ist es nicht normal, dass nach einem Mord eine merkwürdige Spannung in der Luft liegt?“

„So wie hier in Wychbourne Court“, kommentierte er. „Ist Lady Clarice ein Medium oder eine Spirituelle?“

„Die Menschen, die einst in diesen Wänden gehaust haben, liegen ihr sehr am Herzen“, verteidigte Nell sie. „Und das ist doch etwas Gutes. Es geht ihr nicht um die Steine und Wände, sondern um die Menschen. Aber sie braucht keine Ouija-Karten, um mit den Toten zu kommunizieren.“ Nell erinnerte sich, wie Lord Ansley in der ersten Trauerwelle über den Verlust seines Sohnes Noel versucht hat, darüber Kontakt zu ihm aufzunehmen. Genau wie Sir Arthur Conan Doyle auf diese Weise versucht hat, seinen Sohn zu erreichen. Aber davon, dass auch Lady Clarice davon Gebrauch macht, war nie die Rede. „Vielleicht leidet Lady Clarice unter der gleichen Anspannung und Unruhe wie wir alle hier, nur dass sie den Eindruck hat, es wären die Geister, die so aufgebracht sind."

Amüsiert sah der Inspektor Nell an. „Glauben Sie das wirklich?"

„Nun, ich stehe zwischen den Stühlen. Aber das ist keine besonders angenehme Situation."

„Ich geselle mich zu Ihnen. Lady Clarice glaubt, die Geister versammeln sich, weil sie Gerechtigkeit sehen wollen. Können sie uns wohl sagen, ob die richtige Person verurteilt wird oder nicht? Was glauben Sie?"

Meinte er das ernst? Nell versuchte, das Ganze aus seiner Perspektive zu betrachten. Machte er einen Fehler und das trotz der rechtlichen Verfahren, die dabei durchgegangen werden müssten, könnte das den Tod eines unschuldigen Menschen bedeuten. Das stellte durchaus Grund zur Sorge dar. „Wir können nur unser Bestes geben", sagte sie. „Doch woher sollen wir wissen, dass es auch *das Beste* ist? Wer kann das beurteilen, außer Gott?"

„So etwas können nur wir selbst einschätzen, Nell." Dann errötete er. „Entschuldigen Sie. Miss Drury, meinte ich. Warten wir also auf die Geister. Vielleicht deuten sie ihre Unzufriedenheit ja an", sagte er und hielt inne. „Seien Sie vorsichtig, Miss Drury."

„Das werde ich", erwiderte sie und fühlte sich unerwartet heiter. „Und ich glaube niemandem."

„Außer mir", erinnerte er sie.

Die Begegnung mit Lady Clarice führte Nell in eine Zwickmühle. Sollte sie Lady Ansley von ihrer Androhung berichten? Nein, entschied sie schließlich auf ihrem Weg zurück in den Westflügel. Ziemlich sicher hatte Lady Clarice es bereits wieder vergessen. Und falls nicht, würde es wahrscheinlich nicht über einen ihrer regelmäßigen Ausrufe hinausgehen wie „Sir Thomas ist auf Reisen“ oder „Violet ist erwacht“ oder über wen auch immer sie etwas bekannt gab. Nichtsdestotrotz würde sie Lady Clarice im Auge behalten, um mitzuverfolgen, ob sie das Thema noch einmal anbrachte oder nicht. Nell dachte auch darüber nach, ob sie Arthur warnen sollte, da er derjenige war, der Lady Clarice am nächsten stand. Doch dann erinnerte Nell sich, dass sie dem Inspektor – wie war eigentlich sein Vorname, wo er ihren so freiheraus verwendet hatte … ach ja, Alexander – dass sie Alexander versprochen hatte, sich mit niemandem sonst über den Fall auszutauschen. Zählten die Geister denn auch zu diesem Fall?

„Besuch für Sie am Gartentor, Miss Drury“, verkündete Mrs Fielding am Donnerstagmorgen schlecht gelaunt, als gehörte es zu Nells Angewohnheit, dass sie während der Arbeitszeit Gäste zum Tee empfing.

Wer war das nur?, fragte sie sich verärgert. Mit Mr Fairwheather war bereits alles geklärt und die Bestellung beim Metzger hatte sie auch schon durchgegeben. Was noch?

Es war Guy. Was sollte sie tun? Über sein bestätigtes Alibi durfte sie kein Wort verlieren. Aber er sah auch nicht aus, als suchte er Trost bei ihr. Tatsächlich sah er sogar sehr gut gelaunt aus.

„Zeit für einen kleinen Plausch, Nell?“

„Natürlich. Ich habe immer Zeit für einen Plausch. Mittag- und Abendessen warten einfach so lange“, erwiderte sie gereizt.

„Schon gut, es dauert auch nicht lange. Ich dachte nur, ich gebe dir kurz Bescheid, dass ich nun aus dem Schneider bin. Wer auch immer Mr Parkyn-Wright umgebracht hat, die Polizei ist nun überzeugt davon, dass ich es nicht war."

Der Inspektor hatte ihm also endlich Bescheid gegeben. Gut. „Komm ins Dienstbotenzimmer", sagte sie, „und ich mache dir einen Kaffee."

„*Wohin*?"

„In die Butlerküche. Früher hieß sie Dienstbotenzimmer."

„Dieser Gärtnersjunge, Foster", sagte er, während er es sich auf dem besten Stuhl gemütlich machte, „ist endlich zur Besinnung gekommen und hat zugegeben, dass wir uns eine ganze Weile im Dinnersaal unterhalten haben, genau wie ich gesagt habe. Der Polizei hat er auch mitgeteilt, warum er das zuvor abgestritten hat. Ich kenne den Grund nicht, aber fest steht, ich bin kein Mörder. Ich dachte, das würdest du vielleicht gern wissen."

„Das sind gute Neuigkeiten", erwiderte Nell. „Weiß Lady Warminster von alledem? Hat sie ihn dafür rausgeschmissen?"

„Keine Ahnung. Er hat mit der Polizei gesprochen – das ist alles, was ich zu wissen brauche."

Das sah Guy ähnlich. Eigenartig, dass man nach so langer Zeit immer noch Zuneigung für jemanden empfinden konnte, nun aber auch seine Fehler erkannte, die man anfangs nicht wahrgenommen hatte. Guy stellte sich nicht nur immer an die erste Stelle, was vielleicht sogar natürlich wäre, sondern auch an die zweite und dritte. Und hier saß er nun, immer noch der Alte.

„Das heißt, du darfst Wychbourne Court wieder verlassen? Wo geht es also als Nächstes hin?“

„Nach Stalisbrook Place. Diese Feier ist schon so bald, dass ich jetzt nicht abreise. Aber danach schon. Willst du nicht vielleicht doch mitkommen?“

„Bin an die Arbeit gefesselt“, erwiderte sie rasch.

„Zieht dich Paris denn gar nicht mehr an? Pruniers, der Eifelturm, das Folies Bergère-Theater ...“

„Eines Tages vielleicht.“

„Durch und durch der Zuhause-Mensch.“

„Du denkst, Wychbourne Court ist mein Zuhause?“, hakte sie nach. „Herrlich. Ich lasse am besten gleich Visitenkarten drucken.“

Da lachte er und nahm ihre Hand in die seine. „Ich meine es ernst, Nell. Das Angebot steht. Was wären wir doch für ein Team. Und du könntest weiterhin als Chefköchin arbeiten, warum auch nicht? Für jeden großen Ball in London und Paris könnten wir unsere Dienste anbieten. Musik von Guy Ellimore, Speisen von Nell Drury. Und später am Abend wären wir einfach nur verheiratet und glücklich wie zwei Turteltauben. Klingt das nicht verlockend?“

Dieses Mal war er penetranter als sonst. Er meinte es wirklich ernst, begriff sie. Doch wie sollte sie damit umgehen? Sachte, ermahnte sie sich. „Guy. Alles hat seine Zeit. Und unsere liegt entweder in der Vergangenheit oder noch in der Zukunft.“

Einen Moment lang schwieg er, dann zuckte er mit den Schultern. „Du wirst es wissen, du kanntest immer schon die besten Rezepte. Wirst du bei der Anhörung als Zeugin aussagen?“

Anhörung? Scheppernder Schellfisch – die Geister hatten ihre Gedanken so eingenommen, dass sie nicht eine Sekunde darüber nachgedacht hatte, dass es natürlich auch für Miss Harlingtons Mord eine Anhörung geben würde. Aber noch hatte sie davon nichts gehört. Würden Miss Harlingtons Eltern wohl auch dafür hierherkommen? Auch davon war noch nicht die Rede.

In der Zwischenzeit hatte sie Guy überzeugt, gehen zu müssen, und war in die Küche zurückgekehrt. Wo der helle Aufruhr herrschte. Anstatt dass jeder schweigend seinen Aufgaben nachging, standen alle zu zweit oder zu dritt beisammen, unterhielten sich aufgeregt und nur ab und an lief jemand in die Spülküche oder zu den Öfen. Gerüchte schwirrten umher wie Schmeißfliegen und Nell schnappte sich Kitty, um herauszufinden, was um Himmels Willen hier vor sich ging. Wie es schien, wurden Mr Peters genau wie Mrs Fielding und Miss Checkam erneut von der Polizei befragt. Auch Jimmy haben sie noch einmal durchlöchert. Und wo war Miss Checkam überhaupt? Sie war am gesamten gestrigen Tag und auch heute Morgen nicht in der Bedienstetenstube erschienen. Lady Ansley erwähnte, dass Miss Checkam viel Zeit mit Lady Enid verbrachte. Doch selbst wenn – Nell kam nicht umhin zu glauben, dass Miss Checkam ihnen aus dem Weg ging. Das sah der Dowager Lady Enid ähnlich, dachte Nell. Ohne Kontrolle keine Macht. Und die Dowager übte Macht auf die altmodische Art und Weise aus: Indem sie sich von allen auf Abstand hielt. Bisher hatte Nell keine Schwierigkeiten mit Lady Enid und doch ahnte sie, dass sie sicher von ihrer Freundschaft zu Arthur wusste.

Sobald das Mittagessen vorüber und es Nell gelungen war, den normalen Arbeitsrhythmus in der Küche wiederherzustellen, wurde sie wiederum von Lady Ansley aus der Routine gerissen. Was denn jetzt?, fragte sie sich. Schon am Morgen hatte sie mit ihr die Menüs besprochen, also musste es sich um etwas anderes handeln. Immerhin rief man sie nicht noch einmal zum Inspektor. Auch wenn er in letzter Zeit freundlicher mit ihr umsprang – das hieß doch sicher, dass er sie von der Verdächtigenliste gestrichen hatte, oder? Doch vielleicht war das auch nur seine Taktik: Menschen in Sicherheit wiegen lassen und dann zuschlagen. Unsinn, Nell, ermahnte sie sich barsch, blieb aber etwas beunruhigt.

Als sie in Lady Ansleys Gemach kam, sah sie, dass sie nicht ihre einzige Besucherin war. Überraschenderweise war auch Mr Beringer anwesend. Doch keine Spur von Lady Helen. Sie setzte sich auf den ihr zugewiesenen Platz und bemerkte, dass jedermanns Blick auf ihr ruhte wie zuvor der von Guy: Als ob sie irgendeine Antwort bereithielt. Humbug, ermahnte sie sich erneut. Du wirst noch größenwahnsinnig, hältst dich für wichtiger als du bist. Du bist keine Zaubrerin, sondern Chefköchin. Als Kind hatte sie mal Maskelyne's und Cooke's Automaton *Psycho* gesehen und bestaunt, wie er alle Fragen des Publikums zu beantworten vermochte. Sie aber war nicht Psycho.

„Wir haben gehofft", begann Lady Ansley, „dass Sie uns etwas darüber erzählen könnten, was es mit dem Tod von Elise auf sich hat. Gerald tappt genau wie wir im Dunkeln, aber Sie, Miss Drury, scheinen sich so gut mit dem Inspektor zu verstehen."

„Ich?“, hakte Nell überrascht nach.

„Das haben wir so gehört“, erklärte Rex entschuldigend.

„Nun, ich verstehe mich nicht besonders *gut* mit ihm. Er hat mich schon mehrmals befragt, aber über den Fall spricht er nicht viel. Keiner von ihnen. Aber das ist ihm auch nicht erlaubt“, erklärte sie und musste die Fakten hinsichtlich Guys Alibi verschweigen, doch sonst war es die Wahrheit.

„Selbst Ihre Einschätzung wäre uns schon eine Hilfe“, flehte Lady Ansley sie an. „Ich weiß, dass Sie Ihr Bestes tun, uns zu helfen.“

Nun dachte Nell nach. Was konnte sie ihnen sagen? „Wie es scheint, befragt er jeden noch einmal, begann sie, „was vielleicht bedeutet, dass die beiden Morde miteinander zusammenhängen. Was wir vermutlich alle denken.“

Sie hatte nicht viel preisgegeben, aber wenigstens Mr Beringer brachte es ins Nachdenken. „Ich habe Ihnen schon gesagt, Lady Ansley“, versicherte er ihr, „dass alles mit den Drogen zusammenhängt. Dessen bin ich mir sicher. Charlie war der Dealer und Elise seine Klientin.“

„Möglich“, stimme Nell ihm ganz diplomatisch zu. Dabei brachte Mr Beringers Kommentar sie nur zurück zum Anfang. Doch vielleicht, kam ihr nun der Gedanke, vielleicht tat er das absichtlich. Hatte er irgendwelche Motive, an dieser Erklärung festzuhalten? Arthur hatte ihr doch von seinem Verdacht erzählt, dass auch Mr Beringer etwas aus seiner Vergangenheit zu verheimlichen hatte.

„Sehen Sie doch nur, was er Helen damit angetan hat“, fuhr Rex fort. „Helen hat diesen Schuft angehimmelt, dabei war alles, woran er dachte, ihr Dope zu verkaufen. Gott sei Dank hat man ihn erwischt, bevor es zu spät für sie war. Und Elise war natürlich auch eines seiner Opfer“, ergänzte er rasch, vielleicht etwas zu rasch für Nells Geschmack. Ihm war auf jeden Fall daran gelegen, die Drogengeschichte in den Vordergrund zu stellen, doch was half es, Miss Harlingtons Ruf zu schützen? Denn er vertrat nicht die Meinung, dass sie eine Gehilfin von Mr Charles war – ganz im Gegenteil.

„Die Spuren, die sie nach dem Tod gefunden haben, müssen nun noch von Experten überprüft werden, genau wie bei Mr Charles“, erklärte Nell. „Das wird noch etwas Zeit in Anspruch nehmen.“

„Welche Spuren?“, fragte Rex abrupt zurück.

„Das Übliche“, erwiderte Nell und verschränkte die Hände, in der Hoffnung, nichts Falsches zu erzählen. „Sie haben Fußabdrücke genommen und einige Gegenstände konfisziert. Wissenschaftler können alles Mögliche entdecken anhand von Haaren, Fusseln und dergleichen.“

„Wurde das bei Charlies Tod auch so gehandhabt?“, hakte Rex nach.

„Das müssen sie.“ Immer mehr fühlte Nell sich in eine Ecke gedrängt wie Little Jack Horner, nur dass sie keine Rosinen hatte, die sie aus einem Christstollen herauspicken konnte.

„Wie lange wird sich das Alles noch hinauszögern, was denken Sie?“, fragte Lady Ansley. „Mein Mann hat mir erzählt, dass die Anhörung um zwei Wochen verschoben wurde und dass die Eltern die Beerdigung bei sich in Hampshire abhalten wollen. Auch wenn das nur verständlich ist, fühle ich mich, als wären wir in Wychbourne Court dadurch Ausgestoßene“, sagte sie und versuchte damit offensichtlich einen Scherz zu machen. „Wir sind nun wohl ein Haus mit schlechtem Ruf.“

„Das wird vorübergehen“, erklärte Nell entschieden. Zuerst zögerte sie, doch dann entschied sie sich, Lady Ansley vor der Sache mit den Geistern zu warnen, falls sie sonst noch nichts darüber gehört hatte. „Lady Clarice“, sagte sie, „meint, dass die Geister sehr unzufrieden sind.“

Daraufhin seufzte Lady Ansley nur. „Das war von ihr zu erwarten.“

„Sie hat Inspektor Melbray erzählt, dass die Geister sich bald zeigen werden, um ihren Unmut über die polizeilichen Ermittlungen zum Ausdruck zu bringen.“

„Sie haben sich ja auch nicht gezeigt, als Charlie gestorben ist“, wandte Rex ein.

„Das sind schlechte Nachrichten, Nell“, sagte Lady Ansley ernst. „Clarice ist sehr exzentrisch in ihrem Geisterglauben – und doch hat dieses Hauses etwas an sich, das ihren Geschichten Glaubwürdigkeit verleiht. Die meiste Zeit über ist es hier sehr warmherzig und einladend, wie ein Haus voll Liebe. Aber manchmal fühlt es sich an, als gäbe es einen heftigen Ruck, woraufhin alle Menschen von den Portraits sich versammeln, auf uns herabschauen und sich einig sind, dass etwas nicht stimmt.“ Dann sah sie zu den beiden und lächelte. „Sie denken sicher, ich werde auch schon verrückt, Rex“, fuhr sie fort. „Und Sie doch auch, Nell.“

„Auf keinen Fall", versicherte Nell ihr. „Auch ich habe das so empfunden, als ich zum ersten Mal hierherkam. Zu Beginn habe ich gedacht, es lag an der Art von Monsieur Antoine, und ich glaube wohl, dass sein Benehmen auch etwas damit zu tun gehabt hat. Es kam mir anfangs immer vor, als stünde das Haus mit sich selbst im Streit. Als wäre der alte Teil des Hauses im Krieg mit den zwei neuen Flügeln. Vielleicht gibt es einen anderen Grund hierfür, aber vielleicht stimmt wirklich etwas nicht und wir verbeißen uns nur in den polizeilichen Ermittlungen."

„Nein", widersprach Rex. „Häuser nehmen sich ihre Bewohner zum Vorbild. Das haben Sie selbst einmal so gesagt, Miss Drury. Sie führen kein eigenständiges Leben. Wenn hier also ein merkwürdiges Gefühl in der Luft hängt, dann kommt es von uns. Und sobald wir unseren Frieden wiedergefunden haben, wird sich das auch im Haus niederschlagen."

„Doch das wird erst sein, wenn wir den Mörder hinter diesen zwei schrecklichen Todesfällen gefunden haben", sagte Lady Ansley verzweifelt.

Was um alles in der Welt war denn bloß los?, dachte Nell. Der gestrige Tag mit dem unerwarteten Besuch und Lady Ansleys Verzweiflung war bereits schlimm genug, doch auch der Freitag versprach keine Besserung. Als Nell von ihrer Menübesprechung mit Lady Ansley zurückkam, schien es, als hätte man zu einem Streik aufgerufen, denn niemand war in der Küche. Niemand sah nach dem Herd. Stattdessen hatte sich das gesamte Küchenpersonal um einen Tisch versammelt, ganz ungerührt davon, dass die Zeit rannte und es bald soweit war für das Mittagessen. Doch der Grund dafür kam schnell ans Licht: Mrs Fielding weinte bitterlich in Miss Checkams Armen. Auch die Gesichter der übrigen Bediensteten waren grau und trist.

„Was ist geschehen?", fragte Nell alarmiert.

Ausnahmsweise konnte Mrs Fielding darüber hinwegsehen, dass Nell ihre Feindin war.

„Es ist Freddie", sagte sie schluchzend. „Sie sind gekommen und haben ihn mitgenommen. Ihn herausgezerrt. Und wegen Mordes festgenommen."

Mr Peters? Das konnte Nell nicht glauben. Das musste ein Irrtum sein. Mr Peters hatte mit den Drogen der Reichen und Schönen nichts am Hut. Dann erinnerte sie sich an ihre Erpressungstheorie und dass er womöglich ein Geheimnis hatte, das auf seine Jahre im Kriegsdienst zurückging. Außerdem hat man ihn in ein Gespräch mit Mr Charles verwickelt gesehen und er hätte tatsächlich die Möglichkeit gehabt, ihn umzubringen. Für etwa zwanzig Minuten oder länger, wie Nell mit wachsender Bestürzung auffiel, war er der Einzige im großen Saal gewesen, der Dolch und das Stofftuch, um sich von dem Blut abzuschirmen, in seiner unmittelbaren Nähe. Genau wie Mr Charles oben auf der Galerie. Doch das war bloß die Theorie und Nell konnte sich partout nicht vorstellen, dass der Mord auf diese Weise stattgefunden hatte.

Als sie zuletzt mit dem Inspektor gesprochen hatte, gab es kein Anzeichen dafür, dass er kurz davor stand, jemanden festzunehmen. Es stimmte allerdings, dass er die Möglichkeit erwähnte, womöglich den Falschen zu verurteilen – bedeutete das etwa, dass er Mr Peters bereits ins Auge gefasst hatte, nun, wo Guy aus dem Schneider war?

Doch sie konnte weder den Inspektor um mehr Informationen bitten noch sich mit Arthur darüber austauschen, da ihr verboten worden war, auf eigene Faust weiter zu ermitteln. Dann wiederum fiel ihr ein, dass Inspektor Melbray sie nur gebeten hatte, sich nicht mit anderen darüber zu beratschlagen. Aber nicht einmal er konnte ihr verbieten, sich mit sich selbst zu beraten.

Von Kitty erfuhr Nell, dass sie Mr Peters zur Polizeiwache in Sevenoaks gebracht hatten. Und als sie in den großen Saal ging, war im Frühstückssalon keine Spur von Polizisten zu entdecken. Der Meierraum im Ostflügel würde heute leer stehen, dachte sie, da Mr Peters weg war und Mrs Fielding unpässlich. Also gut, sagte sie, ich werde mich dorthin zurückziehen, anstatt mit den anderen in der Bedienstetenstube zu essen. Dann holte sie sich ein Tablett und nahm das Essen mit in ihren auserkorenen Rückzugsort, fand ihn allerdings wider Erwarten nicht leer vor. Miss Checkam saß darin und wie es schien, suchte sie jemanden, um zu reden.

„Haben Sie es schon gehört?“, erkundigte Miss Checkam sich unruhig bei Nell, sobald diese das Tablett abgestellt hatte.

„Ich habe jede Menge gehört“, erwiderte sie und versuchte, ein ermutigendes Lächeln aufzusetzen. Schließlich wollte sie ohnehin noch mit Miss Checkam sprechen. „Sie meinen Mr Peters?“

„Ja. Ich kann es einfach nicht glauben, dass er zwei Menschen umgebracht haben soll. Er hat doch schon den Krieg durchgestanden, das sollte genug Leid sein.

Obwohl sie sich dort sicher daran gewöhnt haben, dem Tod ins Auge zu blicken."

Nell entschied, auf diesen Kommentar nicht einzugehen. Denn ihrer Meinung nach war es genau anders herum. Männer, die im Krieg waren, so wie auch Guy, hatten durchaus genug Tote gesehen. Zu viele, um die Zahl selbst zu erhöhen. Stattdessen murmelte sie etwas Verständnisvolles.

„Madam würde Sie gern sehen", sagte Miss Checkam kontextlos. „Lady Enid."

„Weshalb?" Sofort läuteten bei Nell die Alarmglocken. Arthur hatte erwähnt, dass der Drache jeden Augenblick erwachen konnte. Wie es schien, war sie erwacht. „Wegen Mr Peters?"

„Ich denke, es geht um die Morde im Allgemeinen."

Nicht schon wieder. „Ich weiß auch nicht mehr über die Ermittlungen als alle anderen", erwiderte Nell vorsichtig.

„Und doch hat jeder den Eindruck, dass Sie das Ganze aus allen Winkeln betrachten können."

Es war unnütz, dagegen zu argumentieren. Und die arme Miss Checkam hatte mit Charlie genug durchgemacht, als dass sie sie nun hängen lassen konnte. Miss Checkam wollte helfen und dafür musste es einen Grund geben. Also fasste Nell Mut und wollte das Problem angehen. „Falls Sie sich sorgen, dass die Polizei Sie verdächtigt wegen Ihrer Beziehung zu Mr Charles, dann liegen Sie falsch. Die können Sie nicht verdächtigen. Mr Peters war vermutlich vor Ort, als Mr Charles umgebracht wurde. Er hätte Sie oder wen auch immer auf der Galerie gesehen."

„Und doch hat ihn jemand umgebracht“, wandte Miss Checkam ein. „Wenn Mr Peters tatsächlich dort war, muss er es gewesen sein. Und deswegen haben sie ihn festgenommen.“

„Nichtsdestotrotz bräuchten sie noch andere Beweise.“

An diesen Gedanken klammerte Miss Checkam sich eifrig. „Sie haben recht. Dann muss die Polizei sich ja sehr sicher sein, dass er es war.“

Aber, waren sie das?, fragte sich Nell und erinnerte sich an Inspektor Melbrays merkwürdige Frage. *War* er von Mr Peters Schuld überzeugt? Doch in der Zwischenzeit musste sie dem Wunsch der Dowager nachkommen. „Wann wünscht Lady Enid mich zu sprechen?“, fragte Nell resigniert.

„Um drei Uhr.“

Wunderbar. Genau dann, wenn sie mit den Vorbereitungen für das Abendessen beginnen sollte.

„Bisher habe ich geschwiegen“, verkündete die Dowager Nell etwa eine Stunde später, als sie bei ihr im Dower House erschien, „über diese schrecklichen Vorfälle in Wychbourne Court. Doch nun ist es an der Zeit, etwas zu unternehmen.“

Mit ihren altmodisch langen Röcken und dieser Frisur sah sie ganz aus wie Queen Mary, dachte Nell. Sie hatte Charisma und den unerbittlichen Willen, immer und mit allem recht zu behalten. Dieses Haus in seiner jakobitischen Erhabenheit gefiel Nell und Lady Enid war eine würdige Schlossvogtin für das prächtige Anwesen.

„Wie ich höre", fuhr die Dowager fort, „wissen Sie Einiges darüber, was hier vor sich geht."

Und auch zum zigsten Mal verneinte Nell dies. „Weitaus weniger als Lord und Lady Ansley."

„Das kann ich nicht beurteilen, doch Sie haben den Vorteil, sowohl die Familie als auch die Bediensteten zu Ohr zu bekommen."

„Ich *bin* eine Bedienstete", betonte Nell unbehaglich und hoffte, dass man nicht von ihr erwartete, von dem Klatsch der Anderen erzählen zu müssen.

„So mögen Sie manche sehen. Ich aber nicht. Ich halte viel von Ihrer Meinung und Ihrem Verstand, Miss Drury."

Blubbernde Bananen, was hatte all das zu bedeuten? „Danke sehr", erwiderte Nell leise.

„Meine Meinung zu diesen abscheulichen Taten ist die folgende", sagte Lady Enid, „und ich würde gern hören, ob Sie diese teilen. Erstens, hoffe ich, dass Sie wissen, was für ein Humbug diese Gerüchte um Drogen sind. Meine Enkelin war lediglich unpässlich für ein paar Tage. Und falls Charles Parkyn-Wright irgendeine Art von Tabletten gegen seine Beschwerden genommen hat, dann ist beziehungsweise war das allein seine Angelegenheit."

Obgleich Nell wusste, dass sie schon zu Beginn scheitern würde, hatte sie keine Wahl. „Diese Sicht kann ich leider nicht teilen, aber respektieren", erklärte sie und kreuzte gedanklich die Finger.

„Also gut." Dann grub sich Lady Enids Blick tiefer in Nell. „Wir haben unterschiedliche Meinungen. Kommen wir als Nächstes zu Elise Harlington, dem armen, unglücklichen Mädchen. Ich glaube, sie wusste, wer

Charles umgebracht hat und war mutig genug, den Mörder mit der Wahrheit zu konfrontieren. Würden Sie mir zustimmen?"

„Das ist durchaus möglich", erwiderte Nell und war erleichtert, der Dowager wenigstens in diesem einen Punkt zustimmen zu können.

„Nächster Punkt, Miss Drury. Wenn wir annehmen, dass es bei alledem nicht um illegale Drogen ging, dann muss es andere Gründe für die beiden Morde geben. So melodramatisch wie das auch klingt, ich nehme an, es handelt sich um Erpressung."

Nells Meinung von Lady Enid besserte sich erheblich. „Das sehe ich auch so."

„Doch wer erpresste wen, ist die Frage. Sollten wir annehmen, dass Charles der Erpresser war und nicht derjenige, der damit drohte, ein Geheimnis herauszuposaunen, wie man sagt?"

„Ja, das glaube ich auch", gab Nell ihr leise recht. Nun nahm Lady Enid voll und ganz die Haltung der Boudicca ein.

„Dann müssen wir herausfinden, wen er erpressen wollte. Ich muss Ihnen mitteilen, dass Miss Checkam eines seiner Opfer war, wenn auch nur auf milde Weise. So wie sie es mir berichtet hat, hat Charles ihr schöne Augen gemacht und sie hat sich törichterweise auf ihn eingelassen. Anschließend hat er ihr damit gedroht, Lady Ansley über ihr Tête-à-Tête zu informieren, was in einem Haus von solch gutem Ruf, wie Wychbourne Court ihn genießt, unweigerlich zu ihrer Entlassung geführt hätte. Ihn deshalb zu ermorden, wäre allerdings eine sehr unangebrachte Lösung."

„Ja“, erwiderte Nell, wenngleich sie glaubte, dass die Angst vor einer Entlassung dieser Tage sicher nicht mehr aktuell war. „Obwohl es natürlich sein konnte, dass–“

Nell war sehr erleichtert darüber, dass sie keine Zeit hatte, diesen Satz fertig auszusprechen: dass Mr Charles im Eifer des Gefechts von der zurückgewiesenen Miss Checkam ermordet wurde.

„Dann ist da noch Peters“, unterbrach Lady Enid sie, „der nun verhaftet wurde. Es gibt Gemunkel über irgendeine alte Geschichte aus Kriegszeiten. Sie sind zwar noch jung, Miss Drury, aber auch Sie werden erleben, dass unglückliche Dinge aus der Vergangenheit immer wieder ans Licht kommen – und manchmal kommt die Wende genau im richtigen Moment. Das Gleiche gilt übrigens für jemanden, über den ich nicht sprechen möchte – meinen Nachbarn, Mr Fontenoy. Mein verstorbener Ehemann war bereit, über seine Fehler hinwegzusehen. Ich bin es nicht. Aber es ist mir nicht entgangen, dass Sie einen derartigen Lebensstil zu tolerieren scheinen.“

„Es gibt ja vielleicht noch weitere Opfer“, warf Nell schnell ein. „Andere, die Vergangenes auch lieber vergangen wissen wollen.“

„Sie sind sehr mutig, Miss Drury. Für Sie scheint die Möglichkeit eines Mordes als Folge einer lange verborgenen Vergangenheit nicht in Frage zu kommen. Doch wenn Sie älter werden, werden Sie verstehen, dass die Vergangenheit erst gestern war. Es bleibt nur noch Rex Beringer, es sei denn ich zähle meine eigene Familie hinzu.“

„Und Lady Warminster“, ergänzte Nell.

„Ah, ja. Ich habe einige Gerüchte über sie gehört und Charles ganz sicher auch. Eine Lebedame zu sein – wie, glaube ich, der aktuelle Ausdruck für derlei Liebesgeschichten ist –, ist eine Sache, aber eine Affäre mit dem eigenen Gärtner ist eine ganz andere. Ich kenne General Warminster genau wie auch seine Reaktion darauf, wenn ich etwas Ärger bereiten wollte. Aber Mr Beringer ist ein anderer Fall. Sein Interesse an Helen ist unumstritten, ich konnte allerdings – genauso wenig wie Lady Bracknell in dem schrecklichen Stück ‚Ernst sein ist alles' – nichts über seine Familiengeschichte herausfinden. Ich gehe nicht davon aus, dass Mr Beringer in einer Handtasche an der Victoria Station ausgesetzt wurde, doch sollte auch nur etwas Ähnliches tatsächlich der Fall sein, würde das nicht nur seinen Stand, sondern auch seine Tauglichkeit als Ehemann für meine Enkelin in Frage stellen."

„Aber sicher würde Lady Helen nicht–"

Da hob die Dowager die Hand. „Ganz recht. Aber Mr Beringer würde sich nicht in der Position eines, sagen wir, Aufsteigers wissen wollen, vor allem, da Charlie es dann sicher auf ihn abgesehen hätte."

Da schluckte Nell. „Warum erzählen Sie mir all das, Lady Enid?"

„Meine Schwiegertochter, Lady Ansley, sagt, Sie verstehen sich gut mit dem Inspektor und Sie sind diskret. Also möchten Sie ihm vielleicht einen meiner Gedanken unterbreiten. Falls Peters tatsächlich der Mörder sein sollte, sind sie unnütz und können einfach vergessen werden. Doch falls nicht, könnten meine Ideen womöglich behilflich sein. Ach, und, Miss Drury? Sollten Sie noch irgendwo ein, zwei Gläser von diesem köstlichen Rosenblattgelee haben, wäre ich sehr dankbar dafür."

Typisch, dachte Nell. Über die Marmeladen und Gelees wachte Mrs Fielding.

Kapitel 13

Heute würde die reinste Katastrophe werden, dachte Nell, während sie ihr Kleid anzog und sich gedanklich auf den Tag einstellte. Sie gewann den Eindruck, dass Wychbourne Court sich von Tag zu Tag mehr entzweite. Jedes Haus hatte seine Geheimnisse, genau wie jede Familie oder jeder Einzelne, doch irgendwann kam der Punkt, an dem man die Geheimnisse vergessen und die Wunden heilen lassen musste. Und dieser Tag war gekommen, entschied Nell. Es war Montagmorgen am 13. Juli und vor etwa drei Wochen hatte dieser Albtraum begonnen. Heute würde die Polizei sich allein darauf konzentrieren, Mr Peters für schuldig zu befinden, also war es Nells Aufgabe, alles zu tun, was in ihrer Macht stand, um herauszufinden, ob die Polizei recht hatte.

Große Worte – aber konnte sie ihnen auch gerecht werden? Nun, man wusste nie, ob ein neues Rezept gelang, wenn man es nicht ausprobierte. Da Lady Enid auch zu glauben schien, dass Nell irgendwelche magischen Kräfte besaß, die es ihr ermöglichten, aus all den Zutaten ein akzeptables Gericht zu zaubern, konnte sie den Kopf nicht ohne Weiteres in den Sand stecken. Wenngleich Inspektor Melbray ihre Detektivarbeit für so wertvoll hielt wie passierte Tomaten, wusste Nell, dass auch passierte Tomaten ihren Nutzen hatten.

Als Nell ihr Gesicht im Spiegel sah, verzog sie es zu einer Grimasse. Weder war es der Faltencreme gelungen, ihr die verführerische Schönheit zu verleihen, die die Werbung versprach, noch wiesen ihre braunen Locken die Geschmeidigkeit auf, von der in allen Modemagazinen die Rede war. Sie musste sich einfach mit ihren begrenzten Möglichkeiten zufrieden geben, passierte Tomaten hin oder her. Schließlich hatte auch Dumas, der große französische Koch, sich nicht von irgendwelchen Einschränkungen aufhalten lassen. Immer wieder prahlte er mit dem großen Dinner, das er für eine Gruppe von Freunden zubereitet hatte, nachdem seine Frau alle ihre drei Köche nur wenige Stunden vorher entlassen hatte. Und auch seine Speisekammer war so gut wie leergeräumt, vorrätig hatte er nichts außer Reis und Tomaten. Doch mit diesen zwei Zutaten allein hatte Dumas ein Dinner gezaubert, das all seine Freunde in pures Erstaunen versetzte (zugegeben, guter Wein hatte auch seinen Teil zum Erfolg beigetragen). Und genau so wollte auch Nell handeln, wenn sie sich in die Ecke gedrängt fühlte. Obgleich Nell ihre Zweifel hatte, dass die Gäste in Wychbourne Court sich mit Reis und Tomaten entzücken ließen. Nichtsdestoweniger schadete es nicht, auf die Probe zu stellen, was sie trotz ihrer begrenzten Möglichkeiten hinsichtlich der Mordfälle herausfinden konnte.

Es fühlte sich falsch an, sich zum Mittagessen in der Butlerküche zu versammeln, jetzt, wo Mr Peters nicht hier war. Und doch blieb Nell keine Alternative, da es der einzige Ort war, an dem Mr Briggs sich wohl fühlte. Und so saß er mit einem zufriedenen Lächeln auf den Lippen da.

„Ich kann mir nicht vorstellen, worüber wir so dringend sprechen müssen, Miss Drury“, beschwerte sich Mrs Fielding.

„Es ist durchaus ein unpassender Moment“, stimmte Miss Checkam zu. „Ich wollte gerade Lady Ansleys Garderobe bügeln.“

„Es geht um Mr Peters. Oder wollen Sie etwa, dass er ins Gefängnis kommt, obwohl vielleicht die Chance besteht, ihn davor zu bewahren?“, fragte Nell milde.

„Nein“, erwiderte Mr Briggs mit heftigem Kopfschütteln.

Diese schnelle Reaktion von ihm überraschte Nell. Er war so überzeugt, dass man meinen konnte, er wusste etwas, das er ihnen noch nicht gesagt hatte.

„Und was wollen Sie dagegen tun, Mr Briggs?“, knurrte Mrs Fielding.

„Es geht eher darum, was *wir* tun können“, erwiderte Nell. Doch mit dieser Einstellung hatte sie gerechnet. „Wir wissen nicht, welche Beweise die Polizei gegen Mr Peters anführt, doch gegen ihn spricht, dass es aussieht, als wäre er der Einzige, der die Möglichkeit hatte, Mr Charles unbemerkt umzubringen. Für etwa fünfundzwanzig Minuten zwischen Mitternacht und zwölf Uhr dreißig war er allein im großen Saal. Das wiederum bedeutet, er muss entweder gesehen haben, wer es war, oder es selbst gewesen sein. Aber wenn er jemanden gesehen hätte, hätte er das längst gesagt.“

Mr Briggs sah besorgt aus. „Nein“, rief er. „Nicht da gewesen.“

„Was sagen Sie denn da?“, keifte Mrs Fielding ihn an. „Natürlich war er da.“

„Nein. Hat Sie geküsst, im Kellerraum.“

Sofort wurde Mrs Fieldings ganzes Gesicht rot. „Wollte die Eulen anschauen gehen. Und habe Sie gesehen, durch das Fenster.“

Da hielt Nell die Luft an. „Sind Sie sich sicher, Mr Briggs? Dass es um diese Zeit an genau dem Abend war?“ Es konnte stimmen, dass er durch den schmalen Gang zwischen dem Hauptgebäude und dem Ostflügel gegangen war. Der Kellerraum war Teil des Erdgeschosses, aber unweit vom Kellereingang im Untergeschoss entfernt. Er lag am Ende eines Korridors mit vielen Geschirrschränken, der an der einen Wand des großen Saals entlangführte. Nur ein paar Schritte von Mr Peters Posten an jenem Abend. Üblicherweise wurde dieser kleine Raum hauptsächlich als kurzzeitiges Zwischenlager genutzt, beispielsweise für kleine Mengen Wein, den man zuvor aus dem Untergeschoss geholt hatte. Doch an jenem Abend schien er einem aufregenderen Zweck gedient zu haben.

Totenstille herrschte im Raum. Nell hörte das laute Atmen von Mrs Fielding, während sie Mr Briggs' mit Bestürzung betrachtete. Dann fingerte er in seiner Jackettasche herum und zog ein zerfleddertes, mit Leder umschlagenes Notizbuch hervor.

„Tagebuch“, sagte er stolz und blätterte, bis er die gewünschte Seite fand und sie Nell vor die Nase hielt.

Dann las sie es in Mr Briggs' beinahe unentzifferbarer Handschrift: „Samstag, 20. Juni. Viertel nach zwölf. Bin ins Schloss gegangen. Habe Mrs Fielding und Mr Peters und Albert gesehen.“

„Ist Albert eine der Eulen, Mr Briggs?“, fragte Nell ruhig nach.

„Ja. Mr Ball, VC.“

Albert Ball VC, ein heldenhafter Jagdflieger aus dem Krieg, der mit dem Viktoria-Kreuz ausgezeichnet worden war. Ein passender Name für einen schnell fliegenden Jagdvogel. Nun hegte Nell keinen Zweifel mehr, dass Mr Briggs Mrs Fielding und Mr Peters tatsächlich im Kellerraum gesehen hatte, doch womöglich brauchte es noch mehr Beweise als diesen Tagebucheintrag, um Inspektor Melbray davon zu überzeugen.

Sie atmete tief durch. „Mrs Fielding?"

Stille. Was sollte sie nun tun?, fragte sich Nell verzweifelt. Und dann wurde die Stille so plötzlich unterbrochen, dass Nell aufschreckte.

„Er hat recht", platzte es aus Mrs Fielding heraus. „Mr Peters und ich waren dort. Um halb eins, kurz bevor Sie alle zurückkamen, ist er zurück in den großen Saal gegangen."

„Haben Sie das denn nicht der Polizei gesagt?", hakte Nell ungläubig nach.

„Daran habe ich nicht gedacht", stöhnte Mrs Fielding. „Sie haben mich nie über Mr Peters ausgefragt. Wollten nur wissen, was ich getan habe. Und da ich die meiste Zeit über im Weinkeller verbracht habe, ist es das, was ich erzählt habe."

„Und warum hat Mr Peters nichts gesagt?", fragte Miss Checkam. „Das ist doch sein Alibi."

„Er ist eben ein Gentleman", fuhr Mrs Fielding sie an. „Ich nehme an, er wollte nicht prahlen. Es war wegen des Tanzes in der Bedienstetenstube", erklärte sie. „Er konnte nicht beiwohnen, aber er tanzt sehr gern. Als ich dann also in den großen Saal kam, um zu sehen, wie es mit dem ganzen Geisterkram voranging, sagte er: ‚Komm, wir haben unseren eigenen Tanzabend im Kellerraum. Die Anderen kommen frühestens in zwanzig Minuten zurück.'"

Viel Platz bot der Kellerraum nicht, außer vielleicht für einen Bunny Hug, dachte Nell, und unterdrückte das aufkommende Bild vor ihrem inneren Auge von Mr Peters und Mrs Fielding, wie sie aneinander geschmiegt Black Bottom tanzen. Vermutlich war es eher ein Moment der Küsse und Umarmungen.

Nun begann Mrs Fielding zu weinen. „Wurde mein Freddie deswegen festgenommen? Ich dachte, dass dieser Gentleman viel früher umgebracht wurde. Bevor sie sich alle im großen Saal versammelt haben."

„Das weiß ich nicht. Aber es wäre auf jeden Fall wichtig, wenn die Polizei wüsste, wo sie um die Uhrzeit wirklich waren. Wenn Mr Peters bei Ihnen war, bedeutet das nicht nur, dass er Mr Charles nicht umgebracht haben konnte sondern auch, dass jeder, der von seinem Aufenthalt auf der Galerie wusste, unbemerkt zu ihm gelangen konnte."

Allmählich gewann Mrs Fielding ihre Fassung zurück und wurde wieder die Alte. „Was ist denn mit Ihnen, Miss Checkam?", fragte sie. „Wo waren Sie?"

„Sie haben gesagt, dass Sie beim Tanz der Bediensteten waren", erwiderte Nell für sie, als Miss Checkam nur ungern antworten wollte. „Und sind dann ins Bett gegangen."

„In mein Zimmer", korrigierte sie Nell, „nicht ins Bett."

Erneut zeigte sich Mr Briggs bereit, zu helfen. „Ich habe auch Sie gesehen", sagte er und Miss Checkam errötete. „Mit diesem bösen Gentleman, der auf Polly losgegangen war."

Sofort erstarrte Miss Checkam. „Das war, *bevor* Mr Charles auf die Galerie gegangen ist. Wir haben nur kurz ein paar Worte gewechselt."

„Das sagen *Sie*", knurrte Mrs Fielding.

„Nun, bitte erklären Sie uns das, Miss Checkam", bat Nell. „Wir müssen die Dinge richtig stellen, um Mr Peters Willen."

Miss Checkam blickte aufmüpfig drein. „Ich war wütend", gestand sie widerwillig. „Ich war in meinem Zimmer, aber ich musste noch Lady Ansleys Nachtwäsche für sie bereitlegen. Und als ich auf dem Weg zum großen Treppenhaus war, bin ich Mr Charles begegnet, wie er die Treppe zur Galerie hochging. Ich wollte mit ihm reden, aber er hat sich nicht aufhalten lassen. Und er war sehr unhöflich, also bin ich wieder gegangen. Und da ja nichts passiert war, habe ich schon ganz vergessen, dass ich ihn überhaupt noch einmal gesehen hatte. Mr Peters war zu dem Zeitpunkt noch im großen Saal, er hätte also gesehen, wenn ich mir dort den Dolch genommen hätte. Aber wie ich schon sagte: All das war *bevor* Mr Charles umgebracht wurde."

„Es ist dennoch relevant", wandte Nell mit fester Stimme ein. „Sie beide sollten noch einmal mit der Polizei sprechen."

Nun mischte Mrs Fielding sich wieder ein. „Miss Drury hat recht. Ich kann nicht zulassen, dass sie meinen Freddie hängen – vor allem nicht für etwas, das er nicht getan hat. Dieser gute Mann."

Das war immerhin ein Anfang, dachte Nell, wenngleich sie ihr Wort dem Inspektor gegenüber gebrochen hatte, sich nicht wie ein Hamster auf die Suche nach Informationen zu begeben. Aber schließlich war das doch bloß ein Plausch unter Kollegen. Miss Harlingtons Tod war nicht einmal zur Sprache gekommen. War Mr Peters womöglich darin verwickelt? Angenommen er hatte doch Mr Charles umgebracht und Miss Harlington wusste davon? Der Schlüssel lag gewiss in Mr Charles' Tod. Für einen kurzen Moment zweifelte Nell, doch wenn sie jedem ihrer Zweifel nachfühlte, käme sie nirgendwohin.

Weiter ging es: Abgesehen von Lord Richards Eifersucht hatte er kein Motiv, Mr Charles umzubringen. Und überhaupt, er hätte es nicht tun können, ohne dass seine Schwestern seine Abwesenheit bemerkt hätten. Doch mit Mr Peters im Kellerraum konnte sich jeder aus der ersten Gruppe entfernt und auf die Galerie geschlichen haben, um ihn umzubringen. Die arme Lady Helen befand sich wirklich nicht in der Lage, jemanden umzubringen, und Lady Sophy hatte überhaupt kein Motiv. Blieben also Mr Beringer und Lady Warminster. Und Arthur? Nell zwang sich dazu, ihn wenigstens in Betracht zu ziehen. Ging seine Kaltblütigkeit soweit, dass er Charlie umbringen würde? Er hatte entschieden, sich Nells Gruppe *nach* der ersten Hälfte anschließen. Aber wo war er davor? Guy hatte inzwischen ein Alibi, sonst stünde er nun noch genauso unter Verdacht.

Nell seufzte. Schön und gut für jemanden wie Sherlock Holmes, wenn er dem Scotland Yard auf die Füße trat, doch Nell kannte die Gefahr für *sie*, wenn sie Inspektor Melbray auf die Füße trat.

Dann erinnerte Nell sich daran, dass Arthur jeden Tag am späten Vormittag zu seinem Spaziergang durch das Dorf aufbrach. Wenn sie ihm dabei zufällig begegnete und die beiden ein wenig plauderten, konnte man ihr wohl kaum etwas unterstellen – ganz gleich, worum die Unterhaltung sich drehte.

„Meine liebe Nell, was für eine Freude, Sie zu sehen“, begrüßte Arthur sie und nahm den Hut ab. „Ich bitte Sie, begleiten Sie mich doch ein Stück an diesem wunderbaren Morgen, wenn Ihr Zeitplan es zulässt. Wir könnten uns im Coach and Horses ein Glas Cider gönnen.“

„Es wäre mir eine Freude“, stimmte Nell ihm feierlich zu.

„Ich bin zutiefst beunruhigt darüber, dass man Peters festgenommen hat“, sagte er, als die beiden zum Inn schlenderten.

„Fälschlicherweise, dessen bin ich mir sicher“, erwiderte Nell beherzt. „Wie es scheint, hat er sogar ein Alibi, steht aber nicht dazu.“

„Welch ein Unglück. Aber ein Gentleman schweigt und genießt, wenn es um eine Dame geht. Ich nehme an, das ist der Fall?“

Nell lachte. „Ganz recht.“

„Oder wenn es um einen Gentleman geht“, schob er nach. „Wir haben auch unsere Regeln, aber ich bezweifle, dass Lady Enid diesbezüglich zustimmen würde. Tatsächlich bin ich überrascht, dass sie noch nicht versucht hat, mir den Mord an Charlie oder der schönen Elise anzuhangen. Denn einen Riecher für alte Skandale hat sie durchaus. Und ich bin gewiss, wenn Sie mit ihr geredet haben, wird sie auch auf meinen zu sprechen gekommen sein.“

„Selbst wenn sie davon weiß, hat sie ihn nicht erwähnt, ganz zu schweigen davon, dass ich–“

„Nichts darüber wissen möchte?“ Dieses Mal musste er lachen. „Oh, Nell. Ganz sicher möchten Sie das. Und es stört mich nicht im Geringsten, Ihnen oder sonst irgendwem davon zu erzählen. Abgesehen von der Polizei, natürlich. Eine traurige Geschichte. Sie geht meiner Freundschaft mit Lady Enids Mann Hugo, dem Vater von Lord Ansley, weit voraus. Es geht um einen jungen Mann, den Sohn einer sehr bekannten Familie, der mir sehr am Herzen lag. Als unsere Liaison publik wurde, zumindest insoweit es das Gesetz erlaubte, und seine Eltern von seiner Vorliebe für Männer erfuhren, hat er sich das Leben genommen. Er war meine erste Liebe und die erste Liebe sitzt tief. Niemals wird man sie vergessen, im Gegenteil, sie ruht in einem geschützten Teil des Herzens. Und dennoch, die Erinnerung daran erwacht *nicht* einfach sechzig Jahre später und resultiert dann in einem Mord. Aber es stimmt, dass mir die liebe Elise ins Ohr geflüstert hat, dass ich sicher nicht möchte, dass die Ansleys von meiner Vorliebe erfahren, oder sonst irgendjemand.“

„Wie haben Sie darauf reagiert?“, fragte Nell und reflektierte den Gedanken der ersten liebe. War Guy ihre erste Liebe? Oder war es jener Junge vom Austernstand in Spitalfields, der ihr als demütiges, zwölfjähriges Mädchen wie ein Gott vorgekommen war?

„Ich habe ihr gesagt, dass bereits alle, die ich schätze, darüber Bescheid wissen und alle anderen kein Interesse an dieser Information hätten. Woraufhin sie erwiderte, dass es die Polizei durchaus interessieren würde. Als Nächstes forderte ich sie dazu heraus, erst einmal Beweise zu finden. Da meine beiden Partner leider tot sind und ich im Gegenteil zu Mr Oscar Wilde kein indiskretes Leben geführt habe, gibt es keine anderen Beweise als lediglich Tratsch, Gerüchte und Gerede. Elise war sichtlich enttäuscht, fürchte ich. Vor allem nachdem ich sie darüber informiert habe, dass Charlie sein Glück mit ähnlichen Drohungen auch schon versucht hat. Ebenfalls vergeblich."

„Danke, Arthur", sagte Nell. Da sie ihn nun nicht länger als Verdächtigen für den Mord an Mr Charles in Betracht ziehen musste, wuchs auch ihre Zuneigung für ihn. Sicher hatte es ihn Einiges an Überwindung gekostet, ihr diese traurige Geschichte zu erzählen. Wenngleich er vermutlich tatsächlich davon ausgehen musste, dass sie eines Tages an die Öffentlichkeit gelangen konnte, doch davon einmal abgesehen. Das hier war ihr Privileg. Eines, zu dem Inspektor Melbray keinen Zugang hatte.

„Lady Enid hat auch Mr Beringer ins Gespräch gebracht", sagte Nell, als die beiden sich im Außenbereich des Coach und Horses je mit einem Glas Cider an einen Tisch setzten. Was für einen Kontrast diese friedvolle Szene vor ihnen im Vergleich zu dem Grund darstellte, der sie hier hat zusammenkommen lassen.

„Ach, der gute Rex, ja."

„Wie sie sagte, ist nichts über sein Erbe herauszufinden. Ich nehme an, das heißt, dass er entweder ein Hochstapler ist oder" – nun klang sie sehr ehrwürdig – „zu einem Rang aufgestiegen ist, in den er nicht hineingeboren wurde. Aber das liefert gewiss keinen Grund für eine Erpressung, oder?"

„Er möchte Helen heiraten, Liebes."

„Doch selbst wenn die Ansleys das nicht befürworten sollten, würden sie sich ihrem Glück sicher niemals in den Weg stellen. Aber Lady Enid meinte, dass es ihm nicht gefallen würde, wenn der Eindruck entstünde, sie wegen des Geldes zu heiraten. Ist das vielleicht ein Grund für eine Erpressung?"

„Charlie Parkyn-Wright würde das zweifelsohne so sehen, ja. Und Elise sicher auch. Nell, zufälligerweise weiß ich über Mr Beringers Erbe Bescheid. Durch ein Gespräch mit den Eltern von Charles auf seiner Beerdigung. Sie kennen Rex – oder kannten ihn mal. Er ist der Sohn eines Jägers aus Derbyshire und äußerst intelligent. Dank des wohlhabenden Arbeitgebers seines Vaters hat er in Oxford studiert und anschließend im Kolonialdienst sehr gute Arbeit geleistet. Er ist bei Gott nicht arm, aber er hat auch kein Einkommen, mit dem er Lady Helen den Lebensstil garantieren könnte, den sie gewohnt ist."

„Aber das ist doch eine gute Geschichte", sagte Nell entschieden.

„In Ihren Augen, ja. Andere mögen das anders sehen."

„Hält er seine Vergangenheit absichtlich geheim?"

„Nein. Es ist eher, dass sie noch nie zur Sprache gekommen ist. Ich bezweifle allerdings nicht, dass Charlie ihn damit sicher schon zu erpressen versucht hat. Aber was ist noch, Nell? Ich sehe, dass Ihnen noch etwas anderes durch den Kopf geht."

Nell lächelte. „Neben Mr Peters sind es noch die Geister. Hat Lady Clarice Ihnen schon erzählt, dass sie glaubt, die Geister wollen sich gemeinsam gegen die Polizei auflehnen?"

„Das hat sie, wenngleich sie andere Worte dafür gebraucht hat. Sie hat mir sehr detailliert darüber berichtet. Doch sollte Peters wegen Mordes verurteilt werden, haben sie keinen Grund mehr, sich zu versammeln. Dann wird Gerechtigkeit walten."

„Und was, wenn nicht?"

„Dann, fürchte ich, meint sie es ernst."

„Aber was glaubt sie denn, was geschehen wird?"

„Darüber weiß ich, da ich noch kein Geist bin, leider nichts."

Nell hingegen fand dies nur wenig später heraus, wie sie bei ihrer Rückkehr in Wychbourne Court feststellen durfte. Von Lady Clarice wurde nämlich der besondere Wunsch geäußert, den Nachmittagstee im Blauen Salon einzunehmen, wo sie auch Nell zum Tee erwartete.

Als Nell im Blauen Salon eintraf, saß Lady Clarice am Fenster, sah auf die Einfahrt und den Vorhof hinunter und hielt ihre Gedanken eifrig in einem Notizblock fest. So dünn wie sie aussah, fragte Nell sich, wo bei ihr eigentlich all die Sahne landete. Denn Lady Clarice hatte eine Schwäche für Schokoladenkuchen mit der französischen *crème anglaise.*

„Ich habe schon Pläne geschmiedet für das Geistertreffen", sagte sie und winkte Nell mit einer Hand auf den Platz ihr gegenüber.

„Das gestatten Ihnen die Geister?", fragte Nell ehrlich.

„Unter bestimmten Umständen, wie beispielsweise den Vorkommnissen in diesem Haus, ja. Da ich nicht glaube, dass Peters verantwortlich ist für diese beiden Morde, habe ich entschieden, meine eigenen Pläne zu machen. Und über Ihre Kooperation bei dem Ganzen würde ich mich freuen. Mögliche Säle, in denen das Treffen stattfinden kann, sind bloß die folgenden zwei: Zum einen der große Saal und zum anderen die Kapelle."

„Die Kapelle ist Teil des jüngsten Flügels dieses Hauses", erwähnte Nell. „Würden die älteren Geister sich dorthin begeben?"

„Das trifft auf die neue Kapelle zu. Ich rede von der alten. Auch wenn es nicht länger heiliger Boden ist, beeinflusst die vorhergehende Nutzung dieses Ortes womöglich das Ergebnis. Und immerhin ein Mörder wird anwesend sein, obschon reumütig."

Nun war Nell verwirrt. „Der Mörder von Mr Charles und Miss Harlington?"

Gereizt sah Lady Clarice zu Nell. „Die Mörder unter den *Geistern*, Nell. Ich glaube jedoch, dass sie sich für den großen Saal entscheiden werden. Und das wiederum bedeutet, dass immerhin Charlie dabei sein wird."

„Und wer sonst wird kommen? Ich meine", schob Nell eilig nach, „an Zuhörern."

„Jeder, der in diese schreckliche Thematik involviert ist. Die Polizei natürlich auch. Und ich werde meinen Bruder informieren, da es schließlich sein Haus ist. Und Sie, Nell, sollten all denen Bescheid geben, deren Anwesenheit Sie für nötig halten. Ich habe nichts gegen Bedienstete, auch nichts gegen Gärtner, insofern sie für den Fall relevant sind."

„Und wann haben wir mit diesem Treffen zu rechnen?", fragte Nell und sah auch aus dem Fenster, in der Hoffnung, die Ankunft von jemandem mitzubekommen.

„Das werden die Geister mir in Kürze mitteilen. Doch zuerst müssen wir von Peters hören."

„Das wird gleich soweit sein." Unerwarteterweise verspürte Nell große Hoffnung. „Denn er läuft gerade über den Vorhof."

Genau wie die Polizei. Just in diesem Augenblick waren auch Inspektor Melbray und sein Sergeant aus dem Polizeiwagen gestiegen.

„Ohne Kaution freigelassen." Mr Peters setzte sich in die Bedienstetenstube und sah Nells Meinung nach sehr müde aus, doch alle anderen Bediensteten versammelten sich um ihn herum, auch Miss Checkam. Mrs Fielding stand stolz an seiner Seite. „Das habe ich der guten Mrs Fielding hier zu verdanken", sagte er, „und Miss Checkam."

„Wir haben es doch gesagt, nicht Miss Checkam?", prahlte Mrs Fielding und stellte ihm eine Tasse Tee hin. „Dass Sie dich überhaupt verdächtigt haben ..."

„Alles nur ein Missverständnis", erklärte Mr Peters vorsichtig.

„Aber warum sollten Sie Mr Charles umbringen wollen?", kam Mrs Fielding nun so richtig in Schwung. „Die sind doch alle töricht. Alle beisammen. Und dann sind es auch noch wir, die ihre Gehälter zahlen. Dabei nehmen sie gute Menschen wie dich fest und lassen Mörder frei herumlaufen. Ich weiß einfach nicht, was aus dieser Welt noch werden soll."

„Mit Menschen wie dir wird die Welt nicht zu Schanden gehen", sagte Mr Peters heldenhaft.

Ein Missverständnis? Darüber musste Nell nachdenken. Anscheinend hatte es mehr Beweise gegeben als nur der Mangel eines Alibis. Hatte Mr Charles auch Mr Peters erpresst? Möglich war es. Doch da musste noch mehr dahinter stecken.

Dann sprang Nell gedanklich zu ihrer Theorie zurück, bei der Miss Harlington über den Mörder von Mr Charles Bescheid wusste. *Woher* konnte sie es wissen? Mögliche Antworten: Entweder sie hat gehört, wie sich jemand aus der ersten Gruppe davongeschlichen hat oder sie ging nach dem Ausschlussverfahren vor. An jenem Abend hatte sie beinahe ohne Unterbrechung mit Mr Charles getanzt. Falls Erpressung der Grund für seinen Tod war und sie genau wie er Gerüchte gesammelt hatte, dann könnte das ein Motiv für ihren Mord sein. Sie kannte Mr Charles' Kunden, bewegte sich in den richtigen Kreisen und war eine entschiedene, hübsche Frau.

Halt, wo führt dich dieser Gedanke hin, Nell?, ermahnte sie sich selbst.

Beweise. Die Polizei hatte in Elises Zimmer nach Beweisen gesucht. Aber wonach haben sie gesucht? Nach ihrem Mörder? Nach Drogen? Ja, aber was war mit dem Aspekt der Erpressung? Angenommen Mr Charles und Miss Harlington steckten beide unter einer Decke, was bedeutete das für die Drogengeschichte? Warum hatte Miss Harlington eine so große Menge Drogen bei sich im Zimmer und nicht Mr Charles? Sie erinnerte sich, wie der Inspektor sie damals gefragt hatte, ob ihr das irgendetwas sagte. Und wie er auf ihre Antwort hin meinte, sie würde noch nicht weit genug denken. Also gut, dann ginge sie jetzt einen Schritt weiter. War es möglich, dass sie und vielleicht auch die Polizei das Ganze aus der falschen Perspektive betrachtete? War vielleicht Miss Harlington der Kopf, der hinter den Erpressungen und den Drogen stand?

Nell spürte, wie Aufregung in ihr aufstieg. Angenommen, Mr Charles war das Opfer, wie sie es die ganze Zeit über von Miss Harlington angenommen hatten, und er stand unter ihrer Fuchtel – würde das nicht passen? Schließlich hatte Inspektor Melbray von dem Skandal im Jahr 1922 berichtet, dass Chans Kunden hauptsächlich wohlhabende junge Frauen waren, nicht Männer. Warum sollten sie nicht auch mit den Drogen handeln?

„Miss Drury, was führt Sie hier her?", begrüßte sie der Inspektor, als Nell am Mittwochmorgen den Frühstückssalon beziehungsweise sein Allerheiligstes betrat. „Geht es um Frederick Peters?"

„Nein. Also, ja. Ich bin sehr froh, dass er unschuldig ist."

„Die Aussage ist nicht ganz korrekt. Wir haben nur nicht genügend Beweise, um ihn zu verurteilen, nun, wo Mrs Fieldings Aussage – ganz gleich ob sie wahr oder falsch ist – auch in Betracht gezogen werden muss."

Ihre Überraschung schien ihm nicht entgangen zu sein. „Ich spreche jetzt einmal ausgesprochen freiheraus, aber ich glaube, es ist an der Zeit. Wie ich gehört habe, haben Sie die Finger im Spiel gehabt, damit die zwei Frauen ihre Aussagen machen. Dafür danke ich Ihnen. Aber, wozu sind Sie jetzt hier?" Bei seinem ernsten Gesichtsausdruck glaubte Nell beinahe, es wäre besser, zu verschwinden. Er war offensichtlich nicht in Diskussionsstimmung.

„Ich habe da eine Theorie–", sagte sie und hielt inne, als sich sein Gesichtsausdruck veränderte. Dann fasste sie wieder Mut. „Und ich würde sie Ihnen gern erzählen, damit Sie entscheiden können, ob etwas dran sein könnte. Vielleicht ist es auch eine Fährte, der Sie bereits folgen."

„Fahren Sie fort", sagte er steinern.

„Womöglich war Miss Harlington die Drogenhändlerin und Erpresserin, nicht Mr Parkyn-Wright. Sie haben mir schließlich erzählt, dass Mr Chan hauptsächlich *Klientinnen* hatte."

Sein Gesicht blieb unlesbar. „*Brilliant Chan* nannte man ihn", sagte er abwesend. „Aus Deutschland hat er das Zeug über Holland herausgeschmuggelt. In Deutschland war es nicht illegal. Und ja, ich glaube, dass Chan die ein oder andere weibliche Händlerin hatte." Von dieser Annahme schien er nicht besonders beeindruckt.

„Und die Erpressungen?", hakte sie nach.

„Sie konnte durchaus Parkyn-Wrights Partnerin gewesen sein", räumte er grimmig ein, wie ihr schien.

„Und was ist mit dem Gedanken, dass sie der Kopf hinter allem war?", sagte Nell stur.

Ungerührt sah er sie an. „Ich werde darüber nachdenken. Womöglich hat sie nach seinem Tod übernommen."

Stille. „Ich musste Ihnen einfach davon erzählen", sagte Nell albern.

Noch immer Stille. Nach einer Weile sagte er schließlich: „Tagebücher. Wir vom Scotland Yard schreiben Tagebuch, an jedem Tag. Das ist Vorschrift. Wir schreiben alles auf, was uns an diesem Tag passiert ist. Genau an dem Tag, nicht später. Auch unsere Ausgaben notieren wir. Und die Tagebücher werden jede Woche überprüft. Das ist ein gutes System. Nur so kann ich vor Gericht präzise Beweise vorführen. Auch Elise Harlington hat ein Tagebuch geführt. Sie muss zwischen neun und zehn Uhr abends gestorben sein und als wir diesen Morgen ihr Zimmer durchsucht haben, haben wir das Tagebuch gefunden. Auch wenn es gut versteckt war. Es sah aus wie eine Bibel im Lederumschlag, bis wir hineingesehen und entdeckt haben, dass darin eine kleine Holzkiste war, in der das Tagebuch lag. Charlie Parkyn-Wright hat kein Tagebuch geführt oder zumindest gab es keines unter seinen Habseligkeiten. Aber in dem von Miss Harlington waren alle Gerüchte festgehalten, alles Gerede, das sie gegen jemanden nutzen konnten. Zunächst dachten wir, das bedeutete, sie war seine Sekretärin. Aber die Welt verändert sich. Vielleicht haben Sie recht, Miss Drury. Ich werde darüber nachdenken."

„Und nun", fuhr er fort, „sage ich Ihnen, warum wir Peters festgenommen haben. Aber das ist vertraulich, natürlich. Wir haben geahnt, und nun wissen wir es sicher, dass seine Aussage über seinen Standort an jenem Abend falsch war. Außerdem haben wir seine Akte überprüft, vor allem die über seine Zeit im Krieg. Das gehört alles zu unserer Arbeit. Sehr aufwendig und langweilig, die meiste Zeit zumindest – es sei denn, man findet etwas Spannendes. Und seine Akte hat sich an ein oder zwei Stellen als überaus spannend erwiesen. Kriegsakten werden im späteren Leben nur noch selten überprüft. Beispielsweise kann sich ein einfacher Soldat Colonel nennen und keiner wird es bezweifeln, wenn er sich entsprechend verhält. Mr Peters' Akte ist zu entnehmen, dass er wegen Diebstahls vor dem Militärgericht stand. Es gab zu viele fehlende Gegenstände unter den Gefallenen, als dass dieser Fall unbeachtet bleiben konnte. Und sie alle konnten auf Frederick Peters zurückgeführt werden. Doch Major Noel Ansley hat ihn gerettet und seither hat Peters sich nie wieder etwas zu Schulden kommen lassen. Als Noel Ansley gefallen ist, hat man Lord Ansley über seine Vergangenheit informiert. Es ist auch denkbar, dass seine Söhne davon wussten. Nichtsdestotrotz ist Peters jetzt ein anderer Mensch. Es wäre ein starkes Motiv für Peters, Charles Parkyn-Wright umbringen zu wollen, insofern er – wie Sie sagen – mit Elise Harlington zusammengearbeitet hat, falls er von seinem Hintergrund erfahren haben sollte."

„Das zählt allerdings nicht, wenn Lord Ansley bereits davon wusste", wandte Nell ein.

„Aber Peters wusste nicht, dass Lord Ansley darüber informiert war. Also bleibt sein Motiv. Es gab demnach ein Motiv, die Gelegenheit und die Tatwaffe – deshalb haben wir ihn verhaftet."

„Sind in Miss Harlingtons Tagebuch noch mehr Opfer erwähnt worden, abgesehen von Mr Peters?"

Der Inspektor schwieg. Katholische Karotten – jetzt war sie zu weit gegangen. „Ich meine beispielsweise Mr Beringer. Und vermutlich auch Miss Checkam und Lady Warminster."

„Ah", sagte er und lächelte. „Lady Warminster. Sie hat mir erzählt, dass Sie am Samstag für sie kochen werden."

„Sie werden auch da sein?"

„Lady Warminster war so freundlich, mich einzuladen. Also ja, das werde ich. Und ob Lady Warminster in Miss Harlingtons Tagebuch erwähnt wurde – vermutlich kennen Sie die Geschichte ohnehin und ich sehe keine Notwendigkeit, sie zu wiederholen."

Nun hatte er sie Schachmatt gesetzt. Nur zu gern hätte sie ihn gefragt, ob er die Ansleys darüber aufgeklärt hatte, hielt sich aber zurück. Stattdessen fragte sie vorsichtig: „Und wo führen Ihre Ermittlungen Sie nun hin?"

„Offiziell halten wir weitere Befragungen ab und graben tiefer, wie Archäologen. Eines Tages finden wir unser Troja."

„Und inoffiziell?"

„Inoffiziell befrage ich die Geister, was wir als nächstes tun sollen."

Kapitel 14

Nichts war so einfach und nichts so grandios wie die Menüs, die sie Lady Warminster vorgeschlagen hatte, dachte Nell wehmütig. Aber für Ihre Ladyschaft musste es französisch sein. Nells eigene Ideen entsprachen den exquisitesten Speisen, die die Menschheit kannte – doch für Lady Warminster bedeutete *haute cuisine* leider nichts als Preis und Namen. Bei der Frage nach echten schwarzen Trüffeln aus Périgord oder der teureren, aber künstlich hergestellten Alternative kam der Geschmack nur an zweiter Stelle. Genau wie bei Nells Kirschwein-Wackelpudding aus Kent, der durch den prahlerischen Nachtisch *pêches à l'Aurore* ersetzt wurde. Nichtsdestotrotz wäre Monsieur Escoffier sicher stolz auf sie gewesen, dachte Nell. Denn auch er glaubte an Einfachheit und kraft ihrer Versicherung, dass dieses oder jenes Gericht zu seinen Lieblingsrezepten zählte, konnte Nell bei Lady Warminster so manchen Kompromiss herausschlagen, der nicht weniger französisch aussah, als Monsieur Le Président Deschanel oder der Comte d'Orléans es sich hätten wünschen können. Nur schade, dass sie nicht zu den Gästen zählten.

„Was ist mit den Eiscremes, Miss Drury?", fragte Kitty unruhig. Das Buffet sollte um neun Uhr serviert werden und es war inzwischen acht. Die Feier war in vollem Gange – selbst in der Küche konnte Nell Guy und seine Männer musizieren hören.

„Noch nicht", antwortete sie. Gott sei Dank hatte sie Kitty und Michel als Unterstützung dabei, dachte Nell.

Mrs Squires kümmerte sich derweil um das Essen für Lord und Lady Ansley, die es für unpassend hielten, so kurz nach den zwei Todesfällen auf ihrem Anwesen an einem Ball teilzunehmen. Lord Richard, Lady Helen und Lady Sophy aber waren hier, genau wie Mr Beringer. Allmählich gewöhnte Nell sich an ihn. Es war bereits so lange ein Gast in Wychbourne Court, dass er sich beinahe wie ein Teil der Familie anfühlte. Glücklicherweise zählte er zu den Guten: Lady Helen war er eine Stütze, Lord Richard leistete er gute Gesellschaft und selbst Lady Sophy mochte ihn. „Er hat sich mit mir über die *Ilias*unterhalten“, erzählte sie Nell voller Begeisterung. „Er hat nämlich in *Oxford* studiert.“

Lady Enid hatte die Einladung nach Stalisbrook abgelehnt, aber Arthur sagte murmelnd, dass er nicht widerstehen konnte. „Lady Warminster ist ein ganz besonderer Mensch“, erklärte er. „Ich frage mich jedoch wirklich, was ihr armer Ehemann von diesem fröhlichen Getümmel hält. Denn der Charleston, den Ihre Ladyschaft bei den Musikern eingefordert hat, ist in der Ferne Mesopotamiens gewiss nicht bekannt, fürchte ich.“

Nell vertrat Arthurs Meinung über Lady Warminster, aber die Zusammenarbeit mit den Küchenbediensteten von Stalisbrook Place hatte sie als unerwartet angenehm empfunden. Die nachvollziehbare Feindseligkeit Nell gegenüber aufgrund ihres Eindringens dort konnte sie umgehen, indem sie die Bediensteten ab und an nach Rat fragte, sie sogar manchmal um Hilfe bat. Ihr Interesse stieg umso mehr, als schließlich Lady Sophy in der Küche auftauchte und man sie keine Forderungen stellen hörte, sondern: „Kann ich Ihnen helfen,

Nell? Oh bitte, lassen Sie mich Ihnen unter die Arme greifen."

Da musste Nell ein Lachen zurückhalten. „Vielen Dank, Lady Sophy", antwortete sie großzügig, „doch ich erhalte bereits so wunderbare Unterstützung von jedermann hier", sagte sie und zeigte mit den Armen auf alle Anwesenden, „dass alles in besten Händen ist."

Lady Sophy verstand. „Ja, das kann ich sehen", erwiderte sie nicht weniger begeistert, während sie die vielen Gerichte bestaunte, die auf dem Küchentisch darauf warteten, von den Dienern nach oben gebracht zu werden. „Das sieht alles außerordentlich gut aus. Bitte zeigen Sie mir doch auch den Dinnersaal", bat sie, „ich kann es kaum erwarten."

Auch Nell verstand diesen Hinweis und sobald die beiden sich weit genug von den anderen entfernt hatten, verkündete Lady Sophy: „Ich werde hier noch verrückt. Es ist, als hing der Fluch von Tutanchamun über dem Haus."

„Bloß, weil es hier aussieht wie in Aladins Höhle?", fragte Nell neugierig.

„Es ist einfach alles so unecht. Überhaupt nicht wie Wychbourne Court. Ich weiß, es ist mein Zuhause, aber ich bin mir sicher, dass auch unsere Gäste sich dort wohlfühlen. Aber hier ... Sehen Sie doch einmal all diese künstlichen Lilien und Lotus an. Warum kann der General nicht einfach einen Rosenstrauß bekommen?"

Jetzt lachte Nell. „Sie können den General ja in den Garten zu seinen Rosen führen. Wie dem auch sei. Mr Escoffier war ein Freund von unechten Blumen."

„Das ist ja noch nicht alles. Dieser Ort zeugt einfach nur von viel Geld, wirkt dabei aber vollkommen herzlos. Genau wie diese Frau."

„Meinen Sie damit etwa Ihre Gastgeberin?", hakte Nell pathetisch nach.

Lady Sophy kicherte. „Oh ja. Ach, Nell. Falls Sie William sehen, bitte sagen Sie ihm, dass ich mir einen Tanz mit ihm wünsche – er wird zu beschämt sein, mich zum Tanz aufzufordern."

Da verzog Nell das Gesicht. Lady Warminster fiele vor Schreck in Ohnmacht, wenn sie einen ihrer Bediensteten auf diesem hochgeschätzten Ball beim Tanzen entdeckte, insbesondere ihren geliebten Gärtner. „Wäre das denn William gegenüber fair?"

Schmollend räumte Lady Sophy ein: „Vermutlich nicht." Doch sogleich erhellte sich ihr Gesicht. „Und was, wenn ich es mit General Warminster abspreche? Es weiß gewiss ohnehin jeder von Williams Anwesenheit beim letzten Ball in Wychbourne Court. Und sollte der General doch noch nichts davon gehört haben, erzähle ich es ihm. Das wäre doch der letzte Schrei."

„Also gut, aber auf Ihre Verantwortung", warnte Nell sie.

„Ich bin nun einmal ein Was-soll's-Mensch. Genau wie Sie."

Nell grinste. „Eins zu null für Sie, Lady Sophy. Wenn Sie meinen, es auszuhalten, wenn Lady Warminster Ihnen zusetzt, nur zu. Aber letztlich gilt das Wort des Generals, also könnte Ihre Ladyschaft William wohl kaum rausschmeißen. Wie dem auch sei. Der General wird es sicher sportlich nehmen. Und Lady Warminster wird sich nicht allzu sehr beschweren, denn er könnte womöglich denken, dass Ihre Ladyschaft viel Zeit mit dem Gärtner verbracht hat in seiner Abwesenheit." Bei diesen Worten sah Lady Sophy zu Nell, die nun, völlig überrumpelt, auch nicht mehr unschuldig reagieren konnte. „Ohoh", sagte Lady Sophy entzückt, „jetzt habe ich aber guten Grund anzunehmen, dass Sie mir etwas verschwiegen haben, Nell. *Hat* Lady Warminster denn zu viel Zeit mit dem Gärtner verbracht?"

„Das fragen Sie besser einen Polizisten", konterte Nell leicht verstimmt.

Puh. Zum Glück hatte diese Andeutung, dass da vielleicht mehr war zwischen William und Lady Warminster, als es zunächst schien, Lady Sophy nicht verärgert. Damit war auch Nells Sorge, dass Lady Sophy William vielleicht nicht nur als Versuchskaninchen für ihre soziale Gleichheitskampagne betrachtete, sondern tatsächliches Interesse an ihm hegte, ein für alle Mal ausgeräumt.

„Das sieht perfekt aus, Nell", lobte Guy sie, als er in Abendgarderobe und mit Klarinette in der Hand auf sie zukam. Mit den Medaillen prominent auf seinem Jackett sah er so schneidig aus wie der Prince of Wales. Gerade hatte sie das Buffet noch einmal genauestens inspiziert, denn in fünfzehn Minuten sollte es losgehen. „Ist alles bereit?", fragte er und sah anschließend zweifelnd auf den gut gefüllten Tisch. „Bekommen die Musiker auch etwas hiervon ab?"

„Frag die Gastgeberin."

„Die ist unauffindbar. Zuletzt gesehen habe ich sie beim Tanz mit einem alten Marinechef, besser bekannt als Vize-Admiral von hier und da. Und was ist mit

Resten in der Küche?“, hakte er hoffnungsvoll nach. „Ist auf jeden Fall besser als das, was wir sonst bekommen würden, denke ich.“

„Darauf musst du lange warten, Guy“, sagte Nell genervt. „Reste werden erst in einigen Stunden zurück in die Küche geräumt.“

„‚Gib den Truppen zu essen und halte sie bei Laune‘, das war im Krieg immer das Motto der Offizierskantine.“ Mit dem Kommentar schien Guy wieder gehen zu wollen, doch just in diesem Moment gesellte sich ein etwas älterer Herr mittlerer Größe zu ihnen. Er hatte graues Haar und sehr scharfe Augen, wie Nell nicht entging. Die Uniform samt den Medaillen stellte sofort klar, wer er war.

Sogleich zeigte Guy sich anders. „General, wir haben uns bereits kennengelernt. Darf ich Ihnen Miss Drury vorstellen, die Chefköchin an diesem Abend.“

„Es ist mir eine Ehre, Miss Drury. Doch nur ein Blick auf das Buffet hätte genügt, um zu wissen, dass Sie hier am Werk sind. Während des Krieges habe ich des Öfteren im Carlton gegessen und ich erinnere mich noch, dass Sie Mr Escoffiers Lieblingslehrling waren. Begegnet sind wir uns allerdings nicht, glaube ich. Er hat mir aber erzählt, dass es Ihnen sehr gut gelingt, den Menüs ihre persönliche Note zu verleihen.“

Nell lachte nur. „Beschwipste Bergziege, dass Sie sich daran noch erinnern können.“

„Aber natürlich. Und nun arbeiten Sie also in Wychbourne Court“, fuhr er fort. „Gleich zwei Todesfälle, wie ich hörte. Ich habe Lord und Lady Ansley bereits mein Beileid ausgedrückt. Meine Frau sagt, sie war am Abend des ersten Mordes zugegen. Eine Schande, dass sie ganz allein da war. Unser Chauffeur hatte zwar frei an jenem Abend, aber auch einer unserer Gärtner fährt manchmal. Doch anscheinend hatte er eine andere Verabredung. Ein Gentleman mit Ambitionen, nehme ich an. Ich habe gehört, dass er und Lady Sophy sich manchmal getroffen haben. Sie interessieren sich wohl beide für die Gartenbaukunst. Ungewöhnlich, aber was soll man sagen. Wir müssen mit der Zeit gehen. Miss Drury, wenngleich Sie sicher sehr beschäftigt sein werden heute Abend, Sie gewähren mir doch gewiss einen Tanz mit Ihnen?“

Es war offensichtlich, dass General Warminster über Williams Eskapade in Wychbourne Court informiert war, auch wenn er wohl nicht die ganze Geschichte kannte. Doch bevor Nell auf seine Frage reagieren konnte, tauchte Lady Warminster wie aus dem Nichts neben ihnen auf. Sie trug leuchtend gelbe arabische Hosen und eine seidene Tunika und überall an ihr glitzerten Diamanten. Man konnte fast annehmen, sie würde heute Abend noch einen Bauchtanz vorführen – bloß, dass die entsprechenden Teile ihres Körpers dekorativ bedeckt waren. Doch sie sah umwerfend aus, das musste Nell ihr lassen.

„Aber Liebling, du kannst doch nicht mit der angestellten Kochhilfe tanzen“, sagte sie und gab ein klimperndes Lachen von sich. „Also ehrlich, das geht nicht. Das wäre dann alles, Miss Drury.“

„Bis später, Miss Drury“, verabschiedete sich der General ungerührt von den Worten seiner Frau.

„Das wäre dann *alles*“, wiederholte Lady Warminster schnippisch.

Nicht, wenn es nach dem General ging, dachte Nell amüsiert. Trotz allem wirkte irgendetwas an diesem Abend unpassend. Alles war dekoriert, als käme dieses Haus aus *Tausend und eine Nacht.* Wenngleich es vielleicht etwas übertrieben war, war es gut gemacht. Schwere Stoffe hingen unter den Decken und erweckten den Eindruck eines Zeltdaches. Überall standen große Palmen und an den Wänden hingen Fotografien aus *Der Scheich,* auf denen Rudolph Valentino mit schwelendem Blick auf die tanzenden Paare herabblickte. Wenn ihr doch bloß erlaubt worden wäre, ein passendes Buffet zu gestalten, inspiriert von den exotischen Früchten und Gewürzen des Orients und Gerichten mit Rosenwasser, Aprikosen und Auberginen. Aber zurück zur Realität, Nell, ermahnte sie sich. Natürlich musste es französisch sein. Und das war vermutlich auch das störende Element. Nichts an diesem Abend war herzlich oder strahlte Wärme aus. Alles war bloß eine leere Behauptung, eine Vorführung ohne Inhalt.

Als das Buffet vorüber war, stand Nell im Korridor zum Ballsaal und beobachtete General Warminster. Leutselig ging er zwischen den Gästen umher – und sah dabei ein wenig verloren aus –, bis die Musik wieder einsetzte. Arthur ging auf ihn zu, um sich mit ihm zu unterhalten, doch was die beiden wohl gemein hatten, fand Nell schwer vorstellbar. Dann sah sie Lady Helen mit Mr Beringer, der seinen Arm schützend um sie legte. Guy spielte, was das Zeug hielt, und Lady Sophy tanzte wild – ja, mit William. Der Einzige, den Nell nicht sofort sah, war Inspektor Melbray. Doch er musste hier sein, es sei denn er hatte sie letztens auf den Arm genommen, als er ihr mitteilte, eingeladen worden zu sein. Natürlich war sie die letzten Stunden sehr beschäftigt gewesen mit dem Buffet und konnte ihn auch verpasst haben.

Doch da entdeckte sie ihn. In Abendgarderobe und bei einem Tango mit – Überraschung! – Lady Warminster war er kaum wiederzuerkennen. Auf den ersten Blick sah es so aus, als vergnügte er sich sehr, doch auf den zweiten Blick gewann Nell den Eindruck, dass er Lady Warminster bei jeder Richtungsänderung, die eine engere Umarmung erlaubt hätte, rasch von sich wegdrehte. Machte er das absichtlich, vielleicht um Ihre Ladyschaft zu ärgern?, dachte Nell. Womöglich bildete sie sich das auch bloß ein. Aber warum sollte ihr Vorstellungsvermögen sich auf solch ein unwichtiges Detail konzentrieren? Viel interessanter war doch, ermahnte Nell sich selbst, dass Lady Sophy noch immer mit William Foster tanzte. Sollte man ihnen applaudieren? Hatte Lady Warminster sie überhaupt bemerkt? Doch als nun General Warminster auf sie zukam, lenkte das ihre Aufmerksamkeit von dieser Frage ab.

„Ich möchte meinen Tanz einfordern, Miss Drury", sagte er. „Es ist ein Foxtrott, wenn ich mich nicht täusche."

Eilig zog Nell die Schürze aus und war froh, dass sie darunter ihr Ausgehkleid aus Chiffon trug und keine Arbeitskleidung.

„Interessieren Sie sich für Automobile, Miss Drury?", fragte er sie beim Tanzen.

„Nun, ich habe eines und bin sehr dankbar für meinen Austin Seven. Das Hin- und Herreisen auf einem

Pferd mit dem Essen für große Dinner im Gepäck wäre überaus umständlich."

„Meine Frau hat während meiner Abwesenheit wieder ein neues Automobil gekauft", sagte er nachdenklich. „Welch ein Glück, dass wir nicht nur einen Chauffeur haben, sondern auch einer unserer Gärtner einen guten Fahrer abgibt. Tatsächlich glaube ich, dass ich ihn, Mr Foster, eben mit Lady Sophy habe tanzen sehen. Doch anscheinend haben sie die Tanzfläche gerade verlassen. Sicher kommen sie bald wieder. Wie es scheint, gab es viel Gerede über seine Anwesenheit in Wychbourne Court. Meine Frau nennt es einen grandiosen Scherz."

„Das war es", erwiderte Nell mit Bedacht. „Und es ist auch sehr amüsant, sie jetzt gemeinsam tanzen zu sehen."

„Das stimmt. Aber ich frage mich, Miss Drury, ob ich mit Ihnen über jenen Abend sprechen darf. Vielleicht kann ich Ihnen ja gleich das neue Automobil zeigen?"

„Sehr gern", sagte sie. Was hätte sie auch sonst erwidern können? Doch wo führte das hin?, fragte Nell sich perplex. War General Warminster etwa noch jemand, der annahm, dass Nell eine Antwort auf alle Fragen kannte? Zaghaft versuchte sie, sich aus der Affäre zu ziehen.

„Aber Inspektor Melbray ist auch hier, General. Ich denke, er wird Ihnen mehr berichten können als ich."

„Ihn habe ich bereits getroffen. Ein guter Mann. Kein Soldat, aber dennoch anständig. Auch während des Krieges war er bei der Polizei. London hat einige schwierige Zeiten durchlebt. Aber in Wychbourne Court war Melbray weder zum Zeitpunkt des Mordes noch als man den Leichnam fand. Deshalb wollte ich gern mit Ihnen sprechen. Immer schon war es meine Strategie, mir zunächst anzuhören, wie alles abgelaufen ist, um mir anschließend ein Urteil über die Ergebnisse bilden zu können."

Ohne größere Umschweife führte er sie durch die Gärten zu den Stallungen und Garagen. Die Automobile der Gäste wurden an diesem Abend vor dem Haus abgestellt und so waren der Delage und der Bentley die einzigen beiden Wagen hier hinten, abgesehen von ein paar unbeeindruckten Pferden. Dass es noch mehr Garagen gab, zeugte von Lady Warminsters Leidenschaft für Automobile.

Mit einer Hand zeigte der General auf die beiden Wagen vor ihm. „Das ist die Zukunft", sagte er. „Die Zeit der Pferde ist vorüber, so schade es auch ist. Einst gehörte ich noch zur Kavallerie, also waren Pferde immer meine Freunde. Und so eine Freundschaft ist sicher mehr als das, was man zu ein paar Kanten und Kurven aus Metall pflegen kann. Aber nun ja. Gut sehen sie aus, das gebe ich zu. Ah, und dahinten ist Foster, sicher gönnt er sich eine Zigarette."

Nun sah auch Nell in die Richtung und entdeckte William und Guy Ellimore auf der Veranda, die wohl zu einem Hintereingang für Bedienstete führen musste.

„Denn Sie müssen wissen, Miss Drury, dass meine Frau eine Regel hat", erklärte er. „Im Haus wird nicht geraucht. Oder zumindest Bedienstete dürfen dort nicht rauchen. Das stört meine Frau. Sie möchte nicht, dass sie Asche auf etwas fallen lassen, was sie womöglich noch essen will. Ich bitte um Entschuldigung", sagte er sogleich. „Ich meine damit nicht, dass–"

„Bei mir wird nur Lachs geräuchert, ansonsten rauche ich nicht.“, versicherte sie ihm.

Doch als die beiden bei William und Guy angekommen waren, waren deren Zigaretten bereits verschwunden.

„Das war sehr gut heute Abend, Ellimore“, lobte der General ihn für seine Musik. „Auch wenn ich eher an die Trompete gewöhnt bin. An das Reveille. Sind Sie auch während des Krieges aufgetreten?“

„Nein, Sir, da war ich bei der Luftwaffe. Kommandeur eines Geschwaders.“

„Auch das ist die Zukunft“, sagte der General nachdenklich. „Die Luftwaffe. Die Zeit der Navy ist vorüber. Haben Sie auch in Wychbourne Court musiziert, als es zu dem Mord bei der Geisterjagd kam?“

„Ja, Sir.“

„Und Sie waren auch dort, Foster, wie Lady Sophy mir mitgeteilt hat.“

„Ja, Sir“, erwiderte er und sah dabei mehr denn je wie Douglas Fairbanks aus, dachte Nell, doch seinem Gesichtsausdruck nach zu urteilen in diesem Fall wie ein sehr unglücklicher Douglas. „Es ist nicht ihre Schuld, Sir. Ich habe schließlich zugestimmt.“

„Das Thema ist abgeschlossen, Foster. Die Mordfälle allerdings noch nicht. Erzählen Sie mir doch bitte davon, Miss Drury, wenn es Ihnen nichts ausmacht. Da Foster und Ellimore ja auch zugegen waren, können Sie vor uns allen sprechen.“

Da holte Nell tief Luft und erzählte die ganze Geschichte noch einmal. Ihr fiel auf, dass General Warminster sich lediglich auf den ersten Mord konzentrierte, obgleich seine Frau auch bei Miss

Harlingtons Mord in Wychbourne Court gewesen war. Doch es stimmte, dass sie beim Dinner schon nicht mehr dabei war, da sie nach der Anhörung wieder zurückgefahren war. Nell bemerkte, wie aufmerksam der General ihren Worten lauschte. Dann wandte er sich an Guy und William.

„Sie beiden haben sich im Dinnersaal unterhalten, hat meine Frau mir erzählt. Die Arme hat sich ein wenig unwohl gefühlt – das hatte natürlich nichts mit Ihrem Essen zu tun, Miss Drury – und hat deshalb entschieden, früh wieder zu fahren."

„Ich bin kurz vor elf Uhr dreißig gefahren, General", informierte William ihn mit gedrückter Stimme.

„Daraufhin habe ich mich Miss Drurys Gruppe angeschlossen", fuhr Guy fort.

„Und nur wenig später haben Sie den Leichnam gefunden", sagte der General und sein scharfer Blick landete auf Nell. „Weshalb wurde Mr Parkyn-Wright umgebracht? Er war nicht verheiratet, oder? Es ist also wohl keiner dieser Eifersuchtsfälle? Davon halte ich ja überhaupt nichts. Ist man einmal verheiratet, ist man verheiratet. Ob es einem gefällt oder nicht ... Und dann, zwei Wochen später, war da noch dieser andere Mord. War diese junge Frau eine Ehefrau, Geliebte, Zurückgestoßene oder dergleichen? Davon hatten wir genug zu Zeiten des Krieges."

„Das waren wahrlich schlimme Tage", sagte Guy. „Schlimm für Ehefrauen wie für ihre Männer an der Front."

„Für die war es schlimmer", murrte der General. „Und sehen Sie sich nur das Chaos an, das daraus hervorgeht. Auch Persien sucht nun Rache und das trotz des

Abkommens. Ich war Kommandant der South Persia Rifles und wir dachten, wir hätten alles unter Kontrolle. Dann taucht dieser Reza Khan auf und ernennt sich selbst zum Diktator und hetzt die Russen gegen uns auf. Die letzten vier Jahre habe ich die Luftwaffe Mesopotamiens beraten. Ihr Feld, Ellimore. Tut mir leid, Foster, ich weiß, dass Lady Sophy eine Sympathisantin der Russen ist. Sie also vielleicht auch. Aber alles, worauf die aus sind, ist Expansion, glauben Sie mir."

„Die machen ganz wunderbare Dinge dort", erwiderte Foster – wie töricht von ihm unter diesen Umständen, dachte Nell.

„Die werden auch ganz wunderbare Dinge dort machen, wo sie als Nächstes einmarschieren", gab General Warminster trocken zurück. „Nun, wie dem auch sei. Eine gute Nacht Ihnen. Schickes Auto, der Delage", fügte er an. „Meine Frau hat eine Schwäche für–" nun hielt er kurz inne, wie Nell nicht entging „Automobile." Dann sah er zu, wie die beiden zurück zum Haus gingen. „Komischer Kerl", sagte der General zu Nell. „Irgendetwas ist merkwürdig an ihm."

Also behielt er noch immer ein Auge auf William, dem sein Douglas Fairbanks-Aussehen kein bisschen half, wenn er nur noch einen kleinen Fehler beging. Sie fragte sich, warum der General so interessiert daran war, ihre Version des Abends zu hören. War das bloße Neugierde oder befürchtete er, dass seine Frau etwas damit zu tun hatte?

Sobald sie den Dinnersaal betrat, begegnete ihr Mr Beringer und verbeugte sich höflich. „Erneut ist Ihnen ein Meisterwerk gelungen, Miss Drury."

„Danke. Wie geht es Lady Helen? Sie sieht schon etwas besser aus."

„Das stimmt. Aber so sehr ich Wychbourne Court liebe, ist es nun an der Zeit, dass ich nach London zurückkehre."

„Aber erst nach der Versammlung der Geister, hoffe ich", sagte Nell."

„Wonach?"

„Davon haben Sie noch nichts gehört?" Nell erzählte ihm davon und Mr Beringer zeigte sich völlig überrascht.

„Nun, dafür sollte ich unbedingt bleiben. Helen könnte mich brauchen. Wird die Polizei auch anwesend sein?"

„Ich fürchte, ja", sagte eine Stimme und wie aus dem Nichts tauchte Inspektor Melbray auf, der für Nell auf diese Frage antwortete. „Ich habe mich davon überzeugen lassen, dass es die Ermittlungen voranbringen wird. Die Geister werden mir helfen, das hat mir Lady Clarice versichert." Dann wandte er sich an Nell. „Miss Drury, darf ich um einen Tanz bitten?"

Ihre anfängliche Überraschung schwand. Warum eigentlich nicht? „Vielleicht später?", schlug sie vor. „Zuerst muss ich das hier noch zu Ende bringen."

Ein Tanz mit dem *netten* Inspektor, Nell Drury – was käme als Nächstes, fragte sie sich.

Als Nächstes kam die Küche, wo Kitty und Michel hart arbeiteten. Das Buffet war zwar beendet, allzu bald folgten allerdings schon die Häppchen. Doch als sie an der Bedienstetenstube vorbeiging, sah sie den sehr unglücklich dreinblickenden William am Tisch sitzen, allein, den Kopf in den Händen.

„Was ist los?", fragte sie vorsichtig. Daran konnte sie nicht ohne Weiteres vorbeigehen.

„Alles", jammerte er. „Ich habe es gestanden und dem Inspektor und dem General erklärt, wie es kam, dass ich an jenem Samstagabend in Wychbourne Court war, und jetzt versuchen sie, mir den Mord anzuhängen."

„Aber wie sollten sie das schaffen?", fragte Nell ganz pragmatisch und setzte sich zu ihm. „Sie haben das Haus um halb zwölf verlassen und vorher waren Sie mit Guy im Gespräch, wofür es auch Zeugen gibt. Er hat es doch selbst bestätigt."

„Aber zu dem Zeitpunkt war dieser Kerl schon tot. Und von dem, was Guy gesagt hat, nehme ich an, dass der Inspektor nun versucht zu beweisen, dass ich ihn umgebracht habe, bevor Sie alle auf die Galerie gegangen sind."

„Der Butler hätte Sie gesehen", versuchte sie ihn zu beruhigen, wusste aber, dass sie sich selbst in die Bredouille brachte. „Er war im großen Saal und bereitete alles für die Geisterjagd vor und davor – wie auch immer. Denn wir wissen, dass Charlie auf jeden Fall zu Beginn der Geisterjagd noch am Leben war, wir alle haben sein Stöhnen gehört – ein Scherz", ergänzte sie eilig.

„Er könnte dennoch annehmen, dass ich da hoch bin, als die beiden Gruppen sich ausgetauscht haben. Zu dem Zeitpunkt wäre es niemandem aufgefallen, wenn jemand heimlich die Treppen hochgeschlichen wäre. Aber ist auch egal. Sie glauben einfach, dass ich es war – wegen dieser Hugh Beaumont Sache."

Fassungslos starrte Nell ihn an. „Aber warum sollten Sie Mr Parkyn-Wright umbringen wollen? Sie kannten ihn nicht einmal."

Nun errötete er. „Er kannte mich. Als er das letzte Mal zu Besuch war, hat er das Gemunkel mitbekommen, über mich und Lady Warminster–“ Peinlich berührt brach er mitten im Satz ab.

„Dass Sie beiden befreundet sind“, kam Nell ihm zu Hilfe.

„Ja. Es ist nichts Schlimmes“, schob er rasch nach, wich dabei aber ihrem Blick aus. „Aber der General würde es sicher nicht mögen.“

„Wichtiger ist doch, ob der Inspektor von Ihrer Freundschaft weiß?“

„Ja“, sagte er niedergeschlagen.

Nell seufzte. „Sie machen sich sicher völlig umsonst Sorgen. Letztlich kann er Sie ja nicht auch beschuldigen, Miss Harlington umgebracht zu haben, oder? Dieses Haus ist meilenweit entfernt von Wychbourne Court.“

Nun sah er verwirrt aus. „Aber wir waren doch da, als sie gestorben ist.“

Nell blinzelte. „Das kann nicht sein. Sie sind an dem Tag zur Anhörung gekommen, aber Lady Warminster ist noch vor dem Dinner wieder abgereist.“

Sah er vorhin noch aus wie Douglas Fairbanks, der Nell beinahe den Atem raubte, glich er jetzt einem verängstigten Hasen. „Wir sind ins Inn gegangen, um dort zu Abend zu essen“, erzählte er. „Und Ihre Ladyschaft hat sich ein Einzelzimmer genommen. Sie wollte nicht gesehen werden, hat sie gesagt.“

Allmählich wurde das Ganze ernst. „Weiß die Polizei davon?“

„Keine Ahnung. Und dann, nach dem Essen, hat Lady Warminster gesagt, da wäre noch jemand in

Wychbourne Court, mit dem sie sich unterhalten muss. Mir passte das ganz gut. Sie wollte dann einfach später zurück ins Inn kommen, hat sie gesagt."

„Und, kam sie zurück?", fragte Nell frei heraus. „Um wie viel Uhr?"

„Das weiß ich nicht. Ich bin eingeschlafen und sie hat mich gefunden. Muss so gegen halb neun gewesen sein. Aber vielleicht weiß die Polizei das auch alles", sagte er nun. „Sie haben ja mit ihr gesprochen."

„Aber Sie haben es ihnen nicht erzählt?"

„Nicht, dass ich mich erinnere. Aber vielleicht", sagte er und klang dabei nicht sehr überzeugend. Dann schob er nach: „Sagen Sie es ihnen, Miss Drury. Bitte. Sicher ist nichts weiter dabei."

„Man wird mit Ihnen darüber sprechen wollen, nicht mit mir." Das war außerdem das Letzte, das sie wollte.

„Aber vielleicht können Sie mir ja den Weg ebnen?", sagte er flehend.

„Ich denke darüber nach", erwiderte Nell. „In der Zwischenzeit muss ich mich um die Häppchen kümmern."

Das hingegen war etwas, auf das Nell sich gern konzentrierte. Es sollte bereits alles aufgetischt sein, die *tartlettes à la Tosca, croquettes de Camembert, delices de foie gras*, die Eiscremes, Soufflés und das *anges à cheval,* auf dem Lady Warminster so beharrt hatte – es schlicht ‚Engel zu Pferd' zu nennen, kam für sie nicht in Frage. Und dann sah Nell, wie Inspektor Melbray auf sie zukam.

„Ist jetzt ‚später', Miss Drury?", fragte er freundlich. „Unseren Tanz, meine ich. Bevorzugen Sie einen Charleston oder einen Walzer?"

Dass das eine Falle war, sah Nell sofort. Entschied sie sich für den Charleston, schwangen sie Arme und Beine in die Höhe, zwar gemeinsam, aber doch nicht zusammen. Entschied sie sich für den Walzer, hielt er sie in seinen Armen, dicht an seiner Brust. Und er hätte die Kontrolle. Oder war das nur in ihren Gedanken eine Falle? Schließlich ging es um einen Tanz, nicht mehr und nicht weniger. Und sie würde es so oder so genießen. Doch falls es tatsächlich eine Falle sein sollte, würde sie sich darauf einlassen. „Einen Walzer, bitte", erwiderte sie mit einem Lächeln.

„Wunderbar. Ich werde es Mr Ellimore sagen."

„Und Sie sind sicher, dass Lady Warminster nichts dagegen hat, wenn wir zusammen tanzen?", fragte sie mit süßer Stimme.

„Hat sie nicht."

Nur wenige Minuten später fand Nell sich auf der Tanzfläche wieder, mit dem *netten* Inspektor. Natürlich mussten die Musiker ausgerechnet „The Sweetheart Waltz" von Jack Caddigan spielen. Nun ja. Der Inspektor war ein guter Tänzer, fiel Nell auf, und auch ihm so nahe zu sein, stellte kein Problem dar. Im Gegenteil, sie konnte sich sogar einen Moment lang gehen lassen – dann aber stieg die innere Spannung wieder, als sie an Foster dachte. Vergeblich bemühte sich Nell, es zu vergessen.

„Da gibt es etwas, das ich Ihnen sagen muss", begann sie auf etwas merkwürdige Weise.

Sein Griff um sie festigte sich. „Und das wäre?"

„Ein Beweis, von dem Sie womöglich noch nichts wissen."

„Und Sie denken, davon sollte ich genau in diesem Moment erfahren?“

Wie sollte sie nun nein sagen? „Ich denke schon.“

Dann hielt er an. „Dann müssen wir jetzt die Tanzfläche verlassen, Miss Drury“, sagte er sehr formell. „Es wäre nicht richtig, sich an diesem Ort auf die Arbeit zu konzentrieren. Denn das eben war nicht Charlies Tanz, sondern der Tanz des Inspektors. Und das ist etwas völlig anderes.“ Er klang kühl und bitter und Nell bereute ihre Ungeschicktheit sofort. Dabei wollte sie es doch nur hinter sich bringen. Den Inspektor damit zu verstimmen, hatte sie nicht im Sinn.

„Kommen Sie, Miss Drury. Gehen wir nach draußen und suchen uns einen Ort, an dem Arbeit wieder etwas attraktiver wird.“

Auf der einen Seite war Nell verdutzt, auf der anderen fühlte sie sich wie ein ungezogenes Kind. Lichter funkelten auf der Terrasse und unterhalb der Treppe und kleine Lampen leuchteten einen Weg durch den Garten in die dunkle Ferne. Wo auch immer er vorhatte, hinzugehen, jetzt konnte sie nicht mehr zurück.

„Es gibt dort hinten einen ruhigen Ort, den ich letztens entdeckt habe“, sagte er, als die beiden den Baumreihen folgten, in denen halb verborgen kleine Laternen hingen. „Wenn wir schon arbeiten müssen, können wir das auch an einem angenehmen Ort tun.“

Auserkoren hatte er einen Fleck bei einem kleinen Teich, der weit hinter dem großen See war, aber nah genug an den Laternen, sodass der Pfad dorthin zwar erleuchtet war und dennoch ein wenig im Verborgenen lag unter den Bäumen und Sträuchern.

„Dann erzählen Sie mal“, sagte er, als die beiden schließlich auf einer Bank Platz nahmen. Doch der qualvolle Moment schien unüberwindbar und so musste Nell sich regelrecht zwingen zu sprechen.

„Lady Warminster–“

„Wie gut, dass wir den Ballsaal verlassen haben“, unterbrach er sie sogleich. „Sie ist schließlich unsere Gastgeberin. Es wäre alles andere als höflich, wenn Sie mir Informationen zu ihrem Nachteil weiterleiten, während wir ihre Gastfreundschaft genießen.“

„Ich meine es ernst“, protestierte Nell und ärgerte sich, dass er sie erneut schachmatt gesetzt hatte.

„Genau wie ich. Fahren Sie fort. Noch einmal werde ich Sie nicht unterbrechen.“

Nell sah, wie die Muskeln in seinem Gesicht zuckten – er war wütend. Genau wie sie.

Während sie nun erzählte, was sie zu sagen hatte, hielt der Inspektor sein Wort und schwieg. Als sie fertig war, schwieg er jedoch weiterhin. „Wussten Sie das schon?“, fragte Nell.

„Nein“, erwiderte er knapp. „Zumindest nicht alles. Denken Sie, dass Foster die Wahrheit sagt?“

Kurz dachte sie darüber nach. Hier draußen war es so still, dass sie seinen ruhigen Atem neben ihr hörte. Sie roch den abendlichen Duft der Natur und nahm vereinzelt das leise Singen der Vögel wahr. „Ja, ich glaube ihm.“

„Warum?“

Auch darüber musste sie nachdenken. „Weil er Ihnen vorher schon von dem Scherz berichtet hat, durch den er nach Wychbourne Court gekommen ist. Und als er mir eben davon erzählt hat, purzelten die Worte nur so aus ihm heraus. Dabei hätte er auch einfach sagen können, dass er Ihnen die Geschichte schon erzählt hat. Außerdem war er derart in Sorge, dass Sie ihn womöglich für den Mörder von Mr Charles halten, dass er überhaupt nicht an Miss Harlingtons Mord gedacht hat. Wenn er lügen würde, dann würde er damit beide Morde abdecken, denke ich."

„Gut argumentiert. Aber es gibt keine Beweise – ich muss noch einmal mit Lady Warminster sprechen. Morgen", schob er nach. „Die Regeln der Etikette sagen zwar nicht genau, was zu tun ist, wenn man seine Gastgeberin zu einem Mord befragen möchte, doch ich bin sicher, sie würden eine Verschiebung empfehlen."

„Und was ist mit William?", fragte Nell, unsicher, ob sie ihm damit nicht wieder auf die Füße trat. „Seine Anstellung ..."

Erneut überraschte er sie. „Es ist unwahrscheinlich, dass er irgendetwas zu befürchten hat – es sei denn, er ist doch der Mörder. Wenn man ihn für sein Kavaliersdelikt bestrafen sollte, hat er immer noch eine Zukunft in Hollywood. Und falls er dort aus irgendeinem unsinnigen Grund übersehen werden sollte, hätte er es dank seiner Gärtnerausbildung nicht allzu schwer, eine neue Anstellung zu finden."

„Danke", sagte Nell und meinte es von Herzen.

„Unser Tanz, Miss Drury", sagte der Inspektor nüchtern. „Ich denke, das ist ein Walzer. Sollen wir dafür zurück in den Ballsaal oder führen wir unseren Tanz von vorhin hier draußen fort? Die Musik spielt noch und sie ist laut genug."

„Wozu also hineingehen?", scherzte sie, nun vollkommen unbeschwert. Warum sollte sie nicht einmal unter den Sternen tanzen, umgeben von stillen, grünen Bäumen? „Aber bitte, führen Sie uns nicht in den Seerosenteich. Der ist sehr nah."

„Nicht doch. Ich bin ausgezeichnet darin, Hindernissen aus dem Weg zu tanzen." Und das war er tatsächlich. Bis die Musik aufhörte, tanzten sie und sprachen nur wenig.

„Die Häppchen müssen noch abgeräumt werden", sagte Nell aus einer unerwarteten Verlegenheit heraus und trat einen Schritt zurück. „Ich sollte nun besser gehen."

„Ich auch." Dann nahm er ihre Hand und setzte einen zarten Kuss darauf. „Gute Nacht, Nell."

Kapitel 15

„Nell“, sagte Lady Clarice mit unverhohlener Begeisterung, „ich habe das Gefühl, es ist soweit.“

„Die Versammlung der Geister?“, fragte Nell. Lady Clarice hatte sie nach dem Frühstück in ihr Ankleidezimmer gerufen, um ihr dies bekanntzugeben, und sogleich sanken Nells Hoffnungen, dass Inspektor Melbray den Fall vielleicht schon vorab gelöst haben könnte. Stattdessen schien er es zu begrüßen, dass die Geister sich einmischten. Er war und blieb ein Enigma, dessen Decodierung selbst Einstein nicht leicht fallen würde.

„Ich bin mir ganz sicher“, erwiderte Lady Clarice in ernstem Ton. „Bei einem der Treppenaufgänge zur Galerie herrscht eine außergewöhnliche Kühle. Täglich habe ich die Temperatur dort überprüft und sie ist seither auffallend gesunken. Aber abgesehen davon weiß ich nun auch, dass die Versammlung morgen Abend stattfinden wird. Inspektor Melbray habe ich bereits informiert. Da es ihm selbst noch nicht gelungen ist, den Täter ausfindig zu machen, beugt er sich nun der höheren Macht von Wychbournes Geistern. Er stellte mir jedoch äußerst intelligente Fragen, davon war ich sehr beeindruckt. Können Geister ihre eigenen Bereiche des Hauses verlassen, um miteinander zu kommunizieren?, wollte er wissen.“

„Und, können sie?“, wagte nun auch Nell zu fragen.

Nur zu eifrig setzte Lady Clarice zu einer Erklärung an. „Es gibt einige Beweise dafür, dass die Geister sich entweder allein oder in Gruppen bewegen können.

Denken Sie doch nur einmal an die Mönche in Bilsington Priory, zum Beispiel, oder an die Gruppe der Dickens-Frauen und -Männer im Kirchgarten von Cooling."

Nell hatte noch eine andere Frage. „Die Geister von Wychbourne stammen allerdings aus unterschiedlichen Zeiten. Werden sie zusammenkommen?"

„Das werden sie. Es ist Montag, der 20. Juli, Nell, und der Vollmond steht bevor. Demnach befinden sich die Geister in ihrer stärksten Phase. Das Treffen heute Abend stattfinden zu lassen, wäre zu bald, aber die Energie, die sie heute Nacht aufnehmen, dürfen sie nicht verschwenden. Es muss also morgen sein. Auf jeden Fall erwarte ich, dass Elise und Charles wieder vereint sein werden. Er und seine Kameraden sind merkwürdig still geworden seit ihrem Tod. Es scheint, Charlie wartet schon auf Miss Harlington."

Darauf wollte Nell nicht weiter eingehen. „Wird Inspektor Melbray ganz sicher dabei sein?"

„Ein jeder, der irgendetwas mit dieser schrecklichen Angelegenheit zu tun hat, muss kommen. Das hat er selbst gesagt. Er wird Lady Warminster und ihren Mann informieren und aus irgendeinem Grund auch ihren Chauffeur. Und Mr Ellimore, bevor er abreist. Außerdem wünscht er, dass auch Miss Checkam, Mr Peters und Mrs Fielding teilnehmen, und natürlich Sie. Selbst Mr Briggs. Lady Ansley wird es alle wissen lassen. Ich muss zugeben, dass es eine wirklich merkwürdige Welt ist, wenn sogar Chauffeure, Musiker und Butler unter den Gästen sind, doch sowohl der Inspektor als auch die Geister wünschen es so. Aber nun, Nell, kommen wir zu Wichtigerem: den Menüs."

„Den *Menüs*?“ Wabernder Wackelpudding – was hatte das zu bedeuten?

„Nun, zu so einer wichtigen Versammlung kann man doch nicht einfach ein paar Schinken-Sandwiches servieren“, erklärte sie.

„Natürlich. Für die Familie, General und Lady Warminster–“

„Ich spreche von den Geistern. Nicht ihrem Publikum“, rügte sie Nell.

Den *Geistern*? „Aber Geister können nicht essen“, wagte Nell vorsichtig einzuwenden.

„Nicht physisch. Das ist mir bewusst. Dennoch ist es weithin bekannt, dass Geister großes Interesse an den Speisen zeigen, die sie umgeben. Vor allem an jenen, die sie in ihren früheren Leben selbst sehr genossen haben. Sie essen auf emotionale Weise, Nell. Und deshalb müssen wir ihnen nur das Beste vom Besten servieren. Damit ehren wir sie, denn wir nehmen ihre Bedürfnisse wahr. Folglich fühlen sie sich wieder, als wären sie ein Teil des Lebens und Fühlens in diesem Haus. Und das bringt sie näher zu uns und uns näher zu ihnen. Nein, Miss Drury, unterschätzen Sie niemals, welch bedeutende Rolle das Essen bei derlei Veranstaltungen spielt.“

Ein Menü für die Geister. Nell stand der Verzweiflung nahe. Wie zum purzelnden Pollack sollte so etwas aussehen? Nells albtraumhafte Angst vor diesem Geistertreffen war bereits groß genug, ohne dass sie dafür auch noch ein Essen zubereiten sollte. Unbedingt musste sie mit Lady Ansley darüber sprechen, und zwar diskret. Doch als Nell sich gerade wieder gesammelt hatte, stand schon die nächste Unterbrechung in der Tür.

Ein Schrei sorgte dafür, dass sie und die anderen Bediensteten vom Stuhl aufsprangen. Und als in der Küche erneut Stillstand eingekehrt war, rannten alle in die Spülküche, wo eine der Küchenhilfen, Muriel, weinend neben einem zerbrochenen Teller stand.

„Der Teller kam direkt auf mich zugeflogen", erklärte sie schluchzend, als Nell auf sie zuging.

Auch Mrs Fielding war derweil wie aus dem Nichts aufgetaucht und mischte sich sogleich ein. „Dafür wirst du gekündigt werden, Mädchen. Pure Unaufmerksamkeit. Und dann ist es auch noch ein Servierteller von Wychbourne Court."

„Keine Sorge, ich kümmere mich hierum", sagte Nell ruhig. Denn die Küchenhilfen fielen in ihre Domäne, wenngleich Mrs Fielding das stur verweigerte.

„Das Service ist jedoch meine Angelegenheit", wandte sie schnippisch ein.

„Ich habe es nicht fallen lassen. Der Teller ist auf mich zugeflogen, ehrlich. Das war sicher dieser Geist", sagte Muriel mit einem neuen Schluchzer.

Geister, schon wieder. Nell seufzte. „Erzähl mir jetzt mal genau, was vorgefallen ist."

„Das Gleiche wie gestern. Da war es allerdings ein Soßenkännchen", erklärte Muriel unter Tränen. „Es flog einfach durch die Luft. Von hinter mir. Das muss einer der Poltergeister sein. Es missfällt ihnen, was hier im Haus vor sich geht, Miss Drury. Es ist wirklich wahr."

„Sicher gibt es irgendeine andere Erklärung hierfür", sagte Nell und ihr Blick blieb an Jimmy hängen, der neben der Tür zum Küchengarten stand. Er sah viel zu unschuldig drein. Doch im Moment hatte Nell keine Zeit, das Ganze aufzuklären.

„Jimmy“, sagte sie mit warnender Stimme, „du kannst all das Geschirr zurück in Mr Peters Raum bringen. *Jetzt*“, sagte sie mit Nachdruck.

„Jimmy steht unter Mr Peters“, mischte sich Mrs Fielding erneut ein.

„Nicht heute, da darf *ich* über sein Tun bestimmen, nicht wahr, Jimmy?“, sagte Nell bedeutungsschwanger. „Also, kehr die Scherben auf, bring das Geschirr zu Mr Peters und dann hilfst du Muriel.“

Als Nell schließlich zu Lady Ansley kam, um mit ihr die Menüs zu besprechen, war ungewöhnlicherweise auch Lord Ansley anwesend. Diskussionen über das Geistertreffen, nahm sie an, oder vielleicht über Inspektor Melbrays Fortschritt oder etwas anderes, das mit dem Fall zu tun hatte.

Es waren die Geister, wie sich sogleich herausstellte. Lord Ansley zeigte sich so zuvorkommend wie eh und je, wenngleich er eindeutig beunruhigt schien.

„Irgendetwas geht in diesem Haus vor sich, Miss Drury. Doch weder Ihre Ladyschaft noch ich können es uns erklären. Natürlich haben wir von den Plänen meiner Schwester für morgen Abend gehört und wir wissen auch, dass es um die Geister geht, aber was genau erhofft sie sich von diesem Treffen? Es ist nicht noch eine Geisterjagd, oder?“

Für gewöhnlich ignorierte Lord Ansley derlei Hindernisse oder räumte sie auf seine eigene Weise aus dem Weg, das hier jedoch war sehr außergewöhnlich für ihn. Nell gab ihr Bestes. „Nicht ganz. Lady Clarice geht davon aus, dass die Geister ihren Teil zur Klärung der Mordfälle beitragen wollen. Sie hat den Eindruck, sie wären unzufrieden damit, wie langsam die Ermittlungen der Polizei vorangehen." Das

Ganze auszusprechen, machte dieses Treffen noch grotesker, als es ohnehin schon war, fürchtete Nell.

Mit einem Blick zu seiner Gattin sagte Lord Ansley: „Dann müssen wir daran teilnehmen."

„In der Tat. Lady Clarice wünscht, dass alle, die bei Mr Parkyn-Wrights Mord anwesend waren, auch zu dem Treffen morgen erscheinen", erklärte Nell und fühlte sich mit jedem Moment erbärmlicher. „Auch Inspektor Melbray wird kommen." Immerhin verlieh seine Anwesenheit dem Ganzen ein wenig mehr Glaubwürdigkeit.

„Er muss denken, dass wir alle verrückt sind", erwiderte Lord Ansley.

„Es war allerdings seine eigene Entscheidung zu kommen", fügte Nell an.

„Und das obgleich meine Schwester verantwortlich ist für dieses Treffen?"

„Ja", sagte sie und beobachtete, wie Lord und Lady Ansley noch einmal Blicke austauschten. Dann seufzte Lord Ansley. „Wird Lady Warminster kommen?"

„Ich nehme es an, ja. Genau wie ihr Chauffeur. Außerdem", sprach sie mutig weiter, „möchte Lady Clarice auch Mr Peters, Miss Checkam und Miss Fielding dazu einladen", sagte sie. „Sowie Mr Briggs."

„Briggs?", wiederholte Lord Ansley mit entgeistertem Gesichtsausdruck. „Wir müssen ihn unbedingt im Auge behalten, Gertrude."

Und nun das Schlimmste. Lass es einfach so gewöhnlich klingen wie möglich, sagte Nell sich selbst. „Des Weiteren hat Lady Clarice ein besonderes Dinner angeordnet. Eines, das die Geister auf emotionale Weise anspricht. Wäre zehn Uhr in Ordnung für Sie?“

„Fragen Sie doch die Geister“, erwiderte Lord Ansley und schaffte es, dabei zu lächeln. „Es wird niemand dabei zu Schaden kommen, wenn wir ihr diesen Wunsch erfüllen. Um zehn Uhr wird allerdings die Nacht bald hereinbrechen, falls noch nicht geschehen. Hoffen wir, dass das Licht in nicht allzu großer Ferne aufgestellt wird. Servieren Sie, was meine Schwester sich wünscht – sofern es Ihnen umsetzbar erscheint.“ Eine kurze Pause. „Und, könnten Sie uns vielleicht erzählen, was genau die Polizei gerade wegen der Mordfälle unternimmt? Wir wissen nur sehr wenig, im Prinzip nur, dass die Ermittlungen laufen und dass die Anhörung bezüglich Miss Harlingtons Mord verschoben wurde. Es ist vielleicht ungerecht, Sie damit zu belästigen, Miss Drury, aber wir dachten, womöglich wissen die Bediensteten wie so oft mehr als wir. Von Mr Peters und dass der arme Mann erpresst wurde, haben wir bereits gehört, doch nichts weiter.“

„Auch wir tappen im Dunkeln“, sagte Nell entschuldigend. „Da der Inspektor allerdings mit Lady Clarice kooperiert, was die Geister betrifft, scheint er etwas von dem Treffen zu erwarten.“

„Das ist doch der reine Wahnsinn“, erklärte Lady Ansley. „Die Experimente von Harry Price sind weithin bekannt, aber dass das Scotland Yard sich der Hilfe von Geistern bedient ... Was kann der Inspektor sich bloß erhoffen? Erwartet er etwa, dass einer der Geister hervortritt und ihm Antworten liefert?“

„Vor allem müssten die Geister einen greifbaren Beweis hervorbringen, damit der Inspektor sich davon überzeugen lässt“, sagte Nell pessimistisch. Das würde nicht geschehen.

„Zwei Morde, Nell. In Wychbourne Court. Das hätte ich nie für möglich gehalten. Clarice hat versucht, uns zu beruhigen – immerhin dürften wir zwei neue Geister in unserem Familienhaus begrüßen. Aber ganz abgesehen von der Tragödie und dem Verlust von Leben ist das wirklich kein Trost, um es mal derart zu formulieren. Nun ... ich nehme an, der Inspektor wünscht auch die Anwesenheit von Lady Enid, da sie an jenem Abend ebenfalls hier unter uns war?“

„Und die von Mr Fontenoy“, fügte Nell leise hinzu.

Lady Ansley stöhnte. „Es wird also einen Sitzplan geben müssen. Inzwischen befürchte ich, dass wir das Debakel mit dem letzten einem unserer Kinder zu verdanken haben. Doch das wird nicht noch einmal vorkommen.“

„Ich werde das Abendessen als Buffet vorbereiten“, sagte Nell. „Man könnte also an kleinen Tischen sitzen und die Gäste könnten ihren Platz selbst wählen.“

„Werden die Geister denn wissen, wo sie sich setzen sollen?“, hakte Lord Ansley nach.

Da musste Nell lachen, fragte sich dann aber, ob das eine Übertretung ihrerseits war. Das dachte sie vermutlich, da er recht ernst fortfuhr: „Und was wird sein, wenn morgen nichts Geisterhaftes geschieht? Werden wir ein weiteres Treffen dieser Art einberufen müssen?“

Auf diese Fragen wusste Nell keine Antworten, doch sie entschied sich, dem Ganzen eine heitere Note zu geben. „Ich werde einfach ein Buffet zaubern, das alle in Entzücken versetzen wird – auch wenn es nichts zu den Ermittlungen beiträgt."

Noch den ganzen Vormittag über blieb Nells Heiterkeit ihre Begleiterin, doch auf rätselhafte Weise verdünnisierte sie sich, als sie schließlich dazu kam, sich ein Menü für die Geister zu überlegen. Da ihr nichts einfiel, entschied sie, durch den großen Saal zu schlendern und hoffte dort, umgeben von dessen Grazie und Ruhe, auf einen Musenkuss. In einem Moment durchquerte Mr Peters den Saal und kam ihr vor wie ein unheimlicher Geist in Schwarz, denn er drehte sich nicht einmal zu ihr um. Dann betrachtete Nell die Portraits, die verschlossenen Türen und die opulenten Möbel, die eine Note von Lavendelpolitur verströmten. Sie dachte dabei an all die Menschen, die über die Jahrhunderte hinweg durch diesen Saal geschritten sind und hier neben einem knisternden Feuer große Feiern abgehalten hatten. Morgen wäre es wieder soweit, bis auf dass die große Feier nur ein Dinner wäre und es keine Spießbraten, verzierten Schweinebraten oder erstklassige Koteletts gäbe. Denn letztlich könnten Knochen, die man lässig über die Schulter warf, wie es früher üblich war, die Geister beleidigen.

Nell, mahnte sie sich selbst, verärgere sie nicht. Ob es nun ‚echte' Geister waren oder nicht, die vergangenen Ansleys unterwandern die Gedanken. Vielleicht war es das, was Geister ausmachte. Es waren Erinnerungen an vergangene Menschen oder Ereignisse, so lebhaft in das Ambiente oder die Gedanken geprägt, dass sie eine eigene Realität darstellten. Denn morgen, davon war Lady Clarice felsenfest überzeugt, würden sich die Geister hier versammeln – ganz gleich, wo ihre üblichen Aufenthaltsorte waren.

Schließlich wanderten ihre Gedanken wieder in Richtung eines Menüs für die Geister und sie–

„Ah, Nell." Mit eiligen Schritten kam Lady Clarice auf sie zu. „Auf ein Wort, bitte."

„Die Menüs?" Rauffreudige Rüben – sie sollte die Idee in ihrem Kopf besser schnell ergreifen, bevor sie sich wieder auflöste.

„Nein, nein, nein. Der *Poltergeist*. Wie aufregend! Mir wurde berichtet, dass eine der Spülmägde eine Begegnung mit ihm hatte. Wie alt ist sie denn?"

„Etwa fünfzehn, aber–" Sie brach ab. Nell hatte keine Zeit, ihren Verdacht vor Lady Clarice darzulegen.

„Hervorragend. Das ist genau das Alter, das solche Poltergeister anzieht. Aber es bedeutet, dass *sie* sich versammeln. Bitte sagen sie der jungen Lady, dass sie heute Abend besondere Vorsicht walten lassen soll. Lassen Sie sie unter keinen Umständen allein in der Spülküche arbeiten. Und bei unserem Dinner morgen Abend muss sie natürlich dabei sein."

Ärger stand ihr bevor, das spürte Nell bereits. Denn Muriel wäre schrecklich verängstigt, selbst wenn sie neben Mrs Fielding sitzen würde. „Aber–"

„Lassen Sie uns nun über die Sitzordnung sprechen, Nell. Das Mädchen muss unbedingt zwischen meinem Bruder und meiner Mutter sitzen."

Geister hin oder her, das würde nicht funktionieren. Die Frage war bloß, ob als erste Muriel oder Lady Enid vor Schock in Ohnmacht fiel. Das musste Nell verhindern. „Mit Lady Ansleys Zustimmung habe ich entschieden, einzelne Tische aufzustellen und das Essen in Form eines Buffets zu arrangieren. So kann jeder selbst über seinen Sitzplatz entscheiden. Denn Einige mögen vielleicht nur ungern in den kühleren Ecken sitzen, wo die Geister zusammenkommen werden. Andere wollen vielleicht bewusst in ihrer Nähe sein. Wieder andere möchten sich frei im Raum bewegen können, um das Phänomen zu erforschen."

„Oh, aber ich habe darüber nachgedacht–"

„Es wird alles gut funktionieren", beruhigte Nell sie. „Darum kümmere ich mich. Und nun erlauben Sie mir, Ihnen von meiner Vorstellung für das Essen zu erzählen." Die Idee musste schnell verbalisiert werden, bevor sie völlig aus Nells Gedanken verschwand.

„In jedem Fall muss es das Beste vom Besten sein", betonte Lady Clarice nervös.

„Sicher. Jeder Geist soll sein eigenes Gericht bekommen", begann Nell, „damit jeder sich an seine Lieblingsspeisen erinnert." In Gedanken kreuzte Nell die Finger, während sie auf eine Reaktion von Lady Clarice wartete.

Sie sah fasziniert aus, zum Glück. „Wie wunderbar", hauchte sie. Doch dann zeichnete sich ein leichtes Runzeln auf ihrer Stirn ab. „Aber woher werden sie wissen, welches *ihr* Gericht ist? Vielleicht erkennen sie es nicht, falls alle Speisen nebeneinander serviert werden."

Eilig improvisierte Nell. „Wir können große Namenskärtchen neben jedes Gericht stellen. So etwas wie ‚Sir Thomas´ Mawmenee-Eintopf', ‚Violets Quarkspeise' und ‚Lady Henriettas Apfelpudding' zum Beispiel."

„Ich kann mir gut vorstellen, dass ihnen das *sehr* gefallen wird, Miss Drury. Aber was werden *wir* essen?"

Innerlich stöhnte Nell auf. Nun wurde sie mit ihren eigenen Waffen geschlagen. Ihr blieb nichts anderes übrig, als ein Risiko einzugehen. „Das Gleiche", erwiderte sie so überzeugt, als wäre sie überrascht, dass man dies anzweifeln konnte.

Verdutzt sah Lady Clarice sie an. „Wir können doch nicht die Speisen der Geister essen."

„Wir werden sie teilen, genau wie wir das Treffen gemeinsam abhalten", erklärte Nell. „Das Teilen wird das Motto des ganzen Abends sein."

Für einen Moment lang hing das Ganze an einem seidenen Faden. „Sie haben ja recht", sagte Lady Clarice. „Und wie kann ich behilflich sein?"

Das Schlimmste war also überstanden. „Es wäre eine Schande, irgendeinen der Geister aus Versehen zu übergehen. Die Liste von der Geisterjagd habe ich ja, aber ich hätte gern noch eine, auf der sowohl die gewöhnlichen Aufenthaltsorte im Haus als auch die Sterbedaten der Geister enthalten sind, damit ich recherchieren kann, welche Gerichte ihnen besonders zusagen könnten."

„Die werden sie bekommen. Und natürlich werden wir auch die Ausrüstung wieder benötigen."

Das Chaos war vorprogrammiert, dachte Nell. Jetzt musste sie schnell sein. „Sicher, wir müssen den Abend aufnehmen, für nachfolgende Generationen", sagte sie autoritärer, als sie sich fühlte. „Kameras, Phonographen und Notizblöcke. Und auch Thermometer, wenn Sie wünschen. Aber nur wenige. Wenn sich mehr als ein oder zwei Personen gleichzeitig im Raum bewegen, könnten wir damit die Geister in ihren Rücksprachen stören."

***

Wenigstens hatte Nell nun einen Speiseplan für morgen Abend. Sie wusste zwar noch immer nicht, was Lady Clarice sich von dem Abend erhoffte und auch nicht, warum Inspektor Melbray so viel Wert darauf legte, teilzunehmen.

Doch scheinbar sahen manch Andere das anders. Gott und die Welt nahm an, dass Nell die Quelle des Wissens war – und das nicht nur, was die Mordfälle anbelangte, sondern auch, was das Treffen der Geister betraf. Guy war der erste Eindringling in ihrem Chefkochraum, in den sie sich zurückgezogen hatte, um Rezepte zu studieren. Sollten diese genau aus der Zeit desjenigen Geistes stammen oder nur grob den geschmacklichen Trend jenes Zeitalters widerspiegeln?

„Nell. Man hat mir gesagt, dass ich dich hier finden würde. Hast du den Ball gestern Abend genossen?"

„Sehr sogar. Ich genieße meine Arbeit eigentlich immer. Und du?"

„Sehr sogar. Das Gleiche kann ich auch behaupten. Aber mal ehrlich, Nell, ich hoffe, du kannst uns sagen, was Inspektor Melbray heute Abend vorhat."

„Wenn du von ‚uns' sprichst, dann meinst du dich und die anderen Musiker?"

„Nein. Die gehen ab heute wieder ihre eigenen Wege. Und wenn du deine Meinung über mein Angebot, mit mir zu kommen, nicht geändert hast, werde ich ihnen übermorgen nachreisen. Mit dem ‚uns' meinte ich Foster und mich. Also, was geht hier vor sich?"

„Wenn du auf die Morde anspielst, darüber weiß ich nichts. Und wenn es um morgen Abend geht, kenne ich auch keine Details, abgesehen von dem Menü."

„Wie ungewöhnlich für dich. Was ist aus der Ich-weiß-genau-was-los-ist-und-wo-ich-hingehe-Nell geworden?"

„Die hat sich wohl verirrt", erwiderte Nell freundlich.

„Ich glaube dir kein Wort", sagte Guy und setzte sich. „Jeder fliegt als Erstes zu dir, wenn er nach Antworten sucht – wie die Bienen zum Honig."

„Wie elegant."

„Der Inspektor eingeschlossen."

Sie bewegte sich auf gefährlichem Grund. „Wie ich hörte, wirst du morgen Abend kommen."

„Ja, und Foster auch. Und wie ich hörte, kommt auch der General mit seiner liebreizenden Frau."

„Wie nett von General Warminster", erwiderte Nell unschuldig.

Doch Guy grinste. „Niemals würde er sie allein kommen lassen. Eigentlich wollte Ihre Ladyschaft gar nicht am Dinner teilnehmen, aber der Scotland Yard hat es verlangt. Ehrlich gesagt glaube ich, dass dieser Inspektor ein bisschen plemplem ist – sich auf Geister zu verlassen, um bei den Ermittlungen auf die richtige Fährte zu kommen. Also bitte. Was erhofft er sich denn von den Geistern?"

„Das Ganze war nicht die Idee des Inspektors", erklärte Nell. „Sondern die von Lady Clarice."

„Und wir sollen sie bespaßen? Ich kann einfach nicht glauben, dass der Scotland Yard unter anderen Umständen seine Zeit mit unsinnigen Geistershows verschwendet. Selbst, wenn du die Hauptattraktion wärst."

„Mein Buffet, Guy, nicht ich. Ich bin schließlich keiner der Geister", sagte Nell verstimmt. „Aber ich sehe genau so wenig, wie dieser Abend die Ermittlungen voranbringen soll."

„Ich kann es kaum erwarten, herauszufinden, ob nicht Charlie Parkyn-Wright erscheint und mit dem Finger auf den Schuldigen zeigt."

„Das wird er wahrscheinlich. Bekannterweise kommen die Geister von Ermordeten immer wieder, insofern ihr Fall nicht aufgelöst wird. Genau wie der Geist von Banquo in Macbeth."

„Hm?"

„Der Geist ist dem Schuldigen mitten in einem Bankett erschienen, um ihn anzuklagen."

„Recht hübsche kleine Räume, nicht?", sagte Lady Enid, die als Nächste bei Nell vorbei sah. „Während der Zeit als mein Ehemann noch das Sagen in Wychbourne Court hatte, hat es nie einen Grund für mich gegeben, diesen Flügel zu besuchen. Oh, nein, ich habe mich geirrt. An einem Silvesterabend hat mein Mann darauf bestanden, dass wir beiden auch hier den Tanz eröffnen, bevor wir in unseren Ballsaal zurückgegangen sind. Diese Geste wurde sehr geschätzt."

Die Dowager Lady Enid setzte sich auf den schäbigen Sessel, auf dem für gewöhnlich nur ein Stapel mächtiger Kochbücher Platz fand, der nun von Nell auf den Schreibtisch gehoben wurde. Sie war erstaunt von der Anwesenheit Ihrer Ladyschaft, hatte jedoch nicht die geringste Ahnung, warum sie hier war. Mehr

Rosenblattgelee? Pflichtgemäß hatte Mrs Fielding einige Gläser ins Dower House gebracht und ihr siegreiches Grinsen vor Nell nicht verborgen.

„Was genau wird morgen Abend geschehen, Miss Drury?“, erkundigte sich Lady Enid. „Alles, was ich von meinem Sohn erfahren habe, ist, dass die Geister sich versammeln werden, und dass die Polizei kommt. Äußerst ungewöhnlich in meinen Ohren. Bin ich richtig informiert worden?“

„Ja, es stimmt. Auch wenn nicht ganz klar ist, was genau geschehen wird“, versuchte Nell zu erklären. „Auf jeden Fall wird es ein vorzügliches Essen geben.“

„Immerhin ein Grund, dabei zu sein. Widerwillig habe ich meine Teilnahme bestätigt, da ich gehört habe, dass auch ein gewisser Herr kommen wird. Aber ich nehme an, dieses Mal wird man mich weit genug von ihm entfernt platzieren. Ich würde selbst einen Geist als Sitznachbarn vorziehen.“

„Bei der Ankunft der Gäste dürfen alle selbst entscheiden, wo sie sitzen möchte“, versicherte Nell ihr.

Lady Enid runzelte die Stirn. „Dann muss ich eben auf die Distanz beharren. Weshalb ich überhaupt an dem Treffen teilnehmen soll, ist mir unergründlich, aber dem Gesetz muss man Folge leisten. Ob die Geister das wissen, frage ich mich.“

Nells nächste Besucherin war Miss Checkam.

„Worum geht es morgen Abend, Miss Drury? Sind Sie darüber informiert?“, fragte sie beunruhigt. „Lady Ansley sagt, auch die Polizei wird zu dem Treffen kommen. Aber was wollen sie?“

„Ich weiß es nicht“, antwortete Nell müde. „Den Fall aufklären, nehme ich an.“

„Aber die Geister … Oh, ich werde es hassen, wieder mit all den anderen im gleichen Saal zu sein.“

„Sie haben doch gesagt, Sie waren gar nicht im Saal selbst“, wandte Nell milde ein. „Sondern auf dem Weg ins große Treppenhaus, als Sie Mr Charles gesehen haben.“ Das war einer der kühleren Bereiche, von denen Lady Clarice zufolge ganz sicher Sir Thomas die Energie aus der Atmosphäre zog. Vielleicht traf Miss Checkam dort auf Charles, fantasierte Nell.

„Ja“, erwiderte Miss Checkam weiterhin beunruhigt. „Und er war derart unfreundlich zu mir.“

Etwa zu dem Zeitpunkt mussten Mr Peters und Lord Richard die Ausrüstung in den Saal getragen haben. War Miss Checkam vielleicht später zurückgekehrt und …? Nein, damit würde sie nicht schon wieder anfangen. Das überließ sie jetzt besser den Geistern, dachte Nell. Sie hatte sich um das Buffet zu kümmern.

Doch selbst nach diesem Besuch blieb Nell nicht lange allein. Der erste der beiden folgenden Eindringlinge war ihr jedoch willkommener als der zweite. Es war Jimmy, der ihr die Liste von Lady Clarice überbrachte. Der zweite hingegen war Mr Beringer. Sohn eines Jägers oder nicht, er war ein Gast des Hauses und es war sehr überraschend, ihn im Ostflügel anzutreffen.

„Es tut mir leid, Miss Drury. Ich bin gekommen, um Ihre friedlichen Träume zu stören. Richard und Helen fragen nach Ihnen. Auch Lady Sophy ist dabei. Aber ich bin nur der Bote. Unterbreche ich Sie gerade bei etwas?“

„Das kann warten", sagte Nell beherzt und verabschiedete sich von dem Geistermenü. Vielleicht fände sie am Nachmittag etwas Zeit, um daran zu arbeiten. Immerhin hatte sie nun alle Details über die zu erwartenden Gefühlsesser. Es war eine lange Liste. Anscheinend waren über die Jahre hinweg einundsechzig Geister in Wychbourne Court eingekehrt, doch Lady Clarice war sich sicher, dass nur neunzehn davon geblieben waren, plus Charles Parkyn-Wright, sollte er erscheinen. Und Miss Harlington. Es würde ein besonderes Treffen werden morgen, genau wie es ein besonderes Menü würde – falls sie irgendwann dazu käme, es niederzuschreiben. Und es zu kochen.

Gemeinsam mit Mr Beringer ging sie über das große Treppenhaus in den Wintergarten. „Haben Sie den Ball gestern Abend genossen, Miss Drury?", fragte er sie höflich auf dem Weg. „Ich habe Sie mit dem Herrn Inspektor tanzen sehen. Ein netter Gentleman, nicht?"

Zum x-ten Mal, oder zumindest schien es so, stimmte Nell zu, dass Inspektor Melbray ein netter Mann wäre. „Obwohl diese Sicht auf ihn davon abhängt, ob man ein Krimineller ist oder nicht", fügte sie hinzu.

Zuerst lachte Mr Beringer kurz, doch dann ergänzte er ernst: „Irgendjemand hier muss einer sein. Jemand, der vermutlich auch morgen Abend anwesend sein wird."

„Als Geist?"

„Nun, ich nehme an, dass der ein oder andere davon durchaus ein schlechtes Gewissen haben könnte. Aber nein, ich meinte uns."

Da sank Nell das Herz in die Hose. „Ist es das, worüber Lord Richard und Lady Helen mit mir sprechen möchten?“

„Es ist eher“, begann Mr Beringer vorsichtig, „dass sie von *Ihnen* erwarten, dass Sie sprechen.“

Na wunderbar, dachte sie wild. Als die beiden im Wintergarten ankamen, schienen Lord Richard und seine Schwestern vertieft in die Frage, ob ein paar mehr Palmen den Ort noch gemütlicher machten oder nicht. Sie gaben sich zweifelsohne große Mühe, nur beiläufiges Interesse an Nells Ankunft zu zeigen. Doch was immer sie planten, sie wollte nichts damit zu tun haben.

„Hallo Nell“, begrüßte Lady Sophy sie mit breitem Lächeln. „Freuen Sie sich bereits auf morgen Abend?“

„Auf jeden Fall“, versicherte Nell ihr ein wenig erschöpft.

„Doch irgendjemand ist sicher nicht erfreut“, kommentierte Mr Beringer.

„Damit meint Rex den Mörder von Charlie“, erklärte Lady Helen – die inzwischen beinahe wieder wie die alte Helen aussah, dachte Nell. „Und von Elise.“

„Wir alle glauben nämlich, es ist ein und derselbe“, fuhr Sophy fort. „Aber was glaubt der Inspektor?“

„Ich bin nicht seine Vertraute“, sagte Nell nachdrücklich.

„Sie scheinen aber Kumpanen zu sein“, wandte Lord Richard misstrauisch ein.

„Von einem Tanz kann nicht gleich auf Kumpanei geschlossen werden“, konterte Nell.

„Ach, kommen Sie schon, Nell. Bitte erzählen Sie es uns“, bat Lady Sophy. „Es ist ja noch alles offen, also würden Sie auch niemandes Vertrauen brechen.“

Und zum wiederholten Male erklärte Nell: „Was die Geister anbelangt, wissen Sie genauso viel wie ich, vermutlich sogar mehr. Und was die Mordfälle angeht, tappe ich genauso im Dunkeln wie–"

„Der Inspektor, wie es scheint", sagte Lord Richard affektiert.

„Vielleicht legt er deshalb so großen Wert darauf, morgen Abend alle wiederzusehen", schlug Lady Sophy vor. „Es geht ihm womöglich gar nicht um die Geister, sondern um uns alle beisammen."

„Ihm zuliebe haben wir bereits diese schreckliche Nachbildung des Ganzen mitgemacht, völlig vergeblich", beschwerte sich Lord Richard.

„Für uns", sagte Nell, „aber ihm hat es vielleicht etwas gebracht." Daraufhin schwiegen die anderen, bemerkte sie.

„Das mit morgen Abend ist also ernst gemeint?", hakte Lady Helen nach.

„Sehr."

„Mit Geistern und allem? Vielleicht sind sie ja bloß ein Vorwand", mutmaßte Lady Sophy.

„Das wird Ärger geben", sagte Lord Richard. „Und spaßig wird es auch."

„Vielleicht. Aber", fügte Nell ernst an, „morgen ist nicht die Zeit für Schabernack. Streiche stehen der Wahrheit über die Mörder bloß im Weg."

Vier Augenpaare sahen sie unverwandt an. „Absolut gar keine Streiche?", fragte Lady Sophy wehmutsvoll. „Dabei ist es so ein scherzhaftes Treffen."

Es war an der Zeit, zu intervenieren. „Das alles ist überhaupt nicht spaßig oder scherzhaft", antwortete Nell. „Wychbourne Court muss diese graue Wolke, die über uns hängt, endlich wieder loswerden. Und sollte der morgige Abend etwas dazu beitragen, dann wären Streiche äußerst unangebracht. Und selbst, wenn das Treffen nichts bewirken sollte, hätten die Streiche auch niemandem geholfen, womöglich aber gestört."

Stille. „Also gut", schloss Richard schließlich. „Kein Pepper's Ghost."

Und das, dachte Nell, galt auch für Jimmy, nach dem sie gerade Ausschau hielt – keine Streiche. Alle Katapulte mussten in Beschlag genommen werden, kein zerbrochenes Geschirr mehr. Poltergeister, also ehrlich!

Kapitel 16

Der Tag hatte bereits schlecht begonnen und ging noch schlechter weiter. Obgleich Nell sich selbst ermahnte, nicht in Panik zu verfallen, war das sehr schwierig. Nur noch eine Stunde, bis die Gäste kämen – sprach man überhaupt von Gästen, wenn es um eine Séance ging? Der Pudding für Geist Violet Smith war noch nicht fest geworden, der Mutton Cake für Napoleon, den Hund des siebten Marquess, war von Mrs Fielding weggeworfen worden, da sie ihn für die Überreste vom Shepherd's Pie der Bediensteten gehalten hatte, Lady Clarice diskutierte noch immer fieberhaft mit Nell darüber, ob die Entscheidung für gebackenen Karpfen mit Zitronen und Orangen zu blumig war für Bruder Sebastian und Schwester Edith, das liebestrunkene Pärchen, das sich 1457 von ihrem religiösen Schwur losgesagt und in der alten Kapelle Zuflucht gesucht hatte, Nell war aufgefallen, dass der Jugged Hare selbst für einen Schmuggler aus dem letzten Kellerloch viel zu alkoholisch war und der Milchreispudding à la Portugaise für das schluchzende Baby war angebrannt.

Das alles war die Schuld des Poltergeists, entschied Nell. Denn Muriel musste noch einen weiteren Angriff erleiden. Der Deckel von Lady Ansleys Teekanne war vom Tisch abgehoben und hat Muriel an der Schulter erwischt, als gerade die Teekanne zu Boden fiel und auf dem Boden der Spülküche in lauter kleine Scherben zersprang. Das brachte das Fass zum Überlaufen. Geradewegs marschierte Nell auf Jimmy zu, als dieser aus dem Küchengarten hereinkam.

„Habe ich dir nicht gesagt, junger Mann, dass ich keine weiteren Streiche dulde? Keine Katapulte mehr hatten wir ausgemacht!“, tadelte sie ihn.

„Das war ich nicht, Miss Drury“, verteidigte er sich eingeschüchtert. Doch bis er nicht ein Alibi vorwies, glaubte sie ihm kein Wort.

„Es stimmt, er war mit mir im Garten“, versicherte Peters ihr nervös. „Ich brauchte seine Hilfe bei dem elektrischen Generator.“

Dann entschuldigte sich Nell bei Jimmy und beruhigte sich wieder. Doch, wenn er es nicht war, wer dann?, fragte sie sich nicht ohne Unbehagen. Das war ein schlechtes Omen.

Das nächste Hindernis war Lady Clarice – ein wiederkehrendes Problem an diesem Tag. Denn ein Anliegen war besonders schwierig zu handhaben. Im großen Saal musterte Lady Clarice den Tisch, auf dessen Mitte der Platz für das Buffet markiert worden war. Im Moment lag bloß die Tischdecke darüber, ein paar kleinere Lampen und drei Vasen mit Blumen und Grünpflanzen, die weit weniger aufwendig waren, als man es von der üblichen Tischdekoration in Wychbourne Court gewohnt war. „Geister fühlen sich angezogen von Rosmarin, Knoblauch, Nesseln und dergleichen“, erklärte Lady Clarice, als Nell ihre Bedenken zum Ausdruck brachte.

Doch Nells grundlegendste Sorge waren die Lampen, da Lady Clarice im Begriff war, diese wieder zu entfernen. „Es muss unbedingt dunkel sein für die Geister“, befahl sie.

„Aber wir können nicht in völliger Dunkelheit essen“, wandte Nell ein. „Die großen Lichter im Saal können ausgeschaltet werden, aber diese *müssen* bleiben. Wir könnten sie ja hier stehen lassen und essen, bevor die Geister da sind."

„*Vor* den Geistern?", wiederholte Lady Clarice entrüstet. „Ihre Speisen zu essen und das auch noch vor ihrer Ankunft wäre überaus unhöflich."

Nichtsdestotrotz kämpfte Nell um einen Kompromiss. „In Ordnung. Angenommen, es gäbe Canapés für die Gäste, die vorab zu den Getränken gegessen werden können. Wir könnten sie seitlich anrichten. Und anschließend, wenn die Geister gespeist haben, kann es wieder Licht geben und es darf sich am Buffet bedient werden. Wann wird das ungefähr sein?", fragte Nell, die nur wenig Hoffnung für ihren eigenen Vorschlag hatte.

Sorgsam dachte Lady Clarice darüber nach. „Es wird den Geistern gefallen, uns beim Essen zuzusehen. Aber diese Öllampen sind viel zu hell. Umso mehr, wenn sie plötzlich angezündet werden."

„Aber doch sicher nicht die kleinen Lampen, die wir auf die Tische für die Gäste stellen, oder?" Allmählich wurde Nell stets unruhiger.

„Doch, Miss Drury. Auch dagegen werden sie etwas haben", erwiderte Lady Clarice schnippisch, was ihr gar nicht ähnlich sah und ein Zeichen dafür war, dass diese Situation außer Kontrolle geriet. „Ich kann die Geister dennoch fragen, ob sie das ganze Dinner über bei uns bleiben. Die Lichter bleiben aber aus. Und danach hat der Inspektor auch noch etwas zu sagen."

„Den Geistern?" Was zur filetierten Fisch-Tarte war bloß aus dem Scotland Yard geworden, wenn sie nun jeden ihrer Schritte zuerst mit der anderen Seite absprechen mussten?

„Natürlich den Geistern, Miss Drury. Er meint, dass sie ihn bei der Befragung unterstützen werden."

Das war es. Nell war es gelungen, Lady Clarice zu verärgern. Was sollte sie nun tun?, fragte sie sich. Sie hätten keine Zeit, das Buffet auszuteilen, nachdem die Geister wieder verschwunden wären – und woher sollten sie auch wissen, wann das war? Dafür gab es keine Lösung. Das Buffet musste später erst gegessen werden, aber schon auf den Tellern liegen, bevor man die Lichter ausschaltete. Sie konnte also nur hoffen, dass nicht zu viel verschwand, bevor die Geister sich daran erfreuen konnten.

Das nächste Problem, dem sie sich nun stellen musste, war die Frage nach der passenden Garderobe für diese Veranstaltung.

„Na, was sagen Sie, Nell?" Auf einmal stand Lady Sophy neben ihr, in einem Küchengewand, das eine passable Imitation einer Nonnenkutte darstellte. „Wird sich Schwester Ediths Geist dadurch ein wenig mehr wie zu Hause fühlen?"

„Nein", antwortete sie knapp und musste trotz der ansteigenden Spannung lachen. „Seien Sie ein Vorbild, Lady Sophy. Ein wenig mehr Etikette werden die Geister begrüßen. Und Sie müssen sich ihres feinen aristokratischen Namens würdig erweisen – darauf werden Sir Thomas und der fröhliche Sir William zählen."

Von Sir William war Nell besonders angetan. Das war derjenige, dessen Portrait im großen Saal hing und der noch zu Lebzeiten von Queen Elizabeth zum Baron

Ansley ernannt wurde. Das hat ihn sicher noch fröhlicher gestimmt.

Da seufzte Lady Sophy. „Sie meinen, es ist Zeit für Puder und Perlenketten? Darf ich denn mein Diadem tragen?"

„Sie haben eines?"

„Natürlich. Es ist nur ein kleines, da ich ja die jüngere Schwester bin. Dabei hätte ich das größte verdient. Ich muss schließlich mehr erdulden."

Aber was sollte sie selbst tragen?, fragte sich Nell. Wieder einmal hatte sie zwei Rollen inne, die der Chefköchin und die eines Gastes. Obgleich sie nicht über ein Diadem verfügte, würde sie sich heute wie ein Gast kleiden. Denn schließlich erwarteten sie auch den *netten* Inspektor.

Nur noch eine Stunde – und Kitty klopfte hektisch an Nells Tür, um ihr mitzuteilen, dass Lady Clarice sie noch einmal zu sehen wünschte. Was um Himmels Willen wollte sie bloß dieses Mal? Nell war noch nicht fertig, also zog sie sich in Windeseile ihr Kleid über – sie hatte erneut das graue Kleid gewählt, aus Ehrfurcht vor den Geistern – legte eine Perlenkette an, zupfte ein paar Haarsträhnen zurecht und schon rannte sie los. So viel zu der eleganten, selbstsicheren Frau, die Nell an diesem Abend verkörpern wollte.

Lady Clarice trug ein nüchternes schwarzes Kleid und dazu Schmuck aus Gagat. Vermutlich hatte sie bei ihrer Entscheidung auch die Geister im Sinn gehabt, wenngleich Schwarz ihr nicht gerade gut stand. Doch aus irgendeinem Grund führte ihr Anblick dazu, dass Nell ihre ungehobelten Gedanken von eben bedauerte.

Denn das hier war schließlich ein großer Abend für Lady Clarice, dachte Nell und es überkam sie eine Welle der Zuneigung.

„Nell. Der Inspektor hat mich gebeten, ihn noch einmal mit auf die Geisterjagd zu nehmen“, informierte Lady Clarice sie voller Begeisterung. „Er nahm an, dass ich dafür eine Begleitung bräuchte und schlug Sie vor. Und ich würde mich sehr freuen, wenn Sie mitkämen.“

Da rutsche Nell das Herz in die Hose. Zum Glück war in den Küchen das meiste vorbereitet und Kitty und Michel waren verantwortlich für das Buffet. Nach der letzten Inspektion hatte sie sich selbst gratuliert, dass alles sehr einladend und effizient aussah – sowohl für die Geister als auch für die Gäste. Noch leuchteten die großen Öllampen und die kleinen auf den Tischen warteten darauf, angezündet zu werden, doch Mr Peters versicherte ihr, dass Jimmy sich gleich darum kümmern würde. Und diese konnte man auf niedrigster Stufe brennen lassen, sodass die Geister nichts dagegen hätten, tröstete sie sich. Schließlich gehörten Taschenlampen bei Geisterjagden sonst auch zur Standardausrüstung Ein wenig Licht konnten sie also tolerieren.

„Und zu welchem Zweck soll es noch eine Führung geben?“, fragte sie Lady Clarice misstrauisch, als sie gemeinsam das Treppenhaus hinabstiegen. „Inspektor Melbray hat so etwas sicher schon einmal mitgemacht und dann haben wir unsere Führung ja kürzlich wiederholt.“

„Er sagte, es diene dazu, die Geister besser kennenzulernen. Dazu hat er auf den vorherigen Führungen keine Zeit gehabt. Das ist keine schlechte Idee. Ich habe das Thermometer dabei und habe dem Inspektor bereits erklärt, wie wichtig die unterschiedlichen Temperaturen und vor allem die kühleren Orte sind, da die Geister ja ihre Energie aus der Umgebung ziehen."

Selbst wenn Lady Clarice sich erfreut zeigte über diesen Plan, überzeugte er Nell nicht. Zweifelsohne hatte Inspektor Melbray mehr im Sinn, als bloß die Geister kennenzulernen. Als sie den großen Saal erreichten, sah sie ihn sofort: Er war nicht in Abendgarderobe, trug aber einen schicken grauen Anzug mit Weste. Sicher, um zu betonen, dass es sich hierbei für ihn um eine Arbeitsangelegenheit handelte. Wie er sich wohl in seiner Freizeit kleidete?, fragte sich Nell. Er war kein Herr für lockere Oxfordhosen, folgerte sie, aber in Flanellhose und Jackett konnte sie ihn sich vorstellen, beispielsweise auf einem Spaziergang entlang des Flusses.

Konzentration, Nell, ermahnte sie sich. Sie war nicht hier, um über Szenen aus *Der Wind in den Weiden* zu fantasieren. Im Gegenteil, nun brauchte sie einen klaren Kopf. Im Moment unterhielt sich der Inspektor mit Mr Peters, der etwas auf der Anrichte arrangierte. Lady Sophy zeigte sich wie immer neugierig und beäugte alles sehr aufmerksam, als ob hinter jeder Ecke womöglich ein Geist lauerte. Selbst Lady Helen schien nicht abgeneigt. Automatisch machte Nell einen langen Hals, um aus der Ferne zu sehen, ob Kitty die Canapés angerichtet hatte – ja, und Michel brachte Geschirr und Besteck für das Buffet.

„Eine ausgezeichnete Auswahl an Speisen", erwähnte nun Inspektor Melbray gegenüber Lady Clarice, als er sich zu ihnen gesellte. „Wenn ich ein Geist wäre, würde ich mich sehr darüber freuen, hier zu essen. Und als bloßer Polizist erachte ich mich als äußerst privilegiert.

Wie ich gehört habe, werden die Lichter gleich gedimmt werden. Wird das auch während unserer Tour der Fall sein?"

„Nein." Nun, da der Blick des Inspektors auf sie fiel, fühlte Nell sich daran erinnert, wie sie sich nur in äußerster Eile angezogen und zurecht gemacht hatte. „Die Lichter auf der Galerie sind elektrisch, sie können also jederzeit an- oder ausgeschaltet werden. Wie Sie wünschen."

„Aber das ist gar nicht gut für die Geister", wandte Lady Clarice beunruhigt ein.

„Sicher können Sie die wenigen Augenblicke des Lichts ertragen, während wir dort vorbeigehen", erklärte Inspektor Melbray höflich.

„Was genau sollen wir Ihnen denn zeigen, Inspektor Melbray?", fragte Nell eilig, als sie Lady Clarice' aufmüpfigen Gesichtsausdruck bemerkte.

„Das erkläre ich Ihnen, sobald wir losgehen."

„Bloß vier der Geister halten sich für gewöhnlich im großen Saal auf", begann Lady Clarice etwas steif. „Alfred, der manchmal sein Schwert bei sich trägt und ein angelsächsischer Farmer war; der arme Sir Ralph, der von seinem eigenen Bruder ermordet wurde, mit dem er sich über die Eroberung der Normandie zerstritten hat; William, der Liebling von Queen Elizabeth, der wirklich viel lacht; und der unglückselige Butler Gilbert, der von dem fünften Marquess umgebracht wurde. Er wird Peters heute Abend sicher im Weg stehen, da er noch immer versuchen wird, seinem ehemaligen Master einen Drink zu servieren."

„Das klingt alles äußerst interessant", sagte der Inspektor in ernstem Ton.

Und Lady Clarice zeigte sich zufrieden.

„Die anderen Geister werde ich Ihnen auf unserer Führung vorstellen. Manche von ihnen geben allerdings nur selten Zeichen von sich, leider. Zum Beispiel der erste Marquess, Philip, verbirgt sich oftmals in der Bibliothek, meist mischt er sich unter die Poeten des siebzehnten Jahrhunderts. Soll ich Ihnen Bescheid geben, sobald ich Wechsel in Temperatur oder Luftdruck verzeichne?"

Höflich lehnte der Inspektor ab und die Tour begann. Als Nell begriff, dass sie nun wieder auf die Galerie steigen musste, nahm sie all ihren Mut zusammen, während Lady Clarice sie dorthin führte.

„Und stellen Sie sich das einmal vor", erzählte Lady Clarice enthusiastisch, „der arme Sir Thomas." Nicht ein Detail seiner Geschichte ließ sie aus, die sie mit den folgenden triumphalen Worten abschloss: „Und der Minnesänger, der Liebhaber seiner Gattin, bekam schließlich Sir Thomas' brutalen Faustschlag zu spüren. Das Ende erinnert mich stets an Lady Warminster und ihren Gärtner." Dann zögerte Lady Clarice. „Nun ... das hätte ich vielleicht besser nicht gesagt."

„Keine Sorge, mich kann man nicht so einfach schockieren", erwiderte Inspektor Melbray, ohne eine Miene zu verziehen. „Fahren Sie einfach fort mit dem, was Sie Ihrer Gruppe an jenem Samstagabend erzählt haben."

Dann fasste Lady Clarice Mut und sie gingen einzeln hintereinander die Galerie entlang. „Sir Thomas wartet bereits, aber Charlies Geist scheint im Moment noch sehr schüchtern zu sein, wie ich Ihnen bereits erklärt habe, Inspektor. Vielleicht wartet er darauf, dass Miss

Harlingtons Geist sich zu ihm gesellt, was er anscheinend noch nicht getan hat. Sie versteckt sich vermutlich in der Milchkammer."

Über Charlies Zurückhaltung war Nell allzu dankbar, als sie mit heftig pochendem Herzen an der Trennwand vorbeikamen. Ihrer Meinung nach herrschte in dieser Galerie eine außergewöhnlich unangenehme Atmosphäre, eine, die man nicht einmal mit allen Lavendelpolituren der Welt überdecken könnte. Und das, obgleich es keine Spur mehr gab von dem Geruch, der in jener Samstagnacht die Luft erfüllt hatte.

Nells Herzschlag verlangsamte sich allmählich wieder, als sie am Ende der Treppen zur Galerie in den Korridor abbogen, der sie dahinter in Richtung Waffenraum führte. „Bitte wecken Sie den Hund nicht", bat Lady Clarice den Inspektor, als dieser zu wagemutig in den Raum schritt.

Verwirrt schreckte er auf und sah sich vorsichtig um. „Ich sehe keinen", sagte er.

„Irgendwo wird Napoleon stecken, da bin ich mir sicher. Früher hat er immer im Waffenraum auf sein Herrchen gewartet. Das war mein Vater, der siebte Marquess, der in den 1880ern gelebt hat. Und hinter der nächsten Tür finden sie die arme Violet in der Stiefelkammer. Eine junge Frau und doch keine Jungfrau mehr. Der vierte Marquess hat sie verführt."

Mit diesen zwei Bewohnern Wychbournes schien der Inspektor seine Schwierigkeiten zu haben, dachte Nell, als dieser rasch am Frühstückssalon vorüberschritt und sich erkundigte, was als Nächstes kam. Soweit war alles in Ordnung, dachte Nell ein wenig beunruhigt, aber wo sollte all das hinführen? Die Unruhe darüber, dass er ihr den wahren Grund dieser Tour verschwieg, wuchs stetig.

„Jetzt geht es über das hintere Treppenhaus zur oberen Etage des Haupthauses“, antwortete Lady Clarice ihm. „Dort werden Sie Henrietta kennenlernen, die aufgrund ihrer Untreue von ihrem Lord ermordet wurde; und Dorcas, die umsonst auf die Rückkehr ihres Gatten gewartet hat; und mit etwas Glück ist vielleicht auch Calliopes Gesang im Korridor zu hören sowie das Weinen eines Babys in der Kinderstube.“

Diese Informationen nahm der Inspektor mit unbeteiligtem Gesicht auf, während Lady Clarice sie am Kellerraum vorbeiführte – wo Mr Peters und Mrs Fielding ihr romantisches Intermezzo hatten – zu einer anderen Treppe zum oberen Stockwerk.

„Wäre es möglich, Lady Clarice, dass die Teilnehmer Ihrer Gruppe auf dieser Treppe die Positionen getauscht haben?“, fragte er. „Sie ist weitläufiger als der Korridor, über den wir hierhergekommen sind, weshalb ich das für eine Möglichkeit halte.“

„Wohl wahr“, erwiderte Lady Clarice nur wenig interessiert.

Nell hingegen begriff alarmiert, worauf der Inspektor hinaus wollte. Die Familie. „Bis zum Korridor sind Lord Richard und Lady Helen am Ende der Gruppe gegangen, doch das mag sich geändert haben. Sie hatten nämlich einen Plan“ – vorsichtig, Nell – „der sie womöglich davon abgehalten hat, zu merken, wer noch Teil der Gruppe war und wer nicht.“

Lady Clarice machte ein rätselhaftes Gesicht, aber der Blick des Inspektors blieb weiterhin auf Nell. „Miss Drury“, sagte er, „wären Sie so nett herauszufinden, welcher der einfachste und schnellste Weg wäre, die Gruppe von hier aus zu verlassen, den Dolch und den Fotostoff in mäßiger Dunkelheit zu holen und dann die Galerie hoch und wieder herunter zu schleichen, um dann entweder über diese Treppe wieder zur Gruppe zu stoßen *oder* über das Haupttreppenhaus zu gehen, um ihnen dort zu begegnen *oder* darauf zu warten, dass die Gruppe in den großen Saal zurückkommt? Mit anderen Worten, könnten Sie den Weg gehen, den der Mörder gewählt haben muss?“ Dann hielt er inne. „Tragen Sie eine Uhr?“

„Das tue ich“, erwiderte Nell und dachte, dass diese Aufgabe sie wenigstens davon abhalten würde, fieberhaft zu überlegen, was oder wen der Inspektor verdächtigte. Wenn es nun also an ihr lag, die Rolle eines Baker Street Irregulars auszuführen, dann würde sie das tun. Nell marschierte davon und ließ die anderen beiden oben begrüßen, welchen Geist auch immer sie dort erwarteten. Sollte sie die Treppe in der Nähe von Mr Peters Posten nehmen, wo er sie womöglich sehen konnte, oder besser die am anderen Ende? Die letztere. Und so zog sie von dannen – aber nein, sie hatte weder den Dolch noch den Stoff aus dem großen Saal bei sich. Es sei denn, fiel ihr mit wachsender Begeisterung an der Aufgabe ein, diese hatte sie sich bereits während des Durcheinanders vor dem Start geschnappt. Das war wegen der geringen Beleuchtung gut möglich gewesen.

Nun musste sie die Treppen zur Galerie hocheilen und diese entweder im vorderen Teil entlang gehen, dabei wäre sie aber für jeden unten sichtbar, oder den schmalen Pfad hinter der Trennwand wählen, um zum

Versteck von Mr Charles zu gelangen. Doch beide Optionen beinhalteten das Risiko, von Mr Peters gehört oder gesehen zu werden. Wobei ... der Mörder hätte nicht wissen können, dass es Mr Peters Plan war, die ganze Zeit über im großen Saal zu bleiben. Ja, das war's!

Sicher, auf dem richtigen Weg zu sein, behielt Nell weiterhin die Zeit im Blick und rannte die Galerietreppen wieder herunter. Die nächste Entscheidung: Hätte sie versucht, die anderen einzuholen oder dort auf die Gruppe gewartet? Es wäre viel sicherer, hier zu bleiben. Wenn man sich unterhalb der Treppe aufhielte, stünde man in vollkommener Dunkelheit und selbst wenn dort jemand vorbeikäme, bliebe man unbemerkt. Außerdem hätte der Mörder gewiss seine eigene Taschenlampe dabei, um die Zeit zu überwachen und sobald er um zwölf Uhr dreißig bekannte Stimmen hörte, käme er aus seinem Versteck hervor.

„Wunderbar, Miss Drury", begrüßte der Inspektor sie, als sie wieder in den großen Saal kam, in dem sich nun alle für das große Geistertreffen versammelten. „Wie lange haben Sie gebraucht, um auf die Galerie und wieder hier her zu kommen?"

„Zehn Minuten."

„Inklusive der Zeit, in der Sie sich Dolch und Stoff besorgt haben?"

„Die hatte ich schon bei mir."

Unverwandt sah er sie an. „Danke."

Er schien zufrieden, aber nicht dazu geneigt, weiter darauf einzugehen – obgleich in ihrem Kopf verständlicherweise die Fragen nur so sprossen wie Pilze im Wald. *Weshalb* war er zufrieden? Hat ihr Beitrag auf jemand Bestimmtes hingewiesen? Und wenn ja, auf wen?

Schluss damit, Nell, forderte sie sich selbst auf. Nichts konnte mehr getan werden. Nun lag alles in den Händen des Inspektors. Stattdessen versuchte sie sich auf das Treffen zu konzentrieren, wozu alle hier zusammenkamen. Bisher gab es keine Spur von irgendwelchen Geistern, immerhin.

Dann erschienen Lord und Lady Ansley und Lady Clarice stellte sich zu ihnen, genau wie der Inspektor. Soweit Nell es sehen konnte, waren alle anwesend. Womöglich hatte Lady Sophy die anderen Familienmitglieder bei der Kleiderwahl beeinflusst, da überall Juwelen und Diademe funkelten. Lady Helen trug ein strahlend grünes Kleid und Lady Sophy ein rotes. Demnach hatten die beiden keine Sorge, die Geister zu verschrecken. Lady Enid hatte sich für lila entschieden und Lady Ansley trug blau. Lady Warminster, die ein steingraues Satinkleid an hatte, sah zu Nells Freude ausgesprochen unelegant aus. Nun beobachtete Nell, wie Lady Enid auf Lord und Lady Ansley zuging und sich demonstrativ mit dem Rücken zu Arthur drehte, der sich derweil Nell näherte, um ihr etwas zuzuflüstern.

„Womöglich liege ich falsch, Sherlock, aber ich würde meinen, dass der Inspektor heute Abend etwas zu verkünden hat?"

„Vielleicht", sagte sie und schluckte. Allein, das Offensichtliche auszusprechen, bereitete ihr Magenkrämpfe.

„Ich bin auf jeden Fall gespannt. Wie ich sehe, ist auch General Warminster hier. In Sorge wacht er über seine Frau, um sie vor den heimlichen Umarmungen ihres chauffierenden Gärtners zu schützen."

„Arthur!", warnte Nell ihn.

„Gut, ich nehme es zurück. Wenn Sie es genehmigen, Nell, werde ich mich jetzt zu den Anderen stellen. Wie ich sehe ist auch der Gärtner hier, er sitzt bei Ellimore. Großer Gott, hat der Inspektor uns alle zusammengerufen für die große Auflösung?"

Arthur musste recht haben. Nell sah Mrs Fielding, Mr Peters, Miss Checkam und Mr Briggs, alle in Sonntagskleidung, die mit Jimmy und Muriel an einem Tisch saßen. Letztere schien durch und durch verängstigt. Mütterlich legte Mrs Fielding einen Arm um sie – solch eine Geste hatte Nell noch nie von ihr gesehen. Vielleicht hatte sie doch ein weiches Herz.

Unheimlich, dachte Nell und erschauderte. Alle waren beisammen und nippten an Mr Peters' exzellenten Cocktails und doch herrschte verhaltene Stille – nicht nur über das, was hier vor beinahe einem Monat vorgefallen war, sondern auch über die Unwissenheit, die heute vermutlich ihr Ende fand. Nell kam es vor, als bewegten sie sich alle wie Geister und Inspektor Melbray gab die Richtung vor.

Als man in diesem Moment die Lichter dimmte, wurde es umso unheimlicher. Es dauerte einen Augenblick, bis die Tischlampen angezündet waren. Wohin sollte sie sich setzen?, fragte sich Nell. Als der Inspektor sie am Arm berührte, war dies entschieden. „Kommen Sie, Miss Drury. Ich habe Sie zittern gesehen. Zittern wir besser zusammen. Dieser Champagnercocktail, den der Butler mir soeben gebracht hat, ist wirklich wunderbar. Ist er neu hier? Es war weder Peters noch der Diener."

Teils dankbar, teils widerwillig setzte Nell sich mit ihm an einen Tisch im hinteren Teil des Saals. „Es muss

Mr Peters gewesen sein, denn nur er serviert heute Abend. Der Diener bereitet die Getränke zu. Sollte ich vor den Geistern zittern oder vor dem, was uns heute Abend noch bevorsteht?“, fragte sie frei heraus.

„Ich bin gewiss, dass Ihr Buffet fabelhaft ist.“

Und wieder schachmatt. Natürlich meinte sie nicht das Buffet. „Hoffentlich sehen das die Geister genauso“, gelang es ihr, unbeschwert zu erwidern.

„Dessen bin ich gewiss. Sie haben ja sogar Namenskärtchen aufgestellt. Und dennoch würde ich es nicht wagen, mit Napoleon um sein Gericht zu streiten. Wie es scheint, sind Sie nicht nur Chefköchin sondern auch Diplomatin, Miss Drury. Zwei in eins.“

„Genau wie Ihre Ermittlungen sich auf zwei Fälle beziehen, nicht nur auf einen“, erwiderte sie. „Ist das der Grund, weshalb Sie heute Abend hier sind?“ Das hatte sie gesagt, ohne weiter darüber nachzudenken, jetzt allerdings kam sie ins Zweifeln. *Waren* es zwei Fälle? Die meiste Zeit über ging sie davon aus, dass der Mörder von Mr Charles auch der von Miss Harlington war, aber mal angenommen, es gäbe zwei Mörder? Das würde das ganze Bild drastisch verändern.

Inspektor Melbrays Augen zuckten, doch bevor er etwas erwidern konnte – falls er das vorhatte –, stand Lady Clarice auf und eröffnete den Abend. Das Gefühl der Bedrohung schien Nell beinahe zu überwältigen. Es begann. Und es würde, ganz unabhängig von den Geistern, unweigerlich zu einem Ende kommen. Ein Ende, das federführend von Inspektor Melbray geplant wurde.

Würdevoll sprach Lady Clarice: „Verehrte Lords, Ladys und Gentlemen, wir alle sind heute hier, um ein paar sehr besondere Gäste unter uns zu begrüßen. Sie haben über die letzten Jahrhunderte in diesem Haus gelebt und gegessen und auch heute Abend werden sie mit uns speisen – vorausgesetzt, es bleibt genug für sie übrig."

Ein nervöses Lachen ging durch den Saal, das Lady Clarice jedoch nicht beabsichtigt hatte, erkannte Nell. Sie musste, genau wie Nell, die voreiligen Übergriffe auf das Buffet wahrgenommen haben und zeigte sich wahrlich besorgt um die Geister.

„Ich bitte Sie alle, sich möglichst vorsichtig im Raum zu bewegen", fuhr Lady Clarice fort. „Achten Sie auf jedes Geräusch, das Sie hören, jeden Eindruck, jede Berührung, alles, was Sie sehen. Wenngleich es vielleicht keine vollständige Materialisierung geben wird, die Geister werden Zeichen senden. Wir sind ausgerüstet, um dies mit einem Phonographen und mit Kameras festzuhalten. Als Nächstes werde ich meine Freunde herbeirufen und bitte Sie, die Lampen auf den Tischen auf die geringste Stufe zu reduzieren oder besser noch auszuschalten."

Sogleich griff Nell nach der Lampe auf ihrem Tisch, doch der Inspektor war schneller. Er legte seine Hand auf die ihre und stoppte sie. „Ein wenig Licht kann niemandem schaden, auch den Geistern nicht", flüsterte er.

Während der Saal sich verdunkelte, blickte Nell zu Lady Clarice – eine ferne Figur, die die Arme nach den geliebten Geistern ausstreckte. Was, wenn nichts geschehen würde? Oder wenn doch, würde jemand die Geister aufhalten? Ja, Inspektor Melbray. An diesem

Gedanken klammerte sie sich fest und war dankbar für seine Anwesenheit.

„Tritt hervor, Alfred, Sohn des Alefric“, stimmte Lady Clarice im schwindenden Licht an. „Tritt hervor, Sir Ralph, tretet hervor Lady Dorcas und Lord William. Tretet hervor Henrietta und Sir Thomas. Lassen Sie uns etwas von sich hören, Violetta, tritt hervor Hubert – und tritt hervor Charles Parkyn-Wright.“

Da hielt Nell die Luft an. Und es ging los.

Jemand schrie, jemand anderes brachte wen auch immer zum Schweigen und dann waren noch mehr Schreie, lautes Luftholen, sogar Schluchzen und das Kratzen von Stühlen auf dem Boden zu hören. Angst erfüllte den Saal und verbreitete sich wie ein Nebel. Nell blinzelte. Bildete sie sich das alles ein? Spielte ihr Vorstellungsvermögen ihr einen Streich? Neben sich konnte sie das tiefe Atmen des Inspektors wahrnehmen; er schien genauso gefesselt von dem Spektakel wie sie.

„Was geschieht hier?“, krächzte sie leise.

Oben auf der Galerie waren winzig kleine Lichtpunkte zu erkennen, die sich sehr langsam *bewegten*. Ein Geistermarsch, oder vielleicht Mönche, wie in jenem verfluchten Haus in Bilsington? Nein, dachte sie ängstlich, das waren die Geister von Wychbourne Court, die zum Dinner kamen.

„Sie sind hier!“, hörte sie Lady Clarice’ schrillen Ausruf. „Lieber Sir William, lieber Sir Thomas – und Adelaide. Oh, seien Sie herzlich willkommen!“

Das war verrückt. Manche der Bilder an den Wänden wirkten, als strahlten sie – es war ein kühles, scharfes Leuchten, als wollte es auf die Lebendigkeit der

Portraitierten hinweisen, die nun zum Essen kamen. Nur mit größter Mühe verkniff Nell sich einen Schrei. Schnell klammerte sie sich an den Arm des Inspektors, sie konnte einfach nicht anders.

Wieder schrie jemand – Lady Warminster, dachte Nell. Selbst die Dowager konnte sie aufschrecken hören.

„Ruhe!“, bat Lady Clarice. „Oh, bitte, bewahren Sie Ruhe. Unsere Freunde die Geister müssen unbedingt mit uns essen.“

Das war Wahnsinn. Das war doch nicht wirklich ein Geistertreffen, oder? Nell zitterte. Die Lichter auf der Galerie bewegten sich noch immer. Langsam, ganz langsam, kamen ein oder zwei bereits die vertäfelte Wand entlang. Sie klammerte sich weiterhin am Arm des Inspektors fest, als er sich nun zu ihr vorbeugte.

„Ich muss das hier aufhalten, Nell“, flüsterte er. „Ist es in Ordnung für Sie, wenn ich kurz gehe?“

„Ja“, schaffte sie gerade noch zu erwidern.

„Bleiben Sie, wo Sie sind.“

Sie beobachtete, wie er durch das Zwielicht schritt und als es im Saal allmählich leiser wurde, hörte sie, wie er mit Lady Clarice sprach. „Die Geister haben mir aufgetragen, das Treffen zu beenden“, sagte er mit ernster Stimme. „Sie sagen, es sei viel zu laut für sie, um heute Abend mit uns zu essen.“ Nell sah noch, wie Lady Clarice ihm mit einer Handbewegung widersprechen wollte, doch zum Glück war es zu spät. „Lichter an, bitte!“, rief er in den Raum.

„Jedes einzelne. Und dann“, sagte er und baute damit Spannung auf, „schlage ich vor, genießen wir dieses köstliche Buffet.“

Wenngleich seine Worte ein enttäuschender Abschluss waren für dieses Spektakel, beruhigten sie alle im Saal. Obgleich Nell fand, sie machten es nur noch schlimmer. Da musste doch noch mehr sein. Es *musste* einfach. Unmöglich wäre der Inspektor nur dafür hierhergekommen.

Mr Peters und Jimmy eilten zu den Öllampen an den Wänden, während das Licht der Tischlampen sowohl sehr angespannte Gesichter als auch welche mit einem verlegenen Lächeln offenbarten.

Trotz der ausgesprochenen Einladung stürmte keiner direkt zum Buffet. Dazu lag noch zu viel Ungewissheit und Angst in der Luft. Nur langsam stellte sich wieder eine Art Normalität ein und Nell sah, wie das glorreiche Essen dazu beitrug, die Anwesenden allmählich zu beruhigen. Ob die Geister hier weilten und die Speisen und Namenskärtchen bewunderten oder nicht, war ihr gleich. Anderes war wichtiger als das.

Es musste noch mehr hinter diesem Abend stecken als das. Diese Ruhepause hatte der Inspektor sicher geplant, begriff Nell nun. Ein kurzer Blick in Richtung des Foyers, zu dem die Tür vorhin kurzzeitig geöffnet wurde, zeugte davon, dass dort uniformierte Polizisten warteten. Hatte sie womöglich recht gehabt, davon auszugehen, dass es zwei Mörder gab und nicht einen? Und womit würde dieser Abend enden? Nicht mit dem Buffet, so viel stand fest.

Da kam Arthur mit strahlendem Gesicht und Lady Clarice an seiner Seite auf Nell zu. „Meine liebe Nell, was für ein Meisterwerk.“

Ungläubig sah sie ihn an und fragte sich, was er meinte. Schnell hatte er ihre Verwunderung erkannt, denn er sprach sogleich weiter.

„Sie und Clarice haben uns eine ausgesprochen atemberaubende Darbietung geliefert. Für einen Augenblick habe ich wirklich geglaubt, dass gleich Mr Parkyn-Wright persönlich erscheint. Oder dass das Phantom des Butlers mir einen Drink reicht. Selbst ein Napoleon hätte mich zufrieden gestellt. Aber bitte, sagen Sie mir, was als Nächstes geschieht. Ich habe das Gefühl, dass auf den Auftritt der Geister etwas ganz anderes folgen könnte."

„Das habe ich auch", sagte Nell leise. „Und gleich ist es schon so weit."

Lady Clarice hingegen kommentierte nichts als die Geister. „Hätte er doch nur ein bisschen mehr Geduld gezeigt", beschwerte sie sich. „Vielleicht hätten die Geister sogar Gestalt angenommen."

Nell tröstete sie und sah zufrieden zu, wie man sich weiterhin am Buffet bediente, wenngleich sie selbst nichts aß. Mr Peters war (ohne die Hilfe des Phantom-Butlers) gut damit beschäftigt, den Anwesenden Getränke zu servieren. Ob er Jeremiah, den Schmuggler, in den Kellerräumen getroffen hatte oder nicht, ihm ging es hervorragend. Ihr allerdings nicht. Am liebsten würde sie doch Geister sehen, denn alles wäre angenehmer als das, was der Inspektor für sie bereithielt.

Dann sah sie, wie er neben Lord und Lady Ansley und der Dowager Lady Enid stand, als er Nell und Lady Clarice gerade zu sich winkte. „Ich muss Ihnen danken, Lady Clarice", verkündete er mit lauter Stimme, sodass alle Anwesenden es hören konnten. „Die Geister waren überaus hilfreich bei den Ermittlungen. Sie haben uns zuvor ja erklärt", fuhr er fort, „dass Mr Parkyn-Wrights Geist nach dem Tod von Miss Harlington ins Schweigen verfiel. Außerdem haben Sie ausgeführt, Lady Clarice, dass Menschen oftmals in Geistergestalt an den Ort ihres Todes zurückkehren – aber nur, solange ihr Fall ungelöst und ihnen noch keine Gerechtigkeit widerfahren ist. Als dann aber Miss Harlington gestorben ist, war der Geist von Mr Parkyn-Wright nicht länger aktiv. Dank dieser Informationen habe ich angenommen, dass seine Mission erfüllt war."

„Inwiefern erfüllt, Herr Inspektor?", hakte Lady Clarice verdutzt nach.

„Nun, Miss Harlington, seine Mörderin, ist gestorben."

„*Sie* hat Mr Charles umgebracht?", fragte Nell und geriet vor Schreck ins Taumeln. Selbst wenn sie mit dieser Botschaft zu kämpfen hatte, verstand sie, dass es demnach in der Tat zwei Mörder gab, nicht einen. Und das wiederum bedeutete, dass ihnen eine noch schlimmere Nachricht bevorstand als gedacht, zumindest, sofern der Inspektor richtig lag mit Miss Harlington. Aber, hatte er denn recht? Weshalb sollte sie ihn umbringen wollen? Dann erinnerte sie sich an den merkwürdigen Geruch auf der Galerie – vielleicht war es der von Miss Harlington.

„Daran gibt es keine Zweifel", erwiderte der Inspektor. „Wir haben zahlreiche Beweise gefunden, anhand derer wir sie hätten verurteilen können, doch eine Frage blieb unbeantwortet. Wie war es ihr gelungen, ihn in der kurzen Zeit umzubringen? Dank Ihnen, Miss Drury, haben wir nun auch darauf eine Antwort.

Nachdem Sie herausgestellt haben, dass Miss Harlington sich Dolch und Stoff bereits vor Beginn der Geisterjagd besorgt hatte und auch, wo sie sich im Anschluss versteckt haben konnte, als sie auf die Ankunft der anderen Gruppenmitglieder gewartet hat, da war das Bild schließlich vollständig." Eine Pause. „Zumindest, was den Mord an Mr Parkyn-Wright angeht."

„Das kann ich einfach nicht glauben, Melbray", wandte Lord Ansley ein. „Weshalb hätte Elise Charles umbringen wollen? Sie war eines seiner Opfer."

„Auch hier haben wir dank Miss Drury herausgefunden, dass Miss Harlington die eigentliche Erpresserin und Drogenhändlerin war. Parkyn-Wright hat für sie gearbeitet, nicht anders herum. Das ist ein modernes Zeitalter, Lord Ansley. Frauen wie Männer können auf den falschen Weg geraten."

„Und wer hat Elise umgebracht?", platzte es aus Lady Helen heraus, während sich alle allmählich um sie versammelten. „Haben Ihnen die Geister das auch gesagt?"

Nell konnte keinen zusammenhängenden Gedanken mehr fassen. War es Mr Beringer? William Foster? Sicher nicht Mr Peters, oder?

„Leider haben mir die Geister diesbezüglich nicht helfen können", antwortete der Inspektor, „doch die Polizei ist durchaus fähig, eigene Beweise zu finden. Lady Warminster–"

„Ich war es nicht!", schrie sie sogleich und stand abrupt von ihrem Stuhl auf. „Wirklich nicht. Sie war bereits tot, als ich an diesen schrecklichen Ort kam. Ich bin zu spät gewesen, wissen Sie. Ich sollte um neun Uhr fünfzehn dort sein, aber das war ich nicht und dann war sie *tot*. Es war einfach grausam."

„Seien Sie so freundlich, Inspektor Melbray, und erklären Sie es uns“, sagte der General, während er seine schluchzende Frau tröstete.

„Natürlich. Den Erzählungen nach haben Sie, Lady Warminster, nicht am Dinner des Ballabends teilgenommen, doch zweifelsohne hat Miss Harlington Ihnen einen ausführlichen Bericht über die heitere Anwesenheit ihres Gärtners versprochen. Ich nehme an, dass sie Ihnen gesagt hat, sie hätte in der alten Milchkammer etwas Geschäftliches mit Miss Drury und Mr Fontenoy zu besprechen und könnte Sie anschließend dort treffen. Und das konnten sie schlecht ablehnen, da Ihr Gärtner Sie Lord Ansley gegenüber in eine derart heikle Situation gebracht hat. Wenn herausgekommen wäre, dass er unter falschem Namen von Lord Ansleys Gastfreundschaft profitiert hat, wäre das überaus peinlich für Sie geworden.“

„Darling“, sagte Lady Warminster schluchzend zu ihrem Mann, „der Inspektor hat recht. Genau das ist geschehen. Ist das nicht furchtbar?“ Der General legte einen Arm um sie.

„Wenn Sie dann jetzt fertig sind mit meiner Frau“, sagte er mit fester Stimme, „fahre ich sie nach Hause. *Jetzt.*“

„Noch nicht, General Warminster“, erwiderte der Inspektor in neutralem Tonfall.

Was denn nun noch? Während Nell das Ende dieser Ungewissheit herbeisehnte, sah sie, wie der General erstarrte. Das war das Schlachtfeld der Polizei, nicht seines, und er war viel zu regelgetreu, um zu diskutieren. Pfeifende Pfannkuchen – wo sollte das alles noch hinführen? Legen Sie einen Zahn zu, Inspektor, dachte sie bei sich, steif vor lauter Anspannung.

„Als Sie bei der alten Milchkammer waren, Lady Warminster“, sprach der Inspektor mit stoischer Ruhe weiter, „haben Sie da noch jemand anderen gesehen außer Miss Harlington?“

„Nein.“

Der Inspektor versuchte nicht, sie zu bedrängen. Doch was hatte das zu bedeuten?, zerbrach Nell sich fieberhaft den Kopf. War Lady Warminster etwa ihre Mörderin? War das der Grund, weshalb der Inspektor sie wie einen Fisch an der Angel zappeln ließ?

„Offensichtlich muss noch jemand anderes mit ihr dort gewesen sein, bevor Sie an der Milchkammer angekommen sind“, erklärte er, „und vielleicht hat er sich in der Nähe versteckt. Wir haben Beweise dafür gefunden, dass Einige der Gäste, die an jenem Tag bei der Anhörung waren, und Einige derer, die am Dinner teilgenommen haben, sich kurz davor in der Milchkammer aufgehalten haben müssen. Ich nehme aber an, dass Sie niemanden gebeten haben, Sie zu begleiten, Lady Warminster? Vielleicht Mr Beringer, Mr Fontenoy oder Lord Richard?“

„Nein“, jammerte sie. „Ich war allein.“

„Oder vielleicht Mr Foster?“

„Er ist kein Gentleman“, erwiderte sie schnippisch.

Erschrockene Stille setzte ein und Nell sah, wie der arme William krebsrot wurde.

„Warum genau ist es so wichtig, dass ihr potenzieller Begleiter – um es in Ihren Worten zu sagen – ‚ein Gentleman‘ war?“, fragte der Inspektor mit ernster Miene.

Verlegen sah Lady Warminster zu dem General, doch er schwieg weiterhin. Schließlich sagte sie missmutig: „Elise hat gesagt, ich könnte einen Gentleman mitbringen, aber ich weiß nicht, wen sie damit gemeint hat."

„Was ist mit Mr Ellimore?", hakte der Inspektor nach. „Er ist doch Ihr Freund, nicht? Hat Miss Harlington Ihnen womöglich damit gedroht, diese Freundschaft publik zu machen, vielleicht vor Ihrem Ehemann? Vielleicht, weil sie mehr als bloße Freundschaft hinein interpretiert hat?"

Guy?, schwirrte es durch Nells Kopf. Wie kam der Inspektor bloß auf diese lächerliche Idee? Trotz seiner vorsichtig gewählten Worte deutete er gerade offensichtlich eine Affäre zwischen Lady Warminster und Guy an. Das konnte bloß Einbildung sein – Guy mochte diese Frau nicht einmal. Gut, mit einem Mal sah er sehr blass aus, doch das war sicher nur der Schock.

„Unsinn, Inspektor", erwiderte Guy nun. „Ich habe für Ihre Ladyschaft gearbeitet, und das war's auch. Wir haben über die Musik für den Ball auf Stalisbrook Place gesprochen und wir haben dort gespielt. Nicht mehr und nicht weniger. Ihnen scheinen falsche Informationen vorzuliegen."

So selbstbewusst wie er sprach, war Nell sich der Wahrheit seiner Worte sicher – jedoch nicht für lange.

„Miss Harlington hat auch Sie erpresst", sagte der Inspektor nüchtern. „Aus diesem Grund sind Sie mit ihr zur alten Milchkammer gegangen. Wenngleich Miss Harlington Sie sicher damit geködert hat, dass Sie dort auf Mr Fontenoy und Miss Drury treffen werden."

„Also das ist wirklich Unsinn", wandte Guy sogleich ein. „Ich bin nicht verheiratet, wie sollte sie mich dann damit erpressen, dass Daisy und ich eine Affäre hätten?“

Da erstarrte Nell. Gab er mit diesen doppeldeutigen Worten und dem bewussten Gebrauch von Lady Warminsters Vornamen etwa zu, dass der Inspektor recht hatte? Oder war es bloß die Befragung, die ihn durcheinander brachte? Gewiss war letzteres der Fall, ganz sicher.

„Miss Harlington hat Sie nicht nur damit erpresst, Ihre Liebelei bekannt zu machen, sondern obendrein mit etwas ganz Anderem. Sie hat Ihnen gedroht, Sie als Heuchler und Träumer zu enttarnen.“

„Wie können Sie es wagen, Sir. Auf welche Weise soll ich ein Heuchler sein?“ Doch dieses Mal klang er deutlich weniger prahlerisch.

Zitternd sah Nell, dass ihn dies erschüttert hatte. Ein Heuchler? Und wieso ein Träumer? Es ging hier um Guy, den Guy, den sie gut kannte. Und was dachte sich General Warminster bei alledem? Die meisten Anderen im Saal blickten verwirrt drein oder zeigten sich bestürzt, doch der General bewahrte einen stoischen Gesichtsausdruck.

Damit lag Nell allerdings falsch, denn im nächsten Moment stand der General wütend auf und reagierte als Erster. „Inspektor Melbray hat recht, Ellimore, und Miss Harlington lag falsch, wenn sie Sie für einen Gentleman gehalten hat. Kein Gentleman der Welt würde über eine Dame sprechen, wie Sie es eben über meine Frau getan haben. Außerdem geben Sie vor, Kommandeur eines Geschwaders bei der Royal Air Force gewesen zu sein. Mit gutem Recht dürfen Sie stolz sein auf die Tapferkeitsmedaille, die man Ihnen verliehen hat, aber diese Ehre wird nur Unteroffizieren zuteil. Sie waren also niemals Kommandeur eines Geschwaders – Sie haben als Bodenmechaniker bei Vert Galand gedient. Das ist eine ehrenhafte Aufgabe und auch gefährlich. Doch nicht das, was Sie gern getan hätten."

Nell ertrug es nicht, anzusehen, wie Guy versuchte, sich zu sammeln.

„Und selbst wenn", gelang es ihm zu antworten, „warum sollten mich Elises Drohungen so sehr gestört haben, dass ich Sie dafür umgebracht hätte? Nur für meine Band habe ich mich als Kommandeur ausgegeben, damit wir für die höhergestellte Gesellschaft auftreten können. Das hat uns Prestige verliehen, was uns wiederum zu mehr Engagements verholfen hat."

„Nein", sagte Inspektor Melbray, „es hat *Ihnen* Prestige verliehen. Es hat dazu geführt, dass Sie sich selbst für jemand Besseren halten. Sicherlich war es auch von Nutzen für Ihre Band, aber in erster Linie hatte diese Lüge Einfluss darauf, wie die Menschen Sie wahrgenommen haben. Allen voran, wie–"

„Du, Nell, mich wahrgenommen hast", unterbrach Guy ihn leidenschaftslos und drehte sich zu ihr. Ungläubig saß Nell da. *Stimmte* das? *War* das möglich? „Entschuldige, Nell", fuhr er fort, während er sich gemächlich eine Zigarette anzündete. „Du hast es einfach nie gesehen. Was für ein geniales Team wir gewesen wären." Dann wandte er sich kurz an Lady Warminster. „Wenigstens du hast etwas an mir gefunden, Kitty." Woraufhin Lady Warminster ein Stöhnen von sich gab, obgleich ihr Mann recht teilnahmslos dreinblickte.

Dann landete Guys Blick wieder auf Nell. „Ich musste es einfach tun, Nell."

„Was tun?“, flüsterte sie voller Furcht.

„Ich werde Ihnen die Mühe ersparen, Inspektor Melbray“, witzelte Guy, der sich zusammengenommen hatte, die Schultern straffte und dabei weder zum Inspektor noch zu den Anderen sah. Doch vielleicht, dachte Nell, sah er zu einem ausgedachten Bild seiner selbst in Form des heroischen Offiziers, der er gern gewesen wäre. Ungerührt davon, dass er sich bereits als Kriegsheld erwiesen hatte.

„Sicher haben Sie ohnehin schon genug Beweise, um mich hängen zu lassen“, fuhr er fort. „Ich gebe es zu. Ich habe Elise Harlington erwürgt – und damit vielen Menschen einen Gefallen getan.“

Das war ihr Guy?, dachte Nell auf der Suche nach Halt, als sie der Unglaube überwältigte. Das war unmöglich. Es musste ein Fehler sein. Der Inspektor ging bereits auf ihn zu, während Guy noch weitersprach. Er wehrte sich allerdings nicht. Im Gegenteil, Guy schien eher amüsiert als ängstlich, selbst, als im nächsten Augenblick die übrigen Polizisten den Saal betraten.

„Elise hat damit gedroht, es überall kundzutun, nicht nur vor dir, Kitty“, sagte er beiläufig. „Du hättest es letztlich nicht weitererzählt, oder? Dir hätte ja auch nicht gefallen, dass du mit einem einfachen Bodenmechaniker im Bett warst.“

Noch mitten im lauten Luftholender Anderen, trat der General in Aktion und wandte sich nicht bloß an Guy, sondern an alle: „Ein Gentleman“, begann er gemäßigt, „überhört alles, was zum Nachteil einer Dame wäre. Insbesondere der Dame, die er liebt. Abgesehen von Mr Ellimore sind *alle* hier in diesem Saal

Gentleman – und dieser Begriff hat nichts damit zu tun, welchen Stand wir in der Gesellschaft haben."

Dann drehte der General sich zu seiner Ehefrau, die inzwischen unkontrolliert weinte, und legte schützend einen Arm um sie. „Komm, meine Liebe, wir fahren nach Hause."

„Ist alles in Ordnung bei Ihnen, Miss Drury?"

„Ja, danke", log Nell den Inspektor an. Es war bereits das zweite Mal, dass er sie das an diesem Abend fragte. Er hatte eben einen widerstandslosen Guy an die uniformierten Polizisten übergeben und sie war zu dem Tisch zurückgekehrt, an dem sie vorhin gesessen hatten. Ob alles in Ordnung war? Wie sollte sie jemals wieder in Ordnung kommen? Und sollte sie sich jetzt einfach in den Ostflügel zurückziehen oder in den Salon? Der Inspektor hatte sie gebeten, hier zu bleiben, aber sie war sich nicht sicher, was sie tun wollte. Oder wusste sie es doch? Was geschehen war, war geschehen. Und der Schock darüber würde bald abflachen.

Inspektor Melbray setzte sich zu ihr an den Tisch. „Das war ein langer Abend", sagte er, „und es gibt noch viel, das ich erledigen muss. Aber es gibt auch noch Vieles, über das wir reden sollten." Dann zögerte er. „Wie wäre es an diesem hübschen Fleck am Teich, wo wir auch ganz unbeobachtet wären. Falls Sie morgen gern noch mehr wissen möchten?"

Da zuckte Nell zurück. „Nicht über Guy."

Er versteifte sich. „Es tut mir ehrlich leid, aber wie hätte ich Sie vorwarnen sollen?"Noch eine unangenehme Pause. „Er wurde nun festgenommen und wird sicher auch bald verurteilt. Ein trauriger Fall. Einer von vielen, dessen Ursprung im Krieg liegt.“ Nells Schweigen interpretierte der Inspektor als Ablehnung seines Angebots für den morgigen Tag. „Und doch kann ich verstehen, warum Sie nicht gern noch mehr erfahren wollen.“

Dann fühlte Nell sich wie wachgerüttelt. „Nein, ich habe mich geirrt, Inspektor. Ich *möchte* mehr darüber erfahren. Wirklich.“

Nell verstand nicht recht, warum sie so aufgebracht war. Sie war nicht in Guy verliebt – außer vielleicht an ein paar kopflosen Tagen vor sieben Jahren. Und doch ertrug sie es kaum, was er getan hatte und wie sein Schicksal nun vermutlich aussah.

Am nächsten Tag gingen Nell und Inspektor Melbray stillschweigend zum Teich. Noch nie hatte etwas so friedlich ausgesehen, noch nie war das Gras so grün gewesen, hatten die Bäume solchen Trost gespendet. Abgeschirmt von all dem Geschehenen war dieser Ort wie ein Zufluchtsort. Wenngleich es nicht für immer andauerte, konnte Nell die heilende Wirkung doch genießen, die von diesem Ort ausging. Der Inspektor hatte eine Picknickdecke dabei und breitete sie nun auf der Wiese aus.

„Ich habe allerdings kein Picknick organisiert, fürchte ich, aber eines Tages werden wir noch dazu kommen“, sagte er.

Sich mit auf seine Decke zu setzen, schien Nell ein großer Schritt zu sein. Ein Schritt, für den sie sich erst entscheiden musste. Doch sie tat es. Und er setzte sich neben sie. In diesem Moment bemerkte Nell, dass er den schicken grauen Anzug durch eine Flanellhose ausgetauscht hatte, er keinen Hut trug und dass das offene Jackett, das locker über seine Schultern fiel, sicher nicht angemessen war für den Scotland Yard. Ganz bewusst drückte er damit aus, dass dieses Treffen nichts mit der Arbeit zu tun hatte – wenngleich sie zweifelsohne über Guy sprechen würden.

„Ich erzähle einfach, oder?", fragte er sogleich.

„Bitte."

„Miss Harlingtons Tagebuch hat uns die Beweise geliefert, die wir brauchten, nachdem Sie uns auf den Gedanken der Erpressung gebracht haben. Und sie war unter all den Verdächtigen diejenige, die, abgesehen von der Familie, auch von dem Zugang zur Galerie wissen konnte, wo sich Parkyn-Wright hinter der Trennwand versteckt hatte."

„Aber woher sollte sie davon gewusst haben?"

„Er hat doch kurz zuvor mit ihr getanzt. Sicher hat er ihr da von dem Streich erzählt. Und das war ihre Chance. Das Einzige, was uns gefehlt hat, waren brauchbare Beweise, die wir nach und nach zusammengesucht haben."

Noch ertrug sie es nicht, auf Guy zu sprechen zu kommen. „Sie sagen also, deshalb hat Miss Harlington Charles umgebracht."

„Ja. Wir haben gefolgert, dass er ihre Rolle einnehmen wollte, das Geld kontrollieren wollte und ihr womöglich schon damit gedroht hat. Peters war so gut, uns darüber zu informieren, dass Miss Harlington ihn erpresst hat und auch Rex Beringer hat das zugegeben. Mangels der Möglichkeit, Parkyn-Wright vor einen Piccadilly Bus zu schubsen, war der Ballabend in Wychbourne Court die nächstbeste Gelegenheit für Miss

Harlington, um ihn loszuwerden. Vor allem, da Einige, die sie gemeinsam erpresst haben, an jenem Abend selbst anwesend waren.“

Inzwischen hatte Nell wieder die vollständige Kontrolle über ihre Gefühle erlangt. „Aber was hatte Miss Harlington bei der alten Milchkammer zu suchen?“

„Das herauszufinden, hat mich auch eine Weile gekostet. Vor allem, da Sie nur so langsam mit der Wahrheit herausgerückt haben.“

„Was zum heiligen Hering meinen Sie denn damit?“, fragte Nell empört.

Der Inspektor lachte. „Na diese lächerliche Abmachung zwischen Ihnen und Mr Fontenoy. Ich kann mir zwar nicht vorstellen, dass Miss Harlington ernsthaft angenommen hat, sie hätten eine Affäre mit Mr Fontenoy, aber vielleicht dachte sie, dass Sie beiden sie als Mörderin von Parkyn-Wright entlarvt hätten. Und hatte deshalb den Eindruck, herausfinden zu müssen, was dort vor sich ging – vor allem, falls es Futter für neue Erpressungen liefern würde. Miss Harlington mochte Sie nicht, Nell. Deshalb hat sie auch Guy unter dem Vorwand dorthin gerufen, damit er Sie in flagranti mit jemand anderem erwischen würde, wie er mir bestätigt hat. Sie dann mit Arthur zu sehen, wäre ein großer Spaß gewesen. Und dann war da noch Lady Warminster. Auch die wollte Miss Harlington nicht ohne Erpressung wegen der Geschichten mit William Foster und Ellimore davonkommen lassen und hat sie – genau wie Ellimore – zur alten Milchkammer gebeten. Sicher hätte es Miss Harlington auch amüsiert, beide Liebeleien Ihrer Ladyschaft auflaufen zu lassen.“

„Ich verstehe allerdings nicht, warum Guy sich auf diese Frau eingelassen hat. Er war doch daran gewöhnt, für reiche Frauen zu arbeiten, die ihm schöne Augen machten. Lady Warminster konnte er nicht einmal ausstehen." Doch in Nells Verteidigung steckte nicht viel Herz. Die ganze Zeit über dachte sie, sie kannte ihn, doch das tat sie nicht.

„In solchen Angelegenheiten spielt es meist keine Rolle, ob man den anderen ausstehen kann oder nicht."

Mit der Zunge fuhr sich Nell über die trockenen Lippen. „Er hat Miss Harlington also wegen seiner Affäre mit Lady Warminster umgebracht?"

„Nein. Ich habe Ihnen ja schon einmal gesagt, dass wir beim Scotland Yard viel Zeit in die Recherche alter Akten stecken. Bei Frederick Peters waren es die Kriegsakten, wegen deren Inhalt er sich vor Parkyn-Wright fürchtete, und genauso war es bei Ellimore. Netterweise hat General Warminster uns auf die Diskrepanz zwischen Ellimores Tapferkeitsmedaille und seinem angeblichen Rang als Kommandeur aufmerksam gemacht, was uns letztlich dazu geführt hat, mehr über seine echte Kriegsgeschichte zu recherchieren. Die hat er wirklich vor Ihnen geheim halten wollen, Nell. Anscheinend braucht er für sein Selbstwertgefühl den ständigen Respekt der anderen."

Genau wie Sie, dachte Nell kurz. Denn Guys Rastlosigkeit war kein Zeichen von Stärke, sondern von Schwäche. General Warminster hatte bereits gespürt, dass etwas nicht stimmte mit ihm, und sicher hatte er Guy und nicht Foster gemeint, als er ihn bei ihrem Gespräch in Stalisbrook Place einen „komischen Kerl" nannte.

„Der arme Guy", sagte Nell schließlich. Viel zu lange hatte sie sich an den Erinnerungen von vor langer Zeit festgeklammert, anstatt sie gedanklich zu den Akten zu legen, wo sie hingehörten. In den staubigen Schrank der Jugend.

„Und doch ist er nur ein weiteres Kriegsopfer. Einer von denen, deren Verwundung nicht sichtbar ist."

„Genau wie Mr Briggs."

„In der Tat. Wir haben jede Menge Beweise gegen Ellimore. Aber er könnte", der Inspektor zögerte, „der schlimmsten Strafe entkommen, sofern er vor einen milde gestimmten Richter kommt. Während des Kriegs hat er bei Vert Galand unzählige Tote gesehen und auf seinem Heimaturlaub hat er der Bombenangriff auf die Tontine Street Gotha in Folkestone miterlebt. Keine schöne Sache. So etwas geht nie spurlos an einem vorbei. Ich war während des Kriegs bei der Polizei, im Met-Office. Auch wir haben unter den Bombenangriffen gelitten und mussten mit den verletzten Rückkehrern umgehen lernen. Aber das kann man nicht mit dem vergleichen, was die Soldaten in den Schützengräben und in der Luft erlebt haben, wo der Tod ihr ständiger Begleiter war, vierundzwanzig Stunden am Tag. Aber auch unser Leben war nicht einfach. Es lässt einen verstehen, wie die Ellimores dieser Welt ihr echtes Leben eintauschen gegen eine Traumvorstellung."

Dann sah Nell ihn an. „Ich war nicht verliebt in Guy. Nur – und das klingt vielleicht schrullig – vor einigen Jahren war das der Fall."

„Vielleicht haben Sie beide an einer Fantasie festgehalten, so wie Lady Clarice", erwiderte er, vermutlich um die Stimmung zu heben.

„Die Geister!“ Damit brachte er Nell zu einem anderen Punkt. „Die hatte ich schon beinahe wieder vergessen. Sie sind wirklich gekommen, oder?“ Doch schnell überdachte sie ihre Worte noch einmal. „*Irgendetwas* ist da gestern auf jeden Fall vorgegangen.“

„Es war beeindruckend, nicht? Lady Sophy ist sehr stolz auf ihren Einfall, bei dem sowohl ihre Schwester als auch ihr Bruder mitgewirkt haben. Aber bitte, verraten Sie es nicht Lady Clarice.“

„Es war also nur ein Streich.“ Natürlich. Wie töricht, dass sie darauf hereingefallen war. Nun erinnerte sie sich – sie hatten ihr nur keinen Pepper's Ghost versprochen, nicht, dass sie Streiche jedweder Art unterlassen würden. „Für einen Augenblick habe ich es für echt gehalten“, gestand sie. „Aber *was* war das?“

„Glühwürmchen auf der Galerie.“

So simpel. „Und was war mit den Portraits, die aussahen, als würden sie lebendig?“

„Haben Sie schon einmal von im Dunkeln leuchtender Farbe gehört? Ich habe ein paar Stück gefärbtes Papier neben den Bilderrahmen entdeckt und sie schnell dort angebracht, bevor die Ansley-Erben mich darauf ansprechen konnten. Und dann habe ich ihnen aufgetragen, jedes einzelne Glühwürmchen von der Galerie einzusammeln und dorthin zurückzutragen, wo sie es gefunden hatten.“

„Aber was ist mit den Poltergeistern? Jimmy kann nur für zwei der drei Vorfälle verantwortlich gemacht werden.“

„Und was mit dem Erscheinen des Phantom-Butlers?“

„Es *muss* Peters gewesen sein, der Ihnen den Drink gebracht hat.“

„Nein, ich habe sie beide gesehen. Aber ... sollen wir das und die Poltergeister einfach vergessen?"

„Ja", stimmte Nell ihm eifrig zu.

„Sind Sie glücklich, hier zu arbeiten, Nell? Dieses Haus scheint mir ein merkwürdiger Ort zu sein."

„Noch einmal: ja. Es ist mein Zuhause und mein Traum, auch wenn es kürzlich ein wirklicher Albtraum war."

„Es ist Ihre Arbeit, oder? Ich meine, die Arbeit stand zwischen Ihnen und Ellimore. So hat er es mir gesagt."

„Das ist nur die halbe Wahrheit. Und überhaupt, was ist denn mit *seiner* Arbeit? Warum sollte ich die meine aufgeben? Ich *bin* meine Arbeit."

„Genau wie ich. Das Scotland Yard ist für mich, was Wychbourne Court für Sie ist. Vierundzwanzig Stunden lang arbeite ich – oder ich denke darüber nach, selbst im Schlaf. Werden Sie mal heiraten, Nell?"

Sie zögerte. „Das bezweifle ich. Und was mit Ihnen, Inspektor Melbray?"

„Eines Tages bestimmt. Und nennen Sie mich Alex", sagte er. *„Alex*, bitte!"